Diogenes Taschenbuch 20773

de
te
be

Titel der englischen Originalausgabe:
›The Three Hostages‹,
London 1924

Deutsche Erstausgabe

Veröffentlicht als Diogenes Taschenbuch, 1980

60/82/8/2
ISBN 3 257 20773 5

Inhalt

I

Dr. Greenslade stellt eine Theorie auf

An jenem Abend, das weiß ich noch, als ich durch die Mühlenwiese heraufkam, war ich seltsam glücklich und zufrieden. Es war erst Mitte März, einer jener Frühlingstage, wenn es mittags schon warm ist wie im Mai und nur die kalte, perlweiße Abenddämmerung einen daran erinnert, daß der Winter noch nicht ganz vorbei ist. Der Vorfrühling war sonderbar eilig gekommen, denn der Weißdorn blühte schon und unten an den Hecken die Schlüsselblumen. Die Rebhühner hatten sich gepaart, die Krähen bauten emsig an ihren Nestern, und die Wiesen waren voll von Schwärmen grauglitzernder Krammetsvögel, die auf dem Weg nach Norden Rast machten. Am sumpfigen Ufer des Flusses erwischte ich ein halbes Dutzend Schnepfen, und im Farnkraut in Sturn Wood glaubte ich, eine Waldschnepfe zu bemerken, und hoffte, daß die Vögel dieses Jahr wie in alten Zeiten bei uns nisten würden. Es war herrlich anzusehen, wie die Welt wieder lebendig wurde, und mir bewußt zu werden, daß dieses kleine Stück England mir gehörte und daß all diese freien Geschöpfe der Natur sozusagen zu meinem kleinen Haushalt zählten.

Ich sagte schon: ich war tief zufrieden, denn ich hatte etwas gefunden, wonach ich mich mein ganzes Leben gesehnt hatte. Kurz nach dem Krieg hatte ich Fosse Manor gekauft, als Hochzeitsgeschenk für Mary, und seit zweieinhalb Jahren wohnten wir hier. Mein Sohn, Peter John, war schon fast fünfzehn Monate alt, ein nachdenkliches Kind, so gesund wie ein Fohlen und so drollig wie ein Terrierwelpe. Selbst Marys wachsamer Blick konnte kaum irgendwelche Anzeichen von Degeneration bei ihm entdecken. Aber man mußte sich mächtig um das Gut kümmern, denn es war während des Krieges sehr vernachlässigt worden: die Gehölze mußten durchforstet werden, die Zäune und Tore repariert, neue Abzugsgräben waren anzulegen, und Preßkolben mußten eingebaut werden, damit das Quellwasser reichlicher floß, und die Gartenhecken mußten gepflegt und wieder zum Wachsen gebracht werden. Das Schlimmste hatte ich hinter mir, und als ich aus dem Home Wood auf die niedriger gelegenen Rasenflächen hinaustrat und die alten, von den Mönchen erbauten, steinernen Giebel sah, wußte ich, daß ich endlich im schönsten Hafen vor Anker gegangen war.

Auf dem Tisch in der Halle lag ein Stoß von Briefen, aber ich ließ sie liegen, denn mir stand der Sinn nicht nach irgendwelcher Verbindung mit der Welt da draußen. Während ich ein heißes Bad nahm, erzählte mir Mary durch die offene Tür ihres Schlafzimmers die neuesten Nachrichten. Peter John hatte sich wegen eines neuen Zahns furchtbar angestellt; der neuen Kurzhorn-Kuh versiegte die Milch; der alte George Whaddon hatte seine Enkelin aus dem Heeresdienst zurückbekommen; eine neue Brut von Laufenten war ausgeschlüpft; eine Misteldrossel baute im Buchsbaum am See ihr Nest. Lauter Kleinigkeiten, wird man sagen, aber ich war an ihnen mehr interessiert als an allem, was vielleicht im Parlament oder in Rußland oder im Hindukusch geschehen war. Ich wurde wirklich mit der Zeit so hinterwälderisch, daß ich fast aufgehört hatte, die Zeitungen zu lesen. An vielen Tagen lag die ›Times‹ ungeöffnet da, denn Mary überflog nur die erste Seite, um festzustellen, wer gestorben und wer noch lebendig war. Nicht daß ich nicht eine Menge las, denn ich verbrachte meist die Abende damit, die Geschichte der Grafschaft zu erforschen und alles über die alten Burschen in Erfahrung zu bringen, die meine Vorgänger gewesen waren. Ich dachte gern daran, daß ich in einem Hause lebte, das tausend Jahre lang ununterbrochen bewohnt gewesen war. Ritter und Bauerndickschädel hatten sich wegen dieses Stückchens Erde befehdet, und allmählich bildete ich mich zu einem beachtlichen Sachverständigen heran, was ihre Miniaturschlachten betraf. Das war ungefähr das einzige Interesse, das ich noch am Soldatenleben hatte.

Ich weiß noch, als wir hinuntergingen, blieben wir an einem der hohen Treppenfenster stehen, durch das man ein Stück Rasen und eine Ecke vom See sah, und eine Lichtung im Gehölz gab den Blick aufs grüne Weideland frei. Mary drückte meinen Arm. »Was für ein gesegnetes Land«, sagte sie. »Dick, hast du dir solchen Frieden je träumen lassen? Wie gut es uns geht, wie gut!«

Dann veränderte sich ihr Gesicht plötzlich auf die ihr eigene Art und wurde sehr ernst. Ich spürte, daß ein leichtes Erbeben ihren Arm entlang lief.

»Es ist zu gut, zu heiß geliebt, um zu dauern«, flüsterte sie. »Manchmal habe ich Angst.«

»Unsinn«, lachte ich. »Was soll denn passieren? Ich bin nicht dafür, daß man Angst vor dem Glück hat.« Ich wußte natürlich genau, daß Mary vor nichts Angst haben konnte.

Sie lachte auch. »Trotzdem empfinde ich, was die alten Griechen ›aidos‹ nannten. Du weißt nicht, was das bedeutet, du alter Barbar. Es bedeutet, daß man demütig sein und sich behutsam verhalten muß, um den Neid der Götter nicht herauszufordern. Ich wollte nur, ich wüßte, wie man das macht.«

Sie ging allzu behutsam, denn sie übersah die letzte Stufe, und unser Treppenabstieg endete ganz würdelos: wir stolperten geradewegs in die Arme von Dr. Greenslade.

Paddock – nach dem Kriege hatte ich ihn wiederbekommen, und jetzt war er mein Butler – half dem Arzt aus seinem Ulster, und ich sah an seinem zufriedenen Gesicht, daß er des Tages Arbeit hinter sich hatte und zum Essen bleiben wollte. Jetzt muß ich aber erst Tom Greenslade vorstellen, denn von allen Bekanntschaften, die ich letzthin gemacht hatte, war die mit ihm mir die liebste. Er war ein großer, hagerer Mensch mit einem etwas gebeugten Rücken, den er vom vielen Motorradfahren hatte; er hatte rötliches

Haar und die grünlich-blauen Augen und den sommersprossigen Teint, den Menschen dieser Haarfarbe oft haben. Von seinen hohen Backenknochen und von Teint und Haarfarbe hätte man auf einen Schotten schließen können, aber in Wirklichkeit stammte er aus Devonshire, – aus Exmoore, glaube ich, obwohl er so weit in der Welt herumgekommen war, daß er fast vergessen hatte, wo er aufgewachsen war. Er hatte als Schiffsarzt auf einem Walfänger angefangen. Dann hatte er am südafrikanischen Krieg teilgenommen und war später eine Art von Friedensrichter im Bezirk von Lydenburg gewesen. Das war er bald leid geworden und lange Zeit in Uganda und Deutsch-Ostafrika gewesen, wo er durch seine Kenntnis der Tropenkrankheiten ziemlich berühmt wurde und beinahe draufgegangen wäre, weil er mit selbsterfundenen Impfungen an sich selber herumexperimentierte. Dann war er in Südamerika, wo er in Valparaiso eine gute Praxis hatte, und dann in den Malaiischen Staaten, wo er zur Zeit des Gummi-Booms ganz schön verdiente. Danach kam eine Pause von drei Jahren, während der er in Zentralasien herumstreifte, eine Zeitlang mit einem Mann namens Duckett die nördliche Mongolei erforschte, dann wieder im chinesischen Tibet auf der Suche nach neuen Blumen war, denn er war ein leidenschaftlicher Botaniker. Im Sommer 1914 kam er nach Hause und wollte etwas Laboratoriumsarbeit tun; aber der Krieg riß ihn mit sich, und er ging als Militärarzt zu einem Landwehrbataillon. Natürlich wurde er verwundet, und nachdem er eine Weile im Lazarett gewesen war, ging er nach Mesopotamien, wo er bis Weihnachten 1918 blieb und harte Arbeit tat, es aber trotzdem fertigbrachte, in vielerlei und mancherlei Abenteuer verwickelt zu werden, denn er war mit Dunsterville in Baku und kam bis nach Taschkent, wo die Bolschewiken ihn vierzehn Tage lang in einem Badehaus einsperrten. Während des Krieges hatte er alle nur möglichen Krankheiten gehabt, denn er ließ keine Erfahrung aus, aber nichts schien seiner Natur, die zäh war wie eine Peitschenschnur, einen Dauerschaden antun zu können. Er sagte mir, sein Herz, seine Lunge und sein Blutdruck seien so gut wie die eines Einundzwanzigjährigen, obwohl er jetzt schon näher an fünfzig als an vierzig sei.

Aber als der Krieg vorbei war, sehnte er sich nach einem ruhigen Leben; also kaufte er eine Praxis im stillsten und grünsten Winkel von England. Er sagte, er habe das aus demselben Grund getan wie die Männer, die sich aus dem lärmenden Trubel des Mittelalters in Klöster zurückzogen: er brauche Ruhe und Muße für seine Seele. Ruhe mag er gefunden haben, aber außergewöhnlich wenig Muße, denn ich habe noch nie von einem Landarzt gehört, der so hart arbeitete wie er. Er besuchte einen Kassenpatienten wohl dreimal am Tag, das war bezeichnend für ihn. Und er ging in den frühesten Morgenstunden los und half, wenn im Schutz irgendeiner Hecke ein Zigeunerkind geboren wurde. Er war ein hervorragender Arzt und hielt Schritt mit allem Neuen auf seinem Gebiet, aber Arztsein war nur eines seiner tausend Interessen. Ich bin nie jemandem begegnet, der so unersättlich neugierig war auf alles, was es im Himmel und auf Erden gibt. Er bewohnte zwei Zimmer in einem Bauernhaus, etwa vier Meilen von uns entfernt, und hatte – schätze ich – mehrere tausend Bücher um sich. Den ganzen Tag und manchmal auch die ganze Nacht sauste er mit seinem kleinen Gefährt in der Gegend herum, und wenn er nach vielleicht zwanzig Krankenbesuchen auf einen Drink bei mir vorbeikam, war er so munter, als sei er gerade aus dem Bett gesprungen. Er konnte sich über alles unterhalten – über Vögel, Tiere, Blumen, Bücher, Politik, Religion – überhaupt über alles, nur nicht über sich selber. Er war der beste Gesellschafter, den man sich vorstellen kann, denn hinter all seiner Schlagfertigkeit und Gescheitheit spürte man das pure Gold seines Charakters. Wäre er nicht gewesen, so hätte ich wohl Wurzeln in den Boden gesenkt und Seitentriebe gemacht, denn ich habe viel Talent zum Vegetieren. Mary hielt große Stücke auf ihn, und Peter John schwärmte für ihn.

An jenem Abend war er in ausgezeichneter Laune, und ausnahmsweise kramte er Erinnerungen aus. Er erzählte uns von Menschen, die er sehr gern noch einmal wiedergesehen hätte: von einem Spanier irischer Abstammung im nördlichen Argentinien, der höchst mordlustige Gebirgler als Viehhüter angestellt hatte – er pflegte sie dadurch bei Laune zu erhalten, daß er jeden Sonntag Zweikämpfe organisierte und dann den Überlebenden immer mit den eigenen Fäusten k. o. schlug; von einem schottischen Siedler aus Hankow, der buddhistischer Mönch geworden war und seine Gebete mit deutlichem Glasgow-Akzent intonierte; und am allermeisten von einem malaiischen Seeräuber, der mit Tieren umging wie der heilige Franziskus selber, obwohl er seinen Mitmenschen gegenüber ein vollkommener Nero war. Dadurch kam er auf Zentralasien und sagte, falls er England je wieder verlassen sollte, würde er sich dorthin begeben, denn dort sei das Refugium aller erstklassigen Schurkerei der ganzen Welt. Er habe das Gefühl, daß dort schließlich etwas höchst Merkwürdiges geschehen werde. »Man denke nur!« rief er. »Alle die Orte, die Namen haben wie Zauberformeln – Buchara, Samarkand – und von kümmerlichen Banden kommunistischer Juden beherrscht werden! Auf die Dauer hält sich das nicht. Irgendwann wird ein neuer Dschingiskhan oder Timur aus dem Mahlstrom auftauchen. Europa ist schon ganz hübsch durcheinander, aber Asien ist das uralte Chaos.«

Nach dem Essen saßen wir um den Kamin in der Bibliothek, die ich nach dem Vorbild von Sir Walter Bullivants Arbeitszimmer in seinem Haus am Kennet eingerichtet hatte, wie ich mir vor Jahren gelobt hatte. Ich hatte den Raum für mich selbst bestimmt, hier wollte ich schreiben und lesen und rauchen, aber das ließ Mary nicht zu. Sie hatte oben ein hübsches, getäfeltes Wohnzimmer für sich allein, aber sie ging nur selten dorthin; obwohl ich sie fortscheuchte, benahm sie sich wie ein Huhn im Garten und kam immer wieder, so daß sie jetzt schon auf der anderen Seite des Schreibtischs ihren eigenen Platz etabliert hatte. Ich selber habe den Jägerinstinkt für Ordnung, aber gegen Mary konnte ich nichts ausrichten, so daß nun auf meinem Schreibtisch ihre Briefe und Handarbeiten herumlagen, und Peter Johns Spielzeug und Bilderbücher waren in dem Schränkchen aufgestapelt, wo ich meine Angelfliegen-Mappen aufbewahrte, und Peter John selbst baute sich jeden Morgen auf dem Kaminteppich einen Kral in einem umgedrehten Stuhl.

Es war ein kalter Abend, und am Kaminfeuer war es sehr gemütlich; ein paar duftende Scheite, die von einem alten Birnbaum stammten, brannten darin. Der Arzt nahm einen Krimi auf, den ich gerade las, und warf einen Blick auf die Titelseite.

»Ich kann das meiste lesen«, sagte er, »aber daß Sie mit sowas Ihre Zeit verplempern, begreife ich nicht. Diese Schauerromane sind zu billig, Dick. Sie selber könnten sich bessere ausdenken.«

»Nicht ich. Ich finde, das ist ein verflixt gut gesponnenes Garn. Kann gar nicht begreifen, wie der Bursche das zustande bringt.«

»Das ist ganz einfach. Der Autor schreibt die Geschichte induktiv, und der Leser liest sie deduktiv. Verstehen Sie?«

»Kein bißchen«, antwortete ich.

»Hören Sie zu. Ich will einen Schauerroman schreiben, also fange ich damit an, daß ich eine oder zwei Tatsachen festlege, die anscheinend nicht miteinander in Zusammenhang stehen.«

»Zum Beispiel?«

»Na ja, stellen Sie sich irgendwas vor, was Sie wollen. Nehmen wir mal drei Dinge, die weit voneinander entfernt sind –« Er hielt einen Augenblick inne und überlegte. »Nehmen wir mal eine blinde alte Frau, die in den Western Highlands am Spinnrad sitzt, eine Scheune auf einem norwegischen *saeter,* einer Almhütte, und einen kleinen Raritätenladen im Norden von London, der einem Juden mit gefärbtem Bart gehört. Zwischen den dreien besteht doch kein Zusammenhang? Den muß man eben erfinden – das ist gar nicht schwer, wenn man ein bißchen Phantasie hat; und dann werden alle drei ins gleiche Garn hineingesponnen. Der Leser, der anfangs von den dreien nichts weiß, ist verblüfft und gefesselt, und wenn die Geschichte gut aufgebaut wird, ist er am Ende zufrieden. Er freut sich an der genialen Lösung, denn er weiß ja nicht, daß der Autor zuerst die Lösung festgelegt und dann ein Problem erfunden hat, zu dem diese Lösung paßt.«

»Jetzt verstehe ich's«, sagte ich. »Jetzt haben Sie doch tatsächlich die Vergoldung von meiner liebsten Entspannungslektüre abgestaubt. Jetzt kann ich die Geschicklichkeit des Autors nicht mehr bewundern.«

»Ich habe noch etwas gegen diesen Kram – er ist nicht wirklichkeitsgetreu genug; oder vielmehr: er läßt die teuflischen Verwicklungen des Lebens außer acht. Vor zwanzig Jahren konnte das noch hingehen, als die meisten Leute noch einigermaßen logisch argumentierten und sich auch so benahmen. Aber heute tun sie das nicht mehr. Haben Sie je begriffen, Dick, wieviel irre Verrücktheit der Krieg geschaffen und hinterlassen hat?«

Mary, die mit ihrem Nähzeug unter der Lampe saß, hob den Kopf und lachte.

Greenslade sah jetzt ernst aus. »Hier kann ich frei von der Leber weg reden, denn Sie beide sind beinah die einzigen geistig gesunden Menschen, die ich kenne. Also, als Pathologe bin ich einigermaßen erschüttert. Ich treffe kaum jemanden an, der nicht infolge der letzten sieben Jahre einen kleinen Knacks im Gehirn weghat. Bei den meisten ist es mehr ein erfreulicher Knacks – sie sind nicht mehr so festgefahren in ihren Gleisen, sie erkennen eher einmal die komische Seite von allem und neigen mehr zum Abenteuer. Aber bei einigen ist es hochgradige Geisteskrankheit, und die führt zum Verbrechen. Wie kann man also nach den alten Regeln Krimis schreiben über diese Art von Welt? Man kann nichts so als gegeben nehmen, wie man es früher konnte, und der Experte mit den Argusaugen hat nichts Festes, worauf er die Grundlagen bauen könnte.«

Ich bemerkte, daß der gute alte Weltkrieg nun für vieles verantwortlich gemacht werde, was ich als Kind der Erbsünde zuzuschreiben gelernt hatte.

»Oh, Ihren Calvinismus stelle ich nicht in Frage. Die Erbsünde gibt es immer, aber die Zivilisation bedeutet doch, daß wir die Lukendeckel über ihr zugeschlagen hatten, während sie jetzt wieder den Kopf hebt. Aber es ist nicht nur die Sünde. Es ist, als sei der Mechanismus menschlich-vernünftigen Denkens ausgerenkt worden, als seien überall die Schrauben gelockert. Es ist sonderbar: alle schwätzen wie die Papageien das Wort Schützengrabenneurose nach, aber die Männer, die an der Front waren, leiden im großen ganzen weniger darunter als andere Leute. Die Leute, die sich um den Krieg gedrückt haben, sind die schlimmsten – das sieht man in Irland. Jeder Arzt muß heute auch Geistespathologe, Irrenarzt sein. Wie gesagt, man kann kaum etwas als selbstverständlich voraussetzen, und wenn man einen Krimi schreiben will, der nicht nur kindische Phantasie ist, dann muß man sich eine neue Art von Phantasie ausdenken. Versuchen Sie's doch mal, Dick.«

»Lieber nicht. Ich bin mehr für nüchterne Tatsachen.«

»Aber zum Kuckuck nochmal, mein Lieber, die Tatsachen sind nicht mehr nüchtern! Ich könnte Ihnen was erzählen –« Er hielt inne, und ich erwartete schon eine tolle Geschichte, aber er besann sich anders.

»Hören Sie sich doch mal all das Geschwätz über Psychoanalyse an. Die Doktrin an sich ist nicht ganz neu, aber man fängt an, sie im einzelnen zu zerlegen und blamiert sich dabei recht beträchtlich. Es ist schauderhaft, wenn eine wissenschaftliche Wahrheit von Halbgebildeten ausgebeutet wird. Aber wie gesagt, es besteht kein Zweifel daran, daß es das Unterbewußtsein gibt, genau so, wie es die Lunge und die Schlagadern gibt.«

»Ich glaube nicht, daß Dick ein unterbewußtes Ich hat«, sagte Mary.

»Aber natürlich hat er es. Nur haben Menschen, die so gelebt haben wie er, ihr ganz gewöhnliches Selbst so gut in der Hand und diszipliniert, sie haben – wie man sagt – ihren Verstand so gut beisammen, daß das Unterbewußte kaum je zum Vorschein kommt. Aber ich wette, wenn es Dick einmal einfiele, über seine Seele nachzudenken, was er nie tut, so würde er da ein paar sonderbare Winkel entdecken. Nehmen Sie einmal mich.« Er wandte sich mir zu, so daß ich geradewegs in seine aufrichtigen Augen blickte und die Hungerleiderwangenknochen sah, die im Feuerschein des Kamins deutlich hervortraten. »Mehr oder weniger gehöre ich zu demselben Totem wie Sie beide, aber ich weiß seit langem, daß ich ein sehr merkwürdiges Unterbewußtsein habe. Ich habe ein gutes Gedächtnis und eine ziemlich gute Beobachtungsgabe, aber sie können es mit denen meines unterbewußten Ich nicht aufnehmen. Nehmen Sie nur mal ein alltägliches Geschehen. Ich sehe und höre – sagen wir – ein Zwanzigstel der Einzelheiten und erinnere mich an etwa ein Hundertstel. Aber mein unterbewußtes Ich sieht und hört so gut wie alles und erinnert sich an das meiste. Nur kann ich aus diesem Erinnerungsvermögen keinen Nutzen ziehen, denn ich weiß ja gar nicht, daß ich es habe; und ich kann es nicht herbeirufen, wann ich will. Aber immer wieder einmal geschieht etwas, das den Hahn aufdreht, und dann fängt er an zu tropfen. Manchmal ertappe ich mich dabei, daß ich mich an Namen erinnere, die ich meines Wissens nie gehört habe, und an kleine Geschehnisse und Einzelheiten, die ich niemals bewußt wahrgenommen habe. Einbildung, werden Sie sagen; aber es ist keine, denn alles, was dies innere Gedächtnis hervorbringt, entspricht genau der Wirklichkeit. Das habe ich nachgeprüft. Wenn ich nur herausfinden könnte, wie man es auf Kommando anzapfen kann, dann wäre ich ein ungewöhnlich fähiger Mensch. Nebenbei – ich wäre der prominenteste Wissenschaftler unserer Zeit, denn die Schwierigkeiten der Forschung und der Experimente rühren daher, daß das Durchschnittsgehirn nicht scharf genug beobachtet oder sich der Begebenheiten nicht genau genug erinnert.«

»Das ist interessant«, sagte ich. »Ich bin gar nicht sicher, daß ich nicht bei mir selber schon dasselbe festgestellt habe. Aber was hat es mit der Verrücktheit zu tun, die – wie Sie sagen – die ganze Welt befallen hat?«

»Ganz einfach dies. Beim Durchschnittsmenschen ist die Schranke zwischen Bewußtsein und Unterbewußtsein immer sehr deutlich gewesen. Aber jetzt, wo überall die Schrauben locker werden, fängt die Schranke zu wackeln an, und die beiden Welten – Bewußtsein und Unterbewußtsein – mischen sich miteinander. Das ist, als ob bei zwei verschiedenen Flüssigkeitsbehältern die Zwischenwand Löcher bekommen hat, und die eine Flüssigkeit mischt sich mit der anderen. Dabei kommt Konfusion zustande und, wenn die Flüssigkeiten gewisse Eigenschaften haben, Explosionsgefahr. Deshalb behaupte ich, daß man die durchsichtige Psychologie der hochzivilisierten Menschen nicht mehr voraussetzen kann. Es quillt etwas aus Urgrundtiefen herauf, was sie trübt.«

»Dagegen habe ich nichts einzuwenden«, erwiderte ich. »Wir haben's mit der Zivilisation übertrieben, und ich persönlich bin sehr für ein bißchen Barbarei. Ich möchte eine einfachere Welt.«

»Aber Sie werden sie nicht kriegen«, sagte Greenslade. Er war jetzt sehr ernst geworden und sah Mary an, während er sprach. »Der zivilisierte Mensch ist viel einfacher als der urtümliche. Die ganze Menschheitsgeschichte war ein Streben nach Definitionen, nach klaren Begriffen, klaren Verhaltensregeln, festen Übereinkünften, nach denen wir unser Leben einrichten können. Das bewußte Ich hat sie geschaffen. Das Unterbewußtsein ist etwas Elementares, Gesetzloses. Wenn es ins Leben eingreift, geschieht zweierlei: die Vernunft wird geschwächt, die den Menschen dem Allmächtigen am nächsten bringt; und die Nerven versagen.«

Ich stand auf, um Licht zu machen, denn ich war allmählich deprimiert durch des Doktors Diagnose unseres Zeitalters. Ich weiß nicht, ob er es ganz ernst meinte, denn nun fing er vom Angeln an, das war eine seiner vielen Liebhabereien. In unserem kleinen Fluß gab es reichlich Gelegenheit, mit der trockenen Fliege zu fischen; aber ich hatte mit Archie Roylance zusammen eine Rotwildjagd für die Saison gepachtet, und Greenslade kam oft mit mir flußaufwärts, um sich im Lachsfang zu versuchen. Im Jahr zuvor hatte es im westlichen Hochland keine Seeforellen gegeben, und wir fingen an zu diskutieren, welchen Grund das wohl habe. Er hatte ein Dutzend Theorien bei der Hand, und wir vergaßen die Menschenpsychologie, während wir der unheimlichen Psychologie der Fische nachspürten. Danach sang Mary uns vor, denn ohne diesen Abschluß war für mich jeder Abend ein mißlungener Abend, und um halb elf schlüpfte der Arzt in seinen alten Ulster und ging.

Während ich die letzte Pfeife rauchte, dachte ich unwillkürlich über das nach, was Greenslade geredet hatte. Ich hatte einen schönen, ruhigen Hafen gefunden; aber wie aufgewühlt und trübe schien das Wasser jenseits der Barre zu sein und wie unberechenbar die Gezeiten! Ich dachte, ob es nicht feige sei, so glücklich zu sein in einer unglücklichen Welt. Dann überlegte ich, daß ich wohl ein bißchen Frieden verdient hätte, denn ich hatte ein Abenteurerleben hinter mir. Aber immer wieder fielen mir Marys Worte ein, man müsse sich ›behutsam verhalten‹. Ich glaubte, daß ich dieser Forderung jetzt wohl entsprach, denn ich war sehr dankbar für mein Glück und keineswegs gesonnen, das Schicksal durch Selbstzufriedenheit herauszufordern.

Auf dem Weg nach oben zum Schlafengehen bemerkte ich auf dem Tisch in der Halle die Briefe, die ich vergessen hatte. Ich sah sie durch, es waren meist Rechnungen und Quittungen und Geschäftsreklame. Einer aber war in einer vertrauten Handschrift adressiert, und als ich ihn betrachtete, sank mir das Herz. Er war von Lord Artinswell, dem früheren Sir Walter Bullivant, der sich jetzt vom Auswärtigen Amt zurückgezogen hatte und auf seinem Gut am Kennet lebte. Er und ich schrieben einander gelegentlich über Landwirtschaft und Angeln, aber ich hatte eine Vorahnung, daß es sich diesmal um etwas anderes handelte. Ich zögerte ein paar Sekunden, ehe ich den Brief öffnete.

»Mein lieber Dick,
hiermit möchte ich Dich vorbereiten. Morgen oder übermorgen wird man Dich bitten, sogar drängen, etwas sehr Schwieriges zu unternehmen. Es ist nicht meine Schuld, aber ich weiß davon. Wenn Du zustimmst, bedeutet das für eine

Weile eine Unterbrechung Deines glücklichen Vegetierens. Ich möchte Dich weder positiv noch negativ beeinflussen; ich kündige Dir nur an, was Dir bevorsteht, damit Du darauf gefaßt und nicht überrascht bist. Grüße vielmals Mary und den Sohn.

Immer Dein A.«

Das war alles. Meine Beklommenheit war vergangen, ich war sehr zornig. Warum konnten die Idioten mich nicht in Ruhe lassen? Im Hinaufgehen schwor ich mir, daß keine Beschwatzungskünste der ganzen Welt mich dazu bewegen sollten, auch nur einen Zoll breit von dem Weg abzuweichen, den ich mir gesetzt hatte. Ich hatte genug für das öffentliche Wohl getan, und es war höchste Zeit, daß man mir erlaubte, mich um mein eigenes zu kümmern.

2

Ich erfahre von den drei Geiseln

Einem Gutshaus auf dem Lande ist ein Geruch eigen, der mir lieber ist als alles Parfum der Welt. Mary sagte immer, es sei ein Gemisch von Lampen- und Hunde- und Holzfeuergeruch, aber Fosse hatte elektrisches Licht, und im Hause selbst waren keine Hunde, – ich glaube eher, es war Holzfeuer- und Tabakgeruch und Geruchswellen, die vom Land her durch die Fenster hereinkamen. Am meisten mochte ich ihn am Morgen, diesen Geruch, wenn auch noch etwas Frühstücksaroma dabei war; oft stand ich oben an der Treppe und schnupperte, wenn ich zum Badezimmer ging. Aber an dem Morgen, von dem ich berichte, hatte ich keine Freude daran; im Gegenteil: mich quälte die Vorstellung, daß der ländliche Friede irgendwie einen Riß bekommen hatte. Ich konnte diesen verflixten Brief nicht vergessen. Als ich ihn gelesen hatte, hatte ich ihn aus Zorn zerrissen; aber nun ging ich tatsächlich im Morgenrock die Treppe hinunter – zur Überraschung des Zimmermädchens – und suchte die Schnitzel aus dem Papierkorb heraus, fügte sie zusammen und las den Brief noch einmal. Diesmal warf ich die Fetzen in das eben angezündete Kaminfeuer.

Ich war fest entschlossen, mit Bullivant und seinen Absichten nichts zu tun zu haben; aber trotzdem konnte ich die heitere Zufriedenheit, die mich gestern wie ein Mantel eingehüllt hatte, nicht wiederfinden. Noch vor Mary saß ich beim Frühstück und war damit fertig, ehe sie erschien. Ich zündete mir die Pfeife an und begann die übliche Runde durch meine Domäne, aber nichts war genau wie sonst. Es war ein weicher, kühler Morgen ohne Frost, und die Traubenhyazinthen am Seeufer sahen aus wie ein Stück Sommerhimmel. Die Sumpfhühner bauten an ihren Nestern, die ersten Narzissen zeigten sich im dürren Gras unter der Gruppe schottischer Tannen, und der alte George Whaddon hämmerte an einem Maschendraht zum Schutz gegen die Kaninchen und pfiff dabei durch seine zwei noch verbliebenen Zähne, und die Welt überhaupt war so klar und schön, wie sie nur im Frühling sein kann. Aber ich empfand nicht mehr, daß sie wirklich mein eigen war, ich betrachtete sie wie ein hübsches Bild. Es war etwas geschehen, das den Einklang zwischen ihr und meinem Gemüt verstimmt hatte, und ich fluchte auf Bullivant, den Störenfried.

Vorn am Haus entlang kehrte ich zurück, und zu meiner Überraschung stand vor der Haustür ein großer Tourenwagen, ein Rolls-Royce. Paddock kam mir in der Halle entgegen und gab mir eine Visitenkarte, auf der ich den Namen ›Mr. Julius Victor‹ las.

Natürlich kannte ich den Namen eines der reichsten Männer der Welt, des amerikanischen Bankiers, der während des Krieges eine Menge britischer Finanzangelegenheiten erledigt hatte und jetzt wegen irgendeiner internationalen Konferenz in Europa war. Es fiel mir ein, daß Blenkiron, der seine Rasse nicht mochte, ihn mir gegenüber einmal als ›den weißesten Juden seit dem Apostel Paulus‹ bezeichnet hatte.

In der Bibliothek fand ich einen hochgewachsenen Mann vor, der am Fenster stand und unsere Aussicht betrachtete. Er wandte sich um, als ich eintrat, und ich blickte in ein schmales Gesicht mit einem gepflegten grauen Bart und in die angstvollsten Augen, die ich je in einem Menschengesicht gesehen habe. Alles an ihm war sauber und schmuck – sein gutgeschnittener grauer Anzug, die schwarze Krawatte mit einer rosa Perle als Nadel, sein blau und weißes Hemd, die fabelhaft gut geputzten Schuhe. Aber die Augen waren so verzweifelt und angstvoll, daß er unordentlich wirkte.

»Herr General«, sagte er und machte einen Schritt auf mich zu.

Wir gaben uns die Hand, und ich bat ihn, sich zu setzen.

»Den General habe ich an den Nagel gehängt«, sagte ich. »Was ich gern wissen möchte: haben Sie schon gefrühstückt?«

Er schüttelte den Kopf. »Ich habe unterwegs eine Tasse Kaffee getrunken. Morgens esse ich nichts.«

»Woher kommen Sie, Mr. Victor?« fragte ich.

»Aus London.«

Nun ist London sechsundsiebzig Meilen von uns entfernt, also mußte er früh aufgebrochen sein. Ich sah ihn neugierig an, und er stand auf und ging mit langen Schritten auf und ab.

»Sir Richard«, sagte er mit leiser, sympathischer Stimme, von der ich mir vorstellen konnte, daß sie jeden Menschen überzeugte, mit dem er so sprach, »Sie sind Soldat und ein Mann von Welt und werden verzeihen, daß ich so unkonventionell zu Ihnen komme. Mein Anliegen ist zu dringend, als daß ich Zeit auf Entschuldigungen verschwenden könnte. Von gemeinsamen Freunden habe ich erfahren, daß Sie ein Mann von außergewöhnlicher Findigkeit und sehr mutig sind. Vertraulich hat man mir einiges von Ihren Erfolgen erzählt. Ich bin gekommen, um in einer verzweifelten Sache Ihre Hilfe zu erflehen.«

Ich hielt ihm eine Zigarrenkiste hin, und er nahm eine und zündete sie sorgfältig an. Ich sah seine langen schmalen Finger beben, als er das Zündholz daran hielt.

»Sie haben vielleicht von mir gehört«, fuhr er fort. »Ich bin ein sehr reicher Mann, und mein Reichtum hat mir Macht gegeben, so daß einige Regierungen mir die Ehre ihres Vertrauens erweisen. Ich habe in verschiedenen wichtigen Angelegenheiten mitzureden, und es wäre falsche Bescheidenheit zu leugnen, daß mein Wort gewichtiger ist als das mancher Premierminister. Ich bemühe mich darum, Sir Richard, den Frieden in der Welt zu sichern, und darum habe ich Feinde, alle die, welche die Anarchie und den Krieg als Dauerzustand anstreben. Mehr als einmal hat es Mordanschläge auf mich gegeben, aber das hat nichts zu sagen. Ich werde gut bewacht. Ich glaube, ich bin nicht feiger als andere, und ich nehme das Risiko bewußt auf mich. Aber jetzt bin ich mit einer raffinierteren Waffe angegriffen worden und muß bekennen, daß ich nicht weiß, wie ich mich dagegen verteidigen soll. Ich hatte einen Sohn, der vor zehn Jahren starb, er war noch auf dem College. Mein einziges anderes Kind ist meine Tochter Adela, ein Mädchen von neunzehn Jahren. Kurz vor Weihnachten kam sie nach Europa, denn sie sollte im April in Paris heiraten. Vor vierzehn Tagen war sie zur Jagd bei Freunden in Northamptonshire – das Gut heißt Rushford Court. Am Morgen des 8. März ging sie zu Fuß zum Dorf Rushford, sie wollte ein Telegramm aufgeben, und sie wurde zuletzt gesehen, als sie zwanzig Minuten nach elf durch das Tor bei der Pförtnerloge ging. Seitdem hat niemand sie mehr gesehen.«

»Lieber Gott!« rief ich und stand auf. Mr. Victor sah aus dem Fenster, deshalb ging ich zur anderen Seite des Zimmers und machte mir mit ein paar Büchern auf einem Regal zu schaffen. Eine Minute oder zwei herrschte Schweigen, bis ich es brach.

»Nehmen Sie an, daß es Gedächtnisverlust ist?« fragte ich.

»Nein«, sagte er, »es ist kein Gedächtnisverlust. Ich weiß – wir haben den Beweis dafür –, daß sie von denen entführt worden ist, die ich meine Feinde nenne. Sie wird als Geisel festgehalten.«

»Sie wissen, daß sie am Leben ist?«

Er nickte, denn seine Stimme versagte. »Es sieht nach einem sehr verzwickten und teuflischen Komplott aus. Es mag Rache sein, aber ich glaube eher, daß Politik dahintersteckt. Die Entführer halten sie als Gewähr ihrer eigenen Sicherheit gefangen.«

»Hat Scotland Yard denn nichts unternommen?«

»Alles, was menschenmöglich ist, aber die Dunkelheit wird nur dichter.«

»Bestimmt hat nichts in den Zeitungen gestanden. Ich lese sie nicht sehr gründlich, aber so etwas würde mir kaum entgehen.«

»Die Presse durfte es nicht bringen – den Grund dafür werden Sie erfahren.«

»Mr. Victor«, sagte ich, »Sie tun mir ganz furchtbar leid. Wie Sie habe auch ich nur ein einziges Kind, und wenn ihm so etwas zustoßen sollte, würde ich verrückt werden. Aber man sollte doch nicht das Schlimmste befürchten. Miss Adela wird schon wieder auftauchen und keinen Schaden erlitten haben, obwohl Sie wahrscheinlich eine Menge Geld dafür bezahlen müssen. Mir sieht es aus wie die übliche Erpressung von Lösegeld.«

»Nein«, sagte er sehr leise. »Erpressung ist es nicht. Und wenn es so wäre, würde ich das geforderte Lösegeld nicht bezahlen. Glauben Sie mir, Sir Richard, es ist eine ganz verzweifelte Sache. Es steht mehr, viel mehr auf dem Spiel als das Schicksal eines jungen Mädchens. Ich will keine Andeutungen machen, denn Sie werden das alles ganz ausführlich später erfahren von jemandem, der es Ihnen sehr viel besser erklären kann. Aber die Geisel ist meine Tochter, mein einziges Kind. Ich bin gekommen, Sie um Hilfe zu bitten bei der Suche nach ihr.«

»Aber ich verstehe mich nicht aufs Suchen«, stammelte ich. »Es tut mir Ihretwegen ganz schrecklich leid, aber ich weiß nicht, wie ich helfen könnte. Wenn Scotland Yard nicht weiter weiß, dann ist es unwahrscheinlich, daß jemand ohne alle Erfahrung wie ich Erfolg haben sollte.«

»Aber Sie haben eine *andersartige* Phantasie und eine viel seltenere Art von Mut. Ich weiß, was Sie bereits getan haben, Sir Richard. Ich versichere Ihnen, Sie sind meine letzte Hoffnung.«

Ich ließ mich in einen Sessel fallen und stöhnte. »Ich weiß nicht, womit ich anfangen soll, um Ihnen die abgründige Hoffnungslosigkeit Ihres Einfalls, gerade mich um Hilfe zu bitten, zu erklären. Es stimmt, daß ich während des Krieges ein paar ungewöhnliche Aufträge bekam und den Dusel hatte, bei einigen erfolgreich zu sein. Aber verstehen Sie doch: damals war ich Soldat, und Befehl war Befehl, und es war kaum ein Unterschied, ob ich von einer schweren Granate im Schützengraben getötet wurde oder von einer Zivilistenkugel auf einer Hintertreppe. Jedes Risiko war mir willkommen, und mein Denkvermögen war auf der Höhe und unnatürlich scharf. Aber jetzt ist das alles vorüber. Heute bin ich in ganz anderer Verfassung, mein Verstand ist von Unkraut und Gras überwuchert. Ich habe mich hier auf dem Lande so tief eingegraben, daß ich nichts weiter bin als ein ganz gewöhnlicher Bauer. Wenn ich mitmachte – und ich tu's ganz bestimmt nicht –, würde ich nur Schaden anrichten.«

Mr. Victor stand da und sah mich unverwandt an. Einen Augenblick dachte ich, er wolle mir Geld anbieten, – ich hoffte eigentlich darauf, dann wäre ich steif geworden wie ein Ladestock, obwohl der gute Eindruck, den ich von ihm hatte, kaputt gewesen wäre. Vielleicht hat er daran gedacht, aber er war klug genug, den Gedanken zu verwerfen.

»Ich stimme keinem Wort zu, das Sie über sich selber gesagt haben, und ich verstehe mich auf Menschen. Ich bitte Sie als Christen und Gentleman, daß Sie mir helfen, mein Kind wiederzubekommen. Ich möchte meiner Bitte keinen weiteren Nachdruck geben, denn ich habe Sie schon zu lange in Anspruch genommen. Meine Londoner Adresse steht auf meiner Karte. Adieu, Sir Richard, und glauben Sie mir, ich bin Ihnen sehr dankbar, daß Sie mich so freundlich empfangen haben.«

Innerhalb von fünf Minuten war er samt seinem Rolls-Royce verschwunden und hatte mich in der jämmerlichen Verfassung beschämter Verzweiflung zurückgelassen. Ich begriff, wie Mr. Victor seinen Ruhm erworben hatte. Er wußte mit Menschen umzugehen; denn hätte er noch mehr gebeten und gebettelt, so hätte er mich nur gereizt; aber er hatte es irgendwie fertiggebracht, alles meiner Ehre zu überlassen, und hatte mich dadurch völlig durcheinander gebracht.

Ich machte einen kurzen Spaziergang, verfluchte die ganze Welt, hatte zwischendurch gräßliches Mitleid mit diesem unglücklichen Vater und war dann wieder wütend auf ihn, weil er versucht hatte, mich in seine Angelegenheiten zu verwickeln. Natürlich würde ich mich aus der Sache heraushalten; ich konnte da einfach nichts tun; es war erwiesenermaßen unmöglich; weder war ich dafür geeignet, noch hatte ich Lust dazu. Ich war kein professioneller Retter verzweifelter Damen, die ich überhaupt nicht kannte.

Jeder Mensch, sagte ich mir, muß seine Pflichten auf seinen eigenen Freundeskreis beschränken, außer wenn sein Vaterland ihn braucht. Ich war über vierzig und für eine Frau und einen kleinen Sohn verantwortlich; außerdem hatte ich ein Leben in ländlicher Abgeschiedenheit erwählt und hatte ein Recht darauf, daß meine Wahl respektiert wurde. Aber ich kann nicht behaupten, daß mir ganz geheuer war. Eine häßliche Schlammwelle aus der Welt da draußen hatte meinen kleinen behüteten Teich aufgestört. Mary und Peter John fand ich beim Schwänefüttern und brachte es nicht fertig, zu bleiben und mitzuspielen. Die Gärtner gruben Sulfatdünger rund um die Feigenbäume an der Südwand ein und baten um Anweisungen für die jungen Kastanienbäume in der Baumschule; der Jagdhüter lauerte mir im Hinterhof auf und wollte wissen, was er mit einem frischen Gelege der Fasanen machen sollte; und der Stalljunge wollte, daß ich mir die Fesseln von Marys Halbblut ansah. Aber ich konnte einfach mit niemandem reden. All diese Dinge liebte ich so sehr, aber für den Augenblick hatten sie allen Goldglanz verloren, und ich mußte sie warten lassen, bis ich mich besser fühlte. In miserabler Laune kehrte ich in die Bibliothek zurück.

Dort war ich noch keine zwei Minuten, als ich ein Auto auf dem Kies hörte. »Laß sie nur alle kommen«, stöhnte ich und war nicht überrascht, als Paddock hereinkam und hinter ihm die hagere Gestalt und das glattrasierte, scharfe Gesicht von Macgillivray auftauchte.

Ich glaube, ich bot ihm nicht einmal die Hand. Wir waren recht gute Freunde, aber in dem Augenblick hätte ich niemanden auf der Welt weniger gern gesehen.

»Na, du altes Ekel«, rief ich, »du bist schon der zweite Großstädter, den ich heute morgen sehe. Das Benzin wird bald knapp werden.«

»Hast du einen Brief von Lord Artinswell bekommen?« fragte er.

»Unglücklicherweise ja«, sagte ich.

»Dann weißt du ja, warum ich gekommen bin. Aber das hat Zeit bis nach dem Lunch. Sieh zu, daß er bald kommt, sei so nett, Dick, denn ich bin so hungrig wie ein ausgehungerter Turmfalke.«

So sah er auch aus mit seiner scharfen Nase und dem mageren Gesicht. Man konnte Macgillivray nicht lange böse sein, also gingen wir los, um Mary zu suchen. »Ich kann dir jetzt schon sagen, daß du einen Metzgersgang getan hast«, erklärte ich. »Weder du noch irgendjemand wird mich in eine unsterbliche Blamage hineinreiten. Jedenfalls sage Mary kein Wort davon. Ich will nicht, daß ihr sie mit eurem Blödsinn beunruhigt.«

Also sprachen wir beim Lunch über Fosse und die Cotswolds und über die Rotwildjagd, die ich gepachtet hatte – Machray hieß das Revier – und über Sir Archibald Roylance, meinen Mitpächter, der gerade mal wieder die Gelegenheit wahrgenommen hatte, sich bei einem Hindernisrennen beinah das Genick zu brechen. Macgillivray war, nebenbei gesagt, ein vorzüglicher Pirschjäger und wußte mir viel über Machray zu erzählen. Der Haken bei dieser Pacht waren anscheinend die Nachbarn; denn Haripol, die südlich angrenzende Jagd, lag an einem Hang, und der war zu steil für den Pächter, einen Fabrikanten mittleren Alters, der die Jagd deshalb nicht recht ausnützen konnte, und der riesige Forst Glenaicill war zu groß, als daß ein einzelner Pächter ihn hätte übernehmen können, und das Machray-Revier ganz am Ende des Forsts war dreißig Straßenmeilen von der Jagdhütte entfernt. Folglich war, so sagte Macgillivray, die Machray-Jagd von unkontrollierten Zufluchtswäldern umgeben, was das Wild zum bequemen Hinüberwechseln veranlaßte. Er meinte, die beste Zeit sei gleich nach Beginn der Saison, wenn die Hirsche noch oben standen, denn offenbar hatte Machray außerordentlich gute Weidewiesen ... Mary war in bester Laune, denn jemand hatte ihr Komplimente wegen Peter John gemacht, und sie war im Augenblick nicht besorgt, er könne schon im zarten Alter von der Schwindsucht dahingerafft werden. Sie war voller Haushaltsfragen wegen Machray und machte so üppige Pläne, daß Macgillivray sagte, er halte einen Logierbesuch für angebracht, denn es sehe so aus, als werde er nicht vergiftet werden, was ihm für gewöhnlich in schottischen Jagdhütten passiere. Es war eine Unterhaltung, an der ich meine helle Freude gehabt hätte, wäre der Morgen nicht so beunruhigend gewesen und hätte mir das Gespräch nicht noch bevorgestanden.

Nach dem Lunch gab es einen Regenschauer, also ließen Macgillivray und ich uns in der Bibliothek nieder. »Um halb vier muß ich fort«, sagte er, »also habe ich nur wenig mehr als eine Stunde, um dir mein Anliegen mitzuteilen.«

»Ist es überhaupt der Mühe wert, damit anzufangen?« fragte ich. »Ich möchte eindeutig klarstellen, daß ich unter gar keinen Umständen bereit bin, irgendeine Aufgabe irgendwelcher Art zu übernehmen. Ich ruhe mich aus und habe Ferien. Den Sommer über bleibe ich hier, und dann gehe ich nach Machray.«

»Nichts wird dich daran hindern, im August nach Machray zu gehen«, sagte er und machte die Augen auf. »Die Arbeit, die ich dir vorschlagen werde, muß längst vorher erledigt sein.«

Das überraschte mich wohl, denn ich unterbrach ihn nicht, wie ich vorgehabt hatte. Ich ließ ihn weiterreden, und ehe ich's noch wußte, war ich schon interessiert. Für spannende Geschichten habe ich eine Schwäche wie ein kleiner Junge, und Macgillivray wußte das und nützte es aus.

Er fing damit an, ganz ähnliche Dinge zu sagen, wie Dr. Greenslade sie am Abend zuvor gesagt hatte. Ein großer Teil der Welt war verrückt geworden, und deshalb gab es immer mehr unerklärliche und nicht vorauszusagende Verbrechen. Alles, was früher heilig war, hatte an Geltung verloren, und die Menschen hatten sich zu sehr an Tod und Leiden gewöhnt. Das bedeute, daß der Verbrecher sich weit größerer Möglichkeiten bedienen könne und, wenn er geschickt sei, ein gewaltiges Ressort äußerster Rücksichtslosigkeit und verderbter Erfindungsgabe zur Verfügung habe. Vor dem Kriege, sagte er, sei der moralisch Unzurechnungsfähige mehr oder weniger ein Sportler gewesen; jetzt sei er ein schreckliches Allgemeinprodukt, das gruppenweise, bataillonsweise gedeihe. Grausam, humorlos, hart, ohne jeden Sinn für Proportionen, aber oft voller perverser Poesie und berauscht von der eigenen Beredsamkeit – ein scheußliches, unbezähmbares Geschlecht sei gezeugt worden. Man finde es bei den jungen bolschewistischen Juden, unter den jungen Zuläufern der wilderen kommunistischen Sekten und auffallend häufig unter den übellaunigen, mordlustigen jungen Schlaksen in Irland.

»Die armen Teufel«, wiederholte Macgillivray. »Nur ihrem Schöpfer steht es zu, sie zu richten, aber wir, die wir die Zivilisation zusammenflicken wollen, müssen dafür sorgen, daß sie aus der Welt geschafft werden. Bilde dir nur nicht ein, daß sie echte Anhänger irgendeiner guten oder schlechten Bewegung sind. Sie sind genau, wie ich gesagt habe: moralisch Unzurechnungsfähige, – von einer x-beliebigen Bewegung können sie durch Leute, die sich auf sie verstehen, mitgerissen werden. Sie sind die Neubekehrten, die Oberpriester des Verbrechens, und ich muß mich mit ihnen als mit Verbrechern befassen. Also, dieses ganze verzweifelt degenerierte Material wird von ein paar gerissenen Leuten benützt, die selbst weder degeneriert noch irgend etwas Derartiges sind, sondern ganz schlicht böse. Seit die Welt besteht, hat kein Schurke solche Chancen gehabt.«

Dann teilte er mir ein paar Tatsachen mit, die nicht veröffentlicht werden dürfen, wenigstens nicht zu unseren Lebzeiten. Es lief darauf hinaus, daß teuflische Gehirne am Werk seien, um das gefährliche Material, das überall herumliege, für ihre eigenen Zwecke zu organisieren. Der gesamte zeitgenössische Anarchismus, so sagte er, hänge überall miteinander zusammen, und von den Leiden anständiger Leute und den Qualen der unseligen Werkzeuge profitierten gewisse blasierte, selbstsüchtige *entrepreneurs*. Er und seine

Leute, ja die gesamte Polizei der Zivilisation – er erwähnte besonders die Amerikaner – seien einem der übelsten dieser Gangsterringe auf der Spur, und durch eine Reihe glücklicher Zufälle seien sie zu handgreiflichen Ergebnissen gekommen. Jetzt könnten sie jeden Augenblick zupacken und die Gang ausheben.

Aber es gab eine Schwierigkeit. Er erklärte mir, daß dieser spezielle Gangsterring von der Gefahr, die ihm drohe, nichts wisse, daß ihm aber klar sei, daß irgendeine Gefahr drohen müsse, darum habe er Vorsichtsmaßregeln getroffen. Seit Weihnachten habe er Geiseln entführt.

Hier unterbrach ich, denn die ganze Sache kam mir unglaubwürdig vor. »Ich glaube, seit dem Krieg sind wir nur allzu leicht bereit, voreilig grandiose Erklärungen für ganz leichte Dinge zu finden. Ich bin noch lange nicht von der Existenz deines internationalen Zollamts für Verbrechen überzeugt.«

»Ich garantiere dir, daß du davon überzeugt sein wirst«, erwiderte er ernst. »Du wirst alle unsere Beweise erfahren, und wenn du dich nicht sehr verändert hast, seit ich dich kennenlernte, werden deine Rückschlüsse dieselben sein wie meine. Aber laß uns von den Geiseln sprechen.«

»Von einer weiß ich«, warf ich ein. »Nach dem Frühstück war Mr. Victor hier.«

Macgillivray fuhr hoch. »Der Ärmste! Und was hast du zu ihm gesagt?«

»Mein tiefstes Mitgefühl, aber ich kann da nichts machen.«

»Und die Antwort hat er hingenommen?«

»Das kann ich nicht behaupten. Aber er ging wieder. Und die anderen?«

»Es sind noch zwei. Einer ist ein junger Mann, Erbe eines beträchtlichen Vermögens, der zuletzt am 17. Februar von seinen Freunden in Oxford gesehen wurde, kurz vor dem Dinner. Er studierte am Christ Church-College und wohnte außerhalb im High. Er war zum Tee im Gridiron und ging nach Hause, um sich umzuziehen, denn an diesem Abend wollte er zum Dinner in den Halkyon-Club. Als er die

Treppe zu seinem Schlafzimmer hinaufging, begegnete ihm ein Bedienter. Anscheinend kam er nicht wieder herunter, und seit dem Tag ward er nicht mehr gesehen. Sein Name ist dir vielleicht bekannt – Lord Mercot.«

Ich fuhr zusammen. Den Namen kannte ich sehr gut, und den jungen Mann kannte ich auch ein wenig, da ich ihn gelegentlich bei unseren Hindernisrennen hier in der Gegend gesehen hatte. Er war der Enkel und Erbe des alten Herzogs von Alcester, des Angesehensten unter den älteren Staatsmännern Englands.

»Die haben sich ihre Beute gut ausgesucht«, sagte ich. »Und der dritte Fall?«

»Der grausamste von allen. Du kennst Sir Arthur Warcliff. Er ist Witwer, verlor seine Frau kurz vor dem Krieg, und er hat ein einziges Kind, einen Jungen von etwa zehn Jahren. Das Kind – David heißt es – war sein Augapfel und ging zur Vorschule in der Nähe von Rye. Sein Vater mietete ein Haus in der Nachbarschaft, um in seiner Nähe zu sein, und sonntags durfte der Junge immer zum Lunch nach Hause. Eines Sonntags kam er wie gewöhnlich zum Lunch und fuhr mit dem Ponywagen zurück. Er interessierte sich sehr für Vögel und stieg oft aus und ging die letzte halbe Meile zu Fuß querfeldein übers Moor. Nun ja, er verabschiedete sich an demselben Gatter wie sonst von dem Stallburschen und verschwand – wie Miss Victor und Lord Mercot – in einem schwarzen Geheimnis.«

Dieser Bericht entsetzte mich wirklich. Ich dachte an Sir Arthur Warcliff – an das gütige, abgezehrte Gesicht dieses großartigen Soldaten und Administrators, und ich konnte mir seinen Kummer und seine Sorge vorstellen. Ich wußte, was ich empfunden hätte, wäre es Peter John gewesen. Eine vielgereiste junge Dame und ein kräftiger junger Mann waren wohl fähig, sich zu wehren – aber ein armer kleiner, kindlicher Junge von zehn Jahren! Hingegen erschien mir die Sache immer noch zu phantastisch, als daß ich sie als wirkliche Tragödie hätte begreifen können.

»Wie bringt ihr eigentlich die drei Fälle miteinander in

Verbindung?« fragte ich. »Drei Menschen verschwinden innerhalb von ein paar Wochen in weit voneinander entfernt liegenden Gegenden Englands. Miss Victor kann von einem Erpresser entführt worden sein, Lord Mercot hat vielleicht das Gedächtnis verloren, und David Warcliff mag von Vagabunden gestohlen worden sein. Warum sollten sie alle in denselben Plan hineingehören? Und überhaupt: warum sollte irgendeines der Verbrechen deinem Gangsterring zur Last gelegt werden? Hast du irgendeinen Beweis für deine Geisel-Theorie?«

»Ja.« Macgillivray zögerte, ehe er antwortete. »Zunächst die große Wahrscheinlichkeit. Wenn eine Bande von Schurken drei Geiseln haben will, könnte sie kaum drei geeignetere finden – die Tochter des reichsten Mannes der Welt, den Erben unseres bedeutendsten Herzogtums, das einzige Kind eines Helden der Nation. Aber es gibt auch einen direkten Hinweis.« Er zögerte wiederum.

»Willst du sagen, daß Scotland Yard noch keinen Fingerzeig in einem der drei Fälle gefunden hat?«

»Wir sind hundert Fingerzeigen nachgegangen, aber sie wiesen alle in Sackgassen. Jede kleinste Einzelheit, kann ich dir versichern, ist mit dem Staubkamm durchkämmt worden. Nein, mein lieber Dick, es liegt nicht daran, daß wir ganz besonders dämlich sind, sondern auf der anderen Seite ist eine meisterhafte Arglist am Werke. Deshalb brauche ich ja *dich*. Du hast ein Talent, über Wahrheiten zu stolpern, auf die man nicht kommt, wenn man noch so logische Schlußfolgerungen zieht. Fünfzig Mann arbeiten Tag und Nacht daran, und glücklicherweise ist es uns gelungen, alle drei Fälle aus der Presse herauszuhalten, so daß uns kein Amateur hineinpfuscht. Aber wir sind bisher nicht einen Schritt weitergekommen. Wirst du helfen?«

»Nein. Nimm mal an, ich täte es – meines Erachtens hast du nicht den geringsten Beweis dafür, daß die drei Fälle miteinander zusammenhängen oder daß einer davon der Verbrechergang zuzuschreiben ist, die du angeblich in der Hand hast. Du hast mir nur Mutmaßungen mitgeteilt und noch dazu recht fadenscheinige. Wo bleibt der direkte Beweis?«

Macgillivray wurde etwas verlegen. »Ich habe am falschen Ende bei dir angefangen«, sagte er. »Ich hätte dir begreiflich machen sollen, wie ungeheuerlich und verzweifelt wichtig die Sache ist, mit der wir es zu tun haben, dann wärest du für den Rest der Geschichte empfänglich gewesen. Du weißt so gut wie ich, daß Kaltblütigkeit nicht immer die beste Hilfe ist, wenn es darum geht, Beweise beizubringen. Ich sagte schon, ich habe einen Beweis für den Zusammenhang der drei Fälle, ich habe ihn wirklich, und für meine Begriffe ist er ganz eindeutig.«

»Also, laß sehen.«

»Es ist ein Gedicht. Am Mittwoch letzter Woche, zwei Tage nach dem Verschwinden David Warcliffs, erhielten Mr. Julius Victor, der Herzog von Alcester und Sir Arthur Warcliff Abschriften dieses Gedichts mit der Morgenpost. Sie waren mit der Maschine auf dünne Papierfetzen geschrieben, die Adressen auf den Briefumschlägen waren ebenfalls getippt, und die Briefe waren im westlichen Zentrum von London am Nachmittag zuvor zur Post gegeben worden.«

Er gab mir eine Abschrift, und ich las folgendes:

»Wo die Sonne um Mitternacht
kärgliche Ernte zögernd reift; –
wo der Sämann seine Saat
in die Furchen Edens streut; –
wo beim heilgen Baume spinnt
Seherin, und die ist blind: –
da suche.«

Ich mußte laut lachen, ich konnte mir nicht helfen – die ganze Sache war zu albern. Diese sechs Zeilen sinnloser Knüttelverse schienen mir die Krönung des ganzen Unsinns zu sein. Aber ich beherrschte mich, als ich Macgillivrays Gesicht sah. Es war vor Ärger leicht gerötet, aber er verzog keine Miene und sah gefaßt und todernst aus. Nun war Macgillivray kein Idiot, und ich mußte seine Überzeugung respektieren. Also nahm ich mich zusammen und versuchte, das Ganze ernstzunehmen.

»Das ist ein Beweis, daß die drei Fälle miteinander zusammenhängen«, sagte ich. »Soviel gebe ich zu. Aber wo ist der Beweis dafür, daß sie das Werk der mächtigen Verbrecherbande sind, die du angeblich in der Hand hast?«

Macgillivray stand auf und ging ruhelos im Zimmer auf und ab. »Der Beweis ist in der Hauptsache eine Folgerung, aber nach meiner Überzeugung eine richtige Folgerung. Du weißt so gut wie ich, Dick, daß ein Fall endgültig gelöst sein kann, obwohl er sehr schwer als eine Abfolge von Tatsachen dargestellt werden kann. Meine Beurteilung der Sachlage stützt sich auf eine große Anzahl winziger Einzelheiten und Indizien, die sich überkreuzen, und ich wette mit dir, daß du – wenn du dich ernstlich mit der Sache befaßt – derselben Ansicht sein wirst. Aber soviel von dem direkten Beweis will ich dir verraten: seit wir dem großen Ding nachgehen, haben wir verschiedene Mitteilungen von der Art dieser Knüttelverse erhalten, und sie sind völlig anders als irgend etwas, worauf ich je in der Kriminologie gestoßen bin. Einer von diesen Schurken hat Spaß daran, seinen Gegnern nutzlose Stichworte zu geben. Das zeigt nur, wie sicher die Bande sich fühlt.«

»Na ja, die Bande hast du ja. Ich begreife nur nicht recht, warum du dich der Geiseln wegen sorgst. Die kannst du doch zusammen mit den Bösewichtern schnappen.«

»Kann ich? Du weißt, wir haben es mit moralisch Unzurechnungsfähigen zu tun. Wenn die in der Falle sind, versuchen sie nicht mehr, Sicherheit einzuhandeln. Sie werden die Geiseln gebrauchen, und wenn wir uns darauf nicht einlassen, werden sie an ihnen ihre letzte Rache vollziehen.«

Ich glaube, ich glotzte ihn ungläubig an, denn er fuhr fort: »Ja. Sie werden sie kaltblütig ermorden – drei unschuldige Menschen – und sich dann um so vergnügter hängen lassen. Ich kenne die Sorte. So haben sie's schon mehr als einmal gemacht.« Er erwähnte einen oder zwei Fälle jüngeren Datums.

»Gott im Himmel!« rief ich. »Welch furchtbarer Gedanke! Du kannst also nur sehr vorsichtig vorgehen und nicht eher zupacken, als bis du die drei Opfer aus ihren Klauen befreit hast.«

»Eben das können wir nicht«, erwiderte er mit feierlicher Bestimmtheit. »Darin liegt ja die Tragik der ganzen Sache. Wir müssen Anfang Juni zuschlagen. Ich will dich nicht mit Einzelheiten belästigen, aber glaube mir, es ist endgültig so. In Irland besteht die schwache Möglichkeit einer Lösung, und gewisse, höchst wichtige Ereignisse stehen in Italien und Amerika bevor, und alles hängt davon ab, daß den Gangstern vor Mitte Juni das Handwerk gelegt wird. Ist dir das klar? Mitte Juni müssen wir zugreifen. Mitte Juni – wenn sie nicht vorher gerettet werden – sind die drei Geiseln verloren. Es ist ein gespenstisches Dilemma, aber im Interesse der Allgemeinheit gibt es nur e i n e Möglichkeit. Ich muß hinzufügen, daß Victor und der Herzog und Warcliff alles das wissen und auf sich nehmen. Das sind wirkliche Männer – die tun ihre Pflicht, wenn es ihnen auch das Herz bricht.«

Schweigen, eine Minute oder zwei, denn ich wußte nicht, was ich sagen sollte. Die ganze Geschichte kam mir unglaubhaft vor, und doch konnte ich keine Silbe davon anzweifeln, wenn ich Macgillivrays ernstes Gesicht ansah. Ich empfand das Fürchterliche deshalb nicht weniger, weil es teilweise so unwirklich schien; es hatte die phantastische, grausame Realität eines Alpdrucks. Aber am stärksten empfand ich, daß ich völlig ungeeignet war zu helfen; und weil ich begriff, daß ich meine Weigerung aufrichtig mit Unfähigkeit begründen konnte und nicht mit Abgeneigtheit, wurde mir etwas leichter.

»Also«, sagte Macgillivray nach einer Pause, »wirst du uns helfen?«

»Mit diesem Sonntagsblättchen-Anagramm, das du mir gezeigt hast, kann ich nichts anfangen. Es gibt diese Art von Rätseln, die überhaupt nicht fürs Raten bestimmt sind. Du wirst wohl versuchen, auf dem, was du über den Verbrecherring weißt, aufzubauen und so die Geiseln aufzuspüren.«

Er nickte.

»Sieh mal«, sagte ich; »fünfzig der schnellsten Spürhunde Britanniens hast du eingesetzt. Sie haben soviel herausgekriegt, daß der Feind ein Lasso um den Hals hat, das du fest zuziehen kannst, wann immer du willst. Sie sind für diese Arbeit ausgebildet, und ich bin es nicht. Was für einen Sinn könnte es denn um Himmels willen haben, wenn ein Amateur wie ich dazwischenpfuschte? Ich wäre nicht halb so brauchbar wie ein x-beliebiger der fünfzig. Ich bin kein Fachmann, ich begreife nicht schnell, ich bin langsam und geduldig, und dieser Job – das sagst du selber – ist ein Wettrennen mit der Zeit. Wenn du's dir überlegst, wirst du einsehen, daß es glatter Unsinn ist, mein Lieber.«

»Du bist früher schon mit schlechterem Material zum Ziel gekommen.«

»Das war einfach Glückssache, und es war im Krieg, als – wie gesagt – mein Verstand auf morbide Art aktiv war. Außerdem gehörte alles, was ich damals unternommen habe, zum Kriegsdienst, und was du jetzt von mir verlangst, ist Büroarbeit. Du weißt, daß ich zur Büroarbeit nicht tauge, das hat Blenkiron schon immer gesagt, und Bullivant hat mich auch niemals so eingesetzt. Es ist nicht, daß ich nicht helfen will, aber ich kann's einfach nicht.«

»Ich glaube doch, daß du es kannst. Und die Lage ist so ernst, daß ich keine Möglichkeit ungenutzt zu lassen wage. Willst du nicht mitmachen?«

»Nein. Weil ich nichts ausrichten könnte.«

»Weil dir der Sinn nicht danach steht.«

»Weil ich nicht die rechte Art von ›Sinn‹ dafür habe.«

Er sah auf die Uhr, stand auf und lächelte ziemlich traurig.

»Ich hab mein Verschen gesagt, und du weißt jetzt, was ich von dir will. Deine Antwort nehme ich nicht als endgültig an. Überlege dir, was ich gesagt habe, und gib mir morgen oder übermorgen Bescheid.«

Aber ich hatte keinerlei Zweifel mehr, denn es war mir völlig klar, daß ich mich in jeder Hinsicht richtig entschieden hatte.

»Mach dir nicht vor, daß ich meine Meinung ändern werde«, sagte ich, als ich ihn zum Wagen begleitete. »Ganz bestimmt, alter Freund, wenn ich dir auch nur ein Atom nützen könnte, würde ich mitmachen. Aber in deinem eigenen Interesse darfst du diesmal nicht auf mich zählen.«

Dann machte ich einen Spaziergang, ziemlich heiteren Gemüts. Ich regelte die Angelegenheit ›Fasanengelege‹ mit dem Jagdhüter und ging zum Bach hinunter, um nachzusehen, ob Fliegen ausgeschlüpft waren. Es hatte sich aufgeklärt, es war ein schöner Abend geworden, und ich dankte meinen Sternen, daß ich mit gutem Gewissen einer mühevollen Aufgabe entronnen war und mein friedliches Leben weiterhin genießen konnte. Ich sage ›mit gutem Gewissen‹, denn obwohl noch ein Bodensatz von Beunruhigung tief unten in meiner Seele lauerte, brauchte ich mir die Tatsachen nur wieder vor Augen zu halten, um meine Entscheidung zu billigen. Ich schlug mir die ganze Sache aus dem Sinn und kam mit gutem Appetit zum Tee nach Hause.

Im Salon war ein Fremder in Marys Gesellschaft, ein schlanker, älterer Herr, der sich sehr gerade und aufrecht hielt und auf dessen Gesicht das Leben so viel geschrieben hatte, daß man, wenn man ihn ansah, sozusagen in einem guten Buch las. Zuerst erkannte ich ihn nicht, als er aufstand, um mich zu begrüßen, aber das Lächeln in seinen Augenwinkeln und die ruhige, tiefe Stimme erinnerten mich an die beiden Male, die ich Sir Arthur Warcliff begegnet war ... Das Herz fiel mir in die Schuhe, als wir uns die Hand gaben, um so mehr, als ich sah, wie ernst Mary war. Sie hatte die Geschichte soeben angehört, von der ich gehofft hatte, sie würde sie nie erfahren ...

Ich glaubte, es sei am besten, ganz offen zu sein. »Ich kann mir denken, warum Sie hier sind, Sir Arthur«, sagte ich, »und es tut mir schrecklich leid, daß Sie die lange Reise umsonst gemacht haben.« Dann erzählte ich ihm von den

Besuchen von Mr. Victor und Macgillivray. Ich glaube, ich machte es ganz klar, daß ich nichts tun konnte, und er schien mir beizustimmen. Mary, das weiß ich noch, hielt den Blick gesenkt.

Sir Arthur hatte auch zu Boden geblickt, während ich sprach, und jetzt wandte er mir das weise alte Gesicht zu, und ich sah, welche Verheerung diese neue Sorge darin angerichtet hatte. Er konnte kaum mehr als sechzig sein, und er sah aus wie hundert.

»Ich stelle Ihre Entscheidung nicht in Frage, Sir Richard«, sagte er. »Ich weiß, Sie hätten mir geholfen, wenn es möglich gewesen wäre. Aber ich gestehe, daß ich schmerzlich enttäuscht bin, denn Sie waren meine letzte Hoffnung. Sehen Sie – sehen Sie – ich hatte nichts mehr auf der Welt als Davie. Wenn er gestorben wäre, das hätte ich, glaube ich, ertragen können – aber nichts von ihm zu wissen und mir Schreckliches vorzustellen, das geht fast über meine Kraft.«

Nie habe ich etwas Quälenderes erlebt. Eine befehlsgewohnte Stimme schwanken zu hören, Tränen zu sehen in den tapfersten Augen, die je in diese Welt geblickt haben – am liebsten hätte ich geheult wie ein Hund. Tausend Pfund hätte ich drum gegeben, wenn ich mich in die Bibliothek hätte flüchten und die Tür hinter mir abschließen können.

Marys Verhalten kam mir sehr sonderbar vor. Sie schien mit voller Absicht die Wunde zu sondieren, denn sie brachte Sir Arthur immer wieder dazu, von seinem Jungen zu reden. Er zeigte uns eine Miniatur, die er bei sich trug – ein besonders hübsches Kind mit großen grauen Augen, der Kopf in nobler Haltung über den Schultern. Ein ernsthafter Knabe mit dem völlig vertrauensvollen Blick, der Kindern eigen ist, die noch nie im Leben unfair behandelt worden sind. Mary sagte etwas über den sanften Gesichtsausdruck.

»Ja, Davie war sehr sanft«, sagte sein Vater. »Ich glaube, er war das sanfteste Geschöpf, das ich je gekannt habe. So klein wie er war: er war der Inbegriff von Höflichkeit. Aber er war auch merkwürdig stoisch. Wenn er traurig war, preßte er nur die Lippen aufeinander und weinte nie. Ich fühlte mich oft durch ihn zurechtgewiesen.«

Und dann erzählte er uns von Davies Leistungen in der Schule, wo er sich nicht besonders auszeichnete, außer daß er eine gewisse Begabung für Cricket zeigte. »Vor Frühreife habe ich große Angst«, sagte Sir Arthur mit einem Anflug von Lächeln. »Aber er erzog sich immer selber auf die rechte Art, indem er zu beobachten und zu denken lernte.« Es schien, daß das Kind auf die Ergründung der Natur versessen war und sich zu jeder Tageszeit im Freien aufhielt, um Tiere und Pflanzen zu beobachten. Er war auch ein Angler vor dem Herrn und hatte in den Bächen des hügligen Galloway viele Forellen mit der Fliege gefangen. Und während der Vater sprach, wurde der kleine Bursche plötzlich für mich zur Wirklichkeit, und ich dachte, er sei genau so, wie ich mir Peter John wünschte. Mir gefielen die Berichte von seiner Liebe zur Natur und zu den Forellenbächen. Wie mit einem Donnerschlag wurde mir plötzlich klar, daß ich in seines Vaters Lage wahrscheinlich wahnsinnig werden würde, und ich war erschüttert von der Seelenstärke des alten Mannes.

»Ich glaube, er hatte eine Art genialen Verständnisses für Tiere«, sagte Sir Arthur. »Instinktiv wußte er über das Verhalten von Vögeln Bescheid und sprach von ihnen, wie andere von ihren Freunden sprechen. Er und ich waren sehr vertraut miteinander, und mit seiner leisen, zarten Stimme erzählte er mir oft lange Geschichten von Vögeln und Tieren, die er beim Umherstreifen gesehen hatte. Er erfand auch merkwürdige Namen für sie . . .«

Das Ganze war fast unerträglich jammervoll. Es kam mir vor, als hätte ich das Kind mein Leben lang gekannt, ich sah es vor mir, ich hörte seine Stimme, und Mary – sie weinte ganz ohne Scham.

Sir Arthurs Augen waren jetzt trocken, und seine Stimme war fest, solange er sprach. Aber plötzlich wurde ihm alles überdeutlich bewußt, und die nächsten Worte waren ein Aufschrei: »Wo ist er jetzt? Was tun sie ihm an? O Gott!

Mein geliebter kleiner Bursche, mein sanfter kleiner Davie!«

Das brachte mich schier um. Mary hielt den alten Mann umschlungen, und ich sah, wie er versuchte, sich zusammenzunehmen, aber ich konnte nichts mehr deutlich sehen. Ich wußte nur, daß ich im Zimmer umherschritt und kaum merkte, daß unser Gast sich verabschiedete. Ich erinnere mich, daß ich ihm die Hand gab und ihn sagen hörte, es habe ihm wohlgetan, sich bei uns aussprechen zu können. Mary war es, die ihn zum Wagen begleitete, und als sie zurückkam, fand sie mich am Fenster stehen – ich fluchte wie ein Türke. Ich hatte das Fenster aufgerissen, denn ich war am Ersticken, obwohl der Abend kühl war. Das Gemisch von Zorn, Ekel und Mitleid in meinem Herzen erwürgte mich fast.

»Warum, zum Teufel, lassen sie mich nicht in Ruhe?« schrie ich. »Ich verlange doch nicht viel – nur ein bißchen Frieden. Warum, in Himmels Namen, soll ich in die Angelegenheiten anderer Leute hineingezogen werden? Warum, um alles in der Welt –«

Mary stand dicht neben mir, ihr Gesicht war ziemlich weiß und zeigte Tränenspuren.

»Natürlich wirst du helfen«, sagte sie.

Bei ihren Worten wurde mir klar, welche Entscheidung ich schon vor einer Viertelstunde getroffen haben mußte, und all mein aufgeregter Zorn verließ mich wie die Luft eine angestochene Blase.

»Natürlich«, antwortete ich. »Nebenbei, ich sollte an Macgillivray telegraphieren. Und auch an Warcliff. Wie ist die Adresse?«

»Wegen Sir Arthur brauchst du dich nicht zu bemühen«, antwortete Mary. »Ehe du hereinkamst, als er mir alles erzählt hatte, habe ich ihm gesagt, daß er auf dich zählen kann. O Dick, denk nur, es wäre Peter John gewesen!«

3

Die Erforschung des Unterbewußten

Ich ging zu Bett und war ganz sicher, daß ich nicht schlafen würde. Das passierte mir etwa einmal im Jahr, wenn ich aufgeregt oder zornig war, und ich fand keine Möglichkeit, mich darum zu drücken. Der Mond schien hell, und die Fenster waren wie Laken aus Opal, von der dunklen Jade der Baumzweige zerschnitten; leichter Wind rührte die Ranken der Kletterpflanzen; Eulen riefen wie Schildwachen, die die Parole weitergeben, und manchmal schwatzte eine Krähe im Traum; hin und wieder kam das halblaute Quieken und Rascheln des Waldgetiers vom Gehölz herüber, derweil ich lag und die Decke anstarrte und meine Gedanken sich fruchtlos im Kreise drehten. Marys ruhiger Atem quälte mich, – nie habe ich jemanden gekannt, der diese vollkommene Begabung zum Schlummern hatte. Ich sagte immer, wenn man ihren Stammbaum weit genug verfolgte, würde sich herausstellen, daß sie von einem der Sieben Schläfer von Ephesus abstammte, der eine der Törichten Jungfrauen geheiratet hatte.

Was mich wachhielt, war hauptsächlich der Gedanke an den armen kleinen Jungen, David Warcliff. Miss Victor und Lord Mercot taten mir leid, und die Eltern aller drei taten mir verzweifelt leid, aber was ich einfach nicht aushalten konnte, war der Gedanke an den unschuldigen kleinen Burschen, der Vögel liebte und Angeln und die frische Luft und jetzt von Verbrechern schlimmster Sorte in irgendeinem stikkigen Loch versteckt gehalten wurde. Das plagte mich so lange, bis ich mir einbildete, es sei uns widerfahren, und Peter John sei nicht mehr da. Ich stand auf und schlich an den Fenstern herum, ich blickte hinaus in die stille Nacht und konnte nicht begreifen, wie dieselbe Welt so viele Sorgen und so viel Frieden enthalten konnte.

Ich wusch mir das Gesicht mit kaltem Wasser und legte mich wieder hin. Es kam nichts dabei heraus, wenn ich meinen Gedanken freien Lauf ließ, deshalb versuchte ich, sie auf einen Punkt zu fixieren in der Hoffnung, daß ich dann schläfrig würde. Ich versuchte, mir die Indizien zu wiederholen, die Macgillivray aufgeführt hatte, aber es kam nur Unsinn dabei heraus, denn ich konnte mich nicht konzentrieren. Fortwährend sah ich das Gesicht eines kleinen Jungen vor mir, der sich auf die Lippen biß, um nicht weinen zu müssen, und ein anderes, schauerlich häßliches Gesicht, das immer wieder mit dem eines der Statuetten aus Blei verschwamm, die in unserem Rosengarten standen. Auch ging mir ein lächerlicher Reim im Kopf herum – irgendetwas von ›Mitternachtssonne‹ und ›grünem Garten Eden‹. Nach und nach gelang es mir, das Anagramm zusammenzubringen, das Macgillivray erwähnt hatte. Für Verse habe ich ein Gedächtnis wie ein Fliegenfänger, selbst wenn keinerlei Grund dafür besteht, daß ich mich an sie erinnern sollte, und wirklich konnte ich die sechs Zeilen des Knüttelverses wiederholen.

Dann verschwammen sie miteinander und suggerierten meinem Hirn alle möglichen seltsamen Bilder. Ich begann sie auszudeuten – ›Wo die Sonne um Mitternacht kärgliche Ernte zögernd reift‹ – das war jedenfalls Skandinavien oder Grönland oder Labrador. Aber wer – zum Kuckuck – war der ›Sämann‹, der ›in die Furchen Edens‹ sät? Vielleicht Adam oder Abel – wer war eigentlich der erste Bauer? Oder ein Engel des Himmels? Eher wohl ein Engel, dachte ich, denn die Zeile klang wie aus einem Choral. Auf alle Fälle war das alles hirnverbrannt.

Die letzten beiden Zeilen entglitten mir immer wieder, und das zwang mein Gedächtnis aus der überreizten Verwirrung heraus, in der es sich festgefahren hatte. Ah! Jetzt hatte ich sie wieder:

›Wo beim heilgen Baume spinnt
Seherin, und die ist blind‹ –

Der heilige Baum war wahrscheinlich die Esche Yggdrasil und die Spinnerin eine der Nornen. Ich hatte mich früher einmal für die nordische Mythologie interessiert, aber ich wußte nicht mehr, ob eine der Nornen blind war. Eine blinde Frau, die spann. Wo hatte ich bloß schon einmal so etwas gehört? Und obendrein vor kurzem?

Das Schlimmste an der Schlaflosigkeit ist, daß man nicht ganz wach ist. Aber jetzt war ich plötzlich im Vollbesitz meiner Sinne, und wie ein Hund an seinem Knochen nagte ich an diesem Blödsinn herum. Ich war schon davon überzeugt gewesen, daß die Zeilen einen Hinweis enthielten, daß es aber unmöglich sein würde, ihn zu finden. Jetzt aber ging mir ein Hoffnungsschimmer auf, denn es kam mir vor, als erinnerte ich mich sehr vage an irgend etwas.

Die Erntezeit in Skandinavien, die grünen Felder des Gartens Eden, die blinde Spinnerin – oh, es war zum Verrücktwerden! Denn jedesmal, wenn ich mir die Zeilen wiederholte, hatte ich deutlicher den Eindruck, daß ich ganz vor kurzem etwas ähnliches gehört hatte. Der Norden – Norwegen – ganz gewiß, das war es! Norwegen – was war das nur mit Norwegen? – Lachs, Elche, Rentiere, Mitternachtssonne, *saeters* – das letzte Wort hallte ganz laut in mir wider. Und die blinde Alte am Spinnrad!

Jetzt hatte ich's. Dies waren zwei der drei Gegebenheiten, die Dr. Greenslade am Abend zuvor als Ausgangspunkte seines theoretischen Schauerromans genannt hatte. Was war die dritte? Ein Raritätenladen im Norden von London, der einem Juden mit gefärbtem Bart gehörte. Da gab es keinen erkennbaren Zusammenhang mit einem Sämann auf den Feldern Edens. Jedenfalls hatte er aber zwei erwähnt, die dem Knüttelvers entsprachen ... Das mußte einen Hinweis bedeuten. Greenslade hatte irgendwo und irgendwann den Knüttelvers oder wenigstens seinen wesentlichen Inhalt gehört, und das war in dem unterbewußten Gedächtnis, von dem er gesprochen hatte, aufgespeichert, ohne daß er etwas davon wußte. Also mußte ich es ausgraben. Und wenn ich herausfinden konnte, wo und wie er das Zeugs gehört hatte, dann hatte ich eine Spur gefunden.

Als ich zu diesem Schluß gekommen war, fühlte ich mich seltsam erleichtert und schlief augenblicklich ein. Beim Aufwachen grüßte mich ein herrlicher Frühlingsmorgen, und ich lief zu meinem Morgenbad im See hinunter. Ich bedurfte aller Erfrischung und Ernüchterung, die ich nur kriegen konnte, und als ich nach dem eiskalten Bad in die Kleider fuhr, fühlte ich mich allen weiteren Besuchern gewachsen.

Mary war pünktlich zum Frühstück unten und sah ihre Post durch. Sie sprach wenig und schien darauf zu warten, daß ich etwas sagte; aber ich mochte über das, was uns am meisten beschäftigte, nicht sprechen, ehe ich nicht klarer sah, darum sagte ich nur, ich brauche zwei Tage, um mir alles zu überlegen. Es war Mittwoch; also telegraphierte ich an Macgillivray, er möge mich am Freitag in London erwarten, und an Mr. Julius Victor kritzelte ich ein paar Zeilen. Um halb zehn war ich unterwegs zu Dr. Greenslades Quartier.

Ich erwischte ihn, als er gerade zu seiner Krankenrunde aufbrechen wollte, und zwang ihn, sich zu setzen und mir zuzuhören. Ich mußte ihm das Wichtigste von alledem sagen, was Macgillivray mir erzählt hatte, und auch einiges aus den Berichten von Victor und Sir Arthur. Noch ehe ich halb damit fertig war, hatte er den Mantel abgeworfen, und ich war noch nicht zu Ende, da hatte er schon die Pfeife angezündet und damit ein heiliges Ritual durchbrochen, das ihm nicht erlaubte, vor dem Abend zu rauchen. Als ich zu sprechen aufhörte, hatte er den irren Blick eines Cairnterriers, der einen Dachs ausgräbt.

»Haben Sie also den Job übernommen?« fragte er brüsk.

Ich nickte.

»Na, – ich hätte nicht viel Respekt vor Ihnen gehabt, wenn Sie sich geweigert hätten. Wie kann ich helfen? Zählen Sie auf mich, falls ich mich nützlich machen kann. Lieber Gott! Noch nie habe ich etwas so Verruchtes gehört.«

»Haben Sie den Knüttelvers behalten?« Ich wiederholte ihn, und er sprach ihn mir nach.

»Also, Sie wissen wohl noch, worüber wir uns vorgestern abend nach dem Essen unterhalten haben. Sie haben mir erklärt, wie man einen Schauerroman schreibt, und als Basis zählten Sie drei beliebige Gegebenheiten auf. Das waren, Sie wissen es sicher noch, ein norwegischer *saeter*, eine spinnende blinde Frau in den Western Highlands und ein Raritätenladen im Norden von London, der einem Juden mit gefärbtem Bart gehört. Nun also, zwei Ihrer Gegebenheiten kommen in diesem sechszeiligen Reimgeklingel vor, das ich Ihnen rezitiert habe.«

»Das ist ein sonderbarer Zufall. Aber doch wohl nicht mehr?«

»Ich glaube doch. Ich glaube nicht an den Zufall. Meist gibt es eine Erklärung, die wir nur aus Dummheit nicht entdeckt haben. Was Sie sich ausgedacht haben, war so merkwürdig: – ich kann mir nicht denken, daß es einfach frei erfunden war. Irgendwie und irgendwo müssen Sie das gehört haben. Sie wissen doch, was Sie vom unterbewußten Gedächtnis gesagt haben. Da irgendwo steckt das bei Ihnen drin, und wenn Sie sich nur erinnern können, wie es dahin gekommen ist, geben Sie mir den Tip, den ich brauche. Dieser sechszeilige Knüttelvers wurde von Leuten ausgeschickt, die sich so sicher fühlten, daß sie keine Bedenken hatten, ihren Feinden einen Hinweis zu geben – sie wußten, daß niemand ihn entdecken würde. Macgillivray und seine Leute werden nicht klug daraus, niemals. Aber wenn ich vom anderen Ende her anfangen kann, dann entdecke ich ihn hinter ihrem Rücken. Verstehen Sie? Auf irgendeine Art muß ich Sie dazu bringen, daß Sie den Zusammenhang ausgraben.«

Er schüttelte den Kopf. »Kann ich nicht, Dick. Ihre Voraussetzung zugegeben – daß ich den Quatsch wirklich gehört und nicht erfunden habe –, so kann man doch mit dem Unterbewußtsein keine solchen Geschäfte machen. Ich erinnere mich unterbewußt, und ich kann mich nicht bewußt erinnern ... Jedoch muß ich sogar Ihre Voraussetzung zurückweisen. Ich glaube, es ist alles ein ganz gewöhnlicher Zufall.«

»Und ich glaube das nicht«, erwiderte ich starrsinnig, »und selbst wenn ich's glaubte, so bin ich verpflichtet, das Gegenteil anzunehmen, denn es ist die einzige Karte, die ich ausspielen kann. Sie müssen sich hinsetzen, alter Knabe, und alle Kraft aufbieten, sich zu erinnern. Sie haben in den ausgefallensten Geschichten dringesteckt, und ich glaube ganz bestimmt, daß Sie diesen Blödsinn schon mal *gehört* haben. Graben Sie's in Ihrem Gedächtnis aus, dann haben wir die Chance zu gewinnen. Sonst sehe ich nur eine einzige große Tragödie.«

Er stand auf und zog den Mantel an. »Ich muß sehr viele Krankenbesuche machen, die nehmen mich den ganzen Tag in Anspruch. Natürlich will ich's versuchen, aber ich sage Ihnen jetzt schon: ich habe nicht die leiseste Hoffnung. Sowas gelingt nicht, wenn man sich abzappelt und danach sucht. Vielleicht übernachte ich heute bei Ihnen. Wieviel Zeit geben Sie mir denn?«

»Zwei Tage – Freitag morgen muß ich nach London. Ja, Sie müssen bei uns wohnen. Mary besteht darauf.«

Von der Weide her hörte man die neugeborenen Lämmer blöken, und durchs offene Fenster kam der Lärm der Karren, die aus dem Abstellhof auf den Weg hinausholperten. Greenslade machte ein listiges Gesicht und lachte.

»Ein böser Einbruch in Ihren ländlichen Frieden, Dick. Sie wissen, wenn's Schwierigkeiten gibt, stehe ich Ihnen zur Verfügung. Wollen wir mal resümieren, denn ich muß jetzt eine Menge Forschungsarbeit tun. Meine drei waren eine blinde alte Frau am Spinnrad in den Western Highlands – Western Highlands, stimmt das? –, eine *saeter*-Scheune und der Raritätenladen eines Juden. Die anderen drei waren eine blinde Spinnerin unter einem heiligen Baum, irgendein *saeter* und ein Sämann in den Gefilden von Eden – Himmel, was für ein Blödsinn! Zwei Paare scheinen übereinzustimmen, das dritte Paar scheint hoffnungslos. Naja, wir müssen eben Glück haben! Ich werfe meine Grundsätze über den Haufen und nehme die Pfeife mit, denn diese Sache schreit einfach nach Tabak.«

Ich war den ganzen Tag mit Briefeschreiben und Anordnungen für das Gut beschäftigt, denn es sah so aus, als werde ich im nächsten Monat nicht viel zu Hause sein. Sonderbarerweise war ich weder nervös noch hatte ich Angst. Das würde später kommen; im Augenblick harrte ich der Vorsehung in Gestalt von Tom Greenslade. Ich vertraute meinem Instinkt, der mir versicherte, daß hinter seinen unwillkürlich gewählten Beispielen mehr steckte als nur der Zufall und daß ich, wenn ich nur Glück hatte, durch sie Zugang zu unserem Problem finden könnte.

Um sieben Uhr abends tauchte Greenslade wieder auf, ziemlich düster und tief in Gedanken. Beim Dinner aß er nichts, und als wir später in der Bibliothek saßen, schien er vornehmlich an den Anzeigen in der ›Times‹ zu sein. Als ich fragte: »Glück gehabt?«, sah er mich trostlos an.

»Das ist der aussichtsloseste Job, an dem ich mich je versucht habe«, stöhnte er. »Bisher habe ich keinen Schimmer, und jedenfalls habe ich's ganz verkehrt angefangen. Ich habe die ganze Zeit versucht, durch *Nachdenken* die Erinnerung wachzurufen, und, wie ich schon sagte, so etwas findet man nicht, wenn man danach sucht, und Beten und Fasten helfen auch nicht. Es fiel mir ein, ich könnte etwas erreichen, wenn ich die Unterschiede zwischen den drei Paaren miteinander vergliche. Das ist in der induktiven Logik eine übliche Methode, denn Unterschiede sind oft aufschlußreicher als Gleichheiten. Also plagte ich mich ab mit dem ›heiligen Baum‹ im Gegensatz zu den ›Western Highlands‹ und mit den ›Gefilden Edens‹ im Gegensatz zum ›Raritätenladen‹. Dabei kam überhaupt nichts heraus. Bloß Kopfschmerzen kriegte ich, und wahrscheinlich habe ich die Hälfte meiner Patienten vergiftet. Es hat keinen Sinn, Dick, aber ich will mich weiter plagen, bis die zwei Tage, die man uns zugestanden hat, um sind. Jetzt lasse ich meinem Verstand Ruhe und vertraue auf eine Inspiration. Zwei sehr schwach glimmende Anhaltspunkte habe ich. Einmal bin ich sicher, daß ich nicht ›Western Highlands‹ gesagt habe.«

»Ich weiß genau, daß Sie wörtlich das gesagt haben. Was haben Sie denn sonst gesagt?«

»Das weiß ich ums Verrecken nicht mehr, aber ich bin ziemlich sicher: das war's nicht. Ich kann's nicht recht erklären, aber Erinnerungen haben eine gewisse Atmosphäre, und der Ausdruck paßt einfach nicht in diese Atmosphäre hinein. Er hat eine andere Tonart. Der Einsatz ist falsch. Zweitens habe ich eine nebelhafte Idee, daß die Sache, wenn sie tatsächlich in meiner Erinnerung vorhanden ist, irgendwas mit einem Choral zu tun hat. Keine Ahnung von der Melodie, und der ganze Eindruck ist so ungreifbar wie Rauch; ich erwähne es nur. Könnte ich auf die richtige Melodie kommen, dann könnte ich mich wohl auch an den Text erinnern.«

»Sie denken also nicht mehr nach?«

»Überhaupt nicht mehr. Ich bin eine Äolsharfe, auf der jeder Wind spielt, der vorbeiweht. Verstehen Sie: wenn ich die drei Gegebenheiten je gehört habe, so habe ich trotzdem keinen bewußten, verstandesmäßigen Zugang zu ihnen. In meinem Alltagsbewußtsein waren sie nie vorhanden. Die einzige Hoffnung ist, daß irgend etwas Materielles geschieht, was vielleicht an die drei anknüpft und so die Situation wieder herstellt, in der ich von ihnen gehört habe. Ein Geruch würde das am ehesten tun, aber eine Melodie könnte auch genügen. Unsere einzige Hoffnung – und die ist ebenso stabil wie ein Spinnwebfaden an einem Grashalm – besteht darin, daß mir zufällig die Melodie in den Sinn kommt. Verstehen Sie mich, Dick? Nachdenken hilft nicht, denn dieses Problem ist keine Sache des Verstandes; aber eine winzige physische Erfahrung von Nase, Ohr oder Auge könnte den richtigen Schalter betätigen. Und es mag eine Halluzination sein, aber ich habe das Gefühl, daß die drei Gegebenheiten, die ich zu erfinden glaubte, auf irgendeine unbestimmt abstruse Art mit einer Choralmelodie zusammenhängen.«

Er ging früh schlafen, während ich noch bis fast Mitternacht aufblieb und Briefe schrieb. Als ich hinaufging, kam mir alles ganz vergeblich und entmutigend vor. Es schien mir eine lächerliche Kinderei zu sein, an diesen gespenstischen Unwirklichkeiten herumzuraten, während eine Tragödie – so groß und unbezweifelbar wie ein Berg – uns bedrohte. Ich mußte mich daran gemahnen, wie oft das Nebensächliche sich als das Wichtigste entpuppt, ehe ich diese Gewissensbisse los wurde. Ich war müde und schläfrig, und während ich mich zwang, an das unmittelbare Problem zu denken, verschwammen die sechs Zeilen des Reimgeklingels in meinem Gedächtnis. Beim Ausziehen versuchte ich, sie mir vorzusagen, aber die vierte konnte ich nicht mehr skandieren. Es kam etwas zustande wie ›die Gärten von Erin‹ und dann ›die grünen Gärten von Erin‹. Und dann ›der grüne Garten Eden‹.

Ich ertappte mich dabei, daß ich eine Melodie summte.

Es war ein alter Choral, den die Heilsarmee oft auf den Straßen Kapstadts spielte, als ich noch ein Schuljunge war. Dreißig Jahre lang hatte ich ihn weder gehört noch daran gedacht. Aber ich erinnerte mich sehr deutlich an die Melodie, die hübsch und einschmeichelnd war wie eine frühviktorianische Salonballade, und der Text des Refrains fiel mir ein: –

»Jenseits vom Jordan,
im grünen Garten Eden,
wo der Baum des Lebens blüht,
da find'st du Ruh.«

Ich ging spornstreichs zu Greenslades Zimmer, er war hellwach und starrte zur Zimmerdecke hinauf, die Lampe auf seinem Nachttisch brannte. Ich muß ihn mitten in einem Gedankengang unterbrochen haben, denn er sah mich ärgerlich an.

»Ich hab Ihre Melodie«, sagte ich und pfiff sie ihm vor, und dann wiederholte ich den Text, soweit ich mich daran erinnerte.

»Zum Kuckuck mit der Melodie«, sagte er. »Die hab ich

noch nie gehört.« Aber er summte sie mir nach, und den Text mußte ich mehrmals wiederholen.

»Hilft alles nichts, fürchte ich. Hakt nirgends ein. Mein Gott, was für ein Narrenspiel. Ich will jetzt schlafen.«

Aber nach drei Minuten klopfte es an mein Ankleidezimmer und Greenslade trat ein.

»Die Melodie stimmt. Warum, kann ich nicht erklären, aber meine drei verflixten Gegebenheiten passen hinein wie Garnelen ins Aspik. Jetzt taste ich mich zum Licht durch. Ich dachte, ich sollte es Ihnen sagen, dann schlafen Sie vielleicht besser.«

Ich schlief wie ein Holzklotz und ging fröhlicher zum Frühstück hinunter, als ich seit einigen Tagen gewesen war. Aber der Doktor schien eine schlechte Nacht verbracht zu haben. Seine Augen waren verklebt und verschwollen, und sein Haar hatte er so zerwühlt, als könne es nie mehr ordentlich anliegen. Diese Eigentümlichkeit kannte ich bei ihm; wenn ihm das Haar am Hinterkopf zu Berge stand, dann fehlte ihm etwas, entweder leiblich oder seelisch. Ich bemerkte, daß er Knickerbockers und feste Schuhe angezogen hatte.

Nach dem Frühstück zeigte er keine Neigung zu rauchen. »Ich habe das Gefühl, daß ich kurz vor dem Ziel aufgeben muß«, stöhnte er. »Ich habe mich völlig zu Ihrer Ansicht bekehrt. Ich habe meine drei Gegebenheiten *gehört* und nicht erfunden. Und obendrein hängen meine drei ganz bestimmt mit den dreien im Knüttelvers jenes Schurken zusammen. Die Melodie beweist es, denn sie singt vom ›Garten Eden‹ und stimmt trotzdem in meinem Gedächtnis mit meinen dreien zusammen, bei denen Eden nicht vorkommt. Das ist ungeheuer wichtig und beweist, daß wir auf der richtigen Spur sind. Aber ich laß mich hängen, wenn ich auch nur einen Schritt weiterkomme. Wo immer ich die Gegebenheiten aufgeschnappt habe, da habe ich auch die Melodie gehört. Aber ich kann immer noch nicht herauskriegen, wo das war. *Eine* Richtung habe ich also, und nun brauche ich eine zweite, um den Schnittpunkt zu finden, den ich brauche, aber wie ich den finden soll, weiß der Teufel.«

Greenslade war jetzt noch mehr als ich auf diese Jagd versessen, und tatsächlich glich sein mageres, begieriges Gesicht dem eines alten Jagdhundes. Ich fragte, was er nun tun wolle.

»Genau um zehn Uhr gehe ich los, um den ganzen Gipfel des Windrush herum und dann durch den Wald zurück. Das ist ein Fußmarsch von dreißig Meilen; wenn ich ein Tempo von viereinhalb Meilen pro Stunde einhalte, dann bin ich – eine Lunchpause von einer halben Stunde eingerechnet – vor sechs Uhr wieder hier. Ich will Leib und Geist durch anstrengende körperliche Bewegung bis zur Apathie betäuben. Dann will ich ein heißes Bad nehmen und gut zu Abend essen, und danach, wenn ich richtig brachliege, kommt mir vielleicht die Erleuchtung. Gestern habe ich den Fehler gemacht, daß ich zu *denken* versuchte.«

Es war ein leuchtender, windbrausender Märzmorgen, das ideale Wetter für einen langen Marsch, und ich hätte ihn gern begleitet. So aber blickte ich ihm nach, wie seine langen Beine das Feld hinaufstiefelten, das wir die Große Weide nennen, und dann widmete ich den Tag der Aufgabe, Fischbrut von Loch Neven in einen der Teiche zu setzen – das war eine so außerordentlich schlammige und nasse Angelegenheit, daß ich wenig Zeit hatte, an irgend etwas anderes zu denken. Am Nachmittag ritt ich in den Marktflecken hinüber, um mit meinem Baumeister zu reden; ich kam erst kurz vor dem Dinner zurück und hörte, daß Greenslade zurück war. Programmgemäß schwelgte er jetzt in einem heißen Bad.

Beim Dinner schien er in besserer Stimmung zu sein. Der Wind hatte sein Gesicht gerötet und ihm einen gewaltigen Appetit eingetragen, und der Clicquot 1906, der meiner Ansicht nach das richtige Getränk ist nach einem anstrengenden Tag, regte ihn gebührend an. Er redete wie vor drei Tagen, ehe diese Sache uns alle mit ihren Krallen gepackt hatte. Nach dem Dinner verschwand Mary, und wir ließen uns in den großen Clubsesseln vor dem Kaminfeuer in der Bibliothek nieder wie zwei schläfrige Männer nach einem arbeitsreichen Tag an der frischen Luft. Ich dachte, es sei besser, nichts zu sagen, bis er von selbst zu reden anfing.

Er schwieg lange Zeit, und dann lachte er, aber nicht sehr vergnügt.

»Ich bin noch so weit davon entfernt wie nur je. Den ganzen Tag habe ich meine Gedanken wandern lassen und mit meinen zwei Beinen wie mit zwei Kompaßnadeln die Meilen abgemessen. Aber es ist mir nichts eingefallen. Noch kein Wort von der verfluchten Querlinie, die ich brauche. Die Melodie kann ich an irgendeiner von tausend Stellen auf dem Globus gehört haben. Wissen Sie, mein unstetes Leben ist ein Nachteil. Ich habe zu vielerlei Erfahrungen gemacht. Wäre ich mein Leben lang Vikar in ein und demselben Dorf gewesen, dann wär's leichter.«

Ich wartete, und er sprach weiter, nicht zu mir, sondern ins Feuer hinein.

»Ich habe das Gefühl – so stark, daß es schon Gewißheit ist –, daß ich niemals die Worte ›Western Highlands‹ gehört habe. Es war etwas ähnliches, aber das war es nicht.«

»Western Islands«, schlug ich vor.

»Was könnten die wohl sein?«

»Ich glaube, ich habe den Ausdruck gehört, als von den Inseln westlich von der irischen Küste die Rede war. Hilft Ihnen das weiter?«

Er schüttelte den Kopf. »Gar nicht. Ich bin nie in Irland gewesen.«

Danach schwieg er wieder und starrte ins Feuer, während ich ihm gegenüber saß und rauchte; ich war ziemlich mutlos, und nichts fiel mir ein. Es wurde mir klar, daß ich auf diese Spur, die sich zu verlieren schien, mehr Hoffnung gesetzt hatte, als mir bewußt gewesen war ....

Dann geschah plötzlich etwas, eine Kleinigkeit, die wie ein Zufall aussah, aber ich glaube, daß solche Kleinigkeiten der höheren Vernunft entstammen, die das Weltall regiert.

Ich beugte mich vor, um an der steinernen Kante des Kamins die Asche aus meiner Pfeife zu klopfen. Ich klopfte kräftiger, als ich beabsichtigte, und der Kopf der Pfeife, einer alten Pfeife, brach ab. Ich stieß einen ärgerlichen Ruf aus, denn ich trenne mich sehr ungern von einer alten Pfeife, aber beim Anblick von Greenslade fuhr ich zusammen.

Mit offenem Mund starrte er auf die Bruchstücke in meiner Hand mit einem Gesicht, als sei er in Gedanken weit fort. Er hatte eine Hand gehoben, und ich war starr und stumm. Dann ließ die Anspannung nach, und mit einem Seufzer fiel er in den Sessel zurück.

»Der Schnittpunkt!« rief er. »Ich hab ihn ... Medina.« Dann lachte er über mein verdutztes Gesicht.

»Ich bin nicht verrückt geworden, Dick. Ich habe mich einmal mit einem Mann unterhalten, und während des Gesprächs brach er den Kopf seiner Pfeife ab, wie Sie es eben getan haben. Er war es, der die Choralmelodie summte, und obwohl ich nicht die geringste Erinnerung daran habe, wovon er geredet hat, bin ich doch todsicher, daß er mir die drei Gegebenheiten genannt hat, die in den Abgrund meiner unbewußten Erinnerung hinabgesunken sind. Warten Sie mal. Ja, ich sehe es so deutlich, wie ich Sie da sitzen sehe. Er zerbrach seine Pfeife, genau wie Sie, und irgendwann einmal summte er jene Melodie.«

»Wer war es denn?« fragte ich, aber Greenslade überhörte die Frage. Er erzählte die Geschichte auf seine eigene Art, seine Augen blickten immer noch abwesend, als sehe er einen langen Korridor seines Gedächtnisses hinunter.

»Ich war im ›Stier‹ in Hanham abgestiegen – jagte Wildenten in den Sümpfen an der See. Ich war der einzige Gast, denn es war nicht das richtige Wetter für ein ländliches Gasthaus, aber eines Abends spät hatte ein Auto draußen eine Panne, und der Besitzer und sein Chauffeur mußten im ›Stier‹ übernachten. Komischer Zufall, ich kannte den Mann. Er war zu einer der großen Treibjagden auf Rousham Thorpe gewesen und auf dem Rückweg nach London. Wir hatten uns viel zu erzählen und saßen bis lange nach Mitternacht beieinander. Wir redeten über Sport und über die oberen Bergschluchten des Yarkand-Flusses, wo ich ihm zuerst begegnet war. Ich weiß noch viel von dem, worüber wir sprachen, aber weder an die drei Gegebenheiten noch an die Melodie erinnere ich mich, die haben meinem bewußten Erinnerungsvermögen keinen Eindruck gemacht. Aber ich muß sie natürlich gehört haben.«

»Wann war denn das?«

»Anfang letzten Dezembers, als wir den trockenen Frost hatten. Wissen Sie noch, Dick, ich machte eine Woche Urlaub und ging nach Norfolk hinunter zur Entenjagd.«

»Sie haben mir den Namen noch nicht gesagt.«

»Doch. Medina.«

»Wer um Himmels willen ist Medina?«

»Ach Gott, Dick, Sie übertreiben die ländliche Zurückgezogenheit! Sie haben doch von Dominick Medina gehört.«

Natürlich hatte ich – sobald er den Vornamen erwähnte. Man konnte keine Zeitung entfalten, ohne daß man auf irgend etwas über Dominick Medina stieß, aber ob er ein Dichter oder ein Politiker war oder ein Theatermann – das herauszufinden hatte ich mich nicht bemüht. Auf einem Seitentisch lag ein Stoß von Illustrierten, ich holte sie herbei und begann, darin zu blättern. Sehr bald fand ich, was ich suchte. Es war eine Gruppenaufnahme anläßlich einer Treibjagd auf irgendeinem Landsitz, die übliche ›von-links-nach-rechts‹-Angelegenheit, und da war zwischen einer Herzogin und einer ausländischen Prinzessin Mr. Dominick Medina. So dürftig die Aufnahme war, so erkannte man doch deutlich das außergewöhnlich gute Aussehen des Mannes. Er sah aus, wie ich mir Byron vorstelle, und außerdem schien er auch noch von gutem, sauberem, athletischem Wuchs zu sein.

»Wenn Sie sich zufällig diesen Fetzen angesehen hätten, so hätte wohl ein Kurzschluß Ihre Nachforschungen beendet.«

Er schüttelte den Kopf. »Nein. So geht es nicht zu. Ich brauchte Ihre zerbrochene Pfeife und die Melodie, sonst wäre ich nicht weitergekommen.«

»Dann muß ich ja wohl mit diesem Burschen Verbindung aufnehmen und herausfinden, wie er auf die drei Gegebenheiten und die Melodie kommt. Was aber, wenn er genau so ist wie Sie und nur aus dem Unterbewußtsein heraus geschwatzt hat?«

»Das Risiko gehen Sie natürlich ein. Vielleicht kann er Ihnen weiterhelfen, aber wahrscheinlich ist er auch nur eine Sackgasse.«

Plötzlich wurde mir ganz scharf klar, wie schwierig die Aufgabe war, die ich übernommen hatte, und beinahe überkam mich etwas wie Hoffnungslosigkeit.

»Erzählen Sie mir von diesem Medina. Ist er ein anständiger Mensch?«

»Ich nehme es an. Ja, ich glaube schon. Aber er verkehrt in höheren Kreisen, als ich sie gewöhnt bin, also kann ich nicht urteilen. Aber ich will Ihnen sagen, was er zweifellos ist – ein ziemlich bedeutender Mann. Verflixt noch mal, Dick, Sie müssen einfach von ihm gehört haben. Er ist einer der besten Schützen, die es überhaupt gibt, und er hat als Forscher Großes geleistet, ferner war er ein höllisch guter Partisanenführer in Südrußland. Außerdem – obwohl Sie das vielleicht nicht interessiert – ist er ein ungewöhnlich guter Dichter.«

»Also wohl eine Art Abenteurer.«

»Keine Spur. Aus einer alten spanischen Familie, die seit dreihundert Jahren hier ansässig ist. Einer der Vorfahren gehörte zu Ruperts Gefolge. Warten Sie! Ich glaube fast, ich habe gehört, daß die Familie in Irland lebt – oder lebte, bis es unmöglich wurde, dort zu leben.«

»Wie alt?«

»Ziemlich jung. Nicht älter als fünfunddreißig Jahre. Oh – und das schönste Produkt der Menschheit seit der Zeit der alten Griechen.«

»Ich bin kein Backfisch«, sagte ich ungeduldig. »Wenn einer gut aussieht, so ist das für mich noch keineswegs eine Empfehlung. Wahrscheinlich werde ich sein Gesicht nicht leiden können.«

»Doch, bestimmt. Wie ich ihn und Sie kenne, werden Sie seinem Charme auf den ersten Blick verfallen. Ich habe noch von niemandem gehört, dem es anders ging. Er hat eine seltsam wohllautende Stimme und Augen, die einen wärmen – wie die Sonne wärmt. Nicht daß ich ihn gut kenne, aber ich muß sagen, ich fand ihn außerordentlich attraktiv. Und Sie sehen ja aus den Zeitungen, was die Welt von ihm hält.«

»Trotzdem bringt mich das nicht viel weiter. Ich muß herauskriegen, wo er diese drei verflixten Gegebenheiten und die Melodie gehört hat. Wahrscheinlich wird er mich zum Teufel jagen, und selbst wenn er höflich ist, so ist er doch wahrscheinlich nutzlos.«

»Ihre Chance ist, daß er wirklich sehr gescheit ist und nicht so ein alter Stümper wie ich. Sie werden einen erstklassigen Verstand zur Hilfe haben, und das bedeutet viel. Soll ich Ihnen eine Empfehlung schreiben?«

Er setzte sich an meinen Schreibtisch und schrieb. »Ich erwähne Ihr Anliegen nicht. Nur, daß ich möchte, daß Sie sich kennenlernen. Gemeinsame Interessen an Sport und Reisen – irgendsowas. Sie werden in London sein, da gebe ich wohl am besten Ihre Clubadresse an.«

Am nächsten Morgen nahm Greenslade seine Pflichten wieder auf, und ich nahm den Frühzug zur Stadt. Mit Mr. Dominick Medina hatte ich nicht viel Glück, denn ich konnte ihn nicht erreichen. *Who's Who* gab nur sein Alter, seine Anschrift und seine Clubs an und die Tatsache, daß er Abgeordneter eines Londoner Bezirks war. Mary hatte ihn nie kennengelernt, denn er war in London aufgetaucht, als sie schon nicht mehr ausging, aber sie erinnerte sich, daß ihre Tanten auf Wymondham von ihm schwärmten, und sie hatte irgendwo einen Artikel über seine Gedichte gelesen. Während ich im D-Zug saß, versuchte ich zu rekonstruieren, was für eine Art von Mensch er wohl war – eine Mischung zwischen Byron und Sir Richard Burton und einem jungen politischen Intellektuellen. Das Bild wollte sich nicht formen, denn ich sah nur eine Wachsfigur mit gurrender Stimme und der einschmeichelnden Art eines Ladenschwengels. Auch verwirrte mich sein Name, ich verwechselte ihn andauernd mit dem eines alten Halunken von Portugiesen, den ich vor langer Zeit in Beira kennengelernt hatte.

Ich ging die St. James Street hinunter auf dem Weg nach Whitehall, völlig von meinen Gedanken in Anspruch genommen, als mich eine Hand aufhielt, die sich flach auf meine Brust legte, und wahrhaftig! es war Sandy Arbuthnot.

4

Ich lerne einen beliebten Mann kennen

Man kann sich vorstellen, wie froh ich war, meinen alten Freund Sandy wiederzusehen, denn ich hatte ihn seit 1916 nicht gesehen. Er war bei Maude Offizier des Geheimdienstes gewesen und dann irgend etwas in Simla, und nach dem Kriege hatte er einen Verwaltungsposten in Mesopotamien gehabt, vielmehr im Irak, wie man jetzt sagt. Von allen möglichen seltsamen Orten hatte er mir geschrieben, aber anscheinend kam er nie nach Hause, und durch meine Heirat und Ansiedlung auf dem Lande schienen wir auf Gleise geraten zu sein, die sich so leicht nicht kreuzen würden. Ich hatte in der Zeitung vom Tode seines älteren Bruders gelesen, also war er jetzt Herr auf Clanroyden und Erbe des Familienbesitzes, aber ich glaube nicht, daß dadurch ein typisch schottischer Gutsherr aus ihm werden würde. Ich habe noch nie jemanden gesehen, den fünf Jahre harten Arbeits- und Reiselebens weniger verändert hätten. Er war schrecklich mager und sonnenverbrannt – das war er immer gewesen –, aber der Umriß seines Gesichts war immer noch zart wie bei einem Mädchen, und seine braunen Augen blickten so fröhlich drein wie je.

Wir standen da und starrten einander an.

»Dick, alter Freund!« rief er, »jetzt bin ich endgültig zu Hause. Jawohl – Ehrenwort. Auf viele Monate, wenn nicht auf Jahre. Ich muß dir soviel erzählen, daß ich nicht weiß, wo anfangen. Aber jetzt habe ich keine Zeit. Ich muß sofort nach Schottland, meinen Vater besuchen, denn er ist sehr gealtert. Aber in drei Tagen bin ich wieder da. Dienstag treffen wir uns zum Dinner.«

Wir standen vor der Tür eines Clubs – unseres gemeinsamen Clubs –, und ein Portier verstaute sein Gepäck in ein Taxi.

Ehe ich noch wirklich begriffen hatte, daß es Sandy war, winkte er mir aus dem Taxifenster zu und verschwand die Straße hinauf.

Sein Anblick freute und erleichterte mich ungeheuer, und ich ging in bester Laune weiter die Pall Mall entlang. Sandy in England zu wissen und sozusagen in Rufweite, das gab mir irgendwie Rückhalt wie einem Heerführer, der weiß, daß seine Reservetruppen in der Nähe sind. Als ich bei Macgillivray eintrat, lächelte ich, und mein Anblick weckte ein antwortendes Lächeln in seinem sorgenvollen Gesicht. »Gut so!« sagte er. »Ich sehe dir an, daß es dir ernst ist. Jetzt mußt du hierbleiben, ich muß dir erklären, worum es geht.«

Er nahm seine Akten vor und erklärte mir die ganze Sache. Es war eine sehr sonderbare Geschichte, und doch: je mehr ich davon erfuhr, desto fadenscheiniger wurden meine Zweifel. Ich werde nicht alles hier niederschreiben, denn dafür ist die Zeit noch nicht gekommen; es würde gewisse Methoden preisgeben, deren Nützlichkeit noch nicht voll ausgeschöpft ist; aber noch ehe ich sehr weit gekommen war, zog ich den Hut vor eben diesen Methoden, denn sie zeugten von erstaunlicher Geduld und großem Scharfsinn. Es waren seltsame Glieder, aus denen diese Kette bestand. Da gab es einen, der Barcelona-Nüsse importierte und ein bescheidenes Büro beim Tower Hill hatte. Dann war da eine Kupfer-Gesellschaft, die angeblich in Spanien operierte und deren Aktien an der Börse nicht gehandelt wurden, die aber ein elegantes Büro in London Wall hatte, wo man den besten Lunch in der ganzen City bekam. In Glasgow gab es einen ehrenwerten Buchprüfer; ferner war da ein französischer Graf, der auch eine Art Highland-Gutsbesitzer und ein glühender Anhänger der Liga der weißen Rose war. Außerdem gab es einen Landedelmann, der in Shropshire lebte, sein Landgut nach dem Kriege gekauft hatte, sich für Jagdrennen begeisterte und in seiner Grafschaft recht beliebt war. Nicht weit von der Fleet Street war ein kleines Büro, das vorgab, die englische Agentur einer amerikanischen religiösen Zeitschrift zu sein; und dann war da noch ein gewisser Artikelschreiber, der immer wieder in den Zeitungen Appelle um Hilfe für die im Elend lebenden, zentraleuropäischen Völkerschaften veröffentlichte. Ich erinnerte mich sehr wohl daran, denn ich selber hatte ihm zweimal kleine Beträge überwiesen. Wie Macgillivray herausbekommen hatte, daß sie alle miteinander unter einer Decke steckten, das erfüllte mich mit ehrfürchtigem Staunen.

Dann zeigte er mir Proben ihrer Arbeit. Das war schieres skrupelloses Verbrechen, eine Art von Baisse-Spekulation in einer verfallenden Welt. Das Endziel der Gang war Geld, und sie hatte schon skandalöse Gewinne gemacht. Zum Teil bestanden ihre Geschäfte aus purem gewissenlosem Profitmachen, das sich vorsichtig innerhalb der gesetzlichen Möglichkeiten hielt, wie Glücksspiel mit fallenden Kursen, wo jede Art frecher, spitzfindiger Tricks den Gewinn zur Sicherheit machten. Zum Teil war es ganz gemeiner Betrug in ungeheurem Ausmaß. Aber es gab noch dunklere Seiten – Mord, wenn das Opfer ihren Plänen in die Quere kam, organisierte Streiks, wenn ruinierte Industrie irgendwo in der Welt Anzeichen von Wiederbelebung zeigte, schäbige kleine Aufstände in schäbigen kleinen Ländern, die das Durcheinander vergrößerten. Diese Burschen waren Zerstörer ganz großen Stils, sie handelten in Pessimismus und versetzten der menschlichen Gesellschaft einen Tritt nach unten, wenn immer sie die Möglichkeit hatte, das Gleichgewicht herzustellen, und dann steckten sie ihren Gewinn ein.

Ihr Motiv war, wie ich sagte, Gewinnsucht, aber das war nicht das Motiv der Leute, deren sie sich bedienten. Ihre Gerissenheit bestand darin, daß sie Fanatiker als Werkzeuge benutzten, die moralisch Unzurechnungsfähigen, wie Macgillivray sie nannte, deren Grundhaltung ein wilder Haß auf dieses oder jenes war oder ein ausgeklügelter Glaube an das Prinzip der Anarchie. Hinter den blasierten Ausbeutern dehnten sich die öden Wüsten halbgarer Verrücktheit. Macgillivray führte Beispiele an, wie diese Werkzeuge gebraucht wurden, die Leute, die an keinen Gewinn dachten und bereit waren, alles zu opfern, selbst ihr Leben, um eines verrückten Ideals willen. Es war ein Meisterstück kaltblütiger, teuflischer Erfindungsgabe. Schauerlich und zugleich komisch; denn der Anblick dieser fiebrig verschrobenen Menschen, die sich abmühten, einen neuen Himmel und eine neue Erde zu schaffen, und glaubten, sie seien Führer der Menschheit, während sie doch nur Marionetten waren und nach den Launen von ein paar Schurken tanzten, die selber nur das eine uralte Streben hatten – das war eine Ironie, über die wohl die Götter lachen mochten.

Ich fragte, wer der Anführer sei.

Macgillivray sagte, er sei nicht sicher. Keine von den Gangs schien mehr Autorität zu haben als die andere, und ihre Aktivitäten waren sauber spezialisiert. Aber er war auch der Ansicht, daß wahrscheinlich ein einziger Meisterverstand dahintersteckte, und sagte grimmig, er werde Genaueres wissen, wenn die Bande erst eingefangen sei. »Diese Frage wird vor dem Gericht entschieden.«

»Wieviel ahnen die Leute denn?« fragte ich.

»Nicht viel. Ein wenig, sonst hätten sie keine Geiseln genommen. Aber nicht viel, denn wir haben uns sehr bemüht, sie nichts merken zu lassen. Doch nachdem uns das Ganze klar geworden war, ist es uns gelungen, in aller Stille einen Knüppel in die Radspeichen von einigen ihrer schlimmsten Unternehmungen zu stecken, obwohl ich sicher bin, daß sie es nicht ahnen. Auch haben wir ihre Propagandatätigkeit gebremst. Sie sind nämlich Meister der Propaganda. Dick, hast du je bedacht, was für eine teuflische Waffe das sein kann – alle Kanäle der modernen Publizistik zu benutzen, um Seelen zu vergiften und zu verderben? Das ist die gefährlichste Waffe der Welt. Man kann sie anständig benutzen – ich glaube, das taten wir im großen Ganzen während des Krieges – aber man kann sie auch gebrauchen, um die übelsten Lügen in die Welt zu setzen. Zum Glück vernichtet diese Waffe sich schließlich selbst, aber erst, nachdem sie das Böse überall verbreitet hat. Sieh dir nur die Iren an! Sie sind die schlausten Propagandisten, die es gibt, und haben die meisten Leute davon überzeugen können, daß sie eine tapfere, edle, humorvolle, begabte, warmherzige Rasse sind, die von dem langweiligen, merkantilen England grausam unterjocht wurde, dabei waren sie, weiß Gott, genau das Gegenteil.«

Macgillivray, darf ich hier bemerken, stammt aus Ulster und hat gewisse Vorurteile.

»Was die Gang betrifft – die sind also alle, von außen betrachtet, ganz ehrbar?«

»Höchst ehrenwert«, sagte er. »Neulich habe ich einen beim Dinner bei ... getroffen« – er nannte den Namen eines Ministers. »Vor Weihnachten war ich in Suffolk zur Jagd, und einer der schlimmsten von der Bande hatte den Hochsitz neben mir – ein ungewöhnlich angenehmer Mensch.«

Dann machten wir uns an die Arbeit. Macgillivrays Idee war, daß ich die Sache in allen Einzelheiten studieren und mich dann an einige von den Leuten heranmachen solle. Er meinte, ich solle mit dem Gutsherrn in Shropshire anfangen. Er stellte sich vor, ich könnte zufällig auf etwas stoßen, was mir einen Hinweis auf die Geiseln geben würde, denn er hielt an seiner absurden Idee fest, ich habe das besondere *flair*, das Amateure manchmal haben und das dem Berufsdetektiv abgeht. Ich stimmte zu, daß das der beste Plan sei, und wir verabredeten, daß ich den Sonntag in seinem Zimmer verbringen und die Geheimakten studieren würde.

Ich hatte vorgehabt, ihm von meinen Experimenten mit Greenslade zu erzählen; aber nach allem, was er mir gezeigt hatte, fand ich, daß meine Geschichte doch reichlich dumm war und wenig versprach. Aber im Fortgehen fragte ich ihn nebenbei, ob er Mr. Dominick Medina kenne.

Er lächelte. »Warum fragst du? Der kann dich doch wohl kaum interessieren.«

»Ich weiß nicht. Ich habe viel von ihm gehört und dachte, ich möchte ihn gern mal kennenlernen.«

»Ich kenne ihn kaum, aber ich muß sagen, die paar Male,

die ich ihn getroffen habe, fand ich ihn sehr sympathisch. Er ist der bestaussehende Mann, den es überhaupt gibt.«

»Das habe ich auch gehört, und es ist das einzige, was mich abstößt.«

»Das täte es nicht, wenn du ihn sähest. Er ist nicht im geringsten das übliche Matinee-Idol. Er ist der einzige mir bekannte Mann, den sowohl die Frauen anbeten wie die Männer gut leiden mögen. Er ist ein hervorragender Sportsmann und soll – nächst Seiner Majestät – der beste Schütze in England sein. Auch in der Politik ist er eine kommende Größe und ferner ein vollendeter Redner. Ich habe ihn einmal gehört, und obwohl ich auf Rhetorik wenig Wert lege, bin ich doch vor Begeisterung fast aufgesprungen. Er ist ziemlich viel in der Welt herumgekommen und außerdem ein recht annehmbarer Dichter, obwohl dich das nicht interessieren würde.«

»Ich weiß nicht, warum du das sagst«, protestierte ich. »Allmählich verstehe ich was von der Dichtkunst.«

»Ach ja, ich weiß schon, Scott und Macaulay und Tennyson. Aber das ist nicht Medinas Stil. Er ist ein Abgott der *jeunes* und schreibt einen kühnen, neuen Stil. Recht gut obendrein. Der Mann ist ein sehr guter Kenner der Klassiker.«

»Na, ich hoffe, daß ich ihn bald kennenlerne, dann werde ich dir meinen Eindruck mitteilen.«

Ich hatte auf dem Weg vom Bahnhof meinen Brief an Medina eingeworfen und Greenslades Empfehlung beigelegt, und am nächsten Morgen fand ich eine sehr höfliche Antwort von ihm in meinem Club. Er schrieb, er sei dummerweise übers Wochenende nicht in der Stadt, und schlug vor, ich sollte ihn am Montag zum Lunch treffen. Er nannte einen Club, einen kleinen, exklusiven, altmodischen, dessen meiste Mitglieder jagdbeflissene Gutsherren waren.

Mit ganz unerklärlichem Interesse erwartete ich die Begegnung mit ihm, und am Sonntag, als ich mich in Macgillivrays Zimmer durch die Akten quälte, fiel mir Medina immer wieder ein. Ich hatte mir ein Bild von ihm gemacht, das irgend etwas zwischen einem Ouida-Gardisten und dem

Apoll von Belvedere war und nach der elegantesten Mode gekleidet. Aber als ich dem Portier an der Tür des Clubs meinen Namen gab und ein junger Mann, der sich am Kaminfeuer der Halle die Hände wärmte, mir entgegenkam, mußte ich dies Bild völlig aus meiner Vorstellung streichen.

Er war etwa so groß wie ich, fast sechs Fuß, und auf den ersten Blick ziemlich leicht gebaut, aber ein recht kräftiger Bursche, wenn man mit geschultem Auge prüfte, was die Körperkraft eines Mannes erkennen läßt. Jedoch wirkte er schlank und deshalb jung, und seine Art zu stehen und zu gehen war leichtfüßig wie die eines Seiltänzers. Es gibt im Zeitungsjargon das gräßliche Wort ›gepflegte Erscheinung‹, das Journalistinnen bei Interviewberichten anwenden, wobei ich immer an ein Pferd denken muß, das der Stallbursche mit Bürste und Striegel auf Hochglanz gebracht hat. Ich hatte mir ihn als gepflegte Erscheinung vorgestellt, aber Hochglanz gab es bei ihm nicht. Er trug einen alten, gut geschnittenen Anzug aus braunem Tweed mit weichem Hemd und Kragen und einen rotbraunen Schlips, der zu seiner Hautfarbe paßte. Er sah genau aus wie ein Gutsherr, der auf einen Tag in die Stadt gekommen ist, um Pferde zu kaufen oder Wetten zu plazieren.

Es fällt mir schwer, den ersten Eindruck von seinem Gesicht zu beschreiben, denn in meinem Gedächtnis ist er überlagert von anderen Eindrücken, die ich unter völlig anderen Umständen erhalten habe. Aber ich erinnere mich, daß dieses Gesicht ganz besonders angenehm wirkte. Es sah sehr englisch aus und doch nicht ganz englisch; der Teint war etwas wärmer, als Sonne und Wetter ihn bräunen können, und in seiner Miene war eine Art seidiger Konzilianz, die bei unseren Landsleuten nicht üblich ist. Es war ein schön geschnittenes Gesicht mit ganz regelmäßigen Zügen und hatte doch eine Art von Härte, die alles Konventionelle ausschloß. Das wunderte mich, bis ich merkte, daß es an zwei Dingen lag, am Haar und an den Augen. Das Haar war dunkelbraun und über der Stirn zu einer Welle gebürstet, so daß das Gesicht mit dem kräftigen, schönen Kinn fast quadratisch wirkte. Aber die Augen waren das Wichtigste. Sie waren von einem erstaunlichen Blau, nicht von dem üblichen Blaßblau, das auf unsere nordischen Vorfahren zurückgeht, sondern es war ein tiefes dunkles Blau, ähnlich der Farbe eines Saphirs. Wirklich, wenn man an einen Saphir denkt, der wie ein Brillant leuchtet, kann man sich eine gute Vorstellung von diesen Augen machen. Sie hätten aus einer unansehnlichen Frau eine Schönheit gemacht, und in einem Männergesicht, das gar nichts Weibliches hatte, wirkten sie erstaunlich – bei dem Wort muß ich bleiben –, aber auch bezaubernd.

Er grüßte mich, als habe er nur für diesen Augenblick gelebt, aber auch mit der leichten Ehrerbietung, die einem Fremden zusteht.

»Das ist reizend, Sir Richard. Es war sehr freundlich von Ihnen, herzukommen. Wir haben einen Tisch für uns am Feuer. Ich hoffe, Sie haben Hunger. Ich habe heute morgen unterwegs höllisch gefroren und brauche meinen Lunch.«

Ich hatte auch Hunger, und nie habe ich eine bessere Mahlzeit vorgesetzt bekommen. Er bestellte Burgunder, weil das Wetter so frostig war, und danach trank ich ein Glas Bristol Cream, wofür der Club berühmt ist, aber er selber trank Wasser. Es waren noch vier Herren da, die er alle mit Vornamen anzureden schien, und die hageren Jägergesichter schienen sich bei seinem Anblick aufzuheitern. Aber sie kamen nicht heran, standen nicht bei ihm und schwatzten, wie das sonst bei einem populären Mann der Fall ist. Medina hatte etwas zugleich Freundliches und Zurückhaltendes, er war auf natürliche, aber sehr eindrucksvolle Weise vornehm.

Anfangs, das weiß ich noch, sprachen wir über Gewehre. Ich selber hatte zu meiner Zeit viel gejagt, und ich merkte, daß dieser Mann große Erfahrung hatte und daß die Jagdleidenschaft ihm in den Knochen saß. Er prahlte nicht, zeigte aber durch kleine, beiläufige Bemerkungen, was für ein großer Jäger er war. Wir sprachen über ein neues .240-Kaliber, das besonders tauglich war, und ich erwähnte, ich hätte es noch nie an einem gefährlicheren Wild als an einem schottischen Hirsch ausprobiert.

»In den alten Tagen wäre das für mich eine Gottesgabe gewesen, als ich auf dem Pungwe ein .500 herumschleppen mußte, das mir fast das Rückgrat gebrochen hat!«

Er grinste wehmütig. »Die alten Tage! Die hat es für uns alle gegeben, und wir haben alle Heimweh danach. Manchmal fühle ich mich versucht, über die Stränge zu schlagen und wieder auf und davon zu gehen in die Wildnis. Ich bin zu jung, um seßhaft zu werden. Und Sie, Sir Richard – Sie müssen das doch auch empfinden. Tut es Ihnen nie leid, daß der elende alte Krieg vorbei ist?«

»Eigentlich nicht. Ich bin jetzt ein Mann in den mittleren Jahren und werde bald steife Gelenke kriegen. Ich habe mich in den Cotswolds angesiedelt, und wenn ich auch hoffe, daß ich vor meinem Tode noch eine Menge Spaß haben werde, bin ich doch nicht mehr auf Kriege scharf. Ich weiß genau, daß der Allmächtige mich zum Bauern bestimmt hat.«

Er lachte. »Ich wollte, ich wüßte, wozu er mich bestimmt hat. Es sieht nach einer Art Politiker aus.«

»Oh, Sie!« meinte ich. »Sie sind ein Mensch mit zwanzig Talenten. Ich habe nur das eine, und ich werde es mit Vergnügen im Erdboden vergraben.« Ich überlegte andauernd, wieviel Hilfe ich wohl von ihm erwarten könnte. Er gefiel mir außerordentlich, aber ich hatte noch keinen Begriff davon, wie klug er war. Er war eben ein angenehmer Zeitgenosse, der zu meinem eigenen Totem gehörte – wieder so einer wie Tom Greenslade. Es war ein dunkler Tag, und seine Silhouette stand vor dem Schein des Feuers; und als ich verstohlen hinsah, war ich betroffen von seiner Kopfform. Die Art, wie er sein Haar nach vorn und dann wieder rückwärts bürstete, ließ sie eckig erscheinen, aber ich sah, daß sie in Wirklichkeit rund war, der rundeste Kopf, den ich je gesehen habe, außer bei einem Neger. Offenbar wußte er das und mochte es nicht, also bemühte er sich, es zu verbergen.

Während der ganzen Mahlzeit beobachtete ich ihn verstohlen und stellte fest, daß auch er eine Bestandsaufnahme von mir machte. Sehr freundlich waren diese blauen Augen, aber auch sehr scharf. Plötzlich sah er mir voll ins Gesicht.

»Sie werden niemals vegetieren«, sagte er. »Darüber brauchen Sie sich nicht zu täuschen. Sie haben keinen Bauernmund. Was soll es also sein? Politik? Geschäfte? Reisen? Sind Sie wohlhabend?«

»Ja. Für meine einfachen Ansprüche bin ich ziemlich reich. Aber ich bin nicht so zielstrebig wie eine Made.«

»Nein, das sind Sie nicht.« Er sah mich unverwandt an. »Wenn Sie's mir nicht übelnehmen: Sie sind nicht eitel genug. Oh, Eitelkeit entdecke ich sofort, und überhaupt ist sie etwas, was sich nicht verbergen läßt. Aber ich glaube – ich weiß es vielmehr –, daß Sie arbeiten können wie ein Biber und daß Ihre Loyalität niemals einen Sprung bekommt. Sie werden's nicht verhüten können, Sir Richard. Irgendeine Maschinerie wird von Ihnen Besitz ergreifen. Sehen Sie mich an! Vor zwei Jahren habe ich geschworen, mich nie wieder in einem Gleis festzufahren, und ich bin schon tief in einem drin. England besteht aus Gleisen, und man kann nur eins tun: sich ein gutes aussuchen.«

»Das Ihrige ist die Politik, nehme ich an«, sagte ich.

»Ich glaube ja. Ein schmutziges Spiel, wie es augenblicklich gespielt wird, aber es gibt Möglichkeiten. Eine gewaltige Tory-Auferstehung ist im Kommen, und die wird Führerschaft brauchen. Die Klassen, die jüngst das Wahlrecht erhalten haben, besonders die Frauen, werden das bewirken. Die Frauenstimmrechtler haben nicht gewußt, was für eine ungeheure konservative Kraft sie entfesselten, als sie das Stimmrecht für ihre Gesellschaft erkämpften. Eines Tages möchte ich mal mit Ihnen über diese Dinge reden.«

Im Rauchzimmer kamen wir wieder auf die Jagd, und er erzählte mir, wie er Greenslade in Zentralasien kennengelernt hatte. Ich begann zu verstehen, daß die Reputation dieses Mannes berechtigt war, denn er sprach mit seltsamer Meisterschaft, mit lässiger Autorität, als käme ihm alles mühelos und nebenbei. Ich hatte vorgehabt, die Sache, deretwegen ich seine Bekanntschaft gesucht hatte, anzuschneiden, aber ich hatte das Gefühl, die Atmosphäre sei nicht ganz die richtige dafür. Ich kannte ihn noch nicht gut genug und glaubte, daß ich, wenn ich mal von den lächerlichen drei Fakten anfinge, auch alles erzählen und ihn voll ins Vertrauen ziehen müsse. Ich dachte, dafür sei die Zeit noch nicht gekommen, zumal wir uns ja wieder begegnen würden.

»Sind Sie zufällig am Donnerstag frei?« fragte er, als wir uns trennten. »Ich würde Sie gerne zum Dinner im Donnerstag-Club einladen. Bestimmt kennen Sie ein paar von den Leuten dort, und man verbringt den Abend so angenehm. Fein! Donnerstag um acht. Smoking und schwarze Binde.«

Während ich davonging, war ich mir schlüssig, daß ich den richtigen Mann gefunden hatte, mir zu helfen. Ich hatte ihn gern, und je mehr ich über ihn nachdachte, desto mehr vertiefte sich mein Eindruck, daß hinter seiner lässigen Grazie ein großes Kraftreservoir vorhanden war. Ich war völlig fasziniert – der Beweis dafür ist, daß ich den nächsten Buchladen suchte und die zwei Bändchen Gedichte von ihm kaufte. Mir lag sehr viel mehr an Gedichten, als Macgillivray annahm – Mary hatte viel getan, mich dazu zu erziehen –, aber bei meinen Experimenten mit den Modernen hatte ich nicht viel Glück gehabt. Medinas Verse verstand ich leicht. Sie waren sehr einfach und von einer köstlichen zarten Melodik, und sie waren verzweifelt traurig. Wieder und wieder klangen Trauer und Vergänglichkeit an und ein enttäuschtes, aber tapferes Trotzdem. Als ich sie an jenem Abend las, staunte ich, daß ein Mensch, der so lebenshungrig war und so viel Erfolg in der Welt hatte, im Innersten so einsam sein sollte. Es mochte eine Pose sein, aber es war keine Spur von der üblichen Verzweiflung des unreifen Poeten darin. Dies war das Werk eines Menschen, der so weise war wie Odysseus und ebenso welterfahren. Ich konnte mir nicht vorstellen, daß er etwas anderes als die Wahrheit schreiben könnte. Eine Pose entsteht aus Eitelkeit, und ich hatte den Eindruck, daß Medina nicht eitel war.

Am nächsten Morgen hatte ich seine Kadenzen noch im

Gedächtnis und konnte meine Gedanken nicht von ihm lösen. Er faszinierte mich, wie eine schöne Frau einen Mann fasziniert. Ich war froh bei dem Gedanken, daß auch er mich gern hatte, denn er hatte viel mehr getan, als auf Greenslades beiläufige Empfehlung hin nötig gewesen wäre. Er hatte geplant, daß wir uns wieder trafen, und er hatte nicht wie ein Bekannter, sondern wie ein Freund gesprochen. Sehr bald beschloß ich, Macgillivray um Erlaubnis zu bitten, ihn völlig ins Vertrauen zu ziehen. Man konnte einen solchen Menschen nicht distanziert behandeln und gleichzeitig verlangen, er möge Rätsel lösen, die ihm so sinnlos präsentiert wurden wie ein Silbenrätsel in der Zeitung. Man mußte ihm entweder alles sagen oder gar nichts; und ich war gewiß: wenn ich ihm alles sagte, würde er eine wahre Festung für mich sein. Je länger ich über ihn nachdachte, desto mehr war ich von seiner außerordentlichen Intelligenz überzeugt.

Zum Lunch traf ich Mr. Julius Victor im Carlton House Terrace. Er setzte sein gewohntes Leben fort, und als er mich begrüßte, spielte er mit keinem Wort auf das an, was uns zusammengeführt hatte. Oder vielmehr: er sagte nur ein Wort. »Ich wußte, daß ich auf Sie zählen konnte«, sagte er. »Ich glaube, ich habe Ihnen gesagt, daß meine Tochter dieses Frühjahr heiraten sollte. Nun ja, ihr Verlobter ist aus Frankreich herübergekommen und wird auf unbegrenzte Zeit bei mir bleiben. Wahrscheinlich kann er nichts tun, um Ihnen zu helfen, aber er steht Ihnen hier zur Verfügung, falls Sie ihn brauchen. Er ist der Marquis de la Tour du Pin.«

Den Namen verstand ich nicht gleich, und da wir uns in größerer Gesellschaft befanden, hatten wir uns schon zu Tisch gesetzt, ehe mir klar wurde, wer der verzweifelte Liebende war. Es war mein alter Freund Turpin, der Verbindungsoffizier bei meiner alten Division gewesen war. Ich hatte gewußt, daß er irgendwie von Adel war, aber da wir alle Spitznamen hatten, hatte ich mich daran gewöhnt, ihn auch in Gedanken Turpin zu nennen, was eine Abwandlung seines Titels war, die – glaube ich – Archie Roylance erfunden hatte. Da saß er nun mir gegenüber, ein sehr gut aussehender, bleicher junger Mann, übertrieben korrekt angezogen, wie es nur Franzosen sind, die bei einem englischen Schneider arbeiten lassen. Er war bei der Division ein gewaltiger Säbelraßler gewesen mit ungezügelten Kraftausdrücken und ein Vulkan im Angriff, aber dabei immer von melancholischer Sanftheit im Gehabe. Er hob die schweren Augenlider und sah mich an, dann entschuldigte er sich kurz bei seinem Gastgeber, marschierte um den Tisch herum und umarmte mich.

Ich wurde entsetzlich verlegen, aber trotzdem freute ich mich mächtig, Turpin wiederzusehen. Er war mir ein guter Kamerad gewesen, und daß er Miss Victor hätte heiraten sollen, schien meinen neuen Job in eine Linie zu bringen mit meinen übrigen Lebenserfahrungen. Aber wir sprachen nicht weiter miteinander, denn ich hatte konversationsfreudige Damen auf beiden Seiten, und als die Herren am Tisch zurückblieben, kam ich mit einem älteren Herrn rechts von mir ins Gespräch, der im Kabinett war, wie sich herausstellte. Durch einen glücklichen Zufall fand ich das heraus, denn ich war über die Regierung unseres Landes beklagenswert schlecht informiert.

Ich fragte ihn nach Medina, und sofort strahlte er.

»Werden Sie aus ihm klug?« fragte er. »Ich nicht. Ich klassifiziere gern meine Mitmenschen, aber der ist eine ganz neue Sorte. Er wirkt so exotisch wie der junge Disraeli und so englisch wie der verstorbene Herzog von Devonshire. Worauf es ankommt: verfolgt er eine gewisse Politik, will er etwas Bestimmtes erreichen und hat er Einfluß genug, eine Partei an sich zu binden? Wenn beides zutrifft, dann hat er zweifellos Zukunft. Ehrlich gesagt, ich bin nicht ganz sicher. Er ist sehr begabt, und ich glaube, wenn er wollte, könnte er einer der bedeutendsten öffentlichen Redner sein. Auch das Parlament hört auf ihn, obwohl er nicht oft dort spricht. Aber ich bin nie sicher, wieviel ihm an alledem liegt, und England, das wissen Sie ja, verlangt von seinen Männern den vollen Einsatz. Es wird selbst einem Zweitrangigen blind folgen, wenn er von ganzem Herzen dabei ist, den Besten aber ablehnen, wenn er's nicht ist.«

Ich erwähnte Medinas Ansicht, es werde zu einer mächtigen Tory-Auferstehung kommen, die auf das Frauenwahlrecht zurückzuführen sei. Mein Nachbar grinste.

»Ich glaube bestimmt, daß er recht hat, und auch, daß die Frauen nach seiner Pfeife tanzen würden. Er übt einen ungewöhnlichen Zauber auf sie aus. Dieses hübsche Gesicht und die melodische Stimme müssen jedes weibliche Wesen von der Putzfrau bis zur Cambridge-Intellektuellen zur Sklavin machen. Zur Hälfte beruht sein Einfluß natürlich darauf, daß Frauen auf ihn nicht wirken. Er ist von jeglichem sexuellen Interesse so weit entfernt wie Sir Galahad. Haben Sie je seinen Namen in Verbindung mit dem einer jungen Frau gehört? Er geht überall hin, und sie würden den Kopf für ihn auf den Block legen, und dabei ist er so gefühllos wie ein braver Eton-Schüler, der nur danach strebt, in die Cricket-Elf zu kommen. Kennen Sie ihn?«

Ich sagte: »Ganz flüchtig.«

»Ich auch. Es ist nur eine Grußbekanntschaft, aber man kann nicht umhin, seiner überall gewahr zu werden und sich lebhaft für ihn zu interessieren. Zum Glück ist er moralisch einwandfrei. Wäre er ein Schuft, so könnte er teuflischen Einfluß auf unsere bequeme Gesellschaft ausüben.«

An diesem Abend trafen Sandy und ich uns zum Essen. Er war guten Muts aus Schottland zurückgekommen, denn seinem Vater ging es besser; und wenn Sandy guter Stimmung war, dann war's wie auf den Downs bei Südwestwind. Wir hatten uns so viel zu erzählen, daß wir das Essen kalt werden ließen. Er wollte alles von Mary und Peter John wissen und alles, was ich von Blenkiron und einem Dutzend anderer alter Kameraden wußte, und ich wollte wenigstens in flüchtigen Umrissen wissen, was er seit dem Waffenstillstand im Osten getan hatte. Aus irgendeinem Grund wollte Sandy im Augenblick nicht gern über die Vergangenheit sprechen, aber über die Zukunft redete er so bereitwillig wie ein Student. Er beabsichtigte jetzt zu Hause zu bleiben, jedenfalls für längere Zeit; und die Frage war, wie er die Zeit verbringen sollte. »Das Landleben ist nichts für mich«, sagte er. »Ich muß einen Beruf finden, sonst geht was schief.«

Ich schlug Politik vor, und das gefiel ihm ganz gut.

»Im Parlament würde ich mich wohl langweilen«, überlegte er, »aber auf einen turbulenten Wahlkampf hätte ich wohl Lust. Daran habe ich mich nur einmal beteiligt und dabei eine überraschende Begabung zum Demagogen in mir entdeckt, und in unserer kleinen Stadt habe ich eine Rede gehalten, von der man jetzt noch spricht. Den größten Krach gab es wegen der irischen Unabhängigkeit, und ich dachte, ich sollte mal dem Papst eins auswischen. Ist es dir schon mal aufgefallen, Dick, daß die Kirchensprache höchst unheimlich klingt? Ich kannte ein paar einschlägige Vokabeln, obwohl ich nicht wußte, was sie bedeuten, aber ich wußte, daß meine Zuhörer genausowenig davon verstanden. Also hielt ich eine prachtvolle Rede. ›Wollt ihr, Männer von Kilclavers‹, sagte ich, ›daß eure Töchter an die Simonie verkauft werden? Wollt ihr, daß man auf unseren Straßen den Zölibat praktiziert? Wollt ihr es dulden, daß auf unserm Marktplatz ein Meßgewand ausgestellt wird?‹ Menschenskind, die sprangen alle auf und brüllten ›Niemals!‹.«

Auch das Geschäftsleben lockte ihn. Er hatte Lust, ein privates Flugverkehrsunternehmen und einen Spezialdienst aufzuziehen für den Transport von Pilgern aus der gesamten mohammedanischen Welt nach Mekka. Er schätzte die augenblicklichen Unkosten, die jeder Pilger aufbringen mußte, auf 30 Pfund und glaubte, er könnte es für 15 Pfund machen und dabei noch einen hübschen Gewinn erzielen. Blenkiron, meinte er, würde sich vielleicht für den Plan interessieren und einen Teil des Kapitals aufbringen.

Aber als wir später oben in einer Ecke des Rauchzimmers saßen, wurde Sandy recht ernst, als ich anfing, ihm von meinem Job zu erzählen, denn um ihn einzuweihen, brauchte ich Macgillivrays Erlaubnis nicht. Er hörte schweigend zu, während ich ihm das Wichtigste von dem erzählte, was ich aus Macgillivrays Akten erfahren hatte, und er sagte nichts, als ich zu der Geschichte der drei Geiseln kam. Aber als ich ihm von meiner Abneigung erzählte, mich aus dem festen Gleis meines Landlebens wegzurühren, fing er an zu lachen.

»Drollig ist das, wie Leute unseres Schlages eine plötzliche Leidenschaft fürs Gemütliche bekommen. Ich selber spüre sie auch schon über mich kommen. Was hat dich denn zum Schluß aufgescheucht? Der kleine Junge?«

Dann fing ich zögernd und schüchtern von den Reimen und von Greenslades unterbewußtem Gedächtnis an. Das interessierte ihn heftig. »Genau die Art von vernünftigem Blödsinn, auf die du kommen mußtest, Dick. Weiter. Ich bin ganz aufgeregt.«

Aber als ich von Medina anfing, rief er: »Holla! Hast du ihn kennengelernt?«

»Gestern beim Lunch.«

»Du hast ihm doch nichts erzählt?«

»Nein. Aber ich werde es tun.«

Sandy hatte tief im Sessel gehockt, die Beine über eine Lehne gehängt, aber jetzt stand er auf, legte die Arme auf den Kaminsims und blickte ins Feuer.

»Ich werde ihn voll ins Vertrauen ziehen«, sagte ich, »sobald ich mit Macgillivray gesprochen habe.«

»Macgillivray wird zweifellos zustimmen?«

»Und du? Hast du ihn je kennengelernt?«

»Nie. Aber ich habe natürlich von ihm gehört. Ich muß dir sogar sagen, daß einer der Hauptgründe für meine Rückkehr der Wunsch war, Medina zu sehen.«

»Er wird dir sehr gut gefallen. Ich habe noch nie einen solchen Mann kennengelernt.«

»Das sagen alle.« Er wandte mir das Gesicht zu, und ich sah den tiefen Ernst darauf, der ihn manchmal überkam, das Gegenstück zu seiner üblichen Sorglosigkeit. »Wann siehst du ihn wieder?«

»Übermorgen treffe ich ihn zum Dinner im sogenannten Donnerstag-Club.«

»Oh, zu dem gehört er also? Ich auch. Ich glaube, ich werde mir das Vergnügen machen, ebenfalls dort zu dinieren.«

Ich erkundigte mich nach dem Club, und er sagte, er sei nach dem Krieg von Leuten gegründet worden, die außergewöhnliche Jobs gehabt hätten und miteinander in Verbindung bleiben wollten. Es war ein sehr kleiner Club, er hatte nur zwanzig Mitglieder. Collatt war dabei, einer der Kapitäne von getarnten Handelsschiffen, der das Victoria Cross hatte, und Pugh vom Indischen Geheimdienst und der Herzog von Burminster und Sir Arthur Warcliff und verschiedene mehr oder weniger bekannte Militärs. »Mich haben sie 1919 gewählt«, sagte Sandy, »aber natürlich bin ich noch nie zum Dinner dort gewesen. Tatsächlich, Dick, Medina muß hier ziemlich einflußreich sein, wenn er Mitglied des Donnerstag-Clubs ist. Obwohl ich es sage, der es nicht sagen sollte, die meisten Leute würden ihre rechte Hand drum geben, dazuzugehören.« Er setzte sich wieder und schien nachzudenken, das Kinn in die Hand gestützt.

»Du bist seinem Zauber verfallen, nehme ich an«, bemerkte er.

»Ganz und gar. Ich will dir sagen, wie er mir vorkommt. Für gewöhnlich ist ein sehr gescheiter Mensch etwas blutarm und eingebildet, während der übliche Sportsmann und nette Kerl meist etwas beschränkt ist. Medina vereinigt, scheint mir, in sich alle Vorzüge und keine der Nachteile von beiden. Jedermann sieht, daß er ein Sportsmann ist, und du brauchst nur die hohen Herren zu fragen, um zu erfahren, wie hoch sie seine geistigen Gaben einschätzen.«

»Das klingt eigentlich zu gut, um wahr zu sein.« Mir schien es, als sei in seiner Stimme eine gewisse Schärfe. »Dick«, sagte er sehr ernst, »bitte versprich mir, daß du in dieser Sache langsam tust – ich meine damit, daß du Medina nicht gleich ins Vertrauen ziehst.«

»Warum?« fragte ich. »Hast du irgend etwas gegen ihn?«

»N-n – nein«, antwortete er. »Ich habe nichts gegen ihn. Er kommt mir nur ein bißchen unglaubhaft vor, und ich möchte gern mehr von ihm wissen. Ich hatte einen Freund, der ihn gekannt hat. Ich habe nicht das Recht, dies zu sagen, und ich habe auch keinen Beweis dafür, aber ich habe das

Gefühl, daß Medina meinem Freund nicht gut bekommen ist.«

»Wie hieß er?« fragte ich, und die Antwort lautete: »Lavater«; und als ich mich erkundigte, was aus ihm geworden sei, wußte Sandy es nicht. Er hatte ihn seit zwei Jahren aus den Augen verloren.

Darüber lachte ich herzlich, denn ich begriff, was los war. Sandy war einfach eifersüchtig auf den Mann, der alle bezauberte. Er wollte seine alten Freunde für sich selber behalten. Als ich ihm das auf den Kopf zusagte, grinste er und leugnete nicht.

5

Der Donnerstag-Club

Wir trafen uns im zweiten Stock eines kleinen Restaurants in der Mervyn Street, in einem hübschen kleinen Raum, der weiß getäfelt war; an jedem Ende brannte ein großes Kaminfeuer. Der Club hatte einen eigenen Koch und Butler, und ich schwöre: nie ist in London ein besseres Essen aufgetischt worden, von den absurd frühen Kiebitzeiern bis zum Obst, das aus Burminsters Treibhäusern stammte. Wir waren zu elft, mich selber inbegriffen, und von den andern kannte ich außer meinem Gastgeber nur Burminster und Sandy. Collatt war da und Pugh und ein zusammengeschrumpfter alter Herr, der gerade von der Vogeljagd an der Mackenziemündung zurückgekommen war. Ferner Palliser-Yeates, der Bankier, der jünger als dreißig aussah, und Fulleylove, der Arabienreisende, der wirklich dreißig war und aussah wie fünfzig. Mich interessierte besonders Nightingale, ein schlanker Mensch, der durch dicke Brillengläser spähte und zu seinen griechischen Manuskripten und der Cambridge-Gesellschaft zurückgekehrt war, nachdem er einen Beduinenstamm angeführt hatte. Auch Leithen war da, der Generalstaatsanwalt, der zu Anfang des Krieges Gemeiner bei der Garde gewesen war und zum Schluß der höchste Generalstabsoffizier, ein kräftig gebauter Mann mit blassem Gesicht und sehr scharfen, spöttischen Augen. Ich glaube, unter diesem knappen Dutzend Menschen gab es verschiedenartigere und fähigere Gehirne, als man in einem Durchschnittsparlament finden würde.

Sandy kam als letzter und wurde mit Freudengebrüll begrüßt. Jeder schien ihm die Hand schütteln und auf die Schulter klopfen zu wollen. Er kannte alle außer Medina, und mit

Neugier beobachtete ich ihre Begegnung. Burminster stellte sie einander vor, und Sandy sah einen Augenblick verlegen aus.

»Darauf habe ich mich schon seit Jahren gefreut«, sagte Medina, und Sandy – nachdem er ihn kurz angesehen hatte – grinste blöd und stotterte irgend etwas Höfliches.

Burminster hatte an dem Abend den Vorsitz, ein rundlicher, vergnügter, kleiner Herr, der in der Luftwaffe ein Freund von Archie Roylance gewesen war. Zu Anfang war das Gespräch nicht besonders interessant. Es begann mit Pferden und den Handicaps für die Frühjahrsrennen und sprang dann auf die Lachsfischerei über, denn einer der Herren war am Helmsdale gewesen, ein anderer am Naver und zwei am Tay. Der Club-Tradition gemäß war die Unterhaltung allgemein, und es wurde nur wenig in kleinen Gruppen geredet. Ich saß neben Medina, zwischen ihm und dem Herzog, und Sandy war am andern Ende des ovalen Tisches. Er sagte nicht viel, und mehr als einmal merkte ich, daß er Medina beobachtete.

Dann kam allmählich, wie es zu gehen pflegt, das Gespräch auf Erinnerungen. Collatt brachte mich zum Lachen, als er erzählte, daß die Admiralität auf den Gedanken gekommen sei, Seelöwen könnten zur Entdeckung von U-Booten nützlich sein. Man hatte sich einige verschafft und dazu abgerichtet, hinter U-Booten herzuschwimmen, an die Fische als Köder angebunden waren; die Absicht war, daß die Tiere den Geruch von U-Booten mit Nahrung assoziieren sollten. Die Sache scheiterte am artistischen Temperament. Die Tiere stammten alle aus Varietetheatern und hießen Flossie oder Cissie oder ähnlich, deshalb konnte man ihnen nicht begreiflich machen, daß Krieg war, und sie gingen immer ohne Urlaub an Land.

Diese Geschichte brachte den Ball ins Rollen, und als wir beim Port angekommen waren, war das allgemeine Gespräch etwa so wie früher im Rauchsalon eines ostafrikanischen Küstendampfers, nur millionenmal interessanter. Jeder Anwesende hatte Erstaunliches getan und gesehen, und außerdem hatten diese Leute die Fähigkeit und die Kenntnisse, ihre Erfahrungen richtig einzuordnen. Es ergab sich keineswegs nur eine Reihe von Geschichten, sondern vielmehr ein Gib-und-nimm-Gespräch, in dem jede Behauptung durch eine entsprechende Erfahrung erhärtet wurde. Besonders bewunderte ich Medina. Er sprach wenig, brachte aber andere zum Erzählen, und sein warmes Interesse schien das Beste aus jedem herauszuholen. Ich bemerkte, daß er wie bei unserem Lunch vor drei Tagen nur Wasser trank.

Ich erinnere mich, wir sprachen über Leute, die spurlos verschwunden waren, und ob einer oder der andere wohl wieder auftauchen würde. Sandy erzählte uns von drei britischen Offizieren, die seit dem Sommer 1918 in Turkestan im Gefängnis gewesen waren und eben erst die Heimreise angetreten hatten. Einem von ihnen war er in Marseille begegnet, und er glaubte, andere halten sich wohl auch in der Gegend verborgen. Dann sprach einer davon, wie es möglich wäre, daß einer auf ein Weilchen vom Globus verschwinden könnte und alles auslassen, was inzwischen geschah. Ich erzählte, ich habe einen alten Goldgräber in Barberton getroffen, der aus dem Portugiesischen heruntergekommen war, und als ich ihn fragte, was er im Krieg gemacht habe, sagte er: »Was für ein Krieg?« Pugh berichtete, daß in Hongkong gerade einer aufgetaucht sei, der acht Jahre lang von chinesischen Piraten gefangen gehalten worden sei und von unserem vierjährigen Kampf nie ein Wort gehört habe, bis er zu dem Schiffer des Bootes, das ihn aufgefischt habe, irgend etwas über den Kaiser sagte.

Dann wollte Sandy, der eben Angekommene, wissen, was sich in Europa zutrug. Leithen, erinnere ich mich, äußerte seine Ansicht über die *malaise*, an der Frankreich litt; und Palliser-Yeates, der aussah wie ein Rugbyspieler, klärte ihn – und beiläufig gesagt, auch mich – über die Reparationszahlungen der Deutschen auf. Sandy war wütend über das Durcheinander im Nahen Osten und über die falsche Politik den Türken gegenüber. Seiner Ansicht nach taten wir unser Bestes, den vielfach unterteilten Orient zu einer feindlichen Einheit zusammenzuschmieden.

»Herrgott nochmal!« rief er, »wie ich unsere neue Art der Außenpolitik verabscheue! Die alte englische Art war es, alle Ausländer für etwas kindisch und leicht idiotisch zu halten und uns selber für die einzigen Erwachsenen in einer Kindergarten-Welt. Aber jetzt sind wir selber im Kindergarten und spielen auf dem Fußboden mit Teddybären. Wir nehmen heftig Partei und haben Favoriten, und es ist klar: wenn man *-phil* von irgendwas ist, muß man *-phob* von was anderem sein. Das ist alles ganz falsch. Wir balkanisieren uns.«

Wir wären an die Politik geraten, hätte Pugh ihn nicht nach seiner Meinung über Gandhi gefragt. Das veranlaßte ihn zu einer Abhandlung über das Wesen des Fanatikers, ein Gegenstand, über den er als Sachverständiger sprechen konnte, denn er hatte mit den meisten Arten und Abarten dieser Spezies Erfahrung gemacht.

»Der Fanatiker ist immer – rein technisch betrachtet – ver-rückt, sein Geist ist nicht mehr im Gleichgewicht, und da wir vom Gleichgewicht leben, ist er ein Zerstörer, er sperrt das Getriebe. Seine Macht beruht darauf, daß er die Menschen anzieht, die ebenfalls nicht ganz im Gleichgewicht sind, und da solche Menschen nie in der Mehrzahl sind, hat er nur begrenzten Erfolg. Aber es gibt auch Fanatiker, deren Kraft aus dem Gleichgewicht stammt, aus einem irrsinnigen Gleichgewicht. Man kann nicht feststellen, daß dies oder jenes bei ihnen nicht normal ist, denn sie sind ganz und gar abnorm. Ein solcher Mensch ist so völlig im Gleichgewicht wie du oder ich, aber er lebt sozusagen in einer vierdimensionalen Welt. Es gibt keine logischen Lücken in seiner Überzeugung, in seinem Glauben. Innerhalb seiner irrsinnigen Grundvoraussetzungen ist dieser Fanatiker geistig brillant gesund. Zum Beispiel Lenin. Vor dieser Art Fanatiker habe ich Angst.«

Leithen fragte, wie denn ein solcher Mensch Einfluß gewinnen könne.

»Er leuchtet den Normalen ein«, sagte Sandy sehr ernst, »den völlig Gesunden. Er hat Vernunft zu bieten, nicht Visionen – jedenfalls sind seine Visionen vernünftig. In gewöhnlichen Zeiten hört man nicht auf ihn, denn – wie schon gesagt – seine Welt ist nicht die unsere. Laß aber eine Zeit großen Leidens oder großer Unzufriedenheit kommen, wenn der gemeine Mann verzweifelt, dann hat der Vernunftsfanatiker Erfolg. Wenn er an die geistig Gesunden appelliert und diese reagieren, dann gibt es Revolution.«

Pugh nickte, als stimme er bei. »Natürlich muß Ihr Fanatiker ein Genie sein.«

»Selbstverständlich. Und glücklicherweise sind solche Genies selten. Wenn so ein Genie vorhanden ist, dann ist der, dem es eignet, der Magier der Moderne. Früher spielte der Hexenmeister mit kabbalistischen Zeichen und einfachen Chemikalien herum und erreichte nichts; der wahre Zauberer arbeitet mit dem Einfluß des Geistes auf den Geist. Wir fangen gerade erst an, die sonderbaren Windungen der Menschenseele zu erkennen. Wenn heute ein echter Zauberer erschiene, würde er sich mit Drogen und Rauschgiften nicht abgeben. Er würde tödlichere Methoden anzuwenden suchen: den zwingenden Einfluß eines Feuergeistes auf das schwächere Gebilde, das die Menschen ihren Verstand nennen.«

Er wandte sich an Pugh. »Erinnern Sie sich an den Mann, den wir im Krieg Ram Dass zu nennen pflegten? Seinen eigentlichen Namen habe ich nie erfahren.«

»Und ob«, erwiderte Pugh. »Der Mann, der in San Francisco für uns arbeitete. Er bekam von den Agitatoren Unsummen und zahlte sie abzüglich seiner Kommission von zehn Prozent an die britische Staatskasse.«

»Braver Bursche!« lobte Burminster.

»Also, Ram Dass pflegte mich über diesen Gegenstand zu belehren. Er war klug wie eine Schlange und treu wie ein Hund, und er sah vieles kommen, was wir jetzt erst anfangen zu begreifen. Er sagte, daß die großen Offensiven der Zukunft auf psychologischer Basis geführt werden würden, und er fand, die Regierungen sollten etwas tun und die Verteidigung vorbereiten. Das würde ein lustiger Anblick sein, wenn alle hohen Beamten die Nase wie Abc-Schützen in

Schulfibeln stecken müßten! Aber was er sagte, hatte Hand und Fuß. Seiner Ansicht nach war die tödlichste Waffe der Welt die Massensuggestion, und er wollte sie an ihrem Ursprung bekämpfen, indem er den Rattenfänger selbst angriff. Er war überzeugt, daß jeder Zauberer eine schwache Stelle hat wie zum Beispiel Simson sein Haar, und wenn man die in den Griff bekäme, könnte er unschädlich gemacht werden. Er wollte, daß wir uns bei den Propheten einschmeicheln und sie in die Regierung holen sollten. Erinnern Sie sich an den Winter 1917, als die Bolschewiken in Afghanistan Unruhen stifteten und ihre Doktrin nach Indien durchgefiltert war? Nun also, Ram Dass behauptete, ihm sei es gelungen, dies Spiel durch seine psychologischen Finten zu beenden.«

Er blickte plötzlich zu Medina hinüber. »Sie kennen dieses Grenzland. Sind Sie je einem *guru* begegnet, der am Fuß des Shansi-Passes lebte, wo es nach Kaikand hinübergeht?«

Medina schüttelte den Kopf. »In der Gegend bin ich nie gereist. Warum?«

Sandy schien enttäuscht. »Ram Dass hat oft von ihm erzählt. Ich hoffte, Sie kennten ihn vielleicht.«

Der Club-Madeira wurde gereicht, und für kurze Zeit herrschte Schweigen, während wir ihn schlürften. Es war wahrhaftig ein wundervoller Wein, und mit Bedauern beobachtete ich Medinas Enthaltsamkeit.

»Es entgeht Ihnen wirklich viel, wissen Sie«, dröhnte Burminster mit seiner gutmütigen Stimme, und einen Augenblick sah die ganze Gesellschaft nach Medina hin.

Er lächelte und hob sein Glas Wasser.

*»Sit vini abstemius qui hermeneuma tentat aut hominum petit dominatum«,** sagte er.

Nightingale übersetzte. »Man muß also Blaukreuzler sein, wenn man ein bedeutender Mann sein will.«

---

* »Enthalte sich des Weines, wer Erkenntnis zu erringen sucht oder Herrschaft über die Menschen anstrebt.«

Alle protestierten im Chor, und Medina hob noch einmal sein Glas.

»Ich scherze nur. Es ist keine Spur von Grundsätzen dabei. Ich mag bloß das Zeug nicht, das ist alles.«

Ich glaube, die einzigen Lateiner unter uns waren Nightingale und Sandy. Ich sah diesen an und war von der Veränderung in seiner Miene überrascht. Sie drückte höchstes Interesse aus. Plötzlich blickten seine Augen, die Medina angestarrt hatten, in die meinen, und ich las in ihnen nicht nur Interesse, sondern Beunruhigung.

Burminster stimmte eine lebhafte Verteidigung des Bacchus an, und die andern fielen ein, aber Sandy ergriff die andere Partei.

»Es ist ziemlich viel Wahrheit in dieser lateinischen Redensart«, bemerkte er. »Es gibt Gegenden, wo strenge Enthaltsamkeit zu den Vorrechten zählt. Haben Sie je den Ulai-Stamm in der Gegend von Karakoram kennengelernt?« wandte er sich an Medina.

»Nein? Also, wenn Sie wieder einmal einen von den Reiseführern treffen, fragen Sie ihn nach diesem Stamm, er ist etwas ganz Besonderes. Es sind Mohammedaner, sie sollten also von Rechts wegen enthaltsam sein, aber sie sind richtige Trunkenbolde und werden so sehr von ihren Priestern beherrscht, wie kein anderes Gemeinwesen der Erde. Trinken ist bei ihnen nicht nur Gewohnheit, sondern Pflicht, und ihr allwöchentliches Gelage würde selbst Falstaff zum Abstinenzler machen. Aber die Priester – es ist eine Art Theokratie – sind streng enthaltsam. Das ist ihr Vorrecht und das Geheimnis ihrer Macht. Soll einer von ihnen degradiert werden, so wird ihm mit Gewalt Wein eingegossen. Da haben Sie – wie heißt es noch? – Ihr ›hominum dominatus‹.«

Von dem Moment an hatte ich das Gefühl, als verliefe der Abend weniger angenehm. Medina war so herzlich wie zuvor, aber irgend etwas schien Sandy über die Leber gelaufen zu sein, und er wurde ausgesprochen übellaunig. Ab und zu widersprach er jemandem ungezogen heftig, aber die meiste Zeit saß er schweigend da, rauchte seine Pfeife und antwortete seinen Nachbarn einsilbig. Gegen elf Uhr fand ich, es sei Zeit aufzubrechen, und Medina war derselben Ansicht. Er bat mich, ihn zu begleiten, und ich stimmte gern zu, denn ich hatte noch keine Lust, schlafen zu gehen.

Als ich den Mantel anzog, kam Sandy herbei: »Komm mit zum Club, Dick«, sagte er. »Ich muß mit dir reden.« Er sprach in solchem Befehlston, daß ich große Augen machte.

»Tut mir leid«, sagte ich. »Ich habe versprochen, Medina nach Hause zu begleiten.«

»Ach, zum Teufel mit Medina!« erwiderte er. »Tu, was ich dir sage, oder es wird dir leid tun.«

Ich fand das nicht sehr nett von Sandy, besonders weil Medina nah genug war zu hören, was er sagte. Darum antwortete ich ihm ziemlich kühl, daß ich meine Verabredung einhalten wolle. Er drehte sich um und schritt hinaus, die Ausgangstür knallte er gegen Burminster und entschuldigte sich nicht einmal. Dieser Edelmann rieb sich kläglich die Schulter. »Der gute Sandy hat sich noch nicht wieder an den Korn gewöhnt«, lachte er. »Sieht so aus, als ob ihm der Madeira an die Leber gegangen ist.«

Es war eine klare, stille Märznacht, der Mond schien hell, und als wir den Piccadilly Circus entlanggingen, war ich guter Dinge. Das gute Essen und der gute Wein trugen dazu bei und auch die Genugtuung, daß ich mit guten Leuten diniert hatte und in eine ziemlich auserwählte Gesellschaft aufgenommen worden war. Ich spürte meine Zuneigung zu Medina mächtig wachsen und empfand das unwürdige Überlegenheitsgefühl, das sich einstellt, wenn man sieht, daß ein alter, sehr bewunderter Freund sich ziemlich schlecht benimmt. Ich überlegte, was bloß mit Sandy los war, als Medina von ihm anfing.

»Großartiger Bursche, dieser Arbuthnot«, sagte er. »Seit Jahren wollte ich ihn kennenlernen, und er erfüllt wirklich alle meine Erwartungen. Aber er ist lange genug im Ausland gewesen. Wenn ein so reger Geist nicht in Gesellschaft von seinesgleichen ist, läuft er Gefahr, schwärmerisch zu werden. Was er heute abend erzählt hat, war erstaunlich interessant, aber es kam mir etwas phantastisch vor.«

Ich stimmte bei, aber die Andeutung von Kritik genügte, um meine Loyalität zu wecken. »Trotzdem ist meistens selbst an seinen ausgefallensten Theorien etwas dran. Ich habe erlebt, daß er recht hatte, wenn alle nüchternen, erfahrenen Leute unrecht hatten.«

»Das will ich gern glauben«, antwortete er. »Kennen Sie ihn gut?«

»Recht gut. Wir sind schon miteinander an merkwürdigen Orten gewesen.« Die Erinnerung an diese merkwürdigen Orte kam mir wieder, als wir den Berkeley Square kreuzten. Das Westend von London bei Nacht vermittelte mir immer den Eindruck der ungeheuren Sicherheit unserer Zivilisation. Diese großen, schönen Häuser, die erleuchtet und mit geschlossenen Läden so sicher dastanden, schienen mir der äußerste Gegensatz zu sein zu der halberleuchteten, gefährlichen Welt, in der ich mich manchmal herumgetrieben hatte. Sie schienen mir, wie auch Fosse Manor, Freistätten des Friedens. Aber heute kamen sie mir anders vor. Ich dachte, was wohl hinter diesen schweren Türen vor sich ging. Lauerten nicht vielleicht Schrecken und Geheimnis hinter dieser Barrikade, genau so wie in Zelten und Elendsquartieren? Plötzlich sah ich vor mir ein dickes, angstverzerrtes Gesicht, halb erstickt unter Bettlaken.

Ich hatte erwartet, Medina wohne in einer Flucht von Zimmern oder in einer Etagenwohnung, aber wir hielten vor einem ziemlich großen Haus in der Hill Street an.

»Sie kommen doch herein? Es ist noch früh, Zeit genug für eine Pfeife.«

Ich mochte noch nicht zu Bett gehen, also folgte ich ihm, als er die Haustür aufschloß. Er knipste ein Licht an, das den ersten Absatz der Treppe erleuchtete, die Halle aber im Dämmer ließ. Sie schien ein schöner Raum zu sein voller Schränke, deren Vergoldungen schwach aufglänzten. Wir stiegen mit dicken Teppichen belegte Stufen hinauf, und auf dem Absatz drehte er das erste Licht ab und ein anderes an, das eine weitere Treppenflucht beleuchtete. Ich hatte das Gefühl, in einer seltsamen Schattenwelt hoch hinaufzusteigen.

»Das ist ein großes Haus für einen Junggesellen«, bemerkte ich.

»Ich habe einen Haufen Zeugs, Bücher und Bilder und alles mögliche, und ich habe es gern um mich.«

Er öffnete eine Tür und führte mich in einen riesigen Raum, der sicherlich das ganze Stockwerk einnahm. Er war lang und rechteckig und hatte an jedem Ende eine Nische, und vom Boden bis zur Decke war er mit Büchern angefüllt. Auch auf den Tischen häuften sich Bücher, und andere lagen auf einer großen flachen Couch verstreut, die vor das Kaminfeuer gezogen war. Das war nicht die übliche Herrenbibliothek, die der Buchhändler meterweise liefert. Es war die Arbeitsbibliothek eines Gelehrten, und die Bücher sahen gebraucht aus – solche Bücher sind die schönste Wandbekleidung für jeden Raum. Auf kleinen Tischen brannten Lampen, und auf einem großen Schreibtisch lagen unter einer Leselampe massenhaft Papiere und Bände mit Papierstreifen als Lesezeichen. Der Raum war Arbeitszimmer und Bibliothek zugleich.

Ungerufen trat ein Diener ein und stellte ein Tablett mit Getränken auf einen Seitentisch. Er war gekleidet wie ein gewöhnlicher Butler, aber ich hatte den Eindruck, daß er sein Leben noch nicht lange in diesem Dienst verbrachte. Die schwere Kinnlade, die kleinen Augen, die dicken Schulter- und Oberarmmuskeln verrieten mir den Beruf, den er vorher gehabt hatte. Der Mann war im Boxring gewesen, und das war noch nicht lange her. Ich wunderte mich über Medinas Wahl; denn ein Boxermopsgesicht ist nicht die Art von Bedientem, die ich mir aussuchen würde.

»Sonst nichts mehr, Odell«, sagte Medina. »Sie können zu Bett gehen. Ich werde Sir Richard hinauslassen.«

Er plazierte mich in einen großen Sessel und hielt den Siphon, während ich mir einen sehr schwachen Whisky-Soda mixte. Dann ließ er sich mir gegenüber am andern Ende des

Kaminteppichs in einem hohen, altmodischen Stuhl nieder, den er vom Schreibtisch herübergezogen hatte. Der Diener hatte, als er hinausging, alle Lichter abgedreht bis auf eines rechts von Medina, das sein Gesicht sehr hell beleuchtete und, da das Kaminfeuer heruntergebrannt war, den einzigen hellen Fleck im Zimmer bildete.

Ich streckte bequem die Beine aus und paffte meine Pfeife; ich überlegte, wie ich wohl die Energie aufbringen sollte, aufzustehen und nach Hause zu gehen. Die langen, dämmerigen Bücherborde, auf denen cremiges Pergament und Maroquinleder sich aus dem Dämmerlicht in die Dunkelheit verloren, wirkten seltsam auf mich. Wieder erschienen mir die Phantasiebilder, die mich beschäftigt hatten, als wir den Berkeley Square überquerten. Ich war in einem jener festgebauten, wohlbeschützten Häuser, und siehe da! – es war so geheimnisvoll wie die Laubwölbungen eines Waldes. Bücher – Bücher – alte Bücher voll vergessener Wissenschaft! Ich war gewiß: wäre ich gelehrt genug, in diesen strengen Buchreihen zu forschen, so würde ich wunderbare Dinge entdekken.

Ich war durstig, also trank ich meinen Whisky-Soda aus und spritzte gerade noch etwas Sodawasser aus dem Siphon neben mir dazu, als ich nach Medina hinsah. Er sah so merkwürdig aus, daß ich unwillkürlich mein Glas bewegte, so daß ein kleines Rinnsal auf meinen Ärmel tropfte. Der Fleck war am nächsten Morgen noch feucht.

Sein Gesicht, das von der Lampe sehr hell beleuchtet war, schien auch von innen erleuchtet zu sein. Es waren nicht seine Augen oder irgendein besonderer Zug in seinem Gesicht, was mich fesselte, denn ich achtete nicht auf Einzelheiten. Nur schien die sonderbare Beleuchtung seinen Kopf aus der Umgebung herauszuheben, so daß er da hing wie ein Planet am Himmel, sehr hell und mächtig.

Es ist nicht leicht aufzuschreiben, was geschah. Zwölf Stunden später erinnerte ich mich an nichts – nur daß ich sehr schläfrig gewesen war und kein guter Gesellschafter hatte sein können und bald aufgestanden war, um zu gehen ...

Aber das war nicht, was sich wirklich zugetragen hatte: dieser Mann hatte seinen Willen auf das konzentriert, woran ich mich erinnern sollte, und weil mein Wille ihm nicht wirklich unterworfen war, erinnerte ich mich trotzdem auch an anderes; ich erinnerte mich nebelhaft wie an einen betrunkenen Traum.

Der Kopf schien im Mittelpunkt blasser zusammenlaufender Linien zu schwimmen. Das müssen die Bücherborde gewesen sein, auf denen in diesem Teil des Raums lauter in altes Pergament gebundene Bücher standen. Meine Augen waren auf zwei violette Nadelspitzen fixiert, die so hell waren, daß es mir weh tat. Ich versuchte fortzublicken, konnte es aber nur tun, indem ich den Kopf nach dem niederbrennenden Kaminfeuer hinwandte. Diese Bewegung erforderte große Anstrengung, denn jeder Muskel meines Körpers schien von Trägheit wie betäubt zu sein.

Sobald ich von dem Licht wegsah, kam ich wieder etwas zu Sinnen. Ich hatte das Gefühl, daß ich im Begriff sei, krank zu werden, und einen Augenblick war ich tief erschrocken. Es schien meine Pflicht zu sein, in die dunklen Stellen des Kaminfeuers zu sehen, denn aus der Dunkelheit kam Linderung. Vor dem Licht mir gegenüber hatte ich Angst wie ein Kind vor dem Butzemann. Ich dachte, wenn ich etwas sagte, würde mir besser sein, aber ich schien nicht die Kraft zu haben, ein Wort hervorzubringen. Sonderbarerweise empfand ich keine Angst vor Medina; er schien mit alledem nichts zu tun zu haben; es war das entkörperte Licht, das mich ängstigte.

Dann hörte ich eine Stimme sprechen, aber noch immer dachte ich dabei nicht an Medina.

»Hannay«, sagte die Stimme, »du bist Richard Hannay?«

Gegen meinen Willen wandte ich den Blick, und da hing das unerträgliche Licht und brannte mir in Augenbälle und Seele. Jetzt fand ich die Stimme wieder, denn sie schien mir mit Gewalt entwunden zu werden, und ich sagte ›Ja‹ wie ein Automat.

Ich spürte, wie mir Verstand und Sinne unter diesem

blendenden Licht schwanden. Aber das Schlimmste empfand ich physisch, die flammende Tyrannei der schwebenden Helligkeit – weder Gesicht noch Augen, aber eine furchtbare, überwältigende Aura. Ich dachte – falls man in diesem Augenblick meine Gehirntätigkeit Denken nennen kann –, wenn ich diese Aura nur mit irgendeinem festen Gegenstand in Verbindung bringen könnte, würde ich Erleichterung finden. Mit verzweifelter Anstrengung erkannte ich die Schulterlinie eines Mannes und die Rückenlehne eines Stuhls. Ich darf wiederholen, daß ich überhaupt nicht an Medina dachte, denn er war völlig aus meiner Welt ausgelöscht.

»Du bist Richard Hannay«, sagte die Stimme. »Wiederhole: ich bin Richard Hannay.«

Unwillkürlich kamen die Worte aus meinem Mund. Ich konzentrierte meinen ganzen Verstand auf den tröstlichen Umriß der Stuhllehne, die deutlicher zu werden begann.

Die Stimme sprach wieder.

»Aber bis zu diesem Augenblick bist du nichts gewesen. Bisher hat es keinen Richard Hannay gegeben. Jetzt, wenn ich es befehle, beginnst du zu leben. Du erinnerst dich an nichts. Du hast keine Vergangenheit.«

»Ich erinnere mich an nichts«, sagte meine Stimme, aber während ich sprach, wußte ich, daß ich log, und das war meine Rettung.

Mehr als einmal haben mir Ärzte, die sich aus Liebhaberei damit abgaben, gesagt, ich sei das hoffnungsloseste Subjekt für Hypnose, das ihnen je vorgekommen sei. Einer sagte einmal, ich sei so gefühllos wie der Tafelberg. Ich muß annehmen, daß der jeder Behandlung trotzende Felsuntergrund meiner Durchschnittlichkeit nun dem Etwas begegnete, das mich zu beherrschen versuchte, und es von sich abprallen ließ. Ich fühlte mich entsetzlich hilflos, meine Stimme war nicht die meine, meine Augen waren gemartert und schmerzten, aber ich war wieder bei Verstand.

Ich schien eine Lektion nach irgend jemandes Diktat zu wiederholen. Ich sagte, ich sei Richard Hannay, der soeben aus Südafrika zu seinem ersten Besuch in England eingetroffen war. Ich kannte niemanden in London und hatte keine Freunde. Hatte ich von einem Oberst Arbuthnot gehört? Nein. Oder vom Donnerstag-Club? Nein. Oder vom Krieg? Ja, aber ich war die meiste Zeit in Angola gewesen und nie an der Front. Hatte ich Geld? Ja, ziemlich viel, es lag bei der und der Bank und war so und so investiert ... Ich schwatzte das Zeug so geläufig nach wie ein Papagei, aber ich wußte die ganze Zeit, daß ich log. Ganz tief in mir bestand etwas darauf, daß ich Sir Richard Hannay, Ritter des Bath-Ordens, war, der in Frankreich eine Division befehligt hatte, Herr auf Fosse Manor, Ehemann von Mary und Vater von Peter John.

Dann schien die Stimme Befehle zu erteilen. Ich solle dies und jenes tun, und ich wiederholte sie gelehrig. Ich hatte überhaupt keine Angst mehr. Irgend jemand versuchte, Affentricks mit meinem Bewußtsein anzustellen, aber über dieses war ich Herr, wenn auch meine Stimme wie die eines fremden Grammophons klang und meine Glieder blödsinnig schwach waren. Vor allem anderen wollte ich schlafen dürfen ...

Ich glaube, ich muß ein wenig geschlafen haben, denn meine letzte Erinnerung an diese merkwürdige Sitzung ist, daß das unerträgliche Licht fort war und die anderen Lampen im Zimmer brannten. Medina stand vor dem toten Feuer und ein anderer Mann neben ihm – ein schlanker Mann mit gebeugtem Rücken und hagerem, grauem Gesicht. Dieser zweite Mann war nur einen Augenblick da, aber er betrachtete mich genau, und ich glaubte, daß Medina mit ihm sprach und lachte ... Dann half mir Medina in den Mantel und führte mich hinunter. Auf der Straße waren zwei helle Lichter, die wirkten so auf mich, daß ich mich auf den Bordstein legen und schlafen wollte ...

Ich wachte am nächsten Morgen um zehn Uhr in meinem Schlafzimmer im Club auf und fühlte mich jämmerlich elend. Ich hatte böse Kopfschmerzen, hinter meinen Augen schienen weiße Feuer zu brennen, und meine Beine schmerzten schwach, als hätte ich Grippe. Ich brauchte einige Minuten, um zu begreifen, wo ich war, und als ich überlegte, was mich in einen solchen Zustand gebracht hatte, konnte ich mich an nichts erinnern. Nur eine alberne Litanei leierte in meinem Gehirn – der Name ›Dr. Newhover‹ und eine Adresse in der Wimpole Street. Ich stellte verdrießlich fest, daß dies für jemanden in meinem Zustand eine nützliche Erinnerung war, aber woher sie mir kam, davon hatte ich keine Ahnung.

Die Ereignisse der letzten Nacht waren mir völlig klar. Ich erinnerte mich an jede Kleinigkeit beim Dinner im Donnerstag-Club, an Sandys Schroffheit, an meinen Heimweg mit Medina und meine Bewunderung für seine schöne Bibliothek. Ich wußte noch, daß ich dort dösig gewesen war und ihn wahrscheinlich gelangweilt hatte. Aber ich fand keinerlei Ursache für meine schlechte Verfassung. Das Dinner konnte es nicht gewesen sein; der Wein auch nicht, denn ich hatte nicht viel getrunken, und überhaupt ist mein Kopf aus Gußeisen; der schwache Whisky-Soda in Medinas Haus war es auch nicht. Ich stand mühsam auf und betrachtete meine Zunge im Spiegel. Die sah gut aus, also mußte meine Verdauung in Ordnung sein.

Man muß berücksichtigen, daß der Bericht, den ich eben geschrieben habe, zusammengestückelt wurde, als ich mich nach und nach der Ereignisse erinnerte, und daß ich mich an diesem Morgen um zehn Uhr an nichts erinnerte – an nichts als an das, was geschehen war, bis ich mich in Medinas Bibliothek niedergesetzt hatte, und an Namen und Adresse eines Arztes, von dem ich noch nie gehört hatte. Ich schloß, daß ich ein teuflisches Virus erwischt haben mußte, wahrscheinlich eine Fleischvergiftung, und schwer krank werden würde. Ich überlegte niedergeschlagen, wie ich mich vor Medina blamiert hatte, und noch niedergeschlagener, was denn nun mit mir werden sollte. Ich beschloß, an Mary zu telegraphieren, wenn ich beim Arzt gewesen war, und so schnell wie möglich in ein Krankenhaus zu gehen. Nie in meinem Leben hatte ich eine Krankheit gehabt außer Malaria – ich war so nervös wie eine Katze.

Aber nachdem ich eine Tasse Tee getrunken hatte, fühlte

ich mich besser und zum Aufstehen geneigt. Ein kaltes Bad linderte meine Kopfschmerzen, und ich konnte mich rasieren und anziehen. Und während ich mich rasierte, bemerkte ich die erste Kleinigkeit, die mich wegen der Ereignisse des Vorabends stutzig machte. Der Kammerdiener, der mich betreute, hatte den Inhalt meiner Taschen auf den Toilettentisch gelegt – Schlüssel, Uhr, loses Silbergeld, Brieftasche und Pfeife samt Tabaksbeutel. Nun trage ich meine Pfeife in einem kleinen Lederetui bei mir, und – da ich in meinen Gewohnheiten peinlich genau bin – lege die Pfeife immer in dieses Etui, wenn sie leer ist. Aber es war nicht da, obwohl ich mich erinnerte, es in Medinas Zimmer auf den Tisch neben mir gelegt zu haben; und obendrein war die Pfeife noch halb voll von ungerauchtem Tabak. Ich läutete nach dem Diener und erfuhr, daß er die Pfeife in der Tasche meiner Smokingjacke gefunden habe, aber kein Etui. Er erinnerte sich genau, denn er kannte meine Gewohnheiten und war überrascht gewesen, die Pfeife so nachlässig eingesteckt zu finden.

Ich nahm im Kaffeezimmer ein leichtes Frühstück ein und überlegte dauernd, was genau ich am Abend vorher getan hatte. Sonderbare kleine Einzelheiten kamen mir in Erinnerung; besonders erinnerte ich mich einer gewaltigen Anstrengung, die alle meine Kraft verbraucht hatte. Konnte ich Drogen genommen haben? Es war nicht der Donnerstag-Club-Madeira. Medinas Whisky-Soda? Das war Unsinn; jedenfalls hat man nach Drogengenuß am nächsten Morgen keine saubere Zunge.

Ich befragte den Nachtportier, ich meinte, er könne mir vielleicht etwas erzählen.

»Wissen Sie zufällig, wann ich gestern abend nach Hause gekommen bin?« fragte ich.

»Es war heute morgen, Sir Richard«, antwortete er mit einer leisen Andeutung von Grinsen. »Etwa halb vier wird es gewesen sein oder zwanzig vor vier.«

»Gott im Himmel!« rief ich. »Ich hatte keine Ahnung, daß es so spät war. Ich war bei einem Freund, wir haben lange geredet.«

»Sie müssen im Wagen geschlafen haben, Sir Richard, denn der Chauffeur mußte Sie wecken, und Sie waren so benommen, daß ich dachte, ich sollte Sie lieber selbst hinaufbringen. Die Schlafzimmer im obersten Stockwerk sind nicht so leicht zu finden.«

»Ich habe nicht vielleicht ein Pfeifenetui verloren?« fragte ich.

»Nein, Sir.« Das diskrete Gesicht verriet dennoch, daß er glaubte, ich hätte wohl des Guten zuviel getan, aber er mißbilligte das keineswegs.

Als es Zeit zum Lunch wurde, hatte ich beschlossen, daß ich nicht krank werden würde, denn ich spürte kein körperliches Ungemach mehr als etwas Steifheit in den Gelenken und ein ganz leichtes Kopfweh hinter den Augen. Aber mein Verstand war ziemlich durcheinander. Ich war bis nach drei Uhr morgens in Medinas Zimmer gewesen und hatte keine Ahnung, was dort nach etwa halb zwölf Uhr geschehen war. Schließlich war ich beim Weggehen in einem solchen Zustand gewesen, daß ich mein Pfeifenetui vergessen hatte, und dann war ich im Auto eines anderen – wahrscheinlich in Medinas Wagen – im Club angekommen und so schlaftrunken gewesen, daß ich nach oben gebracht werden mußte, und beim Aufwachen war mir so übel gewesen, daß ich an eine Vergiftung glaubte. Was, in Himmels Namen, war geschehen?

Ich nehme an, die Tatsache, daß ich der Macht, die auf mich losgelassen worden war, mit meinem bewußten Verstand widerstanden hatte, obwohl Zunge und Glieder hilflos gewesen waren, befähigte mich, mich an das zu erinnern, was der Urheber dieser Macht mich vergessen machen wollte. Jedenfalls erinnerte ich mich allmählich an Bruchstücke der seltsamen Szene. Ich erinnerte mich an die unheimliche Helligkeit – nicht mit Angst, sondern mit scharfer Entrüstung. Ich erinnerte mich vage, daß ich irgend jemandem Unsinn nachgesprochen hatte, den er diktierte; aber was das gewesen war, daran konnte ich mich noch nicht erinnern. Je mehr ich darüber nachdachte, desto zorniger wurde ich. Medina mußte dahinterstecken, obwohl es lächerlich schien, ihn damit in Verbindung zu bringen, wenn ich an alles dachte, was ich von ihm wußte. Hatte er mich zum Gegenstand eines wissenschaftlichen Experiments gemacht? Wenn, dann war das eine höllische Unverschämtheit. Jedenfalls war das Experiment fehlgeschlagen – das war Balsam für meinen Stolz –, denn ich war die ganze Zeit bei Verstand geblieben. Der Arzt, der mich mit dem Tafelberg verglich, hatte recht gehabt.

So weit war ich mit meinen Überlegungen gekommen, als mir etwas einfiel, was die Sache in ein anderes Licht rückte. Plötzlich erinnerte ich mich, wieso ich eigentlich Medinas Bekanntschaft gemacht hatte. Von ihm hatte Tom Greenslade die drei Fakten gehört, die zu dem Knüttelvers paßten, dem Schlüssel zu dem Geheimnis, das zu lüften ich geschworen hatte. Bis dahin hatte ich an die blendende Erscheinung Medinas nie anders als an einen Verbündeten gedacht. War es möglich, daß er ein Feind war? Der Umschwung in meinen Begriffen war zu heftig, als daß ich ihn so plötzlich vollziehen konnte. Ich versicherte mir selber, daß Medina ein anständiger Mensch war, daß es schiere Verrücktheit sei zu glauben, ein Gentleman und Sportsmann könne je auch nur von der abscheulichen Unterwelt gehört haben, die Macgillivray mir offenbart hatte ... Aber Sandy hatte etwas gegen ihn ... Jedenfalls dankte ich meinen Sternen dafür, daß ich ihm nichts von meinem Job gesagt hatte. Ich glaubte nicht eigentlich, daß etwas an ihm zweifelhaft war, aber es wurde mir klar, daß ich sehr vorsichtig sein mußte.

Und dann fiel mir etwas anderes ein. Hypnose war an mir ausprobiert worden und hatte versagt. Aber wer sich darin versucht hatte, mußte aus meinem Verhalten schließen, daß sie gelungen war. Stimmte das, so würde er irgendwie und irgendwo dieser Annahme gemäß handeln. Mir lag es ob, ihn darin zu bestärken. Ich war meiner selbst sicher genug zu glauben, daß jetzt, nachdem ich gewarnt war, keine weiteren hypnotischen Experimente mir ernstlich etwas anhaben könnten. Aber sollten die Leute ihre Karten doch aufdecken, während ich mich stellte, als sei ich widerstandsloses

Wachs in ihren Händen! Wer ›sie‹ waren, das mußte ich noch herausfinden.

Ich wünschte sehr, ich könnte Sandy erreichen und alles mit ihm besprechen; aber obwohl ich verschiedene seiner Unterschlupfadressen anrief, konnte ich ihn nicht auftreiben. Dann beschloß ich, Dr. Newhover aufzusuchen, denn ich war sicher, daß dieser Name aus dem Durcheinander der letzten Nacht bei mir haften geblieben war. Also rief ich an und machte eine Verabredung mit ihm für den Nachmittag, und um vier Uhr brach ich zu Fuß auf nach der Wimpole Street.

6

Das Haus in Gospel Oak

Es war ein trockener Märznachmittag; einer jener launischen Winde wehte, die anscheinend alle Stunde die Richtung wechseln und es fertigbringen, einem an jeder Straßenecke ins Gesicht zu blasen. Staub wirbelte in den Rinnsteinen, und der Hyazinthen- und Narzissenduft der Blumenläden mischte sich mit dem rauhen Sandgeruch, der Londons Vorgeschmack vom Frühling ist. Als ich die Oxford Street überquerte, dachte ich – das weiß ich noch – darüber nach, in welch ein sonderbares, sinnloses Unterfangen ich hineingeraten war. Ich wußte mir keinen Rat, als mich darin weiter treiben zu lassen und abzuwarten, was geschah. Ich war unterwegs zu einem Arzt, von dem ich nichts wußte, wegen Beschwerden, die ich meines Wissens nicht hatte. Ich gab mir nicht einmal Mühe, einen Plan zu machen, und war es zufrieden, mich vom Zufall leiten zu lassen.

Das Haus war eins jener soliden, langweiligen Gebäude, die meistens die Namen von einem halben Dutzend Ärzten an der Haustür haben. Aber in diesem Fall war nur ein Name da – Dr. M. Newhover. Das Hausmädchen führte mich in das übliche trübselige Wartezimmer, das mit Radierungen der Königlichen Akademie, gebeizten Eichenmöbeln und einer Auswahl alter Illustrierter ausgestattet war; sie kam fast sofort zurück und öffnete mir die Tür zum Sprechzimmer. Auch dieses war ganz wie üblich – verglaste Bücherschränke, ein Waschbecken in einer Ecke, ein Schreibtisch mit Rollverschluß, ein Tisch mit ein, zwei medizinischen Zeitschriften und ein paar Ledermappen. Und Dr. Newhover schien auf den ersten Blick auch nicht außergewöhnlich zu sein. Er war ein jüngerer Mann mit hohen Backenknochen, einer hohen Stirn und blondem Haar, das glatt nach hinten gebürstet war. Er trug einen Kneifer, und wenn er ihn abnahm, sah man blaßblaue, hervorquellende Augen. So, wie er aussah, hätte ich vermutet, daß sein Vater sich Neuhofer genannt hatte.

Die Art, wie er mich begrüßte, schien mir zugleich herablassend und diktatorisch. Ich überlegte, ob er wohl in seinem Beruf eine gewaltige Autorität war, von der ich eigentlich gehört haben müßte. »Nun, Mr. Hannay, was kann ich für Sie tun?« sagte er. Ich stellte fest, daß er mich mit ›Mr.‹ anredete, obwohl ich mich am Telephon wie auch bei dem Mädchen als »Sir Richard« vorgestellt hatte. Es fiel mir ein, ob wohl schon jemand mit ihm über mich gesprochen hatte und er sich des Namens falsch erinnerte.

Jetzt war es wohl nötig, die beängstigenden Symptome zu beschreiben, mit denen ich an diesem Morgen erwacht war.

»Ich weiß nicht, was mit mir los ist«, sagte ich. »Hinter den Augen habe ich Schmerzen, und mein Kopf ist ganz durcheinander. Ich bin benommen und schlapp und habe ein Schwächegefühl in den Beinen und im Rücken wie jemand, der gerade Grippe gehabt hat.«

Ich mußte mich setzen, und er begann, mich über meine Gesundheit auszufragen. Ich sagte, die sei soweit recht gut, erwähnte aber meine alte Malaria und ein paar Gehirnerschütterungen und tat, als sei ich sehr besorgt über meinen Zustand. Dann machte er die albernen Routine-Untersuchungen: Stethoskop, Blutdruck und der Handkantenschlag unterm Knie zwecks Nervenreaktion. Ich mußte meine Rolle dabei spielen, aber meiner Seel': ich reagierte fast zu heftig auf einige seiner Fragen und hätte ihn am liebsten geohrfeigt. Die ganze Zeit redete er in diesem komischen arroganten, ziemlich beleidigenden Tonfall.

Ich mußte mich auf eine Couch legen, und er tastete meine Hals- und Schultermuskeln ab und schien mit seinen langfingerigen, kalten Händen meinen Kopf zu schampunieren. Ich fühlte mich schon wieder durchaus wohl, aber es gelang mir, hier und da empfindliche Stellen vorzutäuschen, außerdem eine Menge beunruhigender Gedächtnislücken. Ich dachte schon, er würde vielleicht mißtrauisch, denn ganz plötzlich fragte er: »Haben Sie diese Symptome schon lange?« – da hielt ich es für besser, mich an die Wahrheit zu halten, und erwiderte: »Erst seit heute morgen.«

Schließlich mußte ich aufstehen; er nahm die Schildpattbrille ab, die er die ganze Zeit aufgehabt hatte, und griff wieder zum Kneifer, und während ich mir den Kragen zuknöpfte, schien er gründlich zu überlegen. Ich mußte mich in den Patientenstuhl setzen, er stand auf und sah mit Magistermiene auf mich herab, – am liebsten hätte ich laut gelacht.

»Sie leiden«, sagte er, »an einer etwas abnormen Form einer allgemein verbreiteten Krankheit. Wie die Auswirkungen einer Gehirnerschütterung sich oft erst Tage nach dem Fall oder Schlag zeigen, so können auch die Folgen nervöser Überanstrengung lange Zeit brauchen, sich auszuwirken. Ich zweifle nicht daran, daß Sie, kerngesund wie Sie sind, doch während der letzten Jahre geistig und körperlich unter Druck gestanden haben, und plötzlich heute morgen ernten Sie die Früchte. Ich will Ihnen keinen Schrecken einjagen, Mr. Hannay, aber eine Neurose ist eine so geheimnisvolle Krankheit, daß wir sie ernst nehmen müssen, besonders beim ersten Auftreten. In Ihrem Fall finde ich ein Symptom oder zwei, die mir nicht gefallen. Zum Beispiel eine gewisse Stauung – mir scheint es dies zu sein – in den Nervenzentren des Genicks und des Kopfes. Sie mag oder mag nicht von den Unfällen – Gehirnerschütterungen oder etwas ähnlichem herkommen, von denen Sie gesprochen haben. Die wirkliche Kur braucht natürlich Zeit, und Ruhe und Veränderung der Umgebung sind unerläßlich. Treiben Sie Sport? Zum Beispiel Angeln?«

Ich bejahte.

»Nun, etwas später könnte ich Ihnen einen Lachsfluß in Norwegen verschreiben. Wegsein vom gewohnten täglichen Leben und dem schnell fließenden Wasser zuschauen, das hat bei einigen meiner Patienten Wunder bewirkt. Aber Norwegen ist erst ab Mai möglich, und inzwischen verordne ich Ihnen eine Sonderbehandlung. Ja. Nämlich Massage, aber keineswegs die übliche Massage. Diese Wissenschaft steckt noch in den Kinderschuhen, und die sie anwenden, tappen noch an ihrer Türschwelle. Aber hin und wieder finden wir jemanden, einen Mann oder eine Frau, – jemanden, der ein besonderes Gespür dafür hat, wie verkrampfte Muskeln und nervöse Anomalitäten gelöst und ausgeglichen werden können. Zu einer solchen Frau werde ich Sie schicken. Die Adresse mag Ihnen sonderbar vorkommen, aber Sie sind welterfahren genug, um zu wissen, daß nicht alle hervorragenden Mediziner in dem Gebiet zwischen der Oxford Street und der Marylebone Road zu finden sind.« Er nahm den Kneifer ab und lächelte.

Dann schrieb er etwas auf einen Zettel und gab ihn mir. Ich las: Madame Breda, 4 Palmyra Square, N. W.

»Gut!« sagte ich. »Besten Dank. Ich hoffe, Madame Breda wird diese höllischen Kopfschmerzen kurieren. Wann kann ich hingehen?«

»Daß sie die Kopfschmerzen kuriert, kann ich Ihnen fest versprechen. Sie ist Schwedin und lebt seit dem Krieg in London, und sie widmet sich ihrer Kunst mit solcher Begeisterung, daß sie ab und zu einen Privatpatienten annimmt. Meistens behandelt sie kostenlos in Kinderkrankenhäusern. Aber sie wird es mir nicht abschlagen. Was den Anfang der Behandlung betrifft, so würde ich Ihres eigenen Wohlbefindens wegen keine Zeit versäumen. Wie wäre es mit morgen früh?«

»Warum nicht heute abend? Ich habe nichts vor, und ehe es Schlafenszeit ist, möchte ich die Kopfschmerzen los sein. Warum sollte ich nicht jetzt hingehen?«

»Nichts spricht dagegen. Aber ich muß Sie anmelden. Madame hat Telephon. Entschuldigen Sie mich einen Moment.«

Er verließ das Zimmer; ein paar Minuten später kam er zurück und sagte, er habe mich auf sieben Uhr angemeldet. »Es ist ziemlich abgelegen, aber die meisten Taxifahrer wissen Bescheid. Falls Ihrer es nicht weiß, sagen Sie ihm, er soll zur Evangeliums-Eiche fahren, und dort kann Ihnen jeder Schutzmann Bescheid geben.«

Ich hatte mein Scheckbuch bei mir, aber er wollte das Honorar nicht nehmen, weil er mit mir noch nicht fertig sei. Ich solle in einer Woche wiederkommen und berichten. Beim Abschied war mein Eindruck: schlangenkalte Hand, blasse vorquellende Augen und Backenknochen wie ein Schotte auf einer Karikatur. Eine sonderbare, aber recht eindrucksvolle Figur machte dieser Dr. Newhover. Dumm sah er nicht aus, und hätte ich nicht genau gewußt, daß meine Konstitution ungewöhnlich zäh ist, so hätten mich seine Bedenken schon beunruhigen können.

Ich ging die Oxford Street hinunter und kehrte in einer Teestube ein. Als ich dort inmitten schwatzender Typistinnen und Ladenschwengel saß, dachte ich darüber nach, ob ich nicht meine Zeit vergeudete und mich wie ein Esel benahm. Da saß ich, so fit wie ein Jagdpferd, und konsultierte Spezialärzte und suchte obskure Masseusen im Norden von London auf, und alles das mit keinem klaren Plan. In weniger als vierundzwanzig Stunden war ich in eine völlig verrückte Welt hineingeraten, und einen Augenblick zweifelte ich, ob die Verrücktheit nicht meine eigene war. Hatte mein Gehirn gestern nacht in Medinas Zimmer Schaden gelitten, so daß ich – wie man sagt – ›sie nicht mehr alle hatte‹? Ich wiederholte mir den Ablauf der Ereignisse noch einmal und beruhigte mich bei der Erinnerung, daß ich die ganze Zeit den Kopf klar gehabt hatte. Ich war noch nicht so weit, Theorien aufzustellen; ich wartete immer noch die Entwicklung der Dinge ab und konnte keine andere Möglichkeit sehen. Natürlich mußte ich Sandy erreichen; aber erst wollte ich sehen, was es mit dieser Massage auf sich hatte. Vielleicht war alles ganz harmlos; ich konnte mich aufgrund eines sonderbaren Gedächtnistricks an Dr. Newhovers Namen erinnert haben – vielleicht hatte ich ihn von irgendeinem Freund gehört –, und dieser beachtliche Arzt mochte ein ganz ehrbarer Mann sein. Aber dann fiel mir wieder sein

Benehmen ein – ich war ganz sicher, daß er von mir wußte, daß irgend jemand ihm gesagt hatte, er solle mich erwarten. Dann kam mir der Gedanke, es könne unvorsichtig sein, ein fremdes Haus in einer schäbigen Vorstadt aufzusuchen. Also ging ich zu einem Telephonautomaten, rief den Club an und sagte dem Portier: für den Fall, daß Oberst Arbuthnot käme – ich sei im Hause Nr. 4 Palmyra Square, N. W. – er mußte die Adresse aufschreiben – und werde vor zehn Uhr zurück sein.

Ich hatte nicht genug Bewegung gehabt, deshalb beschloß ich, zu Fuß zu gehen, denn ich hatte noch viel Zeit. Seltsamerweise war der Weg ziemlich derselbe wie der, den ich 1914 an jenem Junitag eingeschlagen hatte, nachdem ich Bullivant und die Herren vom Schwarzen Stein besucht hatte*, und, um die Zeit totzuschlagen, ganz aus dem Stadtgebiet von London hinausgewandert war. Damals, so erinnerte ich mich, war ich aufgeregt und voll hochgespannter Erwartung gewesen, aber jetzt war ich älter und viel weiser, und obwohl ich mir genug Kopfzerbrechen machen mußte, konnte ich meiner Unruhe doch mit philosophischem Gleichmut Herr werden. Ich ging den Portland Place entlang am Regent's Park vorbei, bis ich die Häuser der Wohlhabenden hinter mir ließ und in den Gürtel ärmlicher Straßen kam, der das Glacis der nördlichen Anhöhen ist. Verschiedene Polizisten wiesen mir den Weg, und ich genoß den Spaziergang, als sei ich ein Forscher, denn London ist für mich immer wieder ein unerforschtes Land. Ich kam an Höfen vorbei, die vor nicht langer Zeit noch kleine Gemüsegärten gewesen waren, und an Terrassen – manchmal prunkhaft angelegten –, aus denen nun Elendsquartiere geworden waren; denn London ist wie der tropische Busch – wenn man nicht fortwährend auf die Rodung aufpaßt, bricht der Dschungel der Elendsquartiere ein. Die Straßen waren voll von Angestellten und Ladenmädchen, die auf Busse warteten, und Arbeitern aus den St. Pancras- und Clerken-

* siehe »Der Schwarze Stein«

well-Fabriken auf dem Heimweg. Es wurde windig, und auf den verwahrlosten Wegen wirbelte ungesunder Staub auf; aber als es bergauf ging, wurde die Luft sauberer, und der Wind schien aus den Feldern Kents und vom Kanal her die kräftigende Frische des Frühlings herüberzuwehen. Ich blieb ein Weilchen stehen und betrachtete die hinter mir liegende Ebene, die London war, sie zwinkerte mit ihren Lichtern in der dunkelblauen, windigen Dämmerung.

Es war fast dunkel, als ich schließlich nach ein paar Umwegen zum Palmyra Square kam. Ein viereckiger Platz im städtebaulichen Sinn war das allerdings nur dem Namen nach, denn eine Seite bestand aus einem Lagergebäude irgendwelcher Art, und eine andere verlor sich in Grüppchen kleiner Backsteinhäuser. Eine Seite bestand aus einer Terrasse mit ganz neu gebauten Künstlerwohnungen, deren jede ein winziges Erkerfenster hatte und einen Namen wie ›Chatsworth‹ oder ›Kitchener Villa‹. Die vierte Seite, nach Süden zu, hatte wohl einst eine gewisse Würde gehabt, und der Baumeister, der den Platz vor siebzig Jahren angelegt hatte, hatte sicherlich geglaubt, er schaffe eine begehrenswerte Wohngegend. Hier standen die Häuser einzeln, jedes in einem kleinen Garten, der einst einen Rasen und Blumenbeete gehabt haben mochte. Jetzt waren diese Gärten nur noch staubige Höfe, Heimstätte von Blechbüchsen und Papierfetzen, und nur eine einzige rußgeschwärzte Ulme, eine schlechtgewachsene Ligusterhecke und ein paar verkümmerte Fliederbüsche zeugten von einer schöneren Vergangenheit. An einem Haus war das Messingschild eines Arztes, an einem anderen das eines Musiklehrers; in mehreren gab es Zimmer zu vermieten; die Stufen waren uneben, die Gartentore hingen schief in den Angeln, und auf allem stand die Geschichte einer fast schon verelendeten, schäbigen Vornehmheit geschrieben.

Nr. 4 war eleganter als die anderen, und die Haustür war grasgrün und frisch gestrichen. Ich läutete, es war eine elektrische Klingel, und ein recht adrettes Mädchen öffnete die Tür. Als ich eintrat, sah ich, daß das Haus geräumiger war, als ich gedacht hatte, und zweifellos einmal das Heim eines wohlhabenden Bürgers gewesen war. Die Diele war nicht so schlauchförmig wie in den kleinen Wohnungen in London, und das Zimmer, in das ich geführt wurde, war zwar klein, aber gut eingerichtet und hatte im Kamin einen elektrischen Heizkörper. Es schien eine Art von Büro zu sein, denn es war ein Telephon da und ein großer Tresor, und auf den Regalen standen beschriftete Aktenordner. Ich bekam den Eindruck, daß Madame Breda, wer immer sie sein mochte, ein ziemlich erfolgreiches Geschäft betrieb.

Gleich darauf führte mich das Mädchen zu einem Zimmer auf der anderen Seite der Diele, wo mich eine lächelnde Dame begrüßte. Madame war eine mollige Frau in den frühen Vierzigern mit dunklem Haar und lebhaftem Teint, sie sprach Englisch fast ohne Akzent. »Dr. Newhover hat Sie geschickt. Ja? Er hat mir erzählt. Wollen Sie bitte hier eintreten und Jacke und Weste ablegen? Auch den Kragen, bitte.«

Ich tat wie gebeten, entledigte mich in einer kleinen, mit einem Vorhang versehenen Kabine der genannten Kleidungsstücke und kehrte in Hemdsärmeln zurück. Das Zimmer war sehr hübsch, an einem Ende hatte es Flügeltüren; es war wie ein Salon mit Topfpflanzen und Büchern ausgestattet und mit anscheinend guten Stichen aus dem 18. Jahrhundert. Jeder Verdacht, den ich an der *bonafides* des Unternehmens gehabt hatte, verging mir jäh. Madame hatte einen weißleinenen Kittel über ihr schwarzes Kleid gezogen, wie Ärzte ihn tragen, und als Sprechstundenhilfe hatte sie ein merkwürdig wirkendes kleines Mädchen, das ebenfalls einen weißen Kittel trug und dessen kurzgeschnittenes Haar von einer kleinen weißen Mütze gekrönt war.

»Dies ist Gerda«, sagte Madame, »Gerda hilft mir. Sie ist sehr gescheit.« Sie lächelte Gerda zu, und Gerda lächelte zurück – eine matte kleine Grimasse in einem völlig ausdruckslosen Gesicht.

Ich mußte mich auf eine Couch legen. Madame fragte: »Sie haben Kopfschmerzen?«

Ich log, ich hätte welche.

»Das kann ich bald beheben. Aber Sie haben noch andere Beschwerden? Ja? Die muß ich untersuchen. Aber zunächst will ich die Schmerzen wegnehmen.«

Ich fühlte ihre Finger leicht und sicher über meine Schläfen, den Hinterkopf und die Nackenmuskeln hinspielen. Das war ein sehr angenehmes Gefühl, und ich bin sicher: hätte ich die allerschlimmsten Kopfschmerzen gehabt, so wären sie weggehext worden. Selbst bei bester Gesundheit fühlte ich mich beruhigt und erfrischt.

»So«, sagte sie und strahlte mich von oben an. »Geht's Ihnen besser? Sie sind so groß, daß es nicht leicht ist, alles auf einmal zu bewältigen. Jetzt muß ich die komplizierteren Dinge untersuchen. Sie sind mit Ihren Nerven nicht zufrieden – nicht ganz. Ach! Diese Nerven! Wir wissen nicht genau, was sie sind, außer daß sie sozusagen der Teufel selber sind. Jetzt sind Sie ganz wach. Nicht wahr? Nun, ich muß Sie einschläfern. Das ist nötig – falls Sie einverstanden sind.«

»Einverstanden«, sagte ich; aber bei mir sagte ich: ›Nein, gute Frau, ich wette, das werden Sie nicht tun.‹ Ich war neugierig, zu sehen, ob ich, da ich gewarnt war, jedem hypnotischen Versuch widerstehen konnte, wie ich es mir zutraute.

Ich erwartete, sie würde versuchen, mich mit den Augen zu meistern, die in der Tat bemerkenswert waren. Aber ihre Methode war das genaue Gegenteil, denn das kleine Mädchen brachte auf einem Tablett etwas, ich sah, daß es Binden waren. Zunächst verhüllte sie meine Augen mit einem leichten Batisttaschentuch, und dann band sie ein anderes aus schwerem undurchsichtigem Gewebe darüber. Sie waren lose gebunden, so daß ich sie kaum spürte, aber ich lag in dichter Dunkelheit. Ich merkte, daß sie die Binden sorgfältig zurechtschob, um meine Ohren nicht zu bedecken.

»Sie sind nicht mehr wach«, hörte ich ihre Stimme sagen; »ich glaube, Sie sind schläfrig. Jetzt werden Sie schlafen.«

Ich spürte ihre Finger leicht über mein Gesicht wandern,

und das Gefühl war jetzt anders; denn während sie, als sie mein Kopfweh behandelte, ein köstlich kühles Prickeln verursacht hatten, schienen sie nun Welle auf Welle einer ebenso wohltuenden Müdigkeit auszulösen. Sie preßten sich auf meine Stirn, und mein Bewußtsein schien sich dort zu konzentrieren und unter dem leichten Druck zu schwinden. Die ganze Zeit gurrte sie dazu mit einer Stimme, die wie sanfte schläfrige Meeresdünung klang. Hätte ich einschlafen wollen, so hätte ich es leicht gekonnt, aber da ich es nicht wollte, hatte ich keine Mühe, dem sanften Zwang zu widerstehen. So, nehme ich an, ist mein Verhältnis zur Hypnose. Unter Zwang tauge ich nicht dazu, – wenn sie auf mich wirken soll, muß ich es wollen. Jedenfalls konnte ich das Angenehme dabei empfinden und ihm trotzdem widerstehen. Aber es war meine Aufgabe, ein guter Patient zu sein, also stellte ich mich, als schlummere ich ein. Ich atmete langsam und sanft und entspannte meinen Körper.

Bald schien sie überzeugt zu sein. Sie sagte ein Wort zu dem Kinde, dessen Füße ich den Raum durchqueren hörte. Dann kam das Geräusch sich öffnender Türen – meine Ohren waren ja frei von den Binden, und ich höre sehr scharf –, und dann schien mir, daß die Couch, auf der ich lag, sich langsam bewegte. Einen Augenblick war ich erschrocken und hätte mich fast verraten, indem ich den Kopf hob. Die Couch schien ganz leicht auf Schienen zu laufen, und ich wußte, daß ich durch die Flügeltüren hindurch war und in einem anderen Zimmer. Dann hörte die Bewegung auf, und es wurde mir klar, daß ich mich in einer völlig anderen Atmosphäre befand; und ebenfalls, daß eine neue Gestalt auf der Szene erschienen war.

Kein Wort wurde gesprochen, aber ich hatte die sonderbare, unerklärliche Gewißheit von der Gegenwart menschlicher Wesen, die ganz unabhängig von Sehen und Hören ist. Ich habe schon gesagt, daß die Atmosphäre eine andere war. Es lag ein Geruch in der Luft, den ich an jedem anderen Ort dem Rauch eines Torffeuers zugeschrieben hätte, und damit gemischt ein unbestimmter, würziger Duft, für den ich keinen Namen fand, der aber überhaupt nicht zu London zu gehören schien noch zu einer Wohnung, sondern zu irgendeiner Wildnis ganz draußen ... Und dann merkte ich, daß sich geräuschlose Finger an meine Schläfen preßten.

Es waren nicht die molligen, geschickten Hände der Madame Breda. Vielmehr waren sie so fein und zart wie ein flüchtiger Wind, aber in der hauchleichten Berührung war etwas Stählernes, als könnten diese Hände ebenso gut würgen wie liebkosen. Ich lag ausgestreckt auf dem Rücken und versuchte, ganz regelmäßig zu atmen, da ich ja angeblich schlief, aber ich empfand eine seltsame Aufregung im Herzen. Dann beruhigte sie sich, als hätten die Finger sie geglättet ... Eine Stimme redete in einer Sprache, von der ich kein Wort verstand, sie sprach nicht zu mir, sondern schien eine geheime Zauberformel zu wiederholen. Und Berührung und Stimme vereint brachten mich näher daran, den Verstand zu verlieren, als ich's je in meinem ganzen Leben gewesen war.

Diese Erfahrung war so neu und überwältigend, daß es mir schwer wird, sie auch nur annähernd zu beschreiben. Ich will es mal so versuchen: ein Mann in meinen Jahren sieht das Alter nicht sehr weit entfernt vor sich, und je näher er ihm kommt, desto glühender sehnt er sich nach der entschwindenden Jugend. Ich meine damit nicht, daß er – wenn irgendeine Fee ihm den Wunsch gewähren würde – wieder ein Knabe sein möchte; wenige von uns würden sich das wünschen; aber seine ganze Jugend erscheint ihm in strahlendem Licht, und er wünscht sich schmerzlich die Frische und das Staunen zurück, womit er damals ins Leben blickte. Wie ein sentimentales Mädchen hängt er an bestimmten Melodien und Düften und Landschaften, die auf einen Augenblick die Tür in die Vergangenheit öffnen ... Während ich mit verbundenen Augen auf jener Couch lag, fühlte ich, wie geheimnisvolle Hände und Stimmen für mich an der Schranke der Jahre rüttelten und sie niederbrachen. Ich entwich in ein köstliches Land, ins Jugendland, und wie gern tat ich es. Wäre ich hypnotisiert gewesen, so wäre ich zweifellos wie ein Schaf dorthin getrottet, wo der Hirt mich haben wollte.

Aber ich war wach, und obwohl ich drauf und dran war, mich zu ergeben, gelang es mir, den Kopf klar zu behalten. Vielleicht war für mein bewußtes Selbst der Zwang zu offensichtlich und erregte schwachen Widerwillen. Jedenfalls hatte ich schon mit bewußtem Widerstand begonnen, als die Singsangstimme englisch sprach.

»Du bist Richard Hannay«, sagte sie. »Du hast geschlafen, aber ich habe dich geweckt. Bist du glücklich in der Welt, in der du aufgewacht bist?«

Ich war nun ganz frei, denn ich hatte innerlich zu lachen begonnen, tief im Grunde meines Herzens. Der Abend zuvor fiel mir ein und die Ereignisse in Medinas Haus, an die ich mich im Lauf des Tages immer deutlicher erinnert hatte. Ich sah das Ganze als eine Farce und auch dies jetzt als Farce, und wie mir der Humor wiederkam, war der Zauberbann gebrochen. Aber ich mußte irgendeine Antwort geben, wenn ich die Komödie weiterspielen wollte, und so gab ich mir die größte Mühe, eine geisterhafte Schlafwandlerstimme zu produzieren.

»Ich bin glücklich«, sagte ich, und meine Piepsstimme klang wie das Zwitschern eines Leintuchgespensts.

»Willst du oft in dieser Welt erwachen?«

Mit einem Krächzen stimmte ich zu.

»Aber wenn du erwachen willst, mußt du erst schlafen, und nur ich kann machen, daß du schläfst und erwachst. Ich verlange einen Preis, Richard Hannay. Willst du meinen Preis bezahlen?«

Die Stimme war mir rätselhaft. Sie hatte nicht den vollen, fremdartigen Tonfall von Madame Breda, sondern einen sehr deutlichen Akzent, den ich nicht definieren konnte. Einen Augenblick schien es der singende Rhythmus zu sein, den man in Wester Ross findet, aber es waren auch Anklänge da, die nicht vom Highland kamen. Auch war die Klangfarbe sonderbar – sehr leicht und dünn, wie bei einem Kinde. War es möglich, daß das seltsame kleine Mädchen, das ich gesehen hatte, die Sibylle war? Nein, sagte ich mir; die Hände waren keine Kinderhände gewesen.

»Ich will jeden Preis bezahlen«, sagte ich – dies schien die Antwort zu sein, die von mir verlangt wurde.

»Dann bist du mir dienstbar, wann immer ich dich rufe. Jetzt schlafe wieder.«

Nie war ich weniger geneigt gewesen, irgend jemandem dienstbar zu sein. Wieder flatterten die Hände um meine Schläfen, aber sie hatten nicht mehr Einfluß auf mich als das Gesumm von Fliegen. Ich hatte das verrückte Bedürfnis zu lachen und unterdrückte es, indem ich über die idiotische Sinnlosigkeit meiner letzten Handlungen nachdachte ... Ich spürte, daß meine Couch rückwärts glitt, und hörte die Flügeltüren sich öffnen und wieder schließen. Dann fühlte ich, wie meine Binden geschickt abgenommen wurden, lag mit Licht auf den geschlossenen Augenlidern da und versuchte, wie das Denkmal eines schlafenden Kriegers auf einem Grab auszusehen. Jemand drückte mit dem Finger unterhalb meines linken Ohres, und ich erkannte den alten Jägertrick: einen Menschen sanft aus dem Schlaf ins Bewußtsein zurückzurufen, also machte ich mich fachkundig ans Erwachen. Ich hoffe, es gelang mir. Jedenfalls muß ich geblendet genug ausgesehen haben, denn das Lampenlicht tat meinen Augen weh nach der verhüllenden Dunkelheit.

Ich war wieder in dem ersten Zimmer, und nur Madame war neben mir. Sie strahlte mich aufs freundlichste an und half mir, Kragen und Jacke wieder anzuziehen. »Ich habe Sie genau beobachtet«, sagte sie, »denn der Schlaf zeigt oft auf, wo die geschädigten Nervenenden liegen. Ich bin zu gewissen Schlußfolgerungen gekommen, die ich Dr. Newhover berichten werde ... Nein, kein Honorar. Dr. Newhover wird das regeln.« Auf allerbeste professionelle Manier verabschiedete sie mich, und ich ging die Stufen hinab auf den Palmyra Square, als habe ich eine der üblichen Massagebehandlungen gegen Hexenschuß hinter mir.

Sobald ich an der frischen Luft war, wurde ich entsetzlich müde und hungrig. Zum Glück war ich noch nicht weit gegangen, als ich ein Taxi erwischte und mich zum Club fahren ließ. Ich sah auf die Uhr, es war später, als ich dachte – kurz vor zehn Uhr. Ich war mehrere Stunden in jenem Haus gewesen – kein Wunder, daß ich müde war.

Sandy ging unruhig in der Diele auf und ab. »Gott sei Dank«, sagte er, als er mich sah. »Wo, zum Teufel, bist du gewesen, Dick? Der Portier hat mir eine verrückte Adresse im Norden von London gegeben. Du siehst aus, als könntest du einen Drink gebrauchen.«

»Mir ist mehr nach Essen«, meinte ich. »Ich habe dir eine Menge zu erzählen, aber erst muß ich essen. Ich habe noch kein Dinner gehabt.«

Sandy saß mir gegenüber, während ich aß, und enthielt sich aller Fragen.

»Was hat dir gestern abend so die Laune verdorben?« fragte ich.

Er sah ernst drein. »Das weiß Gott. Nein, das stimmt nicht, ich selber weiß es sehr gut. Ich mag Medina nicht.«

»Aber warum denn nicht?«

»Ja, warum wohl ... Aber ich bin wie ein Hund: es gibt Leute, gegen die ich auf den ersten Blick etwas habe, und komischerweise täuscht mich mein Instinkt selten.«

»Da stehst du aber mit deiner Meinung ziemlich allein da. Was hast du gegen ihn? Er hat gute Manieren, ist bescheiden, ein guter Sportsmann, und du siehst ja selber: er ist so gescheit, wie einer nur sein kann.«

»Vielleicht. Aber ich habe so eine Ahnung, daß der ganze Mann eine einzige ungeheure Lüge ist. Aber laß uns so verbleiben, daß ich mir meine Meinung vorbehalte. Ich möchte dich einiges fragen.«

Wir fanden das kleine Rauchzimmer hinten im ersten Stock leer, und nachdem ich mir die Pfeife angezündet hatte und bequem im Sessel saß, zog Sandy einen anderen dicht zu mir heran. »Also los, Dick«, sagte er.

»Zunächst«, begann ich, »interessiert es dich wohl zu erfahren, daß Medina sich mit Hypnose beschäftigt.«

»Das weiß ich«, sagte er, »aus dem, was er gestern abend gesagt hat.«

»Aber wie denn, in aller Welt –?«

»Ach, aus einem beiläufigen Zitat. Das ist eine ziemlich lange Geschichte, ich erzähle sie dir später. Weiter.«

Ich fing beim Aufbruch nach dem Dinner im Donnerstag-Club an und erzählte alles, was ich noch von den Stunden in Medinas Haus wußte. Als Erzähler hatte ich ungeheuren Erfolg. Sandy war so interessiert, daß er nicht sitzen bleiben konnte, sondern aufstehen und sich vor mir auf dem Kaminteppich aufbauen mußte. Ich erzählte, daß mir beim Aufwachen ganz ungewohnt übel gewesen war und ich mich an nichts erinnert hatte als an die Adresse eines Doktors in der Wimpole Street, und wie mir im Lauf des Tages allmählich die Erinnerung wiedergekommen war. Er fragte mich aus wie ein Anwalt beim Kreuzverhör.

»Helles Licht – das gehört zur Hypnose. Ein Gesicht im leeren Raum – das ist bei der indischen Magie üblich. Du sagst, du mußt geschlafen haben, warst aber gewissermaßen auch wach und konntest hören und Fragen beantworten, und daß du die ganze Zeit eine Art Widerstand empfunden hast, der deinen Willen lebendig erhielt. Du bist wahrscheinlich für die Hypnose das zäheste Objekt der Welt, Dick, und dafür kannst du Gott danken. Also, was waren die Fragen? Ein Befehl, deine Vergangenheit zu vergessen und als neues Geschöpf von vorn anzufangen, unter die Autorität eines Meisters gestellt. Du hast zugestimmt, hast jedoch innerlich Vorbehalte gemacht, von denen der Hypnotiseur nichts wußte. Hättest du nicht den Kopf klar behalten und diese Vorbehalte gemacht, so hättest du dich an gar nichts von gestern abend erinnert, sondern deinem Willen wäre eine unterbewußte Fessel angelegt worden. So aber bist du völlig frei; aber der Mann, der seine Tricks auf dich losgelassen hat, weiß das nicht. Darum bist du ihm von Anfang an schon einen Zug im Spiel voraus. Du weißt, woran du bist, und er weiß nicht, woran er ist.«

»Was meinst du, was Medina im Sinn gehabt hat? Auf alle Fälle war es eine infernalische Unverschämtheit. Aber war es Medina? Mir kommt es vor, als sei noch ein anderer im Zimmer gewesen, ehe ich wegging.«

»Beschreibe ihn.«

»Ich habe nur einen vagen Eindruck – ein trauriger Mensch mit einem grauen Gesicht.«

»Also, laß uns jetzt mal annehmen, daß der Experimentator Medina war. Das gibt es, weißt du, daß man die Erinnerung eines Menschen an seine Vergangenheit forthext und ihn wie ein heimatloses Kind in einer neuen Welt von vorn anfangen läßt. Im Fernen Osten habe ich von solchen Verfahren gehört, und es bedeutet natürlich, daß das erinnerungslose Geschöpf dem ausgeliefert ist, der ihm die Erinnerung gestohlen hat. Das ist wahrscheinlich in deinem Fall nicht die Absicht. Man wollte nur eine unterbewußte Kontrolle etablieren. Aber bei einem Menschen mit deiner Vergangenheit ließ sich das nicht auf einmal bewerkstelligen, deshalb sind sie schrittweise vorgegangen. In der Trance hat man dir den Namen eines Arztes gesagt, und der nächste Schritt war seine Sache. Du wachtest auf und fühltest dich sehr schlecht und erinnertest dich an die Adresse des Arztes, und sie schlossen, du dächtest dann, der Mann sei dir empfohlen worden, und gingest schnurstracks zu ihm. Du weißt ja, sie nehmen an, daß du dich an nichts anderes von gestern nacht erinnerst. Weiter jetzt, erzähle mir von dem Arzt. Bist du hingegangen?«

Ich berichtete weiter, und Sandy lachte laut und lange über die Episode in der Wimpole Street.

»Noch mal ein Zug voraus. Du sagst, du glaubst, der Blutegel sei von deinem Kommen unterrichtet gewesen und nicht nur durch dich? Nebenbei, er scheint ziemlich vernünftig geredet zu haben, aber ich würde lieber ein Nilpferd auf seine Nerven hin untersuchen als dich.« Er schrieb Dr. Newhovers Adresse in sein Taschenbuch. »*Continuez*. Danach, nehme ich an, hast du dich nach Nr. 4 Palmyra Square aufgemacht.«

Beim nächsten Abschnitt meiner Erzählung lachte er nicht. Ich kann wohl sagen, ich erzählte es besser, als ich es hier niedergeschrieben habe, denn ich hatte die Erfahrung gerade erst hinter mir, und ich bemerkte, daß er recht beeindruckt war.

»Eine schwedische Masseuse und ein sonderbares kleines Mädchen. Sie schläfert dich ein oder glaubt vielmehr, es getan zu haben, und dann, wenn deine Augen zugebunden sind, zaubert dir jemand anders fast die Seele aus dem Leibe. Das sieht nach ganz großer Magie aus. Die allgemeinen Umrisse erkenne ich, aber es ist große Magie, und ich habe nicht gewußt, daß sie hierzulande praktiziert wird. Dick, allmählich wird es furchtbar interessant. Du bist hellwach geblieben – du bist wirklich ein alter Büffel! –, hast aber den Eindruck gemacht, daß du völlig überwältigt warst. Großartig – jetzt bist du dem Gegner schon drei Züge im Spiel voraus.«

»Ja, aber was ist das für ein Spiel? Ich habe keine Ahnung.«

»Ich auch nicht, wir müssen mit Hypothesen arbeiten. Nehmen wir an, Medina steckt dahinter. Vielleicht versucht er nur herauszufinden, wie weit seine Macht reicht, und hat dich als das schwierigste Objekt für diesen Versuch erwählt. Du kannst ganz sicher sein, daß er genau über dich Bescheid weiß. Vielleicht experimentiert er nur aus Eitelkeit.«

»In welchem Fall ich vorschlage, ihn in die Fresse zu boxen.«

»In welchem Fall, wie du sehr richtig bemerkst, du dir das Vergnügen machen wirst, ihn in die Fresse zu boxen. Aber wenn er nun einen viel tieferen Zweck verfolgt, etwas wirklich Finsteres und Abscheuliches. Wenn er mit seiner hypnotischen Macht ein Werkzeug aus dir machen könnte, – denke doch, was für ein Gewinn das für ihn wäre! Ein Mann mit deinen Fähigkeiten und deiner Energie! Du weißt ja, ich habe immer schon gesagt, daß du von Natur ein großartiges Talent zum Verbrecher hast.«

»Ich sage dir, Sandy, das ist Unsinn. Es ist ganz unmöglich, daß irgend etwas verkehrt ist – wirklich bös verkehrt – mit Medina.«

»Unwahrscheinlich, aber nicht unmöglich. Wir wollen nichts riskieren. Und wenn er ein Schurke wäre, denke doch, welche Macht er hätte mit all seinen Talenten, mit seinem Charme und seiner Popularität.«

Sandy warf sich in einen Sessel und schien nachzudenken. Ein- oder zweimal brach er das Schweigen.

»Was wohl Dr. Newhover im Sinn hatte, als er von einem Lachsfluß in Norwegen sprach? Warum nicht Golf in North Berwick?«

Und dann:

»Du sagst, es roch nach Torf in dem Zimmer? Torf! Bist du sicher?«

Schließlich stand er auf. »Morgen«, sagte er, »werde ich mir wohl das Haus bei der Evangeliums-Eiche ansehen. Evangeliums-Eiche ist eigentlich ein komischer Name, nicht? Du sagst, das Haus hat elektrisches Licht. Ich werde als Angestellter des Elektrizitätswerks hingehen und nach dem Zähler sehen. O ja, das ist leicht zu machen ... Macgillivray wird mir das ermöglichen.«

Die Erwähnung dieses Namens scheuchte mich auf. »Hör mal«, sagte ich, »ich vergeude einfach meine Zeit. Ich bin mit Medina in Verbindung getreten, um ihn um Hilfe zu bitten, und jetzt stecke ich in einer Serie von albernen Ereignissen, die mit meinem Job nichts zu tun haben. Ich muß morgen mit Macgillivray besprechen, wie ich mich an jenen Shropshire-Junker heranmachen soll. Im Augenblick kann ich mit Medina nichts machen.«

»Zum Kuckuck mit dem Shropshire-Junker! Du bist ein alter Esel, Dick. Im Augenblick ist mit Medina alles zu machen. Du wolltest seine Hilfe. Warum? Weil das der nächste Schritt zur Entschlüsselung des sinnlosen Knüttelverses war. Also, du hast herausgekriegt, daß manches bei ihm sonderbar zu sein scheint. Seine Hilfe kriegst du nicht, aber du kriegst vielleicht etwas mehr. Vielleicht das Geheimnis selbst. Statt daß du wie bei Greenslade in seinem Gedächtnis nachgraben mußt, findest du die Lösung vielleicht klar und deutlich in seinem Leben.«

»Glaubst du das wirklich?« fragte ich in einiger Verwirrung.

»Ich glaube überhaupt noch nichts. Aber es ist bei weitem die aussichtsreichste Linie. Nach dem, was gestern abend geschehen ist, *plus* dem, was vor zwei Stunden geschah, glaubt er, daß du unter seinem Einfluß stehst als Gehilfe, vielleicht als Werkzeug. Es mag alles ganz in Ordnung sein, oder es mag finsteres Verbrechertum sein. Das mußt du herausfinden. Du mußt dich ganz in seiner Nähe halten und seine Illusionen fördern und dich nach Leibeskräften bei ihm anschmusen. Einmal muß er seine Karten aufdecken. Von dir selbst aus brauchst du nichts zu unternehmen. Er wird dir schon die Stichworte geben.«

Ich kann nicht sagen, daß ich von dieser Aussicht begeistert war, denn schauspielern kann ich nicht leiden, aber ich muß natürlich zugeben, daß Sandy vernünftig redete. Ich fragte ihn, was er selber denn vorhabe, denn auf seine Unterstützung rechnete ich mehr, als ich sagen kann.

»Ich beabsichtige, wieder auf Reisen zu gehen«, antwortete er. »Ich wünsche meine Studien in der französischen Nationalbibliothek fortzusetzen.«

»Aber ich dachte, du machst mit in dieser Sache?«

»Tu ich auch. Deines Jobs wegen gehe ich ins Ausland, um den Mann aufzusuchen, den wir Ram Dass zu nennen pflegten. Ich glaube, im Augenblick ist er in München. Übermorgen wirst du in der *Times* lesen, daß ein gewisser Oberst Arbuthnot, Herr auf Clanroyden, in Privatangelegenheiten auf unbestimmte Zeit ins Ausland gereist ist.«

»Wie lange bleibst du fort?« stöhnte ich.

»Eine Woche vielleicht – oder vierzehn Tage oder länger. Und wenn ich wiederkomme, dann vielleicht nicht als Sandy Arbuthnot.«

7

Ein treuer Jünger macht gewisse Erfahrungen

Ich sah Sandy nicht mehr, denn er nahm am nächsten Abend den Nachtzug nach Paris, und ich mußte an diesem Tag nach Oxford hinunter, um als Zeuge in einem Prozeß aufzutreten. Aber als ich am folgenden Morgen zurückkam, fand ich einen Brief im Club vor. Er enthielt nur diese Worte: *»Fuchsbau Niete, keine dritte Person im Hause.«* Ich hatte mir von Sandys Expedition zum Palmyra Square im Grunde nichts versprochen und dachte nicht weiter daran.

Nach einer Woche war er nicht zurück, auch nach zweien nicht, und da mir klar wurde, daß ich meinen Job innerhalb von wenig mehr als zwei Monaten zum Abschluß bringen mußte, wurde ich sehr ungeduldig. Aber meine Zeit war durch Medina reichlich ausgefüllt, wie man erfahren wird.

Während ich Sandys Mitteilung las, erschien Turpin und bat mich, zu einer Fahrt in seinem neuen Delage mitzukommen, er wolle mit mir reden. Der Marquis de la Tour du Pin war, wenn möglich, noch bleicher als zuvor, seine Augenlider schwerer und seine Sanftheit noch seidiger. Er fuhr mich meilenweit ins Land hinaus, durch den Windsor-Forst hindurch, und während wir im 60-Meilen-Tempo dahinrasten, erleichterte er seine Seele. Wie es schien, war er drauf und dran, verrückt zu werden; tatsächlich war er es schon, und nur ein winziges und zweifellos kaum begründetes Vertrauen auf mich hinderte ihn daran, sich zu erschießen. Er war davon überzeugt, daß Adela Victor tot war und daß man nie mehr eine Spur von ihr finden würde. »Die Polizisten, die ihr da habt – bah!« stöhnte er. »Nur in England können Menschen einfach verschwinden.« Aber er sagte abschließend, er werde am Leben bleiben, bis er sie gerächt habe, denn er glaube, daß ein guter Gott ihm eines Tages ihren Mörder ausliefern werde. Er tat mir entsetzlich leid, denn unter seinem prahlerischen Gerede erkannte ich die Anzeichen tiefen Leidens, und ich selber wäre in seiner Lage wohl wahnsinnig geworden. Er wollte Hoffnung von mir, und ich gab sie ihm und sagte, was ich selbst nicht glaubte – daß ich schon Licht sehe und große Hoffnung habe, daß wir ihm die Geliebte heil und gesund zurückgeben könnten. Da war er erleichtert und wollte mich umarmen und hätte dabei um ein Haar den Delage in einen Graben und uns beide in die Ewigkeit befördert. Er brannte darauf, etwas zu tun, und ich sollte versprechen, daß ich ihn so bald wie möglich in mein Team aufnehmen würde. Ich bekam ein schlechtes Gewissen, denn ich hatte ja kein Team und nichts, was man eine Spur hätte nennen können; darum fing ich eiligst an, von Miss Victor zu sprechen, damit er mich nicht noch mehr fragte.

In lyrischer Prosa malte er mir ihr Bild. Sie war anscheinend schlank und mittelgroß, konnte reiten wie Diana und tanzen wie eine Nymphe. Teint und Haarfarbe waren die einer Brünette, aber die Augen waren tiefgrau, und sie hatte die sanfte Stimme, die meistens zu solchen Augen gehört. Turpin beschrieb all dies natürlich viel poetischer und verfiel häufig ins Französische. Er erzählte mir alles Mögliche von ihr – wie leidenschaftlich sie sich für Hunde interessiere, wie völlig furchtlos sie war, wie sie im Gehen ausschritt, wie reizend sie lispelte, wenn sie aufgeregt war. Zum Schluß hatte ich das Gefühl, daß ich Miss Victor recht gut kannte, besonders, da ich auch schon etwa fünfzig Photos von ihr in Macgillivrays Zimmer studiert hatte.

Während der Heimfahrt fiel es mir ein, ihn zu fragen, ob er Medina kenne. Er sagte nein, daß er aber am Abend zum Dinner bei Mr. Victor sei – eine kleine Gesellschaft, meist Politiker. »Er ist wunderbar, dieser Mr. Victor. Er ändert nichts in seinem Tageslauf, und seine Freunde glauben, daß Adela zu einem Abschiedsbesuch in New York ist. Er ist wie der spartanische Knabe mit dem Fuchs.«

»Richte Mr. Victor meine Empfehlung aus«, sagte ich, »und sage ihm, daß ich gern heute abend zum Dinner käme. Ich habe eine Dauereinladung. Acht Uhr fünfzehn, nicht wahr?«

Es war wirklich eine sehr kleine und erlesene Gesellschaft – der Staatssekretär des Auswärtigen Amtes, Medina, der Herzog von Alcester, der Ex-Lordkanzler Lord Sunningdale, der französische Minister Levasseur, außerdem Turpin und ich. Es waren keine Frauen da. Eine Lektion in Seelenstärke war das Verhalten des Herzogs und Mr. Victors, und niemand hätte erraten, daß diese beiden Männer mit einem Alptraum lebten. Man war nicht sehr gesprächig, obwohl Sunningdale der Tischgesellschaft eine Menge zu erzählen hatte über ein neues Buch, das ein Deutscher über den mathematischen Begriff der Unendlichkeit geschrieben hatte – ein Gegenstand, den nicht einmal seine brillanten Darlegungen meinem stumpfen Verstand klarmachen konnten. Der Staatssekretär und Levasseur sprachen in einem *tête-à-tête,* an dem Turpin interessiert war, und wir andern wären stocksteif und langweilig gewesen, hätte nicht Medina eingegriffen. Ich hatte gute Gelegenheit, seine Qualitäten zu beobachten, und ich muß sagen, ich war erstaunt über seine Geschicklichkeit. Er war es, der die richtigen Fragen stellte und dadurch Sunningdales Vortrag über die Unendlichkeit, der sonst ein pedantischer Monolog geblieben wäre, in ein gutes, unterhaltsames Gespräch verwandelte. Später sprachen wir über Politik, und Medina, der gerade von einer Parlamentssitzung kam, wurde gefragt, was sich dort zutrage.

»Sie haben nur die übliche ›Tagesplatte‹ erledigt«, sagte er. »Ein paar Labour-Schreihälse suspendiert.«

Das brachte Sunningdale auf, der der Labour-Partei wohlgesinnt war, und es amüsierte mich zu beobachten, wie Medina mit dem Exkanzler fertig wurde. Er verwickelte ihn in ein gutlauniges Scharmützel, wobei er seinen eigenen Standpunkt nie aufgab, jedoch den Gesprächsgegenstand so witzig und tolerant behandelte, daß ich den Eindruck hatte, er wisse besser Bescheid als Sunningdale, soviel besser, daß er es sich leisten konnte, dem Gegner Spielraum zu lassen. Was mehr ist, er vergaß keinen Augenblick, daß es ein Tischgespräch war, sein Ton und sein Verhalten waren genau richtig, und er brachte es fertig, alle ins Gespräch zu ziehen.

Zu mir war er außerordentlich freundlich. In der Tat behandelte er mich wie einen ganz alten Freund, neckend und herzlich und doch respektvoll, und zwang mich, voll an der Unterhaltung teilzunehmen. Durch ihn angeregt, wurde ich sogar ganz intelligent und setzte Turpin in Erstaunen, der mir nie irgendein anderes Talent zugebilligt hätte als Tapferkeit vor dem Feind. Aber ich hatte nicht vergessen, warum ich dort war, und hätte ich's vergessen, so waren die beiden da, Victor und der Herzog, mich daran zu erinnern. Ich beobachtete sie: der eine schlank mit grauem Bart, er sah aus wie ein Admiral mit seinen wachsamen, dunklen Augen, der andere mit schwerem Unterkiefer, rundlich, mit silberweißem Haar; bei beiden sah ich, wie schattenhaft schmerzliche Linien sich in Mund- und Augenwinkel zurückstahlen, sobald die Gesichter unbewegt waren. Und Medina – das leibhaftige *beau idéal* eines höflichen, freundlichen, sportlichen Engländers. Ich stellte fest, daß er in seiner Kleidung die leiseste Übertreibung mied, keine hochmodern geschnittene Weste, kein zu elegant geknüpfter Binder. In Manieren und Benehmen war er das Ideal natürlicher guter Herkunft und Erziehung. Meine Aufgabe war es, mich bei ihm anzuschmusen, und ich gab deutlich meine ergebene Bewunderung zu erkennen. Der alte Herzog, den ich zum ersten Mal sah, klopfte mir auf die Schulter, als wir das Eßzimmer verließen. »Ich sehe mit Vergnügen, daß Sie und Medina Freunde sind, Sir Richard. Gott sei Dank, daß wir einen Mann wie ihn bei unserem Nachwuchs haben! Man sollte ihm sofort ein Amt übertragen, wissen Sie, ihn in die Deichsel spannen. Sonst findet er noch eine interessantere Beschäftigung als die Politik.«

In schweigender Übereinkunft verließen wir miteinander das Haus, und ich ging neben ihm durch die Straßen wie drei Abende zuvor. Welcher Wechsel, überlegte ich, in meiner Meinung von ihm! Damals war ich blind gewesen, jetzt beobachtete ich scharf. Er schob einen Arm in den meinen, als wir zur Pal Mall kamen, aber der Druck kam mir mehr besitzergreifend als freundlich vor.

»Wohnen Sie im Club?« fragte er. »Warum ziehen Sie nicht zu mir, solange Sie in der Stadt sind? In Hill Street ist viel Platz.«

Der Vorschlag erschreckte mich. Jetzt bei ihm zu wohnen, würde alle meine Pläne über den Haufen werfen; wenn er aber darauf bestand, – konnte ich ablehnen, wenn es doch meine Rolle war, scheinbar von ihm beherrscht zu werden? Zum Glück bestand er nicht darauf. Ich erfand viele Entschuldigungen – ungewisse Pläne, fortwährende Besuche auf dem Lande und so weiter.

»Gut. Aber eines Tages werde ich es Ihnen wieder anbieten, und dann lasse ich keine Absage gelten.«

Genau so hätte ein Freund das sagen können; aber obwohl die Worte gut klangen, gingen sie mir etwas gegen den Strich.

»Wie geht es Ihnen eigentlich?« fragte er. »Die meisten Menschen, die Ihre Art von Leben geführt haben, finden den englischen Frühling anstrengend. Sie sehen nicht ganz so gut aus, wie als ich Sie kennenlernte.«

»Nein. Die ganze letzte Woche habe ich mich nicht wohlgefühlt – immer wieder Kopfschmerzen, Gedächtnisschwäche, dummer Kopf und so. Ich nehme an, es ist die Frühjahrsmüdigkeit. Ich war beim Arzt, der nimmt es nicht schwer.«

»Wer ist Ihr Arzt?«

»Einer namens Newhover, Wimpole Street.«

Er nickte. »Ich habe von ihm gehört. Er soll gut sein.«

»Er hat mir Massage verschrieben«, sagte ich kühn. »Gegen die Kopfschmerzen hilft sie.«

»Das freut mich.«

Dann ließ er plötzlich meinen Arm los.

»Ich höre, Arbuthnot ist ins Ausland gereist.«

Seine Stimme war kalt, und ich stellte mich sofort darauf ein.

»Das las ich in der Zeitung«, bemerkte ich leichthin. »Der Mann ist hoffnungslos. Schade, denn er hat große Fähigkeiten; aber er bleibt bei nichts, und man kann sich nicht auf ihn verlassen.«

»Halten Sie viel von Arbuthnot?«

»Früher ja«, antwortete ich schamlos. »Aber bis neulich hatte ich ihn jahrelang nicht gesehen, und ich muß sagen, er ist recht sonderbar geworden. Finden Sie nicht, daß er sich beim Donnerstag-Dinner komisch benommen hat?«

Er zuckte die Achseln. »Mir hat er nicht sonderlich gefallen. Er ist so verteufelt unenglisch. Ich weiß nicht, woher er das hat, aber es scheint etwas schrill Levantinisches in ihm zu stecken. Vergleichen Sie ihn mit den Herren von heute abend. Sogar die Franzosen – sogar Victor, obwohl er Amerikaner und Jude ist, entsprechen mehr unseren Begriffen.«

Wir waren vor der Tür des Clubs angekommen, und als ich anhielt, sah er mir voll ins Gesicht.

»Wenn ich Sie wäre, würde ich mit Arbuthnot nicht viel zu tun haben«, sagte er, und das war ein Befehl. Ich grinste schafsdämlich, aber meine Finger juckte es nach seinen Ohren.

Schäumend vor Wut ging ich zu Bett. Diese neue besitzergreifende Haltung, diese Andeutung von Sklaventreiberei hatte mich plötzlich dazu gebracht, Medina zu hassen. Die Sache mit der Hypnose hatte ich ihm nicht unumwunden zutrauen können, und selbst wenn ich sicher gewesen wäre, war ich doch geneigt anzunehmen, sie sei nur die krasse Unverschämtheit eines Steckenpferdreiters – die ich zwar außerordentlich übelnahm, die aber keine wirkliche Abneigung in mir erweckte. Aber jetzt – zu spüren, daß er mich als ihm hörig betrachtete, zweifellos weil er glaubte, er habe eine gewisse ruchlose Macht über mich gewonnen – das verdarb mir gründlich die Laune. Und sein Geschimpfe über Sandy machte das Maß voll – dazu noch war ich schändlicherweise gezwungen gewesen, ihm beizustimmen. Levantinisch, beim Himmel! Ich schwor, daß Sandy und ich ihn zwingen würden, dieses Wort hinunterzuwürgen, ehe er viel älter war. Ich konnte nicht schlafen, fortwährend mußte ich daran denken. Jetzt war ich durchaus bereit zu glauben, daß Medina jeder Gemeinheit fähig sei, und ich beschloß bei mir, daß bei ihm und nur bei ihm der Schlüssel zum Rätsel der drei Geiseln lag. Aber die ganze Zeit war mir auch jammervoll klar, daß ich von jedem Menschen außer Sandy für verrückt erklärt werden würde, wenn ich eine solche Vermutung ausspräche. Es war mir klar, daß die Reputation dieses Mannes so solide verankert war wie die britische Verfassung.

Am nächsten Morgen ging ich zu Macgillivray. Ich erklärte ihm, daß ich nicht müßig gewesen war, daß ich auf eigene Faust nachgespürt hatte, wo ich mehr Hoffnung sah als in seinem Vorschlag, mich mit dem Shropshire-Junker anzubiedern. Ich sagte, ich habe noch nichts zu berichten und ich wolle lieber überhaupt nicht von der Spur sprechen, die ich verfolgte, ehe ich etwas Bestimmtes vorzuweisen habe. Daß ich aber seine Hilfe brauche und seine besten Leute.

»Ich bin froh, daß du angefangen hast, Dick«, sagte er. »Ich erwarte deine Befehle.«

»Ich möchte, daß du ein Haus überwachen läßt. Nr. 4 Palmyra Square, droben im Norden von London. Soweit ich weiß, wird es von einer Frau bewohnt, die vorgibt, eine schwedische Masseuse zu sein, und sich Madame Breda nennt, einen oder mehrere Dienstboten hat und ein komisch aussehendes kleines Mädchen. Ich möchte, daß genau festgestellt wird, welche Leute dort hingehen, und hauptsächlich muß ich wissen, wer eigentlich die Bewohner des Hauses sind und wer sie am häufigsten besucht. Man muß sehr vorsichtig vorgehen, denn die Leute dürfen keinerlei Verdacht schöpfen, daß sie überwacht werden.«

Er notierte sich alles.

»Ferner möchte ich, daß du das Vorleben von Medinas Butler erforschst.«

Er pfiff durch die Zähne. »Medina. Dominick Medina meinst du?«

»Ja. Oh, ihn selber verdächtige ich nicht.« Wir lachten beide – wie über einen guten Witz. »Aber über den Butler möchte ich gern Genaueres wissen aus Gründen, die ich dir jetzt noch nicht aufdecken möchte. Er nennt sich Odell und sieht aus wie ein drittklassiger Boxer. Bringe so viel wie nur möglich über seine Vergangenheit in Erfahrung, und vielleicht ist es keine schlechte Idee, ihn zu beschatten. Du kennst Medinas Haus in der Hill Street. Aber laß das um Gottes willen mit der größten Diskretion machen.«

»Dafür werde ich schon in meinem eigenen Interesse sorgen. Ich will keine Schlagzeilen in den Abendzeitungen – ›Parlamentsgebäude wird beobachtet. Wieder mal stümpert die Polizei‹.«

»Und könntest du noch alles zusammenstellen, was du über Medina herausbringen kannst? Das könnte mir über Odell Aufschluß geben.«

»Dick«, sagte er nachdrücklich, »phantasierst du etwa?«

»Kein bißchen. Du glaubst doch wohl nicht, daß ich so idiotisch bin, irgend etwas Zweifelhaftes bei Medina zu vermuten? Er und ich sind Busenfreunde geworden, und ich habe ihn schrecklich gern. Jeder schwört auf ihn, ich auch. Aber ich habe meine Zweifel betreffs Mr. Odell und möchte wissen, wie und wann Medina ihn aufgelesen hat. Er ist kein gewöhnlicher Butler.« Es schien mir sehr wichtig zu sein, im Augenblick niemanden als Sandy mit der Medina-Angelegenheit vertraut zu machen, denn unsere Chance lag darin, daß er ganz fest glaubte, alle dächten nur das Beste von ihm.

»Gut«, sagte Macgillivray. »Wird gemacht. Mach es, wie du willst, Dick. Ich will nicht versuchen, dir Vorschriften zu machen. Aber denke daran, daß die Sache verzweifelt ernst ist und daß die Tage schnell vergehen. Wir haben jetzt April, und du hast nur bis zum 21. Juni Zeit, drei unschuldige Leben zu retten.«

Ich verließ ihn in sehr ernster Stimmung, denn die Kürze der Zeit und die Ungeheuerlichkeit meiner Aufgabe, die ich noch nicht einmal wirklich begonnen hatte, waren mir plötzlich sehr klar bewußt. Ich zerbrach mir den Kopf, was ich nun zuerst tun sollte. In ein paar Tagen würde ich wieder zu Dr. Newhover gehen, aber da würde ich kaum viel weiterkommen. Vielleicht schickte er mich wieder zum Palmyra Square, oder ich könnte versuchen, mich selber wieder bei Madame Breda anzumelden und neue Beschwerden zu erfinden; aber ich würde nur wieder das mir bereits Bekannte vorfinden, und das würde mir nicht weiterhelfen. Meiner Ansicht nach waren Newhover und der Palmyra Square nur benützt worden, um meine Unterwerfung unter Medinas Einfluß auf die Probe zu stellen, und nur durch Medina konnte ich mehr Licht in die Sache bringen. Es war zum Verrücktwerden, so dazusitzen und zu warten und die kostbaren Tage im Kalender abzuhaken, und mich verlangte danach, mich mit Sandy beraten zu können. Ich begann, die Tage in Fosse zu verbringen, denn der Anblick von Mary und Peter John beruhigte mich und bestärkte mich in meiner Entschlossenheit. Es war eine wirkliche Erleichterung, als am Ende der Woche Medina mich anrief und zum Lunch einlud.

Wir speisten bei ihm zu Hause, und dieses Haus war, bei Tage besehen, eine wundervolle Schatzkammer voll schöner Dinge. Für mich selber hätte ich ein solches Haus nicht gewollt, es war zu sehr angefüllt mit Museumsstücken, alle Möbel waren genau stilgerecht. Ich mag Zimmer, die ein angenehmes Durcheinander von allen möglichen Dingen sind und aussehen, als hätten einfache Menschen seit Generationen darin gewohnt. Das Eßzimmer war weiß getäfelt, ein van Dyck hing über dem Kamin und eine Reihe wundervoller Stiche aus dem 18. Jahrhundert an den Wänden. Zu dem vorzüglichen Mahl trank Medina Wasser wie gewöhnlich, während ich gehorsam einen alten Rheinwein versuchte, dann einen noch älteren Port und einen überaus prähistorischen Brandy. Odell bediente, und ich sah ihn mir genau an – seinen seltsam geformten Kopf, das flache, fahle Gesicht, die dicken schwarzen Brauen über den Knopfaugen. Wenn ich ihn wiedersähe, dachte ich, würde ich ihn bestimmt erkennen. Wir gingen überhaupt nicht nach oben in die Bibliothek, sondern saßen nach dem Lunch in einem kleinen Rauchzimmer am Ende der Halle, wo die Angelruten und Gewehre meines Gastgebers in Glasschränken aufbewahrt waren und ein, zwei gute Hirschgeweihe und Steinbockgehörne hingen.

Während ich nach der Hill Street unterwegs war, hatte ich mich dazu entschlossen, Medina ein- für allemal von meiner schandhaften Unterwerfung zu überzeugen. Er sollte den Beweis dafür haben, daß ich Ton in seinen Händen war, denn nur dann würde er sich rückhaltlos offenbaren. Ich ekelte mich vor dieser Aufgabe, und während ich durch den schönen, frischen Mittag dahinschritt, dachte ich mit Bitterkeit daran, daß ich jetzt in Schottland Lachse hätte angeln können oder, besser noch, mit Mary im leichten Galopp über die Cotswold Downs dahinreiten.

Während der ganzen Mahlzeit hielt ich die Augen starr auf ihn gerichtet wie ein Hund auf seinen Herrn. Ein paarmal überlegte ich, ob ich es nicht übertrieb, aber er schien meine Verehrung für ganz natürlich zu halten. Als ich ihn kennenlernte, hatte ich gedacht, daß er nicht eitel sei; jetzt sah ich ein ganzes Gebirge von Eitelkeit, er bestand geradezu aus Eitelkeit, und die zur Schau getragene Bescheidenheit war nur ein Mantel, der seine ungeheuerliche, geheime Einbildung verbarg. Nun ließ er sich gehen, sein ganzes Wesen war entkleidet, und unter dem Firnis der Kameradschaftlichkeit schien mir eine arrogante, eisige Gemütskälte zu liegen. Nichts Schlimmeres, obwohl das ja schon schlimm genug war. Er war zu stolz, um mit Worten zu prahlen, aber seine ganze Haltung war eine andauernde Prahlerei. Alles behandelte er zynisch außer – wie ich vermutete – seine geheime Selbstvergötterung. Das Ganze wäre grauenhaft unanständig gewesen, wäre es nicht mit so vollendetem Geschick gehandhabt worden. In der Tat fand ich es leicht, meine Rolle zu spielen, denn ich war tief beeindruckt, und es war nicht schwierig, das zu zeigen.

Das Merkwürdige war, daß er sehr viel von mir sprach. Er schien sich Mühe zu geben, den Kodex und den Standard, die Ehrbegriffe und die Manieren, die so jemand wie ich wahrscheinlich hochhielt, zu untergraben und mit seinem Zynismus niederzubrechen. Ich hatte den Eindruck, einem Versuch zuzusehen, der angeblich eine Spezialität des Teufels ist: aus böse gut zu machen und aus gut böse ... Natürlich stimmte ich allem mit Vergnügen bei. Nie hatte ein Meister einen willfährigeren Jünger ... Auch meine bescheidenen Betätigungen zog er ins Lächerliche. Auf dem Lande zu leben, eine Frau zu haben und Kinder – er zeigte deutlich, daß ihm das zu trivial schien, um mehr als einen flüchtigen Gedanken darauf zu verschwenden. Er schmeichelte mir plump, und ich schlürfte das alles mit einfältigem Gesicht. Ich war zu Größerem befähigt, und er würde mir den Weg zeigen. Er skizzierte einiges – sehr schmeichelhafte und durchaus ehrenvolle Vorschläge, aber sie schienen irgendwie aus dem Rahmen dessen zu fallen, wovon er vorher gesprochen hatte. Ganz deutlich weihte er mich Schritt für Schritt in etwas ein, wofür ich noch nicht genügend vorbereitet war ... Ich wünschte, Sandy hätte mich in Medinas Klubsessel sitzen sehen können, eine seiner Zigarren rauchend und allem, was er sagte, zustimmend wie ein Schulmädchen, das sich mit der Lehrerin gut stellen will. Und trotzdem wurde es mir nicht schwer, denn er sprach hervorragend und auf gewisse Weise überzeugend, und obwohl mein ganzes Wesen alles dies ablehnte, ging mir die Zustimmung glatt über die Lippen. Er war in vorzüglicher Laune und so freundlich, wie es ein Dresseur zu einem gut dressierten Hund ist.

Auf der Schwelle stammelte ich meinen Dank. »Ich wollte, ich könnte Ihnen sagen, was mir die Bekanntschaft mit Ihnen bedeutet. Sie ist – sie ist weitaus das Wichtigste in meinem Leben. Ich möchte sagen, daß – – –« das vertraute Idiom des redescheuen britischen Soldaten.

Er sah mich mit seinen erstaunlichen Augen an, keine Güte war in ihnen, nur Herablassung und Besitzergreifung. Ich glaube, er hatte keinen Zweifel, jemanden an sich gebunden zu haben, der ihm mit Leib und Seele dienen würde.

Auch ich hatte keinen Zweifel und ging froheren Mutes

davon, als ich seit Tagen gewesen war. Sicherlich würde jetzt Leben in die Sache kommen, dachte ich. Auch im Club fand ich Ermutigung vor in Gestalt eines Briefes von Sandy. Er hatte eine französische Briefmarke, deren Stempel ich nicht entziffern konnte, und war nur ein Gekritzel, aber er machte mir mächtig Mut. Er lautete:

»Ich bin weitergekommen, aber ich habe noch eine Menge zu tun, und wir werden uns eine Weile nicht sprechen können. Aber ich werde Dir gelegentlich Briefe schicken, die Du nach Empfang verbrennen mußt. Ich werde sie mit irgendeinem Buchstaben des griechischen Alphabets unterschreiben – nein, die würdest Du nicht erkennen – mit Namen von Pferden, die letzthin das Derby gewonnen haben. Sei stumm wie das Grab, was unser Problem betrifft, sprich mit keiner Menschenseele darüber, nicht einmal mit Mac. Und um Gottes willen: hänge Dich an M. wie eine Klette und diene ihm wie ein Sklave.«

Viel stand nicht darin, aber es klang hoffnungsvoll, obgleich der alte Schurke es mit der Heimkehr nicht eilig zu haben schien. Ich dachte, was in aller Welt er wohl herausgefunden hatte – etwas Wichtiges, glaubte ich, denn er sprach nie ohne Grund von Weiterkommen.

An diesem Abend hatte ich nichts vor, und nach dem Dinner war ich zu unruhig, um mich mit Pfeife und Buch niederzulassen. Im Club war niemand, mit dem ich mich hätte unterhalten mögen, also schlenderte ich davon zu einer Kneipe, wo ich Stammgast war und wo ich möglicherweise Vertreter der jungen, fröhlicheren Generation vorfinden würde. Und sieh da, als ersten entdeckte ich dort Archie Roylance, der mich mit Hallo begrüßte und verkündete, er sei auf zwei Tage in der Stadt, um seinen Arzt aufzusuchen. Anfang des Jahres war er beim Hindernisrennen bös gestürzt und hätte sich beinahe den Hals gebrochen, aber er behauptete, wieder ganz fit zu sein, nur die Schultermuskeln seien noch etwas steif. Seit seinem Absturz mit dem Flugzeug gerade vor dem Waffenstillstand war er so lahm wie eine Ente, aber er bewegte sich mit erstaunlicher Geschwindigkeit. Tatsächlich lief er aus reinem Widerspruchsgeist mehr herum als je vorher und war ein begeisterter Pirschgänger geworden. Ich glaube, ich habe schon erwähnt, daß er mein Partner war in der Jagdpacht des Machray-Forstes.

Ich schlug vor, ob wir nicht in ein Kabarett gehen wollten oder zum zweiten Akt in irgendein Theater, aber Archie hatte eine andere Idee. Eins seiner Steckenpferde war Tanzen, obwohl er selbst vor seinem Absturz sich nicht dabei hervorgetan hatte und nun überhaupt nie mehr tanzen würde. Er sagte, er möchte gern die neuesten Tänze sehen, und schlug vor, wir sollten auf eine Stunde zu einem kleinen (er sagte: ganz besonderen) Club irgendwo in Marylebone gehen, wo er – so glaubte er – Mitglied war. Der Club hatte einen schlechten Ruf, sagte er, denn es werde dort allerhand gespielt, und die Lizenzgesetze werden nicht respektiert, aber getanzt werde dort am allerbesten. Ich hatte nichts dagegen, also schlenderten wir die Regent's Street hinauf; es war verhältnismäßig ruhig auf den Straßen, die arbeitende Bevölkerung war schon nach Hause gegangen, und die Müßigen waren schon im Theater oder in den Restaurants.

Es war eine himmlische Aprilnacht, und ich bemerkte, ich möchte wohl an einem besseren Ort dies Frühlingswetter genießen. »Ich komme gerade vom schottischen Moor«, sagte Archie. »Himmel! Die Brachvögel sind so lustig und laut! Das sind mal Vögel! Komm mit am Freitag, Dick, dann kann ich dir einiges beibringen. Du bist ein gescheites Haus, aber du könntest ein noch gescheiterer Naturforscher sein.«

Leichter Wind wehte überm Langham Place, und ich dachte, wieviel ich drum geben würde, könnte ich die Einladung annehmen. Dann wünschte ich, mein Job würde mich aus der Stadt hinaus an die frische Luft führen, wo ich mich körperlich betätigen konnte. Darum war ich ziemlich schlecht gelaunt, als wir an unserem Ziel ankamen, das in einer der Straßen nahe dem Fitzroy Square lag. Es stellte sich heraus, daß man etwa so leicht in das Lokal hineinkommen konnte wie in den Vatikan. Es brauchte langes Zureden und ein

Trinkgeld von Archie, um den Portier zu überzeugen, daß wir verrufen genug waren, um eingelassen zu werden. Schließlich befanden wir uns in einem Raum mit pseudochinesischen Dekorationen, der grellbunt beleuchtet war; etwa zwanzig Paare tanzten, und weitere zwanzig saßen bei Drinks an kleinen Tischen.

Wir zahlten jeder fünf Schillinge für einen Likör, suchten uns einen Tisch und sahen uns die Schau an. Mir schien sie eine durch und durch verfaulte Begräbnisangelegenheit zu sein. Eine Negerkapelle, die aussah wie Affen in Uniform, hämmerte irgendein barbarisches Getön, und Marionetten mit trübseligen Gesichtern bewegten sich dazu. In dieser Tanzerei war weder Fröhlichkeit noch Teufelsspaß, nur eine Art gelangweilter Perfektion. Schlanke junge Männer mit straff zurückgebürstetem Haar, die mir Berufs-Eintänzer zu sein schienen, preßten Frauen von beliebiger Figur und jeden Alters an die Hemdbrust, die alle gleicherweise tote Augen hatten und maskenhafte Gesichter, und die makabre Prozession bewegte sich automatenhaft zum Rhythmus der Neger. Wahrscheinlich war das alles ganz wunderbar, aber die Vorsehung hatte mich nicht geschaffen, es hochzuschätzen.

»Viel mehr davon vertrage ich nicht«, bemerkte ich zu Archie.

»Ist auch nichts Besonderes los. Aber ein oder zwei erstklassige Tänzer sind da. Schau dir das Mädchen an, das mit dem jungen Juden tanzt – das in dem grünen Kleid.«

Ich blickte hin und sah ein schlankes Mädchen, anscheinend sehr jung, das hübsch gewesen wäre, wenn das Gesicht nicht so übermäßig geschminkt und das Haar nicht so albern frisiert gewesen wäre. Obwohl ich wenig vom Tanzen verstehe, erkannte ich doch, daß sie meisterhaft tanzte, denn jede ihrer Bewegungen war bezaubernd anzusehen, und aus dem Negerjazzgedudel machte sie reine Poesie. Aber ihr Gesicht erschreckte mich. Es war *blind* – wenn man versteht, was ich damit meine –, so ausdruckslos wie das einer Mumie, ein schreckliches Totlebendigsein. Ich dachte, was diese arme Seele wohl Furchtbares erlebt hatte, daß sie vor sich hin starrte wie eine Schlafwandlerin.

Als ich den Blick von ihr löste, fiel er auf eine andere Gestalt, die mir bekannt schien. Ich erkannte Odell den Butler, an seinem freien Abend großartig aufgemacht in Frack, weißer Weste und Diamantknöpfen. Er sah jetzt, wo er nicht im Dienst war, eindeutig wie ein Boxer aus; so hatte ich sie dutzendweise hinter den Bars von Kneipen gesehen. Er konnte mich nicht sehen, ich aber sah ihn sehr gut und bemerkte, daß auch er das Mädchen im grünen Kleid beobachtete.

»Weißt du, wer sie ist?« fragte ich.

»Irgendeine professionelle Tänzerin. Herrgott, die kann tanzen, aber das arme Kind sieht aus, als ob das ein hartes Leben sei. Ich spräche gern einmal mit ihr.«

Aber die Musik hatte aufgehört, und ich sah, daß Odell der Tänzerin ein Zeichen gab. Folgsam wie ein Hund kam sie zu ihm, er sagte etwas zu einem anderen Mann mit schwarzem Bart, der bei ihm war, und alle drei gingen durch eine entfernte Tür hinaus. Einen Augenblick später sah ich sie mit einem Umhang um die Schultern an der Tür vorbeigehen, durch die wir hereingekommen waren.

Archie lachte. »Der dicke Grobian ist wahrscheinlich ihr Mann. Ich wette, sie verdient den Unterhalt für alle beide damit, daß sie in solchen Kaschemmen tanzt, und wird jede Nacht geprügelt. Ich würde mein Nachtgebet sprechen, ehe ich mich mit diesem Burschen aufs Raufen einließe.«

8

Die blinde Spinnerin

Auf diese Tage des Wartens schaue ich zurück als auf die widerwärtigsten meines Lebens. Ich war nun ganz fest davon überzeugt, daß bei Medina der Schlüssel zu dem ganzen Rätsel lag, aber ich hatte noch nichts Nennenswertes herausgefunden und mußte warten wie die Kranken am Teich von Bethesda, bis etwas das Wasser aufrührte. Mein einziger Trost war der gute, alte, mich ganz erfüllende Haß auf Medina. Ich konnte nicht behaupten, daß ich ihn mehr als zu einem Bruchteil begriff, aber was ich von ihm begriff, verabscheute ich. Er hatte mich wie einen Sklaven in Besitz genommen, und jeder Tropfen freien Blutes in meinen Adern revoltierte dagegen; aber ich war auch dazu entschlossen, der ergebenste Sklave zu sein, der je den Boden zu Füßen seines Tyrannen geküßt hat. Irgendwann würde der Tag der Rache kommen, und die würde vollkommen sein, das schwor ich mir. Inzwischen dankte ich dem Himmel, daß Medina diesen blinden Fleck von Eitelkeit hatte, der ihn die Risse in meiner Verkleidung nicht erkennen ließ.

Den größten Teil der Woche trennten wir uns kaum. An zwei von drei Tagen waren wir zum Lunch beisammen, und wir fuhren mehr als einmal mit dem Auto nach Brighton, um frische Luft zu schöpfen. Er nahm mich zu einem Dinner mit, das er im Unterhaus für einen kanadischen Staatsmann gab, der zu einem Besuch herübergekommen war; er veranlaßte mich, ihn zu einer sehr eleganten Tanzgesellschaft bei Lady Amersfort zu begleiten, und verschaffte mir eine Einladung zu einer Wochenendparty in Wirlesdon, weil er selber hinging. Pflichtgetreu und nicht ohne Vergnügen absolvierte ich das Programm. Ich muß zugeben, daß er mich in

Gegenwart anderer hervorragend behandelte – mit lustig-herzlicher Freundlichkeit, dauernd nach meiner Meinung fragend, andere an mich verweisend und mich zum Reden bringend, so daß die paar mir schon bekannten Leute, die ich antraf, sich wunderten, was über mich gekommen sei. Mary bekam einen Brief von einem Vetter, der berichtete, ich sei ein recht erfolgreicher Salonlöwe geworden – den Brief schickte sie mir und schrieb mit Bleistift eine Gratulation darunter. Bei diesen Gelegenheiten fand ich meine Aufgabe nicht schwierig, denn unbewußt erlag ich Medinas Charme und konnte leicht meine Rolle spielen ... Aber sobald wir allein waren, war er anders. Seine Stimme bekam einen metallischen Unterton, er setzte verdammt viel als selbstverständlich voraus, und er gewöhnte sich Befehlshaberei an. Nach solchen Gelegenheiten ging ich zähneknirschend heim. Nie hatte ich einen so schweren Job gehabt wie die Unterwerfung unter diese anmaßende Protektion.

In meinem Schlafzimmer im Club versuchte ich immer wieder, die spärliche Handvoll sicherer Fakten in Zusammenhang zu bringen, aber die waren wie viele übriggebliebene Stücke verschiedener Legespiele, und keines paßte zu irgendeinem anderen. Macgillivray berichtete, daß er bisher nichts über Odell hatte erfahren können; und daß die Beobachter am Palmyra Square sehr wenige Besucher bemerkt hatten außer Lieferanten und Drehorgelmännern. Keine einem Herrn gleichende Gestalt hatte das Haus betreten oder verlassen, also schien es, daß ich die Praxis von Madame Breda fälschlich als florierend eingeschätzt hatte. Eine Frau ging häufig aus und kehrte zurück, nie zu Fuß, sondern immer in einem Taxi oder einem anderen Auto – wahrscheinlich immer dieselbe, aber so mit einer Kapuze verhüllt und in einen Mantel gepackt, daß Einzelheiten schwer zu erkennen waren. Es gab eine Menge kleiner Notizen: an einem Tag war Kohle oder Brennholz geliefert worden; zweimal war die verhüllte Dame am Abend ausgegangen, um nach ein paar Stunden zurückzukommen, aber meistens machte sie ihre Besuche draußen bei Tage; der Haushalt erwachte spät und ging früh schlafen; einmal hatte man etwas wie Weinen gehört, aber es könnte auch die Katze gewesen sein. Alles in allem war es ein armseliger Bericht, und ich schloß daraus, daß entweder ich auf falscher Fährte war oder Macgillivrays Agenten nicht viel taugten.

Und was hatte ich sonst? Einen klaren, wohlbegründeten Verdacht gegen Medina. Aber worauf bezog er sich? Nur darauf, daß er sich mir gegenüber auf eine Art verhielt, die ich übelnahm, daß er mit einer Art von häßlichem Hypnotismus herumpfuschte und daß ich ihn immer weniger mochte, je länger ich ihn kannte. Ich wußte, daß seine Reputation falsch war, aber ich konnte ihn keines schlimmeren Verbrechens als des der Eitelkeit anklagen. Er hatte einen Butler, der ein Preisboxer gewesen war und Geschmack an Nachtclubs fand. Ich weiß noch, ich schrieb alles dies auf und saß da und starrte es gedankenlos an in der Erkenntnis, wie bedeutungslos es war. Dann schrieb ich den sechszeiligen Knüttelvers auf und starrte auch ihn an, und ich dachte an das Mädchen, an den jungen Mann und an den kleinen Jungen, der die Vögel und das Angeln liebte. Ich hatte nicht eine Spur von Beweis, daß Medina mit der Sache zu tun hatte, außer daß Tom Greenslade glaubte, er habe von ihm die drei Fakten gehört, die mehr oder weniger auch in dem Liedchen vorkamen; aber Tom konnte sich irren, oder Medina mochte auf ganz unschuldige Art dazu gekommen sein. Ich hatte nichts, worauf ich den Finger legen konnte. Und trotzdem, je mehr ich über Medina nachdachte, desto dunkler und undurchsichtiger drohte mir seine Gestalt. Ich war so stark überzeugt, daß ich mein Leben gewettet hätte: wenn ich nur nicht losließ, würde ich eine überaus wichtige, unheilvolle Wahrheit ans Licht zerren; also beschloß ich zum hundertsten Male, obwohl ich keinerlei lebhafte, tröstliche Hoffnung hatte, die Logik fahren zu lassen und nach Gutdünken zu handeln.

Pflichtgemäß machte ich einen weiteren Besuch bei Dr. Newhover. Er empfing mich ziemlich gleichgültig und schien meinen Fall vergessen zu haben, bis er in seinem Tagebuch nachsah.

»Ach ja, Sie waren bei Madame Breda«, sagte er. »Ich habe ihren Bericht bekommen. Ihre Kopfschmerzen sind kuriert, aber Sie fühlen sich noch etwas schwach? Ja, bitte. Legen Sie Jacke und Weste ab.«

Er untersuchte mich sehr gründlich, und dann setzte er sich in den Schreibtischstuhl und klopfte mit dem Kneifer aufs Knie.

»Es geht Ihnen besser, viel besser, aber Sie sind noch nicht geheilt. Das wird Zeit und Sorgfalt brauchen und liegt natürlich ganz bei Ihnen. Sie führen ein ruhiges Leben? Halb in der Stadt, halb auf dem Lande – das ist wahrscheinlich das Beste. Ja, ich kann mir nicht vorstellen, daß Sie es besser halten könnten.«

»Sie haben etwas von Angeln in Norwegen gesagt, als ich zuletzt hier war.«

»Nein, ich möchte es eigentlich nicht empfehlen. Ihr Fall liegt etwas anders, als ich zuerst angenommen hatte.«

»Sind Sie selbst Angler?« fragte ich.

Er gab es zu, und für eine bis zwei Minuten sprach er menschlicher. Er benutzte immer eine zweiteilige Castle-Connell-Rute, obwohl er zugab, daß sie auf der Reise beschwerlich sei. Was Fliegen betraf, so schwor er auf Harlows – das sei bestimmt die beste Quelle für norwegische Fliegen. Er glaubte, daß die norwegischen Flüsse voneinander verschiedener seien, als die meisten Leute dächten, und Harlows wußten darüber Bescheid.

Abschließend gab er mir ein paar einfache Verhaltensregeln bezüglich Diät und körperliche Bewegung.

»Wenn ich wieder Kopfschmerzen bekomme, soll ich dann wieder zu Madame Breda gehen?« fragte ich.

Er schüttelte den Kopf. »Sie bekommen keine Kopfschmerzen mehr.«

Ich bezahlte das Honorar, und im Aufbrechen fragte ich, ob er mich wieder sehen wolle.

»Ich glaube nicht, daß es nötig ist. Jedenfalls nicht vor dem Herbst. Möglicherweise bin ich selbst den Sommer über oft nicht in London. Natürlich, wenn Sie merken, daß die *malaise* zurückkommt, was ich nicht annehme, müssen Sie herkommen. Falls ich außerhalb bin, können Sie zu meinem Kollegen gehen.« Er kritzelte Namen und Adresse auf ein Blatt Papier.

Ich verließ das Haus in einiger Verwunderung. Dr. Newhover, der bei meinem ersten Besuch so viel von meiner Gesundheit hergemacht hatte, schien mich jetzt los sein zu wollen. Er behandelte mich wie ein vielbeschäftigter Arzt einen ›eingebildeten Kranken‹. Das Sonderbare war, daß ich mich tatsächlich allmählich etwas unwohl fühlte, zur Strafe für meine frühere Angeberei. Es mag die Reaktion auf meine Sorgen gewesen sein, aber ich litt unter dem unbestimmten Gefühl, nicht ganz in Ordnung zu sein, das, glaube ich, einem Grippeanfall vorausgeht. Nur war ich bisher gegen Grippe immun gewesen.

An diesem Abend bekam ich eine weitere Nachricht von Sandy; ein halbes Blatt Maschinenschrift mit einem Pariser Poststempel.

»Bleib dicht bei M.«, lautete sie. *»Tu alles, was er will. Mach es ganz klar, daß Du mit mir auf immer gebrochen hast. Das ist verzweifelt wichtig.«*

Die Unterschrift war ›Buchan‹, ein Pferd, das anscheinend nach Sandys Ansicht ein Derby gewonnen hatte. Von Rennen verstand er nicht mehr als ich vom Chinesischen.

Am nächsten Morgen erwachte ich mit einem üblen Geschmack im Munde und einem Gefühl, als stehe mir ein Anfall von Malaria bevor. Nun hatte ich seit dem Herbst 1917 nicht Malaria gehabt, und die Aussicht darauf gefiel mir gar nicht. Im Lauf des Vormittags ging es mir aber besser, und mittags glaubte ich, ich würde doch nicht krank werden. Immerhin aber war ich so nervös wie eine Katze bei Gewitter. Ich hatte das seltsame Vorgefühl, das ich früher immer vor einer Schlacht hatte, eine lauernde Aufgeregtheit, die keineswegs angenehm war, – nicht eigentlich Furcht, aber ein naher Vetter davon. Ich hatte das Bedürfnis, Medina zu sehen, als ob etwas zwischen ihm und mir sei, das ich erledigen müsse.

Den ganzen Nachmittag lang bedrückte mich dieses Zahnarzt-Wartezimmer-Gefühl, und ich war fast erleichtert, als ich um fünf Uhr eine telephonische Botschaft bekam, ich möge um sechs Uhr zu ihm kommen. Ich ging zum Bath Club hinüber, schwamm eine Runde und ließ mich schampunieren; dann machte ich mich auf den Weg. Unterwegs zitterten mir die Beine, und es war mir kalt im Magen, so daß ich das Zahnweh meiner Knabenzeit wieder spürte. Ja, das war's. Ich fühlte mich genau wie ein kleiner Junge, der mit der schrecklichen Angst unterwegs ist, einen Zahn gezogen zu bekommen, und all meine Selbstverachtung konnte mir die Feigheit nicht austreiben. Als ich hinkam, erschien mir das Haus größer und verlassener als je; und der Aprilabend hatte sich zu einem Regenschauer mit kalten, staubigen Windstößen unter einem wolkenverhangenen Himmel verdunkelt.

Odell machte mir die Tür auf und führte mich hinten in die Halle, wo ich einen Aufzug fand, von dessen Existenz ich nichts gewußt hatte. Wir fuhren zum obersten Stockwerk hinauf, und ich begriff, daß ich wieder in die Bibliothek sollte, wo ich zuvor so seltsam die Mitternachtsstunden verbracht hatte.

Die Vorhänge waren zugezogen und schlossen das fahle Frühlingszwielicht aus, und der Raum war durch ein riesiges Kaminfeuer aus Holzscheiten geheizt, das auch die einzige Lichtquelle war. Ich roch mehr als Holzfeuerrauch; zwischen den Eichenklötzen brannte Torf. Der Geruch erinnerte mich nicht etwa an die hundert Male, wo ich bei glücklichen Gelegenheiten Torfdunst geschnuppert hatte, aber an den Wohlgeruch des Raumes am Palmyra Square, als ich mit verbundenen Augen dagelegen und leichte Finger auf meinem Gesicht gespürt hatte. Plötzlich hatte ich das Gefühl, ich sei einen Riesenschritt vorwärtsgekommen, daß gleich etwas ungeheuer Wichtiges geschehen werde, und die Nervosität fiel von mir ab wie ein Mantel.

Medina stand vor dem Kamin; aber nicht seine Gestalt fesselte meinen Blick. Es war noch jemand im Raum, eine

Frau. Sie saß in dem hochlehnigen Stuhl, den er in jener Nacht benutzt hatte, und sie saß darin wie auf einem Thron. Das Feuer beleuchtete ihr Antlitz, und ich sah, daß es sehr alt war, wächsern vor Alter, obwohl die Glut das Wachs rosig färbte. Ihr Kleid war streng und schwarz wie ein Kaftan mit dichten Spitzenrüschen an den Handgelenken und am Halse. Wunderschönes, sehr üppiges Haar war hochgesteckt, schneeweiß und fein wie Seide. Ihre Hände lagen auf den Armlehnen, zartere, schönere Hände habe ich nie gesehen, obwohl sie auch den Eindruck von Furienkraft machten – wie Raubvogelklauen.

Aber das Antlitz war es, das mir den Atem raubte. Immer schon habe ich die Schönheit des Alters bewundert, besonders bei Frauen, aber eine solche Schönheit hätte ich mir nie träumen lassen. Es war ein langes Gesicht, groß geschnitten, dabei kostbar zart und vollkommen harmonisch. Meist finden sich in einem alten Gesicht gewisse Lockerungen der Muskeln und verschwommene Konturen, was die schiere Schönheit mindert, aber eine andere Art von Charme gewährt. In diesem Gesicht aber war nichts Verschwommenes, nichts Lockeres; der Mund war fest, die Kinnlinie so rund, die Augenwölbung so triumphierend wie bei einem stolzen jungen Mädchen.

Und dann sah ich, daß die Augen, die ins Feuer blickten, das Allerbemerkenswerteste waren. Sogar in diesem Halblicht sah ich, daß sie von hellem, lebhaftem Blau waren. Kein Schleier, keine Trübung minderte ihre Schönheit. Ich sah aber auch, daß sie nicht sehen konnten. Woran ich das erkannte, weiß ich nicht, denn kein physisches Anzeichen dafür war vorhanden, aber ich war augenblicklich und völlig davon überzeugt. Diese sternengleichen Augen waren nach innen gekehrt. Die meisten Blinden haben Augen wie Murmeln, tote Fenster in einem leeren Haus; aber – wie soll ich's beschreiben? – diese waren wie Sonnenblenden in einem Zimmer voller Licht und Bewegung, Bühnenvorhänge, hinter denen ein großes Drama sich immerfort abspielte. Obwohl sie blind waren, schienen sie heißes Leben auszustrahlen, sie glühten und blitzten wie die Seele drinnen.

Ich begriff: dies war das herrlichste Frauenantlitz, in das ich je geblickt hatte. Und im gleichen Augenblick begriff ich, daß ich es haßte, daß seine Schönheit teuflisch war, daß die Seele drinnen mit Höllenhaß brannte.

»Hannay«, hörte ich Medinas Stimme, »ich habe Sie hergerufen, weil ich Sie meiner Mutter vorstellen möchte.«

Ich benahm mich wie ein Schauspieler auf der Bühne. Ich näherte mich ihrem Stuhl und führte eine ihrer Hände an die Lippen. Mir schien das so richtig zu sein. Das Gesicht wandte sich mir zu und fing zu lächeln an, die Art von Lächeln, wie man sie auf dem Marmorantlitz einer griechischen Göttin sehen kann.

Die Frau sprach zu Medina in einer mir fremden Sprache und er antwortete. Es schien viele Fragen und Antworten zu geben, aber ich gab mir keine Mühe, ein mir bekanntes Wort aufzufangen. Mich beschäftigte die Stimme. Ich erkannte in ihr die sanften Töne, die über mir gegurrt hatten, als ich in jenem Zimmer am Palmyra Square lag. Ich hatte herausgefunden, wer damals die Dritte gewesen war.

Dann sprach sie auf englisch zu mir mit jenem sonderbaren Singsangakzent, den ich vergeblich zu identifizieren versucht hatte.

»Sie sind ein Freund von Dominick, und ich freue mich, Sie kennenzulernen, Sir Richard Hannay. Mein Sohn hat mir von Ihnen erzählt. Wollen Sie sich einen Stuhl holen und sich nah zu mir setzen?«

Ich zog einen langen, niedrigen Sessel heran, er war so lang und niedrig, daß man fast gezwungen war, darin zu liegen. Mein Kopf war in gleicher Höhe mit ihrer Hand auf der Armlehne ihres Stuhles. Plötzlich fühlte ich ihre Hand auf meinem Kopf liegen und erkannte sie nun an der Berührung wie zuvor an der Stimme.

»Ich bin blind, Sir Richard«, sagte sie, »deshalb kann ich die Freunde meines Sohnes nicht sehen. Aber ich möchte so gern wissen, wie sie aussehen, und nur einer meiner Sinne kann es mich lehren. Wollen Sie mir erlauben, mit den Händen über Ihr Gesicht zu streichen?«

»Sie können alles tun, was Sie wollen, Madame«, sagte ich. »Ich wollte zu Gott, ich könnte Ihnen Augen geben.«

»Das haben Sie schön gesagt«, erwiderte sie. »Sie könnten einer meiner eigenen Leute sein.« Und ich fühlte die leichten Finger über meine Stirn tasten.

Ich saß so, daß ich ins rote Herz des Feuers blickte, in den einzigen hellen Lichtfleck im ganzen verhängten Raum. Ich wußte, was mir bevorstand, und in Erinnerung an die frühere Erfahrung wandte ich den Blick ab zu den dunklen Bänden auf dem niedrigsten Regal über dem Kamin. Die Finger schienen sanft auf meinen Schläfen zu trommeln und zogen dann lange, weiche Striche über meine Brauen. Ich spürte, wie eine mir angenehme Mattigkeit vom Genick aus das Rückgrat hinunterzukriechen begann, aber ich war vollkommen darauf vorbereitet und widerstand ohne große Anstrengungen. Mein Verstand war sogar quicklebendig, denn ich plante, wie ich mein Spiel am besten durchführen könnte. Ich ließ den Kopf mehr und mehr auf das Rückenpolster meines Sessels sinken und die Augenlider sich schließen.

Die zarten Finger taten gründliche Arbeit, und mein Kopf war schon fast außerhalb ihrer Reichweite, als sie innehielten.

»Du schläfst«, sagte die Stimme. »Jetzt wache auf.«

Ich wußte nicht recht, wie ich dieses Bühnenerwachen darstellen sollte, aber die Frau ersparte mir die Mühe. Ihre Stimme zischte plötzlich schlangenhaft. »Steh auf!« sagte sie. »Schnell, bei deinem Leben!«

Mit äußerster Anstrengung stolperte ich auf die Füße, stand da und starrte ins Feuer und wußte nicht, was ich jetzt tun sollte.

»Sieh deinen Herrn an«, kam die Stimme wieder, befehlend wie ein Unteroffizier beim Drill.

Das gab mir mein Stichwort. Ich wußte, wo Medina stand, und – wie's in der Bibel heißt – blickte ihn an wie die Magd ihre Herrin. Ich stand vor ihm, stumm, benommen, gehorsam.

»Runter!« schrie er. »Runter, auf alle Viere!«

Ich tat wie befohlen und war dankbar, daß die Aufgabe sich als so leicht erwies.

»Geh zur Tür – nein, auf allen Vieren! Öffne sie zweimal, schließe sie zweimal und bring mir das Papiermesser auf dem Tisch da hinten im Munde.«

Ich gehorchte und muß einen drolligen Anblick geboten haben, wie ich durchs Zimmer hüpfte, ein völlig normaler Mensch, der sich wie ein Verrückter benahm.

Ich brachte das Papiermesser und verharrte wie ein Hund. »Steh auf«, sagte er, und ich stand auf.

Ich hörte die Frau triumphierend sagen: »Gut trainiert«, und Medina lachte.

»Der letzte Test kommt noch«, sagte er. »Ich kann ihn ebensogut jetzt gleich anstellen. Wenn er versagt, heißt das nur, daß er noch mehr Schulung braucht. Er kann sich an nichts erinnern, denn sein Bewußtsein ist jetzt in meiner Gewalt. Es besteht keine Gefahr.«

Er trat zu mir heran und schlug mich hart ins Gesicht. Ich ertrug es mit christlicher Sanftmut. Ich war nicht einmal zornig. Ich hätte ihm sogar auf biblische Art die andere Wange geboten, wäre mir nicht eingefallen, daß das übertrieben sein könnte.

Dann spie er mir ins Gesicht.

Das, muß ich zugeben, war eine harte Probe. Es war ein so schmutziger Kafferntrick, daß ich einige Mühe hatte, es ergeben hinzunehmen. Aber ich brachte es fertig. Ich schlug die Augen nicht auf und holte nicht einmal das Taschentuch hervor, um mir die Backe abzuwischen, ehe er sich abgewandt hatte.

»Geht bei Fuß«, hörte ich ihn sagen. »Sonderbar, wie leicht diese flachen, zähen englischen Naturen dem stärkeren Geist unterliegen. In dem da habe ich jetzt eine nützliche Waffe, liebste Mutter.«

Sie widmeten mir nicht mehr Aufmerksamkeit, als sei ich ein Möbelstück, was ich in ihren Augen tatsächlich war. Ich schlief oder war vielmehr wach in einer Traumwelt und konnte nicht in mein normales Leben zurückkehren, ehe sie es befahlen. Ich konnte nichts wissen, außer was sie wollten, – glaubten sie, – und mich auch an nichts anderes erinnern. Medina saß in meinem Stuhl, und die Frau hatte eine Hand auf seinen Kopf gelegt, und sie sprachen, als seien sie in einer Wüste allein. Und die ganze Zeit stand ich schafsdämlich auf dem Kaminteppich, wagte nicht, mich zu regen, kaum zu atmen, damit ich mich nicht verriet.

Sie gaben ein hübsches Bild ab – ›Die Rückkehr des verlorenen Sohnes‹ oder ›Die Alten daheim‹, von Simpkins, Mitglied der Königlichen Akademie, 1887. Nein, beim Himmel, davon war nichts vorhanden. Es war eine grandiose, tragische Szene, die ich betrachtete. Das flackernde Licht des Feuers beleuchtete Gestalten von antiker Schönheit und Würde. Das königliche Profil der Frau, ihre herrliche Haltung und die sanfte, geisterhafte Musik ihrer Stimme waren in einer Welt für sich, fern von aller Vulgarität, und ebenfalls die schlanke Jugendkraft und das stolze Gesicht des Mannes. Sie sahen aus wie ein König und eine Königin im Exil, ein Meer von Blut beschwörend, sie heimzutragen. Zum erstenmal begriff ich, daß Medina zwar verabscheuungswürdig sein mochte, daß er aber auch groß war. Ja, der Mann, der mich wie ein Stalljunge angespuckt hatte, hatte auch etwas von einem Fürsten. Und noch etwas wurde mir klar. Die Berührung der Frau hatte das Haar über seiner Stirn, das er querüber gebürstet trug, geglättet, und sein Kopf, der sich im Feuerschein von dem weißen Kissen abhob, war so rund wie ein Fußball. Das hatte ich vermutet, als ich ihn zum erstenmal sah, und jetzt wußte ich es genau. Was hatte ein solcher Kopf zu bedeuten? Ich erinnerte mich vage, irgendwo gehört zu haben, er bedeute Irrsinn – auf alle Fälle Degeneration.

Sie sprachen sehr schnell und pausenlos, aber das Verflixte war, daß ich sehr wenig davon hören konnte. Sie sprachen leise, und ich stand etwa drei Meter entfernt und wagte mich ums Leben keinen Zoll näher heran. Auch redeten sie meist in einer Sprache, von der ich kein Wort kannte – es kann eine Indianersprache gewesen sein, aber wahrscheinlich war es ein vulgäres Irisch. Wenn ich die Sprache nur verstanden hätte, dann hätte ich wahrscheinlich da schon alles erfahren, was ich wissen wollte. Aber manchmal sprach Medina Englisch, obwohl mir schien, als versuche die Frau immer, ihn wieder zu der anderen Sprache zurückzubringen. Ich verstand nur abgebrochene Sätze, die mich auf die Folter spannten.

Mein Kopf war kühl und arbeitete angestrengt. Diese Frau war die blinde Spinnerin der Knüttelverse. Daran war kein Zweifel. Ich konnte sie neben ihrem Torffeuer spinnen sehen, uralten Haß und Wahnsinn hegend, vergessene Lieder gurrend. *»Am Heiligen Baume ...«* Zum Kuckuck mit Yggdrasil! Jetzt hatte ich es, – es war die Evangeliums-Eiche! Herrgott, wie idiotisch von mir, das nicht eher zu erraten! Vor Freude darüber, daß ich eines der drei Rätsel völlig gelöst hatte, hätte ich am liebsten laut geschrien. Diese beiden Harpyien besaßen den Schlüssel zu dem ganzen Geheimnis, und ich mußte nur meine jetzige Rolle weiterspielen, um es zu lösen. Sie dachten, sie hätten es mit einem hypnotisierten Idioten zu tun, und stattdessen hatten sie einen besonders hellwachen, wenn auch etwas langsamen und schon ältlichen Engländer. Ich wünschte zum hohen Himmel, ich wüßte, was sie redeten. Zweifellos spuckten sie Gift und Galle auf mein Land oder planten den Ruin unserer Zivilisation um eines neurotischen Traumes willen.

Medina sagte ungeduldig etwas über ›Gefahr‹, als wolle er beruhigen. Dann konnte ich ein paar Minuten nichts verstehen, bis er lachte und das Wort *›secundus‹* wiederholte. Nun suchte ich drei Menschen; und wenn es einen *›secundus‹* gab, dann mußte es auch einen *›primus‹* geben und möglicherweise einen *›tertius‹*.

»Der ist am schwierigsten zu behandeln«, sagte er. »Und es ist unbedingt nötig, daß Jason nach Hause kommt. Ich habe beschlossen, daß der Doktor hingehen muß. Nicht auf lange – nur bis zum 21. Juni.«

»Am Sonnenwendetag liquidieren sie und gehen auseinander. Keine Angst, daß es nicht klappt. Denke daran, daß wir sie in der Gewalt haben. Vertraue mir, es wird alles glatt gehen, und dann fangen wir ein neues Leben an ...«

Ich meinte, sie seufzen zu hören, und zum ersten Mal sprach sie Englisch: »Ich fürchte manchmal, daß du deine Heimat vergißt, Dominick.«

Er hob einen Arm und zog ihren Kopf an den seinen. »Niemals, Mutter mein. Das ist unsere Stärke, daß wir zu vergessen scheinen und doch daran denken.«

Ich fand das lange Stehen auf diesem Kaminteppich außerordentlich anstrengend. Ich mußte nämlich unbeweglich stehen, denn hin und wieder blickte Medina nach mir hin, und ich wußte, daß die Frau so scharf hörte wie ein Jagdhund. Aber mir zitterten allmählich die Knie vor Müdigkeit, mein Kopf begann, sich zu drehen, und ich hatte Angst, ich werde wie ein Soldat auf Wache an einer Königsbahre plötzlich zusammenbrechen. Ich kämpfte nach Kräften gegen die zunehmende Schwäche an und hoffte, sie zu vergessen, indem ich mich völlig auf die Bruchstücke der Unterhaltung konzentrierte.

»Ich habe eine Neuigkeit für dich«, sagte Medina gerade. »Kharáma ist in Europa und hat angeboten, nach England zu kommen.«

»Willst du ihn sehen?« Ich glaubte, eine Spur von Beunruhigung in ihrer Stimme zu hören.

»Ganz bestimmt. Ihn möchte ich lieber sehen als irgendeinen anderen Mann auf der Welt.«

»Dominick, sei vorsichtig. Ich möchte lieber, daß du dich auf unser altes Wissen beschränkst. Vor diesen neuen Dingen aus dem Osten habe ich Angst.«

Er lachte. »Die sind so alt wie unsere – noch älter. Und alle Kenntnis ist eins. Ich habe schon von seiner Weisheit getrunken, ich muß den Becher ganz austrinken.«

Das war das letzte, was ich hörte, denn in diesem Augenblick verschwand ich so von der Bildfläche, wie ich es mir mit aller Mühe nicht besser hätte ausdenken können. Die Beine gaben plötzlich unter mir nach, das Zimmer drehte sich, und ich fiel in tiefer Ohnmacht zu Boden. Ich muß ziemlich schwer gefallen sein, denn ich schlug einem der kleinen Tische ein Bein ab.

Als ich zu mir kam – ich nehme an, es war nach einer oder zwei Minuten –, wusch mir Odell das Gesicht, und Medina stand ernst und besorgt dabei mit einer Karaffe Brandy.

»Aber mein Lieber, Sie haben mir einen bösen Schrecken eingejagt«, sagte er, ganz rücksichtsvoller Freund. »Sie sind doch nicht krank?«

»Mir war den ganzen Tag schon nicht gut, ich glaube, das warme Zimmer hat mir den Rest gegeben. Tut mir ganz schrecklich leid, so ein idiotisches Benehmen. Ich habe Ihre Möbel beschädigt, fürchte ich. Hoffentlich habe ich die Dame nicht erschreckt.«

»Welche Dame?«

»Ihre Mutter.«

Er sah mich völlig verständnislos an, und ich begriff, daß ich einen Fehler gemacht hatte.

»Verzeihung – ich bin immer noch schwindlig. Ich muß geträumt haben.«

Er schenkte mir ein Glas Brandy ein und verstaute mich in einem Taxi. Lang ehe ich im Club ankam, war ich völlig in Ordnung, aber in meinem Kopf war alles in höchstem Aufruhr. Endlich war ich auf eine Spur gestolpert, auf viele Spuren, und wenn sie auch sehr verworren waren, so hoffte ich doch, sie mit etwas Glück zu entwirren. Ich konnte an dem Abend mein Dinner kaum anrühren, und mein Verstand war zu sehr durcheinander, um einen vernünftigen Gedanken zu fassen. Also nahm ich ein Taxi zur Evangeliums-Eiche, befahl dem Chauffeur auf mich zu warten, und besah mir noch einmal den Palmyra Square. Er schien seit Jahrhunderten tot und verfallen zu sein in dieser windigen, mondlosen Nacht, und Nr. 4 war ein mit Fensterläden verschlossenes Grab. Ich öffnete das Gartentor, und nachdem ich mich vergewissert hatte, daß die Luft rein war, stahl ich mich ums Haus herum zur Hintertür, wo die Lieferanten hingingen. Ein paar verfallene Nebengebäude waren da, und der hintere Garten mit wucherndem Gras und ein paar nackten

Wäschepfählen sah genau aus wie ein vernachlässigter Friedhof. In diesem Hause spann das blinde Schicksal. Während ich lauschte, hörte ich von irgendwo drinnen leises, herzzerbrechendes Schluchzen. Ich dachte, ob das wohl das sonderbare kleine Mädchen war.

9

Ich werde in die große Magie eingeführt

Sofort nach dem Aufstehen am nächsten Morgen ging ich zu Harlows, den Lieferanten für Angelausrüstungen. Sie kannten mich recht gut, denn ich kaufte immer meine Ruten dort, und einer der Verkäufer war in Fosse gewesen, um Mary im Gebrauch einer leichten gesplißten Rute zu unterweisen. Mit ihm ließ ich mich auf ein langes Gespräch über die norwegischen Fischgewässer und ihre Besonderheiten ein und erfuhr bald seine Ansichten über die besten Fliegen. Ich fragte, in welchem Fluß man am frühesten angeln könne, und wurde belehrt, das seien bei normalem Saisonverlauf der Nirdal und der Skarso. Dann fragte ich, ob er meinen Freund Dr. Newhover kenne. »Er war gestern nachmittag hier«, war die Antwort. »Er geht dieses Jahr zum Skarso und will schon in der letzten Aprilwoche auf dem Wasser sein. Unserer Meinung nach etwas zu früh, obwohl man dort schon einmal am 17. April Lachse gefangen hat. Gegen Ende der ersten Maiwoche sollten sie allerdings bestimmt da sein.« Ich stellte noch viele Fragen über den Skarso und erfuhr, daß man am besten von Merdal ausging am Anfang des Merdalfjords. Vor dem großen Graben gebe es nur etwa drei Meilen Fischwasser, aber jeder Meter davon sei gut. Ich erzählte, ich habe gehofft, für den Juni ein Stück Fischwasser am Leardal zu bekommen, habe das aber für dieses Jahr aufgeben müssen und beabsichtige, mich auf Schottland zu beschränken. Ich kaufte eine neue Rolle, eine Anzahl Fliegen für Seeforellen und ein kleines Buch über Angeln in Norwegen.

Dann ging ich zu Macgillivray, mit dem ich mich telephonisch verabredet hatte.

»Ich komme, dich um Hilfe zu bitten«, sagte ich. »Ich fange jetzt an, etwas zu unternehmen, aber es ist eine kitzlige Sache, und ich muß sehr vorsichtig sein. Zunächst möchte ich, daß du herausfindest, was ein gewisser Dr. Newhover, Wimpole Street, vorhat. Irgendwann in den nächsten vierzehn Tagen fährt er nach Norwegen zum Fischen im Skarso, und er wird in Stavanger von Bord gehen. Bitte stelle fest, für welches Boot er bucht, und buche für mich auch eine Kabine. Ich werde lieber meinen alten Namen wieder annehmen, Kornelius Brandt.«

»Du denkst doch nicht etwa daran, England gerade jetzt zu verlassen?« fragte er vorwurfsvoll.

»Ich weiß noch nicht. Möglich, daß ich muß, vielleicht auch nicht, aber auf alle Fälle werde ich nicht lange fort sein. Jedenfalls finde das mit Dr. Newhover heraus. Jetzt zu etwas Ernsterem. Wann genau willst du die Bande ausheben?«

»Aus den dir bekannten Gründen muß es vor Sommersanfang sein. Es ist eine verflucht komplizierte Sache, und wir müssen nach einem Fahrplan arbeiten. Ich hatte einstweilen den 20. Juni vorgesehen.«

»Ich glaube, du solltest lieber ein früheres Datum wählen.«

»Warum?«

»Weil die Gang selbst sich zum Sommersanfang auflösen will, und wenn du dich nicht beeilst, kann es passieren, daß du das Netz zuziehst und nichts darin findest.«

»Aber wie in aller Welt hast du das herausgekriegt?« fragte er, und sein sonst so ruhiges Gesicht war ganz aufgeregt.

»Das kann ich dir nicht sagen. Ich fand es während der Jagd nach den Geiseln heraus und gebe dir mein Wort darauf, daß es stimmt.«

»Aber du mußt mir mehr sagen. Wenn du neue Informationen hast über das, was du meine ›Gang‹ nennst, kann es verzweifelt wichtig sein, Bescheid zu wissen.«

»Ich habe keine. Nur die eine Tatsache, die ich dir gesagt habe. Ganz bestimmt, alter Freund, ich kann dir mehr nicht sagen, ehe ich dir alles sage. Glaube mir, ich arbeite schwer.«

Ich hatte es mir wohl überlegt und beschlossen, die Sache mit Medina für mich und Sandy zu reservieren. Unsere einzige Chance bei ihm war, daß er keinerlei Verdacht schöpfte, und selbst ein so vorsichtiger Mensch wie Macgillivray könnte, wenn er Bescheid wußte, den schwachen Hauch von Verdacht verursachen, der alles verderben würde.

Er grunzte, als sei er unzufrieden. »Na ja, du mußt ja wohl deinen Willen haben. Also gut, soll der 10. Juni *der Tag* sein. Es ist dir natürlich klar, daß wir alle gleichzeitig fassen müssen – darum ist es so schwierig. Nebenbei, mit den Geiseln hast du dieselbe Schwierigkeit. Du kannst nicht eine ohne die anderen freilassen, sonst fliegt alles auf – nicht nur dein Job, auch meiner. Ist dir das klar?«

»O ja«, sagte ich, »und mir ist ferner klar, daß die Vorverlegung deines Datums die Zeit, die ich selber habe, auf weniger als zwei Monate begrenzt. Wenn ich die Geiseln finde, muß ich genau bis zum Vorabend deiner Operation warten. Also nicht früher als am 9. Juni? Nimm mal an, ich finde nur eine der drei? Ich warte bis zum 9. Juni, ehe ich sie ihnen aus den Klauen reiße. Dann schlägst du zu, und was geschieht mit den beiden anderen?«

Er zuckte die Achseln. »Das Schlimmste, fürchte ich. Verstehst du, Dick, die Gang, die ich vernichten muß, und die Leute, in deren Gewalt die Geiseln sind, die sind miteinander verbündet, aber meiner Ansicht nach sind sie verschiedene Organisationen. Es kann sein, daß ich jedes einzelne Mitglied meiner Gang festkriege und trotzdem nicht mal in Hörweite der anderen Bande komme. Ich weiß nicht, aber ich bin ziemlich sicher, wir würden – selbst wenn wir die zweite Bande fänden – niemals fähig sein nachzuweisen, daß sie Komplizen sind. Die erste Gang ist verteufelt undurchsichtig, aber die anderen, das sind ganz große Künstler.«

»Immerhin«, meinte ich, »habe ich die Hoffnung, wenigstens eine der Geiseln zu finden, und das bedeutet, daß wir etwas über die Entführer wissen.«

»Ich darf ja nicht fragen, aber ich würde meinen Kopf darum geben zu wissen, wie und wo du arbeitest. Mehr Vollmacht für dich! Aber ich möchte wohl wissen, ob du je der wirklichen Quelle des Unheils nahekommst.«

»Möcht ich auch wissen«, sagte ich und verabschiedete mich.

Ich hatte mit dem Kranksein mutwillig gespielt, und jetzt sah es so aus, als werde ich dafür bestraft, indem ich wirklich krank würde. Den ganzen übrigen Tag war mir miserabel, und am Abend war ich sicher, daß ich Fieber hatte. Ich glaubte, ich hätte doch vielleicht Grippe. Darum ging ich nach dem Dinner zu einem Arzt, den ich von Frankreich her kannte. Das Fieber ließ er nicht gelten. »Was für ein Leben haben Sie denn in den letzten Wochen geführt?« fragte er; und als ich ihm erzählte, ich habe mich in London herumgetrieben und darauf gewartet, daß ein paar langweilige geschäftliche Dinge sich weiter entwickelten, sagte er, das sei die einzige Ursache meiner Beschwerden. »Sie sind an ein aktives Leben in der frischen Luft gewöhnt und sind in der Stadt muffig geworden, haben zu gut gegessen und keine Bewegung gehabt. Fahren Sie morgen nach Hause, dann werden Sie völlig in Ordnung sein.«

»Es würde mir ganz gut passen, ein bißchen krank zu sein – sagen wir mal eine Woche.«

Er sah verblüfft aus, und dann lachte er.

»Oh, wenn Sie wollen, gebe ich Ihnen ein Attest, daß Sie sofort wieder aufs Land müssen, oder ich kann für die Folgen nicht einstehen.«

»Das hätte ich gern, aber nicht sofort. Ich rufe Sie an, wenn ich's brauche. Inzwischen kann ich mich also darauf verlassen, daß mir nichts fehlt?«

»Nichts, was ein Spiel Squash* und ein bißchen Karlsbader Salz nicht kurieren könnte.«

---

* Spiel für zwei Personen mit Rackets und weichen Gummibällen.

»Gut. Wenn Sie mir das Attest schicken, schreiben Sie, daß ich eine Woche lang Bettruhe zu Hause brauche – kein Besuch – eine richtige Ruhekur.«

»Einverstanden«, sagte er. »Das ist eine Vorschrift, die jeder Sohn Adams viermal im Jahr zu seinem Heil befolgen sollte.«

Als ich in den Club zurückkam, wartete Medina auf mich. Es war das erstemal, daß er mich dort besuchte, und ich gab vor, entzückt zu sein von seinem Anblick – fast verlegen vor Entzücken! –, führte ihn in das kleine Rauchzimmer hinten, wo ich das Gespräch mit Sandy gehabt hatte. Ich erzählte ihm, daß ich mich nicht wohlfühle, und er war sehr teilnehmend. Dann, als mir Sandys Brief einfiel, begann ich meine Götter zu lästern. Er machte eine Bemerkung, wie gemütlich und abgelegen das kleine Zimmer sei, das wir im Augenblick ganz für uns hatten.

»Es war nicht so friedlich, als ich das letzte Mal hier war«, bemerkte ich. »Ich habe mit dem verrückten Arbuthnot Krach gehabt, ehe er abreiste.«

Bei dem Namen blickte er auf.

»Sie meinen, Sie haben sich gestritten? Ich dachte, Sie wären alte Freunde.«

»Das waren wir einmal. Jetzt möchte ich den Kerl nie wieder sehen.« Ich dachte, ich wollte es jetzt ganz gründlich machen, obwohl mir die Worte in der Kehle stecken blieben.

Ihm schien das zu gefallen.

»Ich habe Ihnen ja gesagt«, sagte er, »daß ich ihn nicht mochte.«

»Mögen!« rief ich. »Der Mann ist total vor die Hunde gegangen. Er hat alle Manieren vergessen, seine gute Erziehung, alles, was er einmal besaß. Er hat so lange bei diesen kriecherischen Orientalen gelebt, daß er einen geschwollenen Kopf gekriegt hat wie ein Kürbis. Er wollte mir Vorschriften machen, und ich sagte, das wollten wir doch mal sehen – und – nun ja, wir hatten Krach. Er ist wieder in den Osten gegangen, und das ist der einzig richtige Platz für ihn, und – nein! Ich will ihn nie mehr vor Augen haben.«

Seine Stimme schnurrte fast vor Befriedigung, denn er glaubte, wie ich beabsichtigte, daß sein Einfluß auf mich stark genug gewesen war, eine sehr alte Freundschaft zu zerbrechen. »Ich glaube sicher, daß das richtig von Ihnen ist. Ich habe selber im Osten gelebt und verstehe etwas von der Lebensart dort. Es gibt die Straße der Weisheit und die Straße der Illusion, und Arbuthnot hat die zweite gewählt. ... Wir sind Freunde, Hannay, und eines Tages werde ich Ihnen viel erzählen – vielleicht schon sehr bald. Ich habe mir eine Stellung in der Welt geschaffen, aber was die Welt sieht, ist nur ein kleiner Teil von mir. Wissen ist die einzige Macht, und ich habe ein Wissen erworben, im Vergleich mit dem das Wissen von Arbuthnot nur Stümperei ist.«

Ich stellte fest, daß er den wohlerzogenen, leicht mißbilligenden Ton hatte fallen lassen, den ich kannte. Er sprach jetzt lehrhaft, arrogant, fast hochtrabend.

»Zwischen Ost und West hat es nie eine wirkliche Ehe gegeben«, fuhr er fort. »Wir neigen heute dazu, das Wort Macht falsch zu interpretieren. Wir denken dabei in materiellen Begriffen wie Geld oder Herrschaft über riesige Flächen unbelebter Natur. Aber es bedeutet immer noch, was es von jeher bedeutet hat, nämlich Herrschaft über Menschenseelen, und wer die erlangt, dem fällt alles andere zu. Wie kommt solche Macht zustande? Zum Teil durch die Kenntnis der Verwicklungen der menschlichen Seele, die von den üblichen Gemeinplätzen der professionellen Psychologen sehr verschieden sind. Zum Teil durch die natürliche Überlegenheit des Geistes, die von gewissen menschlichen Qualitäten herrührt, wenn sie bei einem in höherem Grade vorhanden sind als bei anderen Menschen. Der Osten besitzt eine Geheimwissenschaft, aber wenn er auch deren Ausübung lehren kann, so erzeugt er doch keine Ausübenden. Der Westen hat das Handwerkszeug, weiß es aber nicht zu gebrauchen. Es hat, wie ich schon sagte, nie eine wirkliche Ehe zwischen dem Osten und dem Westen gegeben; wenn sie aber vollzogen wird, dann wird ihr Same die Welt beherrschen.«

Alles das nahm ich gierig mit beiden Ohren auf und murmelte Zustimmung. Jetzt endlich zog er mich ins Vertrauen, und ich flehte zum Himmel, er möge ihm eingeben fortzufahren. Aber er schien zu zögern, bis ein Blick auf mein respektvolles Gesicht ihn sicher machte.

»Übermorgen wird ein Mann in London sein, ein Mann aus dem Osten, der ein großer Meister der Geheimwissenschaft ist. Ich werde zu ihm gehen, und Sie werden mich begleiten. Sie werden wenig verstehen, denn Sie stehen ja erst am Anfang, aber Sie werden in der Gegenwart der Weisheit sein.«

Ich murmelte, das sei eine große Ehre für mich.

»Sie werden sich den ganzen Tag freihalten. Wahrscheinlich wird der Besuch am Abend stattfinden.«

Dann ging er mit recht nachlässigem Gruß. Ich gratulierte mir dazu, daß ich genau die von mir beabsichtigte Stellung einnahm – die des ergebenen Jüngers, dessen Ergebenheit so selbstverständlich hingenommen wurde, daß er wie ein Möbelstück behandelt wurde. Von seinem Standpunkt aus war Medina im Recht; er mußte nach all den Proben, die er mit mir angestellt hatte, die unterbewußte Kontrolle für so stark halten, daß meine Seele in seinen Händen wie Glaserkitt war.

Am nächsten Tag fuhr ich nach Fosse und sagte Mary, sie solle mich sehr bald auf ein bis zwei Tage erwarten. Sie hatte mich nie mit Fragen geplagt, aber etwas in meiner Miene mußte ihr verraten haben, daß ich auf einer Fährte war, denn sie fragte mich nach dem Stand der Dinge und sah aus, als wolle sie unbedingt Bescheid wissen. Ich gab zu, daß ich etwas herausgefunden hatte, und versprach, ihr bei meiner Rückkehr alles zu sagen. Das würde nur weise sein, denn Mary war ein Genie im Bewahren von Geheimnissen, und ich wollte das, was ich wußte, sicher aufgehoben wissen für den Fall, daß ich eins über den Schädel bekam.

Als ich in die Stadt zurückkam, fand ich wieder ein Briefchen von Sandy vor, auch aus Frankreich, mit der Unterschrift ›Alan Breck‹ – Sandy war hoffnungslos, was Derby-

Gewinner betraf. Es waren nur zwei Zeilen, er flehte mich an, Medina glauben zu machen, daß ich mit ihm gebrochen habe und daß er auf immer östlich von Suez verschwunden sei.

Auch von Macgillivray war Nachricht da: Dr. Newhover habe auf der *Gudrun* gebucht, die am 21. um 6.30 p.m. von Hull auslief, und daß eine Kabine für K. Brandt, Esqre., auf demselben Schiff gebucht sei. Das veranlaßte mich, meinem Arzt zu schreiben und ihn um das Attest zu bitten, das er mir versprochen hatte, es sollte vom 19. datiert sein. Ich arbeitete einen Plan aus, denn mir schien, es sei meine Pflicht, die eine Fährte zu verfolgen, die sich mir zeigte, obwohl das bedeutete, daß alles andere liegenbleiben mußte. Mehr als ich sagen konnte, verlangte mich nach einer Aussprache mit Sandy, der jetzt in Frankreich seine Possen trieb und mir alberne Briefchen schrieb. Ich rief auch Archie Roylance an und stellte zu meiner Freude fest, daß er noch in London war, denn ich erreichte ihn bei den Travellers und verabredete mich mit ihm für den nächsten Vormittag.

»Archie«, sagte ich, als wir uns trafen, »ich möchte dich um einen großen Gefallen bitten. Hast du in den nächsten vierzehn Tagen etwas Besonderes vor?«

Er gab zu, er habe beabsichtigt, nach Schottland zurückzukehren, um ein paar nistende Wasserläufer zu beobachten.

»Sei so gut und überlaß die Wasserläufer sich selbst. Ich muß wahrscheinlich am 21. nach Norwegen und dann allerschleunigst wieder zurück. Der Dampfer ist viel zu langsam.«

»Ein Zerstörer«, schlug er vor.

»Verflucht noch mal, es ist nicht Krieg! Sei vernünftig! Ich brauche ein Flugzeug, und ich möchte, daß du mich abholst.«

Archie pfiff lang und laut durch die Zähne.

»Du denkst dir auch immer was Neues aus, Dick. Es ist kein Spaß, dein Freund zu sein ... Ich glaube, ich könnte wohl einen Bus auftreiben. Aber das Wetter mußt du riskieren. Und soviel ich mich erinnern kann, ist Norwegen mit Landemöglichkeiten nicht gut versehen. Welche Gegend würdest du denn vorziehen?«

Ich sagte, die Mündung des Merdalfjords.

»Herrgott! Da war ich mal«, sagte er. »Da ist alles so steil wie eine Hauswand.«

»Ja, aber ich habe die Karte studiert, und vor der Mündung sind ein paar kleine Inseln zur Auswahl, nach den Konturen zu urteilen, sind sie ziemlich flach. Mann, es ist mir todernst. Ich muß einen Job erledigen, dessen Mißlingen den Verlust unschuldiger Menschenleben bedeutet. Ich werde dir bald das Ganze erzählen, inzwischen mußt du mir einfach glauben.«

Es gelang mir, Archie hinreichend zu überzeugen und ihn sogar an dem Abenteuer zu interessieren, denn wenn es sich um Risiko und Wagnis handelte, dann war er immer gleich dabei. Er versprach, mit Hansen zu sprechen, der in seinem Geschwader gewesen und angeblich oft über die Nordsee geflogen war. Als ich ihn verließ, bemerkte ich, daß er tatsächlich durch die Aussicht auf das Abenteuer ungeheuer freudig erregt war, denn wenn er schon nicht seine geliebten Vögel beobachten konnte, dann war das zweitbeste Vergnügen für ihn eine Chance, sich den Hals zu brechen.

Ich hatte erwartet, Medina würde verlangen, daß ich seinen Schwarzkünstler in irgendeiner Höhle im East End oder in einer Pension in Bloomsbury treffen sollte. Man stelle sich mein Erstaunen vor, als ich auf halb neun Uhr abends ins Claridge befohlen wurde! Als ich hinkam, konnte ich kaum glauben, daß ein so hellerleuchtetes, ganz gewöhnliches Hotel ein Geheimnis bergen konnte. Es wurde getanzt wie überall, und eine Menge Leute saßen nach einem guten Dinner herum und sahen zu. Medina stand an einem Kamin und unterhielt sich mit einem Mann, der eine lange Reihe kleiner Medaillen und einen Stern trug und in dem ich Tom Machin erkannte, der in Frankreich eine Kavallerie-Brigade befehligt hatte. Medina nickte mir nachlässig zu, und Tom, den ich seit Jahren nicht gesehen hatte, machte ein großes Getue.

»Regiments-Dinner«, erklärte er. »Kam nur auf einen

Moment heraus, um Anweisungen wegen meines Wagens zu geben. Hab Medina von dem üblen Trick erzählt, den die Regierung meinen alten Kameraden gespielt hat. Ich finde, solche Sahibs wie er sollten in diesem Affenstall in Westminster deswegen Krach schlagen. Helfen Sie mir, Hannay. Ich finde nämlich ...« und so weiter, in endloser Wiederholung von ›ü-ber-haupt‹ und ›Sie verstehen doch‹ und ›Sie wissen, was ich meine‹ – des zusammenhanglos argumentierenden britischen Militärs.

Medina machte sich behutsam los. »Tut mir leid, Tom, ich muß jetzt gehen. Sie sind doch am Donnerstag zum Dinner bei Burminster? Dann reden wir darüber. Ich bin ganz Ihrer Ansicht, es ist eine Höllenschande.«

Er gab mir ein Zeichen, und wir gingen zusammen zum Lift. Im ersten Stock, wo die besten Apartements lagen, wartete ein Inder im Turban auf uns. Er führte uns in ein kleines Vorzimmer und verschwand durch eine große Flügeltür. Ich überlegte, was für ein großes Tier der Schwarzkünstler aus dem Orient sein mußte, wenn er sich eine solche Zimmerflucht leisten konnte, denn als ich das letzte Mal hier gewesen war, war sie von einem Kronprinzen bewohnt, der mit mir über ein gewisses kleines Problem in Anatolien sprechen wollte.

»Jetzt werden Sie gleich Kharáma kennenlernen«, flüsterte Medina, seine Stimme war seltsam aufgeregt. »Sie kannten seinen Namen noch nicht, aber im Fernen Osten verehren ihn Millionen wie den eines Gottes. Ich habe ihn zuletzt auf einem der einsamsten Pässe in Karakoram gesehen, und jetzt ist er in diesem vergoldeten Hotel, wo unten die Tanzmusik des Westens hopst. Das ist ein Gleichnis von der Einheit aller Macht.«

Die Tür wurde geöffnet, und der Diener winkte uns einzutreten. Es war ein großer Raum, der mit den üblichen, unechten französischen Stilmöbeln ausgestattet war – sehr warm und parfümiert, genau der Raum, wo internationale Finanzleute ihre Handelsgeschäfte über Brandylikör und dicken Zigarren abschließen oder durchreisende Kinostars ihre Freunde empfangen. Er war so hell, so hart, so hochpoliert, daß man kaum eine protzigere Umgebung hätte finden können ...

Und trotzdem empfand ich diese Vulgarität schon nach dem ersten Blick nicht mehr, denn die Ausstrahlung der Persönlichkeit des Mannes, der ganz hinten auf einer Couch saß, erfüllte den Raum. Ich begriff, daß hier jemand war, der seine eigene überwältigende Atmosphäre mit sich brachte und seine Umgebung zu verwandeln vermochte, ob er sich in einer Pamir-Hütte befand oder in einem Londoner Hotel.

Zu meiner Überraschung war er ziemlich jung. Sein Haar war unter einem großen Turban verborgen, aber das Gesicht war glatt und bartlos, und die Gestalt hatte, soweit ich urteilen konnte, die Grazie der Jugend noch nicht verloren. Ich hatte mir einen ungeheuer verehrungswürdigen alten Mann mit einem Bart bis zum Gürtel vorgestellt oder aber einen fetten Papa mit dem weichlichen Gesicht eines Eunuchen. Ich hatte vergessen, daß dieser Mann aus den Bergen stammte. Zu meinem Erstaunen trug er den bei uns für den Abend üblichen Frack, der obendrein – fand ich – vorzüglich geschneidert war, und darüber einen schönen seidenen Morgenrock. Die Füße hatte er auf der Couch untergeschlagen, aber nicht im Schneidersitz. Als wir eintraten, neigte er leicht den Kopf, während wir beide uns verbeugten. Medina sprach ihn in einem indischen Dialekt an, er antwortete, und seine Stimme war wie das Schnurren einer großen Katze.

Mit einer Handbewegung bedeutete er uns, Platz zu nehmen; dabei sah er uns nicht eigentlich an, sondern mehr durch uns hindurch, und während Medina sprach, betrachtete ich sein Gesicht. Es war das schmale, hochgezüchtete Gesicht des Gebirglers mit hohen Jochbeinen; nicht der mongolische Typ, sondern mehr jener andere, der dem Araber gleicht, – man sieht ihn bei den afghanischen Truppen. Und doch, obwohl es hart wirkte wie Feuerstein und satanisch stolz, besaß dieses Gesicht eine schauerliche, katzenhafte Sanftheit – dieser Mann würde nie im Zorn zuschlagen, weil er seine Ziele auf andere Weise erreichen konnte. Die Stirn war steil und schwer – hinter einer solchen Stirn habe ich immer mathematische Begabung vermutet –, und sie war breiter als gewöhnlich bei Orientalen. Die Augen konnte ich nicht sehen, denn er hielt sie halb geschlossen, aber es war etwas Unheimliches darin, wie sie leicht geschlitzt in den Kopf gemeißelt waren, ganz anders als bei einem Chinesen. Die Mundwinkel waren nach oben gezogen wie in einem dauernden Grinsen; und trotzdem war ein Anflug von Humor in diesem Gesicht, obwohl es so streng war wie eine steinerne Statue.

Ich habe selten einen Menschen gesehen, der zugleich so wohlgebildet und so abstoßend war; beides, Schönheit und Schrecken, verschmolzen zum Ausdruck skrupelloser Gewalt. Ich war reichlich skeptisch gewesen wegen dieses Götzenbildes aus dem Osten, wie ich ja auch Medinas Künsten gegenüber skeptisch war, weil sie bei mir versagt hatten. Aber als ich in dieses dunkle Antlitz blickte, hatte ich die Vision einer Welt voller schrecklicher, geheimer Kenntnisse, einer Scheußlichkeit, die geradezu stank, einer Macht jedoch wie der eines Feuersturms oder einer Pestilenz ... Sandys Rede beim Dinner im Donnerstag-Club fiel mir wieder ein, wo er davon sprach, daß die eigentliche Gefahr für die Welt in der Herrschaft des Geistes über den Geist bestehe. Dieses dunkelhäutige Scheusal war der Hohepriester dieser obszönen Herrschaft, und ich hatte den hirnverbrannten Wunsch, ihn auf der Stelle zu Brei zusammenzuschlagen.

Er blickte mich an und schien Medina etwas zu fragen, was dieser beantwortete. Wahrscheinlich berichtete er, ich sei ein *chela** oder wie man das nennt, ein gut trainierter, unterwürfiger Jünger.

Dann sprach er zu meiner Überraschung Englisch – gutes Englisch, mit dem *chi-chi*-Akzent des Inders.

»Du bist dem Pfad der Weisheit weit gefolgt, Bruder. Ich hätte nicht geglaubt, daß ein Sohn des Westens in so kurzer

* buddhistischer Novize

Zeit so weit kommen könnte. Von den drei Schlüsseln zur Meisterschaft hast du zwei gewonnen, wenn du einen Menschen seine Vergangenheit vergessen und nach deinem Willen das Leben als neues Geschöpf beginnen machen kannst. Aber wie steht es mit dem dritten Schlüssel?«

Ich glaubte in Medinas Stimme einen Anklang von Enttäuschung zu hören. »Nach dem dritten Schlüssel suche ich, Meister. Was hilft es, die Vergangenheit auszulöschen und meine Macht zu errichten, wenn sie nicht dauert? Ich brauche den dritten Schlüssel, um die Tür zu verschließen, so daß ich meine Gefangenen auf immer in sicherem Gewahrsam habe. Gibt es einen solchen Schlüssel?«

»Der Schlüssel ist vorhanden, aber er ist nicht leicht zu finden. Jede Macht wird allmählich schwächer und kann durch einen Zufall gebrochen werden, außer bei jungen Kindern und bei einigen Frauen und bei Schwachsinnigen.«

»Das weiß ich«, sagte Medina fast verdrießlich. »Aber ich möchte nicht nur kleine Kinder, Idioten und Frauen zu meinen Jüngern machen.«

»Nur bei einigen Frauen, sagte ich. Vielleicht bei allen unseren Frauen, aber hier im Westen, wo die Frauen so hart wie Männer sind, nur bei den weicheren, schwächeren.«

»Das ist es ja gerade. Ich will die Macht auf immer haben, und zwar ohne daß ich dauernd darüber wachen muß. Ich habe sehr viel zu tun, und die Zeit ist kostbar. Sagt mir, Meister, gibt es eine Möglichkeit?«

Mit echtem Entsetzen hörte ich dieser Unterhaltung zu. Jetzt erkannte ich Medinas Pläne, und es wurde mir klar, daß er und er allein hinter den Entführungen steckte. Auch begriff ich, was er mit den drei Geiseln getan hatte und was er noch tun wollte. Mit ihm verglichen war ein Mörder unschuldig, denn der nahm nur das Leben, während er die Seele nahm. Ich haßte ihn und diesen dunklen Schurken glühender, als ich wohl je einen Menschen gehaßt habe; ich mußte mir wirklich sehr große Mühe geben, den beiden nicht an die Kehle zu fahren. Die drei Geschichten, die in meinem Gedächtnis halb vergessen waren und überlagert von Erfahrungen neueren Datums, standen wieder scharf und klar vor mir. Ich sah wieder Victors abgezehrtes Gesicht, ich hörte Sir Arthur Warcliffs Stimme brechen; die Wut stieg in mir auf und würgte mich. Seelen stehlen – das war die schlimmste Infamie, die sich Teufel in Menschengestalt je ausgedacht hatten. Man müßte mir meine Aufregung angesehen haben, aber zum Glück hatten die beiden keine Augen für mich.

»Es gibt eine Möglichkeit, eine ganz sichere Methode«, sagte jetzt der Inder, und ein böses Halblächeln flackerte über sein Gesicht. »Aber es ist eine Methode, die – obgleich in meinem Lande möglich – in dem deinen vielleicht schwierig ist. Ich habe gehört, daß eure Polizei lästig ist, und du hast in der Öffentlichkeit eine Stellung, die man unbedingt wertschätzen und erhalten muß. Es gibt noch eine andere Methode, die mehr Zeit braucht, die aber auch sicher ist, wenn man sie kühn anwendet.«

Der Weise schien die halbgeschlossenen Augen zu öffnen, und ich glaubte den undurchsichtigen Glanz zu erkennen, der von Drogen herrührt.

»Wen du zu deinem Sklaven machen willst«, fuhr er fort, »dem nimmst du zuerst das Gedächtnis, und dann stimmst du ihn auf deinen eigenen Willen ein. Um ihn so gestimmt zu erhalten, mußt du oft mit ihm zusammen sein und deine Macht verstärken. Aber das ist mühsam, und wenn der Sklave von dir getrennt festgehalten wird und du ihn selten siehst, wird dein Einfluß schwächer – außer, wie ich gesagt habe, bei einem jungen Kinde. Es gibt eine Möglichkeit, die Fessel zu vernieten, nämlich die folgende. Bringe die Person, die du beherrschst, zurück in das Leben, an das sie zuvor gewöhnt war, und dort, in der vertrauten Umgebung, übe deine Macht über sie aus. Auf diese Weise wird dein Einfluß die Unterstützung der Vertrautheit gewinnen – denn wenn auch das bewußte Gedächtnis geschwunden ist, so bleibt doch das unbewußte –, und so wird dein Einfluß schnell zur zweiten Natur.«

»Ich verstehe«, sagte Medina zerstreut. »Das hatte ich mir ungefähr gedacht. Sagt mir, Meister, wenn die Herrschaft einmal hergestellt ist, kann sie dann noch abgeschüttelt werden?«

»Nein, außer durch den Willen dessen, der sie ausübt. Nur der Meister kann lösen.«

Danach sprachen sie wieder in der fremden Sprache – ich weiß nicht, über welche Teufelei. Mir schien, der Weise wurde allmählich des Interviews müde, denn er klingelte, und als der Diener erschien, gab er ihm ein paar schnelle Befehle. Medina stand auf und küßte die Hand, die sich ihm entgegenstreckte, und ich tat natürlich dasselbe.

»Bleibt Ihr lange hier, Meister?« fragte er.

»Zwei Tage. Dann habe ich in Paris und anderswo zu tun. Aber ich komme im Mai wieder; dann werde ich dich wieder herbefehlen. Viel Erfolg, Bruder. Der Gott der Weisheit sei mit dir.«

Wir gingen hinunter zu der Tanzerei und den Dinner-Parties. Das Regiments-Dinner war im Aufbruch begriffen, und Tom Machin redete in der Halle auf eine Gruppe medaillengeschmückter Freunde ein. Ich mußte irgend etwas Abschließendes zu Medina sagen, und der Gegensatz der beiden Szenen gab mir das Stichwort. Während wir die Mäntel anzogen, bemerkte ich, es sei, als trete man aus dem Licht in die Dunkelheit. Er stimmte zu. »Als ob man aus der wirklichen Welt unter die Schatten fällt«, sagte er.

Anscheinend wünschte er, seinen eigenen Gedanken nachzuhängen, denn er verlangte nicht, ich solle ihn nach Hause begleiten. Auch ich hatte viel Stoff zum Nachdenken. Als ich in den Club zurückkam, fand ich ein Briefchen mit der Unterschrift ›Spion Kop‹.*

»Triff mich«, lautete es, *»am 21. zum Frühstück im Gasthof ›Zur Schweigsamen Frau‹ an der Straße nach Fosse auf dem Wege von Colne nach Windrush. Ich habe Dir viel zu erzählen.«*

Ich dankte dem Himmel, daß Sandy wieder zu Hause war, obwohl er für seine Verabredungen phantastische Stel-

* Kop = Afrikaans für Kopf oder Hügel, kleiner Berg

len wählte. Auch ich hatte ihm einiges zu sagen. Denn dieser Abend hatte mir Einblick in Medinas Natur und Pläne gegeben und, was mehr war, den Schimmer eines eigenen Plans.

10

Vertrauliches Gespräch im Gasthaus am Wege

Mein erster Gedanke war, wegen dieses Kharáma zu Macgillivray zu gehen; ich war sicher, daß er etwas im Schilde führte. Ich traute ihm irgendeine politische Intrige zu; warum wohl sonst bereiste er die Hauptstädte Europas und wohnte in teuren Hotels? Aber ich überlegte es mir und beschloß, die Polizei aus dem Spiel zu lassen. Ich konnte das mit Kharáma nicht erklären, ohne Medina zu erwähnen, und ich war fest entschlossen, nichts zu tun, was ihn auch nur im geringsten verdächtigen würde. Aber ich bekam das Attest von meinem Arzt, das mir eine Woche Ruhe empfahl, und ging am 19. morgens zu Medina hinüber. Ich sagte ihm, daß ich mich in den letzten Tagen gar nicht wohlgefühlt habe, und daß mein Arzt mich nach Hause und ins Bett geschickt habe. Es schien ihm nicht zu passen, deshalb zeigte ich ihm den Brief des Arztes und verzog das Gesicht, als ob es mir selber überhaupt nicht recht sei, ich mich aber im Zwiespalt zwischen Neigung und Pflicht befinde. Ich glaube, es gefiel ihm, daß ich das Attest vorwies wie ein kleiner Leutnant, der um Urlaub einkam; jedenfalls machte er gute Miene und war sogar recht mitfühlend. »Tut mir leid, daß Sie nicht in der Stadt bleiben«, sagte er, »denn ich brauche Sie dringend. Aber es ist natürlich wichtig, daß Sie ganz in Ordnung kommen, und eine Woche Bettruhe tut Ihnen sicher sehr gut. Wann kann ich Sie zurückerwarten?« Ich antwortete, ich werde ganz bestimmt am 29. in London sein. »Ich verschwinde ins Kloster«, sagte ich. »Schreibe keine Briefe, erhalte keine, bin für Besuch nicht zu sprechen, tu nichts als essen und schlafen. Ich kann Ihnen versichern, daß meine Frau mich wie ein Drache bewachen wird.«

Dann stöberte ich Archie Roylance auf, den ich in allerbester Verfassung vorfand. Er war bei Hansen gewesen und hatte herausgefunden, daß es auf der Insel Flacksholm, die dicht vor der Mündung des Merdalfjords lag, eine gute Landemöglichkeit gab. Es war eine große, ziemlich flache Insel mit einer Senkung in der Mitte, und sie war – von einem Bauernhof an der südlichen Spitze abgesehen – ganz unbewohnt. Archie hatte sich ein Flugzeug beschafft, eine Sopwith, der trauen zu können er behauptete, und ich verabredete mit ihm, daß er nicht später als am 27. auf Flacksholm sein und dort so gut wie möglich zelten sollte. Tagsüber sollte er nach einem Motorboot vom Merdalfjord her ausschauen, und wenn er bei Nacht ein grünes Licht sah, sollte er darauf zuhalten. Ich empfahl ihm, reichlich Vorräte mitzunehmen, und er erwiderte, so blöd sei er nicht, die Nahrungsmittelversorgung außer acht zu lassen. Er sagte, er sei schon bei Fortnum & Mason gewesen und werde eine volle Ladung Trinkbares und Delikatessen mitbringen. »Nimm du all dein warmes Zeug mit, Dick«, fügte er hinzu. »Man kann sich totfrieren in der Gegend um diese Jahreszeit.« Er wollte auch durch Hansen ein Kabel aufgeben lassen, daß eine Motorbarkasse in Stavanger für einen Mr. Brandt bereit sein solle, der mit dem Hull-Dampfer am 23. morgens eintreffen werde. Wenn ich meine Pläne ändern mußte, sollte ich ihm sofort telegraphieren.

An diesem Abend fuhr ich mit etwas leichterem Herzen nach Fosse hinunter. Es war eine himmlische Erleichterung, aus London herauszukommen und saubere Luft zu atmen und zu wissen, daß ich mich jedenfalls eine Woche lang mit einem Job befassen würde, der mir mehr lag als die Bummelei in der Stadt. Peter John fand ich bei bester Gesundheit vor, und der Garten am Haus war eine einzige Glorie von Frühlingsblumen.

Ich sagte Mary, der Arzt habe mir eine Woche Bettruhe als Kur verordnet.

»Dick«, fragte sie besorgt, »du bist doch nicht krank, oder?«

»Kein bißchen, nur etwas flau. Aber offiziell liege ich eine Woche lang zu Bett, und nicht eine Seele darf in meine Nähe kommen. Sag es den Dienstboten bitte, und bestelle Krankenkost bei der Köchin. Ich werde Paddock ins Vertrauen ziehen, und er wird so tun, als bediene er mich.«

»So tun?«

»Ja; denn, weißt du, ich will auf eine Woche nach Norwegen – das heißt, wenn Sandy nichts dagegen hat.«

»Aber ich dachte, Oberst Arbuthnot sei noch im Ausland?«

»Ist er auch – offiziell. Aber übermorgen frühstücke ich mit ihm in der ›Schweigsamen Frau‹, – du weißt doch, das Gasthaus, wo wir oft zu Abend aßen, wenn ich am Colne angelte.«

»Dick«, sagte sie entschlossen, »wird es nicht langsam Zeit, daß du mir etwas mehr von dem sagst, was du eigentlich tust?«

»Ich glaube auch«, antwortete ich, und an diesem Abend nach dem Dinner erzählte ich ihr alles.

Sie stellte viele Fragen, gründliche Fragen, denn Marys Verstand taugt etwa zweimal soviel wie meiner. Dann saß sie lange da, das Kinn in die Hand gestützt, und dachte nach.

»Ich wollte, ich hätte Mr. Medina kennengelernt«, sagte sie schließlich. »Tante Claire und Tante Doria kennen ihn ... Ich habe Angst vor ihm, schreckliche Angst, und ich glaube, ich hätte weniger Angst, wenn ich ihn nur einmal sehen könnte. Es ist entsetzlich, Dick, und du kämpfst mit so ungewöhnlichen Waffen. Dein einziger Vorteil ist, daß du ein so knorriger Eichenstumpen bist. Es ist furchtbar, hier zu sitzen und zu warten mit der qualvollen Angst um dich und die ganze Zeit an diese armen Menschen zu denken. Ich kann den Jungen nicht aus dem Kopf kriegen. Oft wache ich auf vor Entsetzen und muß einfach ins Kinderzimmer hinauf und Peter John an mich drücken. Die Kinderfrau muß wohl denken, daß ich verrückt bin ... Ich nehme an, es ist richtig, daß du nach Norwegen gehst?«

»Ich sehe keine andere Möglichkeit. Wir haben eine Spur, wo eine der Geiseln steckt – keine Ahnung, welche. Ich muß entsprechend handeln, und außerdem, wenn ich eine finde, gibt mir das vielleicht Aufschluß über die anderen.«

»Zwei werden noch verloren sein«, sagte sie, »und es bleibt so furchtbar wenig Zeit. Du bist nur einer allein. Kannst du denn niemand zu Hilfe rufen? Mr. Macgillivray?«

»Nein. Der hat seinen eigenen Job; und wenn ich ihn in meinen einweihte, würden beide zuschanden.«

»Und Oberst Arbuthnot? Was tut er denn?«

»Oh, Sandy hat genug zu tun, und Gott sei Dank, daß er wieder in England ist. Ich werde Genaueres von ihm erfahren, wenn ich ihn sehe, aber du kannst sicher sein, der spielt ein gewagtes Spiel. Während ich fort bin, wird Sandy die ganze Zeit arbeiten.«

»Weißt du, ich habe ihn nie kennengelernt. Könnte ich ihn nicht sehen, wenn du fort bist? Das wäre eine große Hilfe für mich. Und, Dick, kann ich nicht selber mithelfen? Wir haben immer alles miteinander geteilt, schon ehe wir verheiratet waren, und du weißt, du kannst dich auf mich verlassen.«

»Das weiß ich, mein Liebling«, sagte ich. »Aber ich kann mir nicht denken, wie du helfen kannst – noch nicht. Könnte ich's, so würde ich dich sofort einspannen, denn dich als Hilfe hätte ich lieber als ein Regiment Soldaten.«

»Es ist wegen des armen Kleinen. Das andere könnte ich aushalten, aber wenn ich an ihn denke, werde ich verrückt. Hast du Sir Arthur gesehen?«

»Ich bin ihm aus dem Wege gegangen. Victor zu sehen und den Herzog, das kann ich ertragen; aber ich schwöre, ich will Sir Arthur nie mehr ins Gesicht schauen, wenn ich ihm nicht seinen Sohn wiedergeben kann.«

Da erhob sich Mary und stand über mir wie ein Engelsbote.

»Es wird geschehen!« rief sie. »Dick, du darfst niemals aufgeben. Tief im Herzen weiß ich, daß wir gewinnen werden. Wir müssen gewinnen, sonst kann ich nie mehr Peter John mit leichtem Herzen küssen. Oh, ich wollte – ich wollte, ich könnte etwas tun!«

Ich glaube nicht, daß Mary in dieser Nacht geschlafen hat; am nächsten Morgen war sie ziemlich blaß, und ihre Augen hatten den sonderbar fernen Blick wie damals, als ich ihr im März 18 bei Amiens adieu sagte, ehe ich zur Front ging.

Ich verbrachte einen himmlischen Tag mit ihr und Peter John, wir wanderten auf unserem kleinen Gut herum. Es war einer jener Apriltage, die sich den späten Mai auszuborgen scheinen, wenn Sommerwärme sich mit Herbheit und frischen Frühlingsfarben mengt. Für die schwelgerische Pracht der Narzissen unter den Bäumen mußte man Gott danken, die Ufer des kleinen Sees waren ein Wasserfall von Traubenhyazinthen, blauen und weißen, und in jeder Delle in den Gehölzen strahlten die Schlüsselblumen. Am Vormittag beschäftigten wir uns damit, die Stellen in einem Bächlein auszuhöhlen, in denen die im See neu eingesetzten Forellen laichen sollten, und Peter John bewies hervorragende Begabung zum Hydrotechniker. Seine Kinderfrau, eine Schottin gesetzten Alters aus den Cheviots, trug ihn schließlich davon zum Mittagsschlaf, und als er fort war, ließ Mary von den Unterwasserlöchern ab und setzte sich ans Ufer mitten ins Immergrün.

»Was hältst du eigentlich von der Kinderfrau?« fragte sie.

»Ziemlich das Beste, was man so hat«, antwortete ich.

»Ich glaube auch. Weißt du, Dick, ich finde, ich mache viel zuviel Umstände mit Peter John. Ich verplempere Stunden mit ihm, und das ist ganz unnötig. Die Kinderfrau kann das alles viel besser als ich. Ich wage kaum, ihn aus den Augen zu lassen, und ich weiß genau, ich könnte ihn hier wochenlang in völliger Sicherheit bei der Kinderfrau und bei Paddock lassen – und Dr. Greenslade hat Telephon.«

»Natürlich könntest du das«, stimmte ich zu. »Aber du würdest ihn genau so vermissen wie ich, weil er ein so reizender Gesellschafter ist.«

»Ja, das ist er, der liebe Bursch«, sagte sie.

Am Nachmittag ritten wir im leichten Galopp über die Downs, und bei der Heimkehr fühlte ich mich so frisch wie ein Rennpferd und hatte Lust auf alle nur möglichen Strapazen. Aber als wir abends vor dem Dinner im Garten spazierten, bekam ich wieder einen Anfall von Verlangen, das ganze Zeug abzuschütteln und zu meinem ruhigen Leben zurückzukehren. Es wurde mir ganz klar, daß ich mein Herz in diesen meinen schönen Gefilden begraben hatte, und der Gedanke daran, wie sehr ich sie liebte, machte mich fast ehrfürchtig. Ich glaube, Mary wußte, was ich empfand, denn sie sprach hartnäckig immerfort von David Warcliff, und ehe ich zu Bett ging, hatte sie mich wieder zu der ehrlichen Entrüstung entflammt, die der beste Rückhalt der Entschlossenheit ist. Am 28. sollte ich, wenn ich irgend konnte, nach Hause kommen, aber wenn die Zeit knapp würde, ihr ein Telegramm schicken und direkt nach London fahren. Die Täuschung, daß ich zu Bett läge, sollte streng durchgeführt werden. Sicherheitshalber sollte ich jedes Telegramm mit ›Kornelius‹ unterschreiben.

Sehr früh am nächsten Morgen, längst ehe sich irgend jemand rührte, startete ich mit Paddocks Hilfe den großen Vauxhall und fuhr leise mit sehr leichtem Gepäck die Allee hinunter. Paddock, der chauffieren konnte, sollte etwa um zehn Uhr zurückkehren und meinem Chauffeur erklären, er habe auf meine Anordnung den Vauxhall leihweise auf eine Woche zu einem meiner Freunde nach Oxford gebracht. Ich fuhr schnell auf den stillen Straßen zwischen den Hügeln hinaus und auf die alte römische Heerstraße, die stracks wie ein gespannter Riemen quer durchs Hügelland verläuft. Es war kaum sechs Uhr vorbei, als ich beim Gasthaus ›Zur Schweigsamen Frau‹ ankam, das wie ein Wachtposten auf einer Kammlinie der Downs hockt an einer Stelle, wo vier Landstraßen zusammentreffen. Aus den Schornsteinen stieg Rauch auf, woraus ich schloß, daß Sandy ein zeitiges Frühstück bestellt hatte. Und gleich darauf, als ich den Wagen in einem Schuppen abstellte, erschien Sandy in Flanellhosen und Tweedjacke, er sah so frisch aus, als sei er eben neu angemalt worden, und außergewöhnlich sonnenverbrannt.

»Hoffentlich hast du Hunger«, sagte er. »Großartiger

Bursche, der Wirt! Der weiß, was ein Mann braucht, der Appetit hat. Ich habe Eier, Nieren, Würstchen und kalten Schinken bestellt, und das schien er erwartet zu haben. Jawohl. Hier ist im Augenblick mein Hauptquartier, obwohl das Vorderste Generalhauptquartier anderswo ist. Nebenbei, Dick, nur aus Extravorsicht, ich heiße Thomson – Alexander Thomson – und bin ein Theaterkritiker auf verspätetem Osterurlaub.«

Das Frühstück entsprach an Güte Sandys Versprechungen, und nach der Fahrt durch die frische Luft und beim Anblick von Sandy mir gegenüber wurde mir allmählich leicht ums Herz.

»Deine Briefe habe ich bekommen«, sagte ich; »aber ich muß schon sagen, was du von Derby-Gewinnern weißt, das steht auf schwachen Füßen. Ich dachte, das wäre jedem Gentleman geläufig.«

»Ich bin eben die Ausnahme. Hast du entsprechend gehandelt?«

»Ich habe Medina gesagt, ich habe mit dir auf immer Schluß gemacht und wolle dich nie wiedersehen. Aber warum wolltest du das absolut?«

»Ganz einfach, weil ich seine Aufmerksamkeit von mir ablenken wollte und kalkulierte, wenn er glaubte, wir hätten uns verkracht und ich sei endgültig auf und davon gegangen, dann ließe er mich vielleicht in Ruhe. Du mußt wissen, er hat sich große Mühe gegeben, mich zu ermorden.«

»Guter Gott!« rief ich. »Wann denn?«

»Viermal«, sagte Sandy in aller Gemütsruhe und zählte es an den Fingern ab. »Einmal, ehe ich London verließ. Ich kann dir sagen, das war eine ziemlich aufregende Abreise. Dreimal in Paris, das letzte Mal vor erst vier Tagen. Ich bilde mir ein, daß er jetzt meine Spur verloren hat, denn er glaubt tatsächlich, daß ich vorgestern zu Schiff Marseille verlassen habe.«

»Aber warum denn nur?«

»Nun ja, ich habe bei dem Dinner im Donnerstag-Club ein paar unbedachte Bemerkungen gemacht. Er glaubt, daß ich der einzige Mensch auf der Welt bin, der ihn entlarven kann, und er wird nicht ruhig schlafen, ehe er weiß, daß ich nicht mehr in Europa bin, und überzeugt ist, daß ich keinen Verdacht habe. Ich schickte dir die Briefe, weil ich meine Ruhe haben wollte, denn ich hatte eine Menge zu tun, und nichts ist zeitraubender, als Mördern aus dem Wege zu gehen. Aber mein Hauptgrund war, *dich* zu schützen. Du weißt es wohl nicht, Dick, aber drei Wochen bist du am Rande eines Abgrunds entlang gegangen, einen Fuß schon fast im Leeren. Du bist in scheußlichster Gefahr gewesen, und nie im Leben war ich mehr erleichtert als vorhin, als ich deine dämliche Visage wiedersah. Du warst nur in Sicherheit, wenn er unsere Freundschaft endgültig zerstört und mich aus dem Wege glaubte und dich für seinen ergebenen Sklaven hielt.«

»Das bin ich gründlich«, erwiderte ich. »Sowas hat es seit Onkel Toms Hütte nicht gegeben.«

»Sehr gut. Das ist das Wichtigste, denn damit haben wir einen Wachtposten in der Zitadelle des Feindes. Aber wir stehen erst am Anfang eines furchtbaren Kampfes, und niemand kann sagen, wie er ausgeht. Bist du nun Medina auf den Grund gekommen?«

»Erst teilweise. Und du?«

»Ich bin auf dem Wege dazu. Er ist das komplizierteste Geschöpf, das ich je angetroffen habe. Aber wir müssen unsere Forschungsergebnisse in einen Topf werfen. Soll ich anfangen?«

»Ja. Fang beim Donnerstag-Dinner an. Was hat dich da auf die Spur gebracht? Ich konnte sehen, daß etwas, was er sagte, dich aufhorchen ließ.«

»Ich muß vorher anfangen. Siehst du, ich hatte hier und da in der weiten Welt schon ziemlich viel von Medina gehört und konnte mir absolut keinen Vers darauf machen. Jedermann schwor auf ihn, aber ich hatte ein komisches Gefühl dabei. Ich habe dir von Lavater erzählt. Also, ich hatte weiter keinen Beweis, als daß Medinas Einfluß auf meinen Freund schlecht gewesen war. Darum fing ich an, mich zu erkundigen, und wie du weißt, habe ich mehr Möglichkeiten als die meisten anderen Leute, gewisse Dinge herauszufinden. Ich war neugierig zu wissen, was Medina während des Krieges getan hatte. Es hieß allgemein, er habe die ersten beiden Jahre tief in Zentralasien gesteckt, wohin er auf eine wissenschaftliche Forschungsreise ausgezogen war, und danach sei er bei den Russen gewesen und habe zum Schluß unter Denikin Großes geleistet. Dieser Geschichte bin ich nachgegangen und habe entdeckt, daß er wohl in Zentralasien gewesen war, aber nie an irgendeiner Front und niemals weniger als tausend Meilen entfernt von Denikin. Das meinte ich, als ich dir sagte, ich glaubte, der ganze Mann sei eine ungeheure Lüge.«

»Er hat es aber fertiggebracht, daß alle ihm glaubten!«

»Das ist es ja gerade. Er konnte die ganze Welt glauben machen, was er wollte. Deshalb mußte er etwas Ungewöhnliches sein – ein genialer Propagandist. Das war mein erster Rückschluß. Aber wie brachte er es fertig? Er mußte eine großartige Organisation haben, aber er mußte noch etwas anderes haben – eine Art von Persönlichkeit, die sich in Luft auflösen kann und – wie elektrische Wellen – durch Entfernung nicht an Wirksamkeit verliert. Er mußte also einzigartige hypnotische Kräfte besitzen. Diesen Dingen war ich im Osten auf den Grund gegangen und hatte entdeckt, wie wenig wir hier von dem Zwang wissen, den ein Geist auf den anderen ausüben kann. Das – der Ansicht war ich immer schon – ist heute die wahre Magie und ist es immer schon gewesen. Erinnerst du dich, daß ich beim Donnerstag-Dinner davon gesprochen habe?«

Ich nickte. »Das hast du wohl getan, um bei ihm auf den Busch zu klopfen?«

»Ja. Es war ziemlich unklug, denn ich hätte ihn leicht verschrecken können. Aber ich hatte mehr Glück, als ich verdiente, und veranlaßte ihn zu einer ungeheuer wichtigen Beichte.«

»Das lateinische Zitat?«

»Das lateinische Zitat. *Sit vini abstemius qui hermeneu-*

ma tentat aut hominum petit dominatum. Mich hat fast der Schlag getroffen, als ich das hörte. Hör zu, Dick. Ich bin immer schon auf ausgefallene Sachen verrückt gewesen, und als ich in Oxford studierte, habe ich meine Zeit darauf verschwendet, während ich für die Seminare hätte arbeiten sollen. Im Schlußexamen kriegte ich nur eine Drei; aber ich habe eine Menge nützlicher Informationen gesammelt. Eines meiner Hauptinteressen war Michael Scott. Ja – der Magier, nur daß er kein Magier war, sondern ein sehr geduldiger und origineller Denker. Er war ein Grenzländer wie ich, und ich fing an, seine Biographie zu schreiben. Diese Studien habe ich weitergeführt, und als ich bei der Pariser Gesandtschaft war, verwandte ich meine freie Zeit darauf, ihn in den Bibliotheken Europas aufzuspüren. Die meisten seiner Schriften sind im fünfzehnten und sechzehnten Jahrhundert erschienen und sind furchtbar langweilig, aber einige sind noch im Manuskript vorhanden, und ich hoffte immer, noch mehr zu entdecken, denn ich wußte bestimmt, daß der wahre Michael Scott etwas viel Bedeutenderes war als der Übersetzer und Kommentator, als den wir ihn kennen. Ich war überzeugt, daß er dem verrückten Kaiser Ferdinand einiges Sonderbare beigebracht hat und daß der Brennpunkt seiner Lehre nur darin bestand, wie eine menschliche Seele über eine andere herrschen konnte. Nun, es erwies sich, daß ich recht hatte. In der Bibliothèque Nationale fand ich ein paar Manuskriptblätter, von denen ich sicher war, daß sie von Michael stammten. Eins seiner wichtigsten Werke ist, wie du weißt, die *Physionomia,* aber das ist nur eine Version von Aristoteles. Dieses Manuskript war auch ein Teil der *Physionomia* und etwas ganz anderes als das Übrige, denn es wollte die Quintessenz der *Secreta Secretorum* mitteilen – es würde jetzt zu lange dauern, das zu erklären – und die Lehre der Therapeuten mit Michaels eigenem Kommentar. Es ist ein Handbuch der Künste geistiger Kontrolle – oh, erstaunlich modern, kann ich dir versichern, und unseren dummen Psychoanalytikern weit voraus. Also, Medinas Zitat stammt aus diesem fragmentarischen Manuskript – das seltene Wort ›hermeneuma‹ ließ mich aufhorchen, als er es aussprach. Das bewies, daß Medina Michael Scott studiert hatte, und zeigte mir, worauf er es abgesehen hatte.«

»Also hat er sich selbst verraten, nicht du ihn.«

»O doch. Erinnerst du dich, ich fragte ihn, ob er den *guru* kenne, der unten am Shansi-Paß haust, wo es nach Kaikand hinübergeht? Das war ein böser Schnitzer, und dieser Frage wegen hat er versucht, mich aus der Welt zu schaffen. Denn von diesem *guru* hat er den größten Teil seiner Kunst gelernt.«

»War der Name des *guru* Kharáma?« fragte ich.

Sandy glotzte, als habe er ein Gespenst erblickt.

»Wieso in aller Welt weißt du das?«

»Bloß weil ich mit Medina vor ein paar Tagen bei ihm war.«

»Unmöglich! Kharáma in London! Lieber Himmel, Dick, das ist ja furchtbar. Schnell, erzähle mir ganz genau, was vorgegangen ist.«

Ich erzählte es ihm so gut ich es noch wußte, und er schien seinen Schreck zu vergessen und zufrieden zu sein.

»Dies ist ungeheuer wichtig. Du siehst doch, worauf Medina hinaus will? Er will sich die Macht über diese drei unglücklichen Geschöpfe sichern, und um das zu können, erhielt er den Rat, seinen Einfluß in einem Milieu auszuüben, das dem gleicht, in dem sie zuvor gelebt hatten. Das gibt uns eine Chance, ihnen auf die Spur zu kommen. Und die Kontrolle kann nur durch ihn aufgehoben werden, der sie ihnen ursprünglich auferlegt hat! Das wußte ich zufällig, aber ich war nicht sicher, ob Medina es wußte. Es ist außerordentlich wichtig, daß wir das herausgekriegt haben.«

»Erzähle zu Ende«, bat ich. »Ich will wissen, was du im Ausland getan hast.«

»Ich habe meine Studien in der Bibliothèque Nationale fortgesetzt, und wie ich vermutet hatte, stellte ich fest, daß Medina oder jemand wie er das Michael-Scott-Manuskript gefunden und abschreiben lassen hatte. Ich forschte noch gründlicher, denn Michael war nicht der einzige von der Sorte, wenn er auch der bedeutendste war. Mein Himmel, Dick, es ist schon komisch, wenn man bei einem Problem wie dem unseren in den Trümmern des Mittelalters nach Hilfe graben muß. Ich habe einiges herausgefunden – nicht viel, aber einiges.«

»Und dann?«

»Ja, die ganze Zeit habe ich mich nach Medinas Vergangenheit erkundigt – nicht sehr erfolgreich – das meiste habe ich dir schon erzählt. Dann besuchte ich Ram Dass, weißt du, von dem ich gesprochen habe. Ich dachte, er sei in München, aber ich fand ihn in Westfalen, wo er ein Auge auf die deutschen Industriellen hatte. Geh nicht nach Deutschland auf Urlaub, Dick; es ist ein trauriges, ungutes Land. Ich mußte Ram Dass sehen, denn er ist zufällig Kharámas Bruder.«

»Wie bedeutend ist eigentlich Kharáma?«

Sandys Antwort lautete: »Was die theoretische Kenntnis betrifft, hat er nicht seinesgleichen; aber als Ausübender ist er nur zweitrangig« – genau das hatte Medina gesagt.

»Das meiste, was ich wissen wollte, hat mir Ram Dass gesagt. Aber er weiß nicht, daß sein Bruder in Europa ist. Ich glaubte eigentlich, er hält ihn für tot ... Mehr brauche ich dir jetzt nicht zu sagen. Nun lege du mal los, Dick, und erzähle mir ganz genau, was du getan hast.«

So gut ich konnte, beschrieb ich Medinas allmähliche Wandlung von Freundschaft zu Tyrannei. Ich erzählte, wie er angefangen hatte, rückhaltlos mit mir zu reden, als sei ich sein Jünger, und ich beschrieb den außerordentlichen Abend in der Hill Street, als ich seine Mutter kennengelernt hatte.

»Seine Mutter!« rief Sandy und ließ sich jede Kleinigkeit mehrmals genau beschreiben – den Schlag ins Gesicht, das Spucken, meine schließliche Ohnmacht. Er schien sich köstlich zu amüsieren. »Großartig«, sagte er. »Bessere Arbeit hast du noch nie getan.«

»Jedenfalls habe ich die blinde Spinnerin gefunden«, bemerkte ich.

»Ja. Das hatte ich halb erraten. Ich habe es nicht erwähnt, aber als ich in der Rolle des Elektrikers in das Haus bei der Evangeliums-Eiche kam, sah ich im hinteren Zimmer ein Spinnrad, und im Kamin war Torf gebrannt worden. Gut, das ist Nummer Eins.«

»Ich glaube, ich bin drauf und dran, Nummer Zwei zu finden«, sagte ich und berichtete von dem Gespräch der beiden, dem ich zugehört hatte, über *secundus* und daß ›der Doktor‹ irgendwohin geschickt werde, und wie ich herausgefunden hatte, daß Dr. Newhover gerade heute sich nach dem Skarso aufmachte. »Das ist die erste ganz deutliche Spur«, sagte ich, »und ich glaube, ich sollte sie aufnehmen.«

»Ja. Was willst du tun?«

»Heute abend reise ich mit der *Gudrun* ab und bleibe dem Burschen auf den Fersen, bis ich weiß, was er vorhat. Ich muß gemäß der spärlichen Information handeln, die wir haben.«

»Ganz meine Meinung. Aber das heißt, daß du lange von London fort bist, und *secundus* ist nur einer von dreien.«

»Nur eine Woche«, erwiderte ich. »Ich habe eine Woche Krankheitsurlaub von Medina und soll in Fosse eine Ruhekur einlegen, und Mary soll mir alle Besucher fernhalten. Ich habe mit Archie Roylance ausgemacht, daß er mich ungefähr am 28. mit dem Flugzeug abholt und zurückbringt. Das läßt mir nicht viel Zeit, aber ein fleißiger Mensch kann innerhalb einer Woche eine Menge schaffen.«

»Bravo!« schrie er. »Daran erkenne ich dich, du alter Bandit!«

»Bist du einverstanden?«

»Völlig. Und du wirst dich auf alle Fälle am 29. wieder bei Medina melden? Dann haben wir noch etwa sechs Wochen, um unsere Aufgabe zu Ende zu bringen.«

»Eher fünf«, sagte ich düster, und ich erzählte ihm, wie ich erfahren hatte, daß die Gang sich zu Sommeranfang auflösen wollte und daß Macgillivray deshalb das Datum seiner Aktion um zehn Tage vorverlegt hatte. »Du siehst, in welcher Lage wir sind. Er muß die gesamte Gang gleichzeitig ausheben, und wir müssen – wenn wir können – zur gleichen Zeit alle drei Geiseln befreien. Das darf nicht zu früh geschehen, sonst ist die Gang gewarnt. Wenn also Macgillivray am 10. Juni zuschlägt, müssen wir am 9. bereit sein zuzuschlagen, dürfen es aber natürlich nicht früher.«

»Ich verstehe«, sagte er und schwieg ein Weilchen. »Hast du mir noch mehr zu sagen?«

Ich stöberte in meinem Gedächtnis, und Odell fiel mir ein. Er schrieb sich den Namen des Tanzclubs auf, wo ich den unangenehmen Butler gesehen hatte. Ich erwähnte, daß ich Macgillivray gebeten hatte, sich über ihn zu unterrichten.

»Du hast doch Macgillivray nicht zuviel erzählt?« fragte er besorgt und schien erleichtert, als ich antwortete, daß ich die Sache mit Medina nie erwähnt hatte.

»Also, jetzt steht es so«, sagte er abschließend. »Du gehst auf eine Woche weg, um Nummer Zwei aufzutreiben. Wir sind ziemlich sicher, daß wir Nummer Eins haben. Nummer Drei – den Blödsinn mit dem Garten Eden und dem Juden mit gefärbtem Bart im Antiquitätenladen in Marylebone – den haben wir noch nicht. Und natürlich wissen wir überhaupt noch nichts von den drei Geiseln. Es bleibt noch schrecklich viel zu tun. Wie stellst du dir das alles vor, Dick? Glaubst du, daß die drei, das Mädchen, der junge Mann und der Knabe, irgendwo eingesperrt sind und von Medinas Trabanten bewacht werden? Glaubst du, daß die Arbeit getan ist, wenn wir die Verstecke gefunden haben?«

»Allerdings.«

Er schüttelte den Kopf. »Es ist viel verzwickter. Hast du noch nie gehört, daß man jemanden am besten verstecken kann, wenn man ihm das Gedächtnis raubt? Warum ist ein Mensch, der das Gedächtnis verloren hat, so schwer zu finden? Immerfort steht es in den Zeitungen. Sogar allbekannte Leute werden, wenn sie das Gedächtnis verlieren und fortgehen, nur durch Zufall wieder entdeckt. Der Grund dafür ist, daß der Mensch viel weniger durch sein Äußeres identifiziert wird als durch seine Gewohnheiten und seinen Charakter. Verlust des Gedächtnisses bedeutet den Verlust aller echten Erkennungsmerkmale, und das physische Aussehen verändert sich entsprechend. Medina hat diesen drei armen Seelen das Gedächtnis gestohlen und sie wie heimatlose Kinder ins Leere geschickt. David Warcliff spielt vielleicht in diesem Augenblick in irgendeiner Gosse in London wie ein Dutzend andere Straßenkinder, und sein eigener Vater würde ihn kaum von den anderen unterscheiden können. Mercot mag ein Hafenarbeiter oder ein Leichtmatrose sein, den du nicht erkennen würdest, wenn du ihn sähest, wenn du ihm auch ein Jahr lang jeden Abend im Kollegsaal gegenübergesessen hättest. Und Miss Victor mag ein Tingeltangelgirl oder Lehrmädchen bei einer Putzmacherin sein oder ein Mädchen in einer Tanzbar ... Augenblick mal! Du hast Odell in einem Tanzclub gesehen? Vielleicht steckt etwas dahinter.« Ich sah an seinen Augen, daß er scharf nachdachte.

»Noch etwas vergaß ich zu erwähnen«, sagte ich. »Miss Victors Verlobter ist herübergekommen, er wohnt in Carlton House Terrace. Es ist unser alter Turpin, der bei uns in der Division war – der Marquis de la Tour du Pin.«

Sandy schrieb sich den Namen auf. »Ihr Verlobter. Er könnte uns nützlich sein. Was für ein Mensch ist er?«

»Kühn wie ein Löwe, aber man muß aufpassen, er prahlt gern.«

Nach dem Frühstück gingen wir hinaus und saßen in einer Laube, von wo wir den Blick über ein flaches Seitental auf die oberen Bäche des Windrush hatten. Die Morgengeräusche kamen allmählich vom Dorf weit drunten im Tal herauf – das Poltern eines Wagens, das ›Kling – Klang‹ aus der Schmiede, das Rufen spielender Kinder. In vierzehn Tagen würden die Eintagsfliegen geschlüpft sein, jeder Goldregen- und Schneeballbusch in Blüte stehen. Sandy, der jahrelang aus England fortgewesen war, sagte lange Zeit gar nichts, er trank diesen süß duftenden Frieden in sich hinein. »Der arme Teufel«, sagte er schließlich, » er hat nichts wie das hier, was er lieben könnte. Er kann nur hassen.«

Ich fragte, von wem er rede, und er sagte »Medina«.

»Ich versuche ihn zu verstehen. Du kannst nicht gegen einen Menschen kämpfen, wenn du ihn nicht verstehst und auf gewisse Weise mit ihm fühlst.«

»Na, ich kann nicht behaupten, daß ich mit ihm fühle, und ganz gewiß verstehe ich ihn nicht.«

»Weißt du noch, daß du mir einmal gesagt hast, er sei nicht die Spur eitel? Da hast du dich schwer getäuscht. Seine Eitelkeit ist schon fast Delirium.«

»Ich sehe ihn so«, fuhr er fort. »Zunächst ist eine ganz entfernte Andeutung romanischer Abkunft in ihm, aber hauptsächlich ist er Ire, und das gibt nie eine gute Kreuzung. Er ist der *déraciné*, der entwurzelte Ire, wie man sie in Amerika findet. Ich glaube, er hat von dieser schrecklichen alten Frau – ich habe sie nie gesehen, aber ich sehe sie klar vor mir und weiß, daß sie schrecklich ist – diesen giftigen Haß auf eingebildete Dinge mit der Muttermilch eingesogen – auf ein England, auf eine Zivilisation, die es nur in ihrer Vorstellung gibt –, den Haß, den sie Liebe zur Heimat nennen. Aber es ist keine Liebe darin. Sie aber glauben daran und verherrlichen sentimental das alte, einfache Leben und Spinnräder und Torffeuer und eine bäurische Sprache, aber das ist alles hohl. Es gibt in Irland eine Menge anständige, einfache Leute; aber ein *déraciné* wie er bedeutet das gespenstische Wiederaufleben von etwas, was es ganz fern im Dämmer der Geschichte gegeben hat, hohl und grausam wie die launenhaften Götter ihrer Mythen. Also, mit diesem angeborenen Haß fängt es an.«

»Ich gebe dir recht, was die alte Dame angeht. Sie sah aus wie Lady Macbeth.«

»Aber aus Haß wird bald Stolz. Wenn man haßt, verachtet man, und wenn man verachtet, dann überschätzt man sein Selbst, das verachtet. So kommt es mir vor, aber bedenke, ich tappe noch im Dunkeln und taste mich zum Verstehen hin. Ich sehe, wie Medina aufwuchs – ich weiß nicht, in welcher Umgebung –, sich seiner großen Begabung und seines unerhört guten Aussehens bewußt, unter den Schmeicheleien seiner Umgebung, bis er sich selbst für einen Gott hielt. Sein Haß stirbt nicht, sondern verwandelt sich in ungeheures Geltungsbedürfnis und riesige Eitelkeit, die natürlich eine Form von Haß sind. Er entdeckt ziemlich früh, daß er diese bemerkenswerte hypnotische Macht besitzt – ja, du hast gut lachen, weil du immun dagegen bist, aber sie spielt eine gewaltige Rolle in der Welt. Er entdeckt noch etwas – daß er auf andere Menschen eine enorme Anziehungskraft ausübt und sie von sich überzeugen kann. Einige der schlimmsten Schurken der Weltgeschichte sind genau so gewesen. Nun bedenke noch seine Eitelkeit. Sie verlangt, daß er das gewagteste Spiel spielt. Er will nicht unter Parias König sein; er will über das herrschen, was ihm ganz wesensfremd ist, was er haßt und gegen seinen Willen mit Bitterkeit bewundert. Darum strebt er danach, das innerste Herz, den gesündesten Bestandteil unserer Gesellschaft zu erobern und zu besiegen. Vor allem will er bewundert werden und zu den intimsten Kreisen Zugang finden.«

»Das ist ihm ganz schön gelungen«, meinte ich.

»Es ist ihm gelungen, und das bedeutet die allerhöchste Anerkennung seiner ungeheuren Geschicklichkeit und Klugheit. Alles an ihm stimmt haargenau – Kleidung, Manieren, Bescheidenheit, Bildung und Talente. Er hat sich zu einem vorzüglichen Sportsmann erzogen. Weißt du, Dick, warum er so gut schießt? Weil er dran glaubt, oder aus Fatalismus, wenn du willst. Seine Eitelkeit erlaubt ihm nicht zu glauben, er könnte das Ziel verfehlen ... Aber er beherrscht sich völlig. Er lebt praktisch wie ein Asket, und obwohl die Frauen ihn anbeten, macht er sich nicht das Geringste aus ihnen. Diese Naturen kennen die Fleischeslüste nicht. Er hat eine einzige verzehrende Leidenschaft, die alles andere unterdrückt – unser Freund Michael Scott nennt sie ›hominum dominatus‹.«

»Ich verstehe. Aber wie erklärst du das übrige?«

»Das ist der altererbte Haß. Zunächst einmal braucht er natürlich Geld, also verschafft er es sich auf die Art, über die Macgillivray Bescheid weiß. Ferner will er sich ein Regiment treuer Sklaven schaffen. Deshalb kommst du ins Spiel,

Dick. Immer ist dieser unmenschliche Haß der Hintergrund seines Geltungsdrangs. Er will erobern, um zu zerstören, denn Zerstörung ist die schmackhafteste Nahrung für seine Eitelkeit. In den Lebensbeschreibungen der östlichen Tyrannen wirst du dasselbe finden, denn wenn ein Mensch danach strebt, zu sein wie Gott, wird er der Teufel in Person.«

»Ein schwieriger Fall«, bemerkte ich niedergeschlagen.

»Es wäre ein unmöglicher Fall, wäre nicht Eines. Er ist immer in Gefahr, sich aus schierer Arroganz zu verraten. Hast du je die alten irischen Sagen gelesen? Wunderschön sind sie, aber es ist immer etwas Phantastisches und Albernes dabei, was die schönsten Geschichten verdirbt. Es fehlt ihnen die ernsthafte Vernunft, die man in den nordischen Sagen findet und natürlich in den griechischen. Nun, dieses monströse Element liegt ihm im Blut. Das ist der Grund dafür, daß er die Verse über die drei Geiseln herumgeschickt hat, die dich durch eine erstaunliche Verkettung von Zufällen auf seine Spur gebracht haben. Unsere Hoffnung ist – und glaube mir, es ist meiner Ansicht nach wirklich eine kleine Hoffnung –, daß seine Eitelkeit ihn zu weiteren Indiskretionen treibt.«

»Ich weiß nicht, was du davon hältst«, sagte ich, »aber ich habe einen rechtschaffenen gesunden Haß auf diesen Burschen. Mich verlangt nach einem ruhigen Leben, aber ich schwöre, ich werde nicht wieder zufrieden sein, bis ich's mit ihm ausgefochten habe.«

»Das wirst du nie«, antwortete Sandy ernst. »Wir wollen uns nicht schmeicheln, daß du und ich Medina unterkriegen werden. Das können wir nicht. Ein sehr weiser Mann hat einmal gesagt, daß man im Leben oft Erfolg haben kann, wenn man nicht auf den Sieg aus ist. In diesem Fall wollen wir nur den Erfolg. Wir wollen die Geiseln befreien. Auf Sieg können wir niemals hoffen. Bedenke doch, mein Lieber, selbst wenn wir vollen Erfolg haben, werden wir Medina niemals mit der Sache in Verbindung bringen können. Seine Werkzeuge sind ihm treu ergeben, denn er hat ihre Seelen gestohlen, und sie arbeiten blind für ihn. Nimm an, Macgillivray kreist die ganze große Gang ein und wirft ihnen den Strick um den Hals. Keiner wird Kronzeuge werden und Medina verraten. Warum? Weil keiner von ihnen etwas gegen ihn *weiß*. Sie arbeiten für ihn, ohne es zu wissen, und sehr wahrscheinlich haben die meisten ihn nie gesehen. Und du kannst ganz sicher sein, daß seine Bankkonten zu geschickt angelegt sind, um irgend etwas zu verraten.«

»Trotzdem«, sagte ich eigensinnig, »habe ich das Gefühl, daß es mir gelingen wird, ihm einen Knüppel zwischen die Beine zu werfen.«

»Ja, Verdacht können wir, glaube ich, schon erregen, aber ich glaube, er ist uns doch überlegen. Er wird weiterhin glorreich Karriere machen und vielleicht Premierminister werden – oder Vizekönig von Indien – was für eine Chance das für ihn wäre! – und kostbare kleine Gedichtbände veröffentlichen, so vollendet und melancholisch wie das Lied vom Knaben aus Shropshire. Weißt du, Pessimismus ist oft eine Form der Eitelkeit.«

Mittags war es Zeit für mich aufzubrechen, wenn ich um sechs Uhr in Hull sein wollte. Ich fragte Sandy, was er als nächstes tun wolle, und er sagte, er sei unentschlossen. »Meine Lage«, sagte er, »behindert mich sehr. Es wäre das Verderben, wenn Medina wüßte, daß ich in England bin – das Verderben für dich und für mich. Mr. Alexander Thomson muß sich sehr zurückhalten. Irgendwie muß ich mich mit Macgillivray in Verbindung setzen, um zu erfahren, ob er etwas wegen Odell herausgebracht hat. Odell ist mir ziemlich wichtig. Aber wahrscheinlich ist nichts zu machen, ehe du zurück bist, und ich glaube, ich gehe ein bißchen angeln.«

»Wenn ich dich nun erreichen möchte?«

»Damit ist es nichts. Du darfst keinen Schritt in meiner Richtung tun. Darin allein liegt unsere Sicherheit. Wenn ich dich brauche, komme ich zu dir.«

Als ich aufbrach, sagte er plötzlich: »Ich habe noch nie deine Frau kennengelernt, Dick. Wie wäre es, wenn ich nach Fosse hinüberginge und mich vorstellte?«

»Das einzig Richtige!« rief ich. »Sie möchte dich sehr gern

kennenlernen. Aber denke dran, daß ich oben krank liege.«

Als ich zurückblickte, hob er winkend die Hand, auf seinem Gesicht lag das mir so vertraute schalkhafte Lächeln.

11

Ein deutscher Ingenieur fängt einen sonderbaren Fisch

Ich kam gegen sechs Uhr nach Hull; den Wagen hatte ich in York in der Garage gelassen und war von da aus mit der Bahn gefahren. Meine Sachen hatte ich in einem kleinen Handkoffer und im Rucksack, und ich wartete auf dem Kai, bis ich Dr. Newhover mit einem Haufen Gepäck und einem großen Angelrutenbehälter ankommen sah. Als ich dachte, er sei wohl in seiner Kabine beim Unterbringen seiner Sachen, ging ich auch an Bord und geradewegs in meine Kabine, eine bequeme mit zwei Betten, ziemlich weit vorn. Dorthin ließ ich mir belegte Brote bringen und richtete mich darauf ein, sechsunddreißig Stunden lang zu dösen und zu lesen.

Diese ganze Nacht und den folgenden Tag blies es ziemlich heftig, und ich blieb ruhig in meiner Koje, versuchte, Boswells Johnson-Biographie zu lesen und dankte meinen Sternen, daß ich nicht tausend Jahre früher gelebt hatte und ein Wiking gewesen war. Ich konnte mir nicht vorstellen, wie ich diese kurzen, steilen Wellen in einem offenen Boot durchpflügt hätte. Am Morgen des 23. erwachte ich und stellte fest, daß die ungemütliche Schaukelei aufgehört hatte, und durch die Luke sah ich eine grüne, sonnenbeschienene Wasserfläche, eine felsige Küste und das Rot und Weiß einer kleinen Stadt. Die *Gudrun* lag etwa eine Stunde vor Stavanger, darum ließ ich Dr. Newhover Zeit, an Land zu gehen, ehe ich mir ein eiliges Frühstück im Salon erlaubte und ihm folgte. Ich sah ihn mit zwei Männern davongehen und in ein Motorboot steigen, das an einem der Landungsstege lag. Jetzt war die Luft rein, also ging ich in die Stadt und suchte die Agentur auf, der Archie Roylance gekabelt hatte, und erfuhr, daß mein eigenes Motorboot im inneren Hafen auf mich wartete, wo die Fischerboote lagen. Ein Angestellter brachte mich hin und machte mich mit Johan, meinem Schiffer, bekannt, einem mächtigen, vergnügten, bärtigen Norweger, der ein paar Brocken Englisch sprach. Ich kaufte Mundvorrat ein, und um zehn Uhr waren wir unterwegs. Ich fragte Johan nach der Route nach Merdal, und er wies auf einen Fleck, der sich ein paar Meilen vor uns bewegte. »Das ist Kristian Egges Boot«, sagte er. »Er bringt einen Engländer nach Merdal, und wir fahren hinterher.« Ich richtete das Glas auf das Fahrzeug und sah Newhover, der rauchend im Heck saß.

Es war ein herrlicher Tag unter dem sonderbaren Licht des Nordens, der den Mittag wie den frühen Morgen erscheinen läßt. Ich genoß jede Stunde der Fahrt, teils, weil ich jetzt eine bestimmte Aufgabe hatte, und teils, weil ich an der frischen Luft war, die mein eigentliches Element ist. Mit nicht endendem Vergnügen beobachtete ich die freie Natur, die Kormorane und Eiderenten auf den kleinen Inseln und die Seehunde, die so runde Köpfe hatten wie Medina und von den Klippen hinunterglitten, wenn wir uns näherten. Die Luft war frostig und frisch, aber als wir um die Ecke in den Merdalfjord hineinfuhren aus dem Seewind heraus, und die Sonne stieg, wurde es warm wie im Juni. Eine große flache Insel, mit kurzem Rasen und felsigem Strand, an der wir vorbeifuhren, wurde von Johan als Flacksholm bezeichnet. Bald fuhren wir genau östlich in einen kleinen Seitenarm hinein, den dunkle, steile Berge umgaben, wo der Schnee in den Wasserläufen lag. Ich hatte den Boswell in zwei Bänden bei mir; den ersten hatte ich auf dem Dampfer gelesen, und jetzt fing ich mit dem zweiten an. Als ich eilig aufstand, um einen Flug Enten zu beobachten, fiel er über Bord. Ich schenkte den einzelnen Band Johan und überließ mich dem Tabak und meinen Gedanken.

Am Nachmittag verengte sich das Seitental zu einem schmalen Fjord, und die Bergwände wurden steiler. Es waren Berge mit noblen Konturen, scharf geschnitten wie der Grat der Drakensberge und mit einer Schneelinie gekrönt, so daß sie aussahen wie ein angeschnittener Kuchen mit Zukkerguß. Bäche rannen oben aus den Schneegirlanden und stürzten sich über die Steilhänge hinunter – oben war's ein schimmernder Nebelschleier und unten reißende Gießbäche mit grünem Wasser, das über die Kiesel ins Meer eilte. Die Landschaft und das Wetter wiegten mich in köstlichem Frieden, der sich von keinem ›Rückblick und Ausblick‹ stören ließ, wie's bei irgendeinem Poeten steht. Newhover war vor mir – wir verloren sein Boot nicht aus den Augen –, und es war meine Sache herauszubringen, was er vorhatte, und dafür zu sorgen, daß er mich nicht zu sehen bekam. Auf welche Weise das vor sich gehen sollte, überließ ich der Vorsehung.

Allmählich wurde das Licht schwächer und der Fjord enger, obwohl ich, wenn ich rückwärts blickte, ein helles Zwielicht sehen konnte. Ich nahm an, daß Newhover bis nach Merdal oben am Fjord fahren werde, wo der Skarso hineinmündet, und hatte beschlossen, in Hauge zu bleiben, einem Dorf, das zwei Meilen zuvor an der südlichen Küste lag. Wir kamen etwa um halb neun nach Hauge in herrlicher purpurner Dämmerung, denn der Ort lag tief im Schatten einer riesigen Klippe. Ich gab Johan genaue Anweisungen; er sollte auf mich warten, bis ich zurückkam, und sich im Dorf versorgen. Auf gar keinen Fall sollte er nach Merdal hinaufkommen oder außer Sicht- und Rufweite des Bootes gehen. Er schien die Aussicht auf ein paar Tage Nichtstun zu genießen, denn er setzte mich in bester Laune an einem hölzernen Landesteg ab und wünschte mir Weidmannsheil. Was er sich über mein Vorhaben dachte, kann ich mir nicht vorstellen, denn ich brach mit einem Rucksack auf dem Rücken und einem dicken Stock in der Hand auf, das sah wohl kaum nach Jagd aus.

Ich selber war auch guten Mutes, als ich auf der Straße ausschritt, die von Hauge nach Merdal führt. Der obere Fjord lag schwarz zu meiner Linken, die Berge standen schwarz zu meiner Rechten, aber obwohl ich in der Dunkelheit wanderte, konnte ich vor mir helleren Himmel sehen, wo die Berge vom Skarso-Tal zurücktraten, das wundervolle, apfelgrüne Zwielicht, das schon im Frühling die Nacht des Nordens ist. Ich hatte es nie zuvor gesehen, und ich glaube, etwas in meinem Blut erkannte diese Landschaft – denn mein Vater erzählte oft, daß die Hannays ursprünglich von einem nordischen Geschlecht abstammten. Lustige Vogelstimmen kamen vom Wasser her, Enten und Gänse und Austernfischer und Strandläufer, und hie und da platschte es gewaltig, als ob ein Lachs, der auf dem Wege zum Skarso war, im trägen Wasser hochspränge. Ich dachte sehnsüchtig an meine Angelruten, die ich zu Hause gelassen hatte, als sich nach einer Straßenwendung die Lichter von Merdal zeigten; da dünkte mich, ich solle lieber an meinen nächsten Schritt denken.

Ich konnte nicht Norwegisch, aber ich zählte darauf, daß ich Leute finden würde, die Englisch konnten, da ja so viele von den Hiesigen in England oder Amerika gewesen waren. Newhover, nahm ich an, würde zu dem einzigen Hotel am Ort gehen, und es war an mir, anderswo Unterkunft zu finden. Allmählich dachte ich, diese Spioniererei könnte schwieriger sein, als ich sie mir vorgestellt hatte, denn wenn er mich erblickte, würde er mich erkennen, und das durfte nicht geschehen. Natürlich hatte ich zur Erklärung eine Geschichte von einer Fußtour parat, aber er würde sicherlich Verdacht schöpfen und ganz gewiß Medina benachrichtigen ... Also war Unterkunft für die Nacht mein erstes Anliegen, und ich mußte anfangen, mich zu erkundigen. Bald kam ich zu der kleinen Landungsbrücke von Merdal, die etwas abseits vom Dorf lag. Einige Männer saßen rauchend auf den Fässern und Taurollen, und einer stand an der Brücke und blickte zu der Stelle hinaus, wo Kristian Egges Boot, das Newhover hergebracht hatte, vor Anker lag. Ich bog in den Weg ein, der dorthin führte, denn dort – so schien mir – könnte ich etwas erfragen.

Ich wünschte den Männern einen guten Abend und war

eben dabei, wegen Unterkunft um Rat zu bitten, als der Mann, der auf die See hinausgeblickt hatte, sich beim Klang meiner Stimme umwandte. Es schien ein älterer Mann zu sein mit gebeugtem Rücken, er trug einen uralten Jägerrock. Die Beleuchtung war schlecht, aber irgend etwas an ihm kam mir bekannt vor, obwohl ich nicht hätte sagen können, was es war.

Ich sprach auf Englisch zu den Norwegern, aber anscheinend war ich an eine Gruppe schwacher Linguisten geraten. Sie schüttelten den Kopf, und einer wies nach dem Dorf, als wolle er sagen, daß man mich dort besser verstehen werde. Dann sprach der Mann im Jagdrock.

»Vielleicht kann ich behilflich sein«, sagte er. »Es gibt einen guten Gasthof in Merdal, um diese Jahreszeit ist er nicht voll.«

Er sprach vorzügliches Englisch, aber man hörte sofort, daß er kein Engländer war. Unmißverständlich überwogen die Kehllaute.

»Ich glaube, der Gasthof ist zu teuer für mein Portemonnaie«, sagte ich. »Ich mache eine Fußtour und muß billig übernachten.«

Er lachte freundlich. »Vielleicht können Sie anderswo unterkommen. Peter Bojer hat vielleicht ein Bett frei. Ich gehe sowieso dort vorbei, Sir, und kann Ihnen den Weg zeigen.«

Er hatte sich mir zugewandt, und das helle Standortlicht des Motorboots beleuchtete sein Gesicht. Ich blickte in ein schmales, sonnenverbranntes, sehr freundliches Gesicht mit einem unordentlichen, angegrauten Bart. Da erkannte ich ihn und hätte aufschreien können vor Überraschung über den Zufall, der uns beide wieder zusammengeführt hatte.

Nebeneinander gingen wir den Weg von der Landungsbrücke zur Straße zurück.

»Ich glaube«, sagte ich, »wir sind uns schon einmal begegnet, Herr Gaudian.«

Er blieb stehen. »Das ist mein Name – aber ich weiß nicht – ich glaube nicht –«

»Erinnern Sie sich an einen gewissen Holländer namens

Kornelius Brandt, der an einem Abend im Dezember 1915 in Ihrem Landhaus Ihr Gast war?«

Er sah mich forschend an.

»Ich erinnere mich«, sagte er. »Ich erinnere mich auch an einen gewissen Herrn Richard Hanau, einen Ingenieur Guggenheims, mit dem ich mich in Konstantinopel unterhalten habe.«

»Der nämliche«, sagte ich. Im Augenblick war ich mir nicht klar, wie er diese Enthüllung aufnehmen würde, aber was er dann tat, beruhigte mich, und ich sah, daß ich mich in dem einzigen Deutschen, den ich je von Herzen gern gehabt habe, nicht getäuscht hatte. Er fing zu lachen an, ein freundliches, tolerantes Lachen.

»Kruzi-Türken!« rief er. »Das ist geradezu romantisch. Ich habe oft gedacht, ob ich Sie je wiedersehen oder von Ihnen hören würde, und siehe da! – Sie treten ganz einfach aus dem Dustern an einem norwegischen Fjord heraus.«

»Sie tragen mir nichts nach?« fragte ich. »Ich habe meinem Lande gedient wie Sie dem Ihren. Das war fair play, bei Ihnen und bei mir.«

»Nachtragen!« rief er. »Aber wir sind doch Gentlemen; und wir sind keine Kinder. Ich freue mich sehr, daß Sie den Krieg überlebt haben. Ich habe Ihnen immer das Beste gewünscht, denn Sie sind ein sehr kühner und sehr tapferer Mann.«

»Keine Spur«, sagte ich, »– ich habe nur Glück gehabt.«

»Wie soll ich Sie jetzt nennen – Brandt oder Hanau?«

»Ich heiße Richard Hannay, aber im Augenblick nenne ich mich Kornelius Brandt – aus einem Grunde, den ich Ihnen sagen werde.« Ich hatte mich plötzlich entschlossen, Gaudian völlig ins Vertrauen zu ziehen. Er schien mir für diesen Zweck vom Himmel gesandt zu sein, und eine solche Chance wollte ich mir nicht entgehen lassen.

Aber bei meinen Worten hielt er an.

»Mr. Hannay«, sagte er. »Ich will Ihr Vertrauen nicht haben. Sie stehen immer noch im Dienst Ihres Landes, nehme ich an? Ich stelle Ihre Beweggründe nicht in Frage, aber bedenken Sie, daß ich Deutscher bin, und ich kann mich nicht an der Verfolgung eines meiner Landsleute beteiligen, wie schlecht ich auch von ihm denken mag.«

Ich konnte nur glotzen. »Aber ich stehe nicht im Dienst meines Landes«, stotterte ich. »Beim Waffenstillstand habe ich den Dienst verlassen, und jetzt bin ich ein Bauer.«

»Reisen englische Bauern unter falschem Namen in Norwegen?«

»Es ist eine Privatangelegenheit, die ich Ihnen erklären möchte. Ich versichere Ihnen, daß kein Deutscher dabei ist. Ich will die Aktivitäten eines englischen Modearztes beobachten.«

»Ich muß Ihnen glauben«, erwiderte er nach einer Pause. »Aber vor zwei Stunden ist ein Mann mit dem Motorboot angekommen, das Sie draußen vor Anker liegen sehen. Es ist ein Angler, jetzt ist er im Gasthof. Den Mann kenne ich – nur allzu gut. Ein Deutscher, der während des Krieges im deutschen Geheimdienst war in Amerika und anderswo. Ich mag ihn nicht, und ich glaube, daß er meinem Land sehr geschadet hat, aber das ist eine innerdeutsche Angelegenheit und geht Fremde nichts an.«

»Ihr Mann ist mir als Dr. Newhover, Wimpole Street, bekannt.«

»So?« sagte er. »Er hat seines Vaters Namen wieder angenommen, der hieß Neuhofer. Wir kannten ihn als Kristoffer. Was wollen Sie von ihm?«

»Nichts, womit ein ehrlicher Deutscher nicht einverstanden wäre«, und ohne weitere Umstände skizzierte ich ihm die ganze Medina-Sache. Er gab seinem Entsetzen laut Ausdruck.

»Mr. Hannay«, sagte er zögernd, »Sie sind doch ehrlich mit mir?«

»Ich schwöre bei allem, was mir heilig ist, daß ich Ihnen die reine Wahrheit sage und die ganze Wahrheit. Newhover kann im Krieg getan haben, was Sie wollen. Das ist aus und vorbei. Ich bin hinter ihm her, weil ich Aufschluß über ein Verbrechen englischen Ursprungs haben will. Ich will englischen Verbrechern das Handwerk legen und unschuldige

Menschenleben retten. Außerdem ist Newhover nur ein Helfershelfer. Ich habe nicht die Absicht, ihm irgendwas zu tun, ich will nur herausfinden, was er tut.«

Er streckte mir die Hand hin. »Ich glaube Ihnen«, sagte er, »und wenn ich kann, will ich Ihnen helfen.«

Er führte mich die Dorfstraße entlang, am Gasthof vorbei, wo wahrscheinlich Newhover jetzt zu Bett ging, und auf die Straße hinaus, die das Tal des Skarso hinaufgeht. Wir kamen in Sichtweite des Flusses, eines mächtigen Wasserlaufs voll von geschmolzenem Schnee, der in schön geschwungenen Windungen im gespenstischen Dämmerlicht durch das Wiesenland dahinfloß. Es stellte sich heraus, daß Gaudian bei Peter Bojer wohnte, der noch ein Bett frei hatte, und als wir zu der Hütte kamen, die hundert Meter von der Straße entfernt unmittelbar am Flußufer stand, nahm Peter mich willig auf. Seine Frau machte uns Abendbrot – eine Omelette, geräucherten Lachs und vorzügliches norwegisches Bier –, und danach holte ich meine Karte heraus und sah mir die Gegend an.

Gaudian gab mir einen grauenhaften Bericht über die Zustände in seinem eigenen Lande. Es schien, daß der Zusammenbruch des alten Regimes die anständigen, klugen Männer wie ihn, die sich seinen Torheiten widersetzt, aus patriotischen Gründen aber bei Kriegsausbruch sich zur Verfügung gestellt hatten, entwurzelt hatte. Er sagte, Deutschland sei kein Land für einen gemäßigten Mann, und die Macht sei in Händen der protzigen Industriellen, die im Ausland Vermögen aufhäuften, während sie ihre Heimat zu Hause ruinierten. Die einzige Opposition, sagte er, komme von den Kommunisten, die Halbidioten seien, und von den Monarchisten, die das Unmögliche wollten. »Auf die Vernunft hört niemand, und ich fürchte, es gibt keine Rettung, ehe mein armes Volk durchs Schlimmste hindurchgegangen ist. Ihr Fremdmächte habt unsere Zerstörung beschleunigt, als ihr es in der Hand hattet, uns zu retten. Ich glaube, ihr habt es gut gemeint, aber ihr wart blind, denn ihr habt unsere Gemäßigten nicht unterstützt und mit eurer Härte den Zerstörern bei uns in die Hände gespielt.«

Offenbar war er jetzt sehr arm, wie alle Angehörigen der freien Berufe. Es kam mir merkwürdig vor, daß dieser Mann, der in der ganzen Welt berühmt und angesehen war, nicht in irgendeinem Land seiner Wahl ein großes Einkommen sollte verdienen können. Dann begriff ich, daß es daran lag, daß er nicht mehr den Wunsch hatte, Geld zu verdienen. Er hatte die Eitelkeiten menschlicher Begierden zu klar durchschaut, um selbst noch Ehrgeiz zu haben. Er war unverheiratet und hatte keine nahen Verwandten, und er fand seine Freude darin, in abgelegenen Gegenden ein einfaches Leben zu führen und Blumen und Tiere zu beobachten. Er liebte den Angelsport, konnte sich aber ein gutes Fischwasser nicht leisten, deshalb pachtete er ein paar hundert Meter von einem Bauern, der nicht genug Wasser hatte, um einen hohen Preis zu verlangen, und er angelte oft Forellen hoch oben in den Bergseen und im Skarso oberhalb des Grabens. Während er mir so hinter dem Ofen gegenübersaß mit seinen gütigen, traurigen braunen Augen und dem verwitterten Gesicht, dachte ich, wie sehr er einem schottischen Schafhirten vom Moorland glich. Ich hatte ihn schon gern gemocht, als ich ihn zuerst in Stumms Gesellschaft sah, aber jetzt mochte ich ihn so sehr, daß ich bereit war, seinethalben besser von der ganzen deutschen Rasse zu denken.

Ich fragte ihn, ob er von irgendwelchen anderen Engländern hier im Tal gehört habe – zum Beispiel von jemandem mit Namen Jason. Er sagte nein; er war schon drei Wochen hier, aber die Angelsaison fing erst in vierzehn Tagen an, und die Fremden waren noch nicht da. Dann befragte ich ihn über die *saeter*-Höfe, und er sagte, daß erst wenige in Betrieb seien, weil die hochgelegenen Viehweiden noch nicht so weit waren. Einer oder zwei der niedrig gelegenen seien vielleicht schon bewohnt, aber nicht viele, obwohl der Winter mild gewesen und der Frühling bald gekommen war. »Sehen Sie sich den Skarso an«, sagte er; »gewöhnlich ist er im April ganz niedrig, weil die Schneefelder noch nicht zu schmelzen begonnen haben. Aber heute ist er randvoll, als hätten wir Mitte Mai.«

Er betrachtete mit mir die Karte – sie war im Maßstab 1:63 000, ich hatte sie in London gekauft – und erklärte mir die Gegend. Die *saeters* lagen meist weiter oben am Fluß und waren auf Pfaden erreichbar, die durch die Schluchten der Nebenbäche hinaufführten. Eine gute Straße führte das ganze Tal entlang, aber es gab keine Seitenstraßen zu den Schluchten hinüber, zum Uradal und zum Bremendal. Ich fand aber einen Weg auf der Karte vermerkt, der an einem Ort namens Snaasen vorbei zum Uradal verlief. »Ja«, sagte Gaudian, »das ist das einzige, was ihr Soldaten eine laterale Verbindung nennen würdet. Ich bin den Weg gegangen, und wer das bei schlechtem Wetter versucht, kann mir leid tun. Sie können den Anfang von diesem Haus aus sehen; der Weg klettert neben dem Sturzbach hinauf, der gerade gegenüber herunterkommt. Snaasen ist mehr oder weniger das ganze Jahr bewohnt, und ich glaube, man könnte es schon einen *saeter* nennen. Es ist eine Art Almhütte für Wanderer, die diesen Weg nehmen, und im Sommer ein Paradies von Blumen. Sie würden sich wundern, wie die Hiesigen selbst im Winter die Berge überqueren können. Snaasen gehört zu dem großen Hof zwei Meilen flußabwärts, zu dem auch das beste Fischwasser im ganzen Skarso gehört. Man sagt auch, dort sei ein erstklassiges Schneehuhn-Revier später im Jahr, und gelegentlich trifft man sogar einen Bären an. Nebenbei, ich glaube fast, irgend jemand hat mir gesagt, das ganze Gebiet gehöre einem Engländer oder sei an ihn verpachtet ... Das sind reiche Leute, verstehen Sie, und lassen einem armen Mann nicht viel von Norwegen übrig.«

Ich schlief wie ein Klotz auf einem Bett, das so hart war wie ein Klotz, und erwachte an einem strahlend blauen Morgen, die Vögel in den Kieferwäldern lärmten fröhlich, die Schnepfen trommelten in den sumpfigen Wiesen, und der Skarso kam dahergeschäumt wie das Meer selber. Ich sah das Wasser unmittelbar unter einer langen hölzernen Brücke hindurchtosen, von wo ein Weg zu dem großen Hof hinaufführte, von dem Gaudian gesprochen hatte. Ich richtete das

Glas auf den Sturzbach gegenüber und sah den Pfad nach Snaasen sich daneben hinaufwinden, bis er sich in einer Klamm verlor. Darüber suchte ich den Felsgrat ab, der viel niedriger verlief als an den Seiten des Fjords. Schnee war nicht zu sehen, und instinktmäßig wußte ich, daß ich dort oben, wenn ich hinaufkäme, eine weite Fläche nasser Wiesen mit alten Schneewehen in den Senken und mit Zwergbirken bestanden vorfinden würde.

Derweil ich aufs Frühstück wartete, hörte ich ein Geräusch von der Straße her und sah zwei der kleinen Gefährte, die sie dort *stolkjaeres*, Stuhlkarren, nennen, vorüberfahren. Das Fernglas zeigte mir Dr. Newhover in dem einen und Gepäck in dem anderen. Sie schlugen den Weg ein, der über die Holzbrücke zu dem großen Hof führte, und ich konnte am anderen Ende der Brücke die Räder im Wasser planschen sehen, wo der Fluß die Straße überschwemmt hatte. Also war Dr. Newhover oder ein Freund von ihm der Pächter des berühmten Fischwassers, zu dem auch die Jagd auf dem Hochland dahinter gehörte. Ich dachte, ich sollte wohl den Tag damit verbringen, mehr über Snaasen herauszufinden, und schätzte mich glücklich, ein Quartier gefunden zu haben, das ein so ausgezeichneter Beobachtungsposten war wie Peter Bojers Hütte.

Ich wollte mich dem Pfad nicht nähern, ehe ich wußte, was Newhover tat, also saßen Gaudian und ich geduldig an Peter Bojers Fenster. Etwa um zehn Uhr erschienen am Fußende des Bergpfades zwei Ponys, die mit Gepäck beladen waren und von einem flachsköpfigen Jungen geführt wurden, und kletterten langsam die Schlucht hinauf. Eine Stunde später kam Dr. Newhover in einem Anzug, der wie Khaki aussah, und einem langen Mackintosh-Cape. Er schritt rüstig aus und nahm den steilen Pfad in Angriff wie ein geübter Bergsteiger. Ich wollte sofort in einigem Abstand hinterher, aber Gaudian wies mich sehr vernünftig darauf hin, wie wenig Deckung es gab und daß Newhover, wenn er auf diesem einsamen Pfad jemand sah, sicherlich genau würde über ihn Bescheid wissen wollen.

Nach dem Lunch saßen wir vor der Tür im schönsten Sonnenschein, und nach einiger Zeit wurden wir belohnt durch den Anblick der Ponys, die zurückkamen; sie trugen jetzt Gepäck von anderer Größe und Form. Bei dem großen Hof hielten sie nicht an, sondern überquerten die Holzbrücke und schlugen die Straße nach Merdal ein. Ich schloß, daß dies das Gepäck des Mannes sei, den Newhover abgelöst hatte, und daß er in Kristian Egges Motorboot nach Stavanger zurückkehren würde. Um die Teezeit erschien der Mann selbst – Jason, oder wie er auch hieß. Ich sah zwei Männer die Schlucht am Weg nach Snaasen herabkommen, unten haltmachen und sich verabschieden. Einer wandte sich zum Rückweg, und ich erkannte, daß es Newhover war, der mit großen Schritten hinaufstieg wie jemand, der an Berge gewöhnt ist. Der andere überschritt die Brücke und ging in Rufweite an uns vorbei – ein geschniegelter junger Mann, wie mein Glas mir zeigte, der schicke Reithosen trug und eine Regenhaut über die Schulter geworfen hatte.

Ich war sehr zufrieden mit dem, was ich erfahren hatte. Ich hatte Newhover seinen Vorgänger ablösen sehen, genau wie Medina es geplant hatte, und ich wußte, wo er war. Welches Geheimnis er auch hatte, es war auf Snaasen verborgen, und nach Snaasen würde ich jetzt gehen. Gaudian riet mir, bis nach dem Abendbrot zu warten, wenn es noch hell genug sein würde, daß ich den Weg fand, und nicht hell genug, mich zu verraten. Darum legten wir uns beide nieder und schliefen vier Stunden; dann marschierten wir um halb elf Uhr los, so munter wie Jährlinge.

Es war eine schöne Nacht, windstill und mild, und obwohl Dunkelheit im Dickicht und in den Hügelfalten lauerte, glühte der Himmel durchsichtig und amethystfarben. Ich hatte das Gefühl, zu einem Jagdausflug unterwegs zu sein, und genoß jeden Augenblick des Weges mit der erwartungsvollen Freude, die man bei jeder Art von Jagd empfindet. Zu unserer Linken machte der Gießbach wilde Musik, murrte in den Felslöchern und zischte wie ein Schneerutsch über die Felskanten. Vielerlei Vögel waren unterwegs, aber ich mußte sie an Ruf und Größe zu erkennen versuchen, denn in dieser Schattenwelt gab es keine Farben.

Allmählich erreichten wir die Höhe, und ein leichter, kalter Wind blies uns von den Schneebergen im Norden her ins Gesicht. Es schien eine große, nicht ganz flache Hochebene, und jede Senkung glitzerte, als sei sie mit Schnee oder Wasser gefüllt. Vor uns lagen massige, dunkle Gipfel, die ich für die Berge hinter dem Uradal hielt. Hier war es nicht so leicht, dem Pfad zu folgen, der sich um die sumpfigen Stellen herumwand, und Gaudian und ich kamen häufig von ihm ab und purzelten über Wacholderwurzeln. Einmal lief ich gegen einen Eisenpfahl und sah zu meiner Überraschung oben Drähte. Gaudian nickte. »Snaasen hat Telephon«, sagte er.

Ich hatte gehofft, irgendein Licht im Haus zu sehen, so daß es von weitem zu erkennen war. Aber wir sahen es nicht, ehe wir nah davor waren, es stand etwas vom Pfad entfernt und war schwarz wie ein Grabstein. Die Bewohner mußten früh zu Bett gegangen sein, denn drinnen rührte sich nichts. Es war ein zweistöckiges Gebäude aus Holz, fest gebaut, mit breiten Dachtraufen. Eine große Scheune oder vielleicht ein Heuschuppen war angebaut, und hinten waren noch Nebengebäude, vielleicht Ställe oder eine Molkerei. Wir gingen verstohlen um das Haus herum und wunderten uns über die tiefe Stille. Kein Laut von einem Tier innerhalb der Mauern, und als ein Wildentenpaar darüber hinflog, erschraken wir über das Geräusch wie Einbrecher, wenn eine Diele knarrt.

Außer einem Einbruch konnten wir auch weiter nichts unternehmen, darum traten wir den Heimweg an und kletterten schnellstens in der Schlucht bergab, denn auf der Hochebene war es kalt gewesen. Ehe wir zu Bett gingen, hatten wir ausgemacht, daß Gaudian am nächsten Tag wie ein gewöhnlicher Tourist nach Snaasen hinaufgehen und unter irgendeinem Vorwand Einlaß begehren sollte, während ich einen langen Marsch über die Hochebene machte, weit vom Haus entfernt, im Fall daß in dieser Einöde irgend etwas vorging.

Am nächsten Morgen hatten wir dasselbe wolkenlose Wetter, und gegen zehn Uhr brachen wir auf. Ich verbrachte einen herrlichen, aber völlig unergiebigen Tag. Ich ging am Skarso aufwärts weit über den Graben hinaus und erkletterte dann die Nordwand des Tales in einer Felsrinne, die mit Buschwerk vollgewachsen war; dies hörte lange vor dem Gipfel auf, und ich mußte den Aufstieg auf sehr unangenehm losem Geröll und ekligen Kesselplatten vollenden. Ich erreichte die Hochebene viel weiter östlich, wo sie höher lag, so daß ich auf die Niederung hinuntersah, wo der Pfad zum Uradal entlang lief. Ich schritt genau nach Norden aus, zwischen sumpfigen Wiesen und den Resten alter Schneewehen, an deren Rändern Blumen sprießten, bis ich fast am Ufer des Uradal war und über ihn hinweg auf eine schöne Gruppe von Felsnadeln blickte, die mit Eis verbrämt und gefleckt waren. Die Uradal-Schlucht war so tief eingeschnitten, daß ich nicht hineinschauen konnte, also wandte ich mich nach Westen und stieß ziemlich weit nördlich von Snaasen auf den Merdal-Pfad. Danach schlug ich einen Halbkreis von hinten um Snaasen herum und sah mir das Haus aus einer halben Meile Entfernung genau an. Zwei der Schornsteine rauchten, und Geräusche landwirtschaftlicher Arbeit kamen vom Hof her. Von Viehbestand war nichts zu sehen, aber es sah aus, als repariere jemand die Schuppen für den Sommer. Ich wartete länger als eine Stunde, sah aber keinen Menschen, darum wandte ich mich heimwärts und stieg vorsichtig die Schlucht hinab, an jeder Kehre verhoffend, im Falle ich Newhover in die Quere kam.

Ich stellte fest, daß Gaudian vor mir zurückgekommen war. Als ich fragte, ob er Glück gehabt habe, schüttelte er den Kopf.

»Ich spielte die Rolle des müden Wanderers und bat um Milch. Eine häßliche Frau gab mir Bier. Sie sagte, es gäbe keine Milch, bis das Vieh vom Tal heraufkomme. Sie wollte nicht reden und war schwerhörig. Sie sagte, ein englischer Herr habe die Schneehuhn-Jagd, aber er wohne in Tryssil. Das ist der Name des großen Hofes am Skarso. Sonst wollte sie nichts sagen, und ich sah niemand anders. Aber ich habe festgestellt, daß Snaasen größer ist, als ich dachte. Hinten sind Zimmer ausgebaut, die wir für Scheunen gehalten haben. Es ist genug Platz da, um einen Mann zu verstecken.«

Ich fragte ihn, ob er einen Plan habe, und er meinte, er wolle am nächsten Tag kühn hinaufgehen und nach Newhover fragen und sagen, er habe ihn an Peter Bojers Hütte vorbeigehen sehen. Er mochte den Mann nicht, aber er hatte niemals offen Streit mit ihm gehabt. Ich war einverstanden, beschloß aber, in der Nacht selbständig etwas zu unternehmen. Ich wurde langsam besorgt, denn ich merkte, daß meine Zeit verzweifelt knapp wurde; es war jetzt der 25. April, und am 29. mußte ich wieder in London sein, und wenn ich mich nicht meldete, würde Medina in Fosse Manor nachfragen und Verdacht schöpfen. Ich war entschlossen, in dieser Nacht allein nach Snaasen zu gehen und ganz friedlich dort einzubrechen.

Gegen elf Uhr brach ich auf, ich steckte die Pistole ein und auch den Cognac-Flakon und Butterbrote und eine Taschenlampe, denn es konnte ja alles Mögliche passieren. Schnell war ich jenseits der Brücke und die erste Strecke des Pfades hinauf, denn für meine eigentliche Arbeit wollte ich möglichst viel Zeit haben. Meine Eile wurde mir fast zum Verhängnis, denn statt Ausschau zu halten und die Ohren zu spitzen, stürmte ich bergauf, als gehe es um einen Rekord. Nur durch die Gnade des Himmels befand ich mich an einer Stelle, wo ein vorstehender Felsblock eine scharfe Ecke bildete, als ich plötzlich merkte, daß jemand den Pfad herunterkam. Ich drückte mich flach in den Schatten und sah Newhover.

Er sah und hörte mich nicht, denn auch er war unvorsichtig. Er ging schnell bergab und mußte eilig aufgebrochen sein, denn er hatte keinen Hut. Sein blondes gelocktes Haar war wirr, und sein Gesicht sah ungewöhnlich scharf aus vor Besorgnis.

Ich dachte, was in aller Welt wohl geschehen sei, und zuerst wollte ich ihm bergab folgen. Dann fiel mir ein, daß seine Abwesenheit mir eine unerhörte Chance auf Snaasen gab. Aber wenn das Haus aufgescheucht war, mochten noch andere Leute unterwegs sein, und ich mußte unbedingt vorsichtig sein. Nun war fast am oberen Ende der Schlucht, knapp unterhalb des Hanges der Hochebene, ein ziemlich großes Waldstück – Birken, Wacholder und windgebeugte Kiefern –, denn dort floß der Gießbach in tassenförmigen Felshöhlungen, nachdem er vom Plateau heruntergefallen war und ehe er sich ins Tal hinabstürzte. Hier war es möglich, eine andere Verbindung zu dem Pfad zu finden, also wühlte ich mich durch das verfilzte Heidelbeergestrüpp und zwischen den bemoosten Felsblöcken hindurch.

Ich war noch nicht zehn Meter weit gekommen, als ich merkte, daß noch jemand oder etwas anderes in dem Dikkicht steckte. Vor mir hörte ich Stampfen und Stolpern, dann brach ein verfaulter Baumstamm, dann schlug ein fallender Stein auf. Es konnte ein Tier sein, aber sicherlich bewegte sich kein Tier so ungeschickt. Nur die Stiefel eines Menschen konnten so plump ausrutschen.

Wenn das jemand von Snaasen war, was machte er da ganz abseits vom Pfade? Beobachtete er mich vielleicht? Ich beschloß meinerseits einen kleinen Pirschgang. Ich kroch auf allen Vieren unter Deckung auf das Geräusch zu. Es war sehr dunkel dort, aber ich sah schwache Helligkeit, wo das Dickicht sich am Bach lichtete.

Bald war ich am Rand des schäumenden Wassers. Das Geräusch war verstummt, aber plötzlich fing es etwas weiter oben wieder an, und es gab ein Rutschen, als ob ein Stück der Uferbank abgerutscht sei. Der Mann, wer er auch war, schien zu versuchen, den Bach zu überqueren. Das wäre ein gefährliches Unterfangen, denn der Gießbach war breit und reißend. Ich kroch ungefähr einen Meter bachaufwärts, und dann sah ich an einer offenen Stelle, was vorging.

Eine umgestürzte Kiefer hatte eine unsichere Brücke zu einem großen Felsblock geschaffen, von dem aus man das übrige Stück des Baches möglicherweise mit einem Satz überqueren konnte. Ein Mann kniete auf dem Baumstamm und begann, ihn entlang zu kriechen ... Aber als ich noch hinsah, gab das verfaulte Holz nach, und gleich darauf sah ich ihn mit dem schäumenden Wasser kämpfen. Im Bruchteil einer Sekunde, ehe ich's noch wußte, hing ich überm Ufer und griff einen Arm. Ich faßte ihn, stemmte ein Bein gegen einen Felsen und zog den Eigentümer aus der Hauptströmung heraus ins flache Uferwasser. Er schien nicht verletzt zu sein, denn er kam auf die Füße und brauchte meine Hilfe kaum, um zu mir hinaufzuklettern.

Dann stürzte er sich zu meiner Überraschung mit Klauen und Zähnen auf mich. Es war wie der Ansprung eines Raubtiers, so plötzlich, daß ich rücklings stürzte. Ich spürte Hände an der Gurgel und wurde böse, griff nach den Handgelenken und drehte sie weg. Ich schmiß ihm ein Bein über den Rücken und kam obenauf, dann hatte ich ihn in der Gewalt. Das schien er zu begreifen, denn er lag ganz still und wehrte sich nicht.

»Was zum Teufel ist in Sie gefahren?« fragte ich zornig. »Ohne mich wären Sie ertrunken, und dann versuchen Sie, mich zu erwürgen.«

Ich holte die Taschenlampe heraus und sah ihn mir an. Es war ein schlanker junger Mann in einem grobgewebten Anzug, wie die norwegischen Bauernburschen ihn tragen. Sein Gesicht war fahl und spitz und mit einem höchst albernen, dünnen Bart geziert, und sein Haar sah aus, als sei es mit einer Gartenschere geschnitten worden. Die Augen, die zu mir aufblickten, waren so verängstigt und scheu wie Rehaugen.

»Was zum Teufel fällt Ihnen ein?« wiederholte ich, und dann antwortete er zu meiner Überraschung auf Englisch.

»Lassen Sie mich aufstehen«, sagte er. »Ich bin zu müde zum Kämpfen. Ich werde mit zurückgehen.«

Da ging mir ein Licht auf.

»Keine Bange, alter Freund«, sagte ich beruhigend. »Sie gehen mit mir zurück, aber nicht zu dem teuflischen *saeter*. Wir kennen uns doch schon. Sie sind Lord Mercot, und ich habe Sie voriges Jahr beim ›House‹-Hindernisrennen den Roten Prinzen reiten sehen.«

Er setzte sich auf und starrte mich an wie einen Geist.

»Wer sind Sie? Um Gottes willen, wer sind Sie?«

»Hannay ist mein Name. Ich wohne auf Fosse Manor in den Cotswolds. Einmal waren Sie bei uns zum Dinner, vor dem Heythrop-Ball.«

»Hannay!« wiederholte er stockend – »ich erinnere mich – ich glaube – erinnere mich – erinnere mich an Lady Hannay. Ja, und Fosse. Es liegt an der Straße zwischen ...«

Er stand mühsam auf.

»O Sir, bringen Sie mich fort. Er ist hinter mir her – der neue Teufel mit dem langen Gesicht, der Mann, der mich zuerst hierher gebracht hat. Ich weiß nicht, was mit mir geschehen ist, aber ich bin lange Zeit verrückt gewesen und erst in den letzten Tagen vernünftig geworden. Da fiel mir alles wieder ein – und ich bin fortgelaufen. Aber sie sind hinter mir her. Oh – schnell, schnell! Wir müssen uns verstecken!«

»Sehen Sie mich an, mein Junge«, sagte ich und holte meine Pistole hervor. »Den ersten, der Ihnen was tun will, erschieße ich, und ich treffe. Sie sind jetzt so sicher wie zu Hause. Aber hier kann man nicht reden, und ich habe Ihnen verflixt viel zu sagen. Ich nehme Sie mit hinunter zu meinem Quartier im Tal. Aber man verfolgt Sie, wir müssen schlau sein. Können Sie gehen? Gut, tun Sie genau, was ich sage, dann sitzen Sie binnen einer Stunde bei einem langen Drink und wälzen Fahrpläne.«

Dieser Rückweg war meiner Ansicht nach eine beachtliche Führerleistung. Der arme Junge war unterernährt und zitterte vor Aufregung, aber er schritt tapfer aus und gehorchte mir wie ein Lamm. Wir hielten uns abseits vom Pfad, um im Gras lautlos zu gehen, und an jeder Ecke verhielten wir uns wie Pfadfinder auf Erkundung. Wir begegneten Newhover, der zurückkam, aber wir hörten ihn lange vorher und hatten uns gut versteckt, als er vorbeikam. Er war immer noch in wilder Eile, und ich konnte ihn schnaufen hören. Danach überquerten wir gefahrlos die Wiese, aber die Brücke überschritten wir mit großer Vorsicht, nachdem wir sicher waren, daß kein Mensch ringsum zu sehen war. Gegen halb zwei stieß ich Gaudians Schlafkammerfenster auf, weckte ihn und bat ihn, Essen und Trinken zu beschaffen.

»Sind Sie nach Snaasen hineingekommen?« fragte er verschlafen.

»Nein, aber ich habe gefunden, was wir gesucht haben. Eine der drei Geiseln sitzt jetzt auf Ihrem Kabinenkoffer.«

12

Zurück in die Knechtschaft

Wir haben Mercot Dosenfleisch und Zwieback und Flaschenbier vorgesetzt, und er aß so gierig wie ein ausgehungerter Schuljunge. Merkwürdigerweise war die furchtbare Angst plötzlich von ihm gewichen. Wahrscheinlich war mein Anblick das entscheidende Bindeglied mit seiner Vergangenheit, so daß er sich nicht mehr wie ein verirrtes Kind vorkam; und sobald er ganz sicher wußte, wer er war, kam ihm sein natürlicher Mut zurück. Trost schöpfte er auch aus Gaudians Anblick, und ich hätte mir wirklich kein besseres Beruhigungsmittel vorstellen können als dieses gütige, weise alte Gesicht. Ich lieh ihm einen Schlafanzug, rieb ihn ab, um nach dem unfreiwilligen Bad einer Erkältung vorzubeugen, steckte ihn in mein Bett und war sehr zufrieden, als er sofort tief einschlief.

Am nächsten Morgen sprachen Gaudian und ich mit Peter Bojer und erklärten ihm, daß ein junger englischer Freund von uns auf einer Fußtour einen kleinen Unfall gehabt habe und einen Tag oder zwei bei uns bleiben würde. Daß Newhover seinen Verlust ausposaunen würde, war unwahrscheinlich, und jedenfalls war Peter kein Klatschmaul, und Gaudian, der ihn seit Jahren kannte, gab ihm zu verstehen, daß die Anwesenheit unseres Gastes möglichst nicht auffallen sollte. Der Junge schlief beinah bis Mittag, während ich die Landstraße beobachtete. Newhover erschien früh und ging ins Dorf Merdal hinunter, wo er den größten Teil des Vormittags verbrachte. Wahrscheinlich stellte er Nachforschungen an, aber in seinem eigenen Interesse mußte er das sehr diskret tun. Dann kehrte er nach Tryssil zurück, und später sah ich einen niedergeschlagenen Mann den Snaasen-Pfad hinaufstapfen. Vielleicht hatte er gedacht, die Leiche des Flüchtlings könne in einem der Felsenbecken des Gießbachs liegen oder vom Skarso ins Meer hinausgeschwemmt werden, und ich dachte mir, daß das kaum seinen Instruktionen entsprach.

Als Mercot endlich aufwachte und gefrühstückt hatte, war er ein anderer Mensch. Aus seinen Augen war die Furcht gewichen, und obwohl er arg stotterte und Mühe hatte, seine Gedanken beieinander zu halten, hatte er sich doch offensichtlich wieder in der Gewalt. Vor allem wollte er sich säubern, und das war ein Stück Arbeit, denn er hatte bestimmt wochenlang nicht gebadet. Dann wollte er mein Rasierzeug borgen und sich den Bart abrasieren, aber daran konnte ich ihn rechtzeitig hindern, denn ich hatte mir die Sache überlegt, und es war mir klar, daß das nicht anging. Soweit ich es beurteilen konnte, hatte er sein Gedächtnis wieder, aber es war noch lückenhaft; das heißt, er erinnerte sich genau an alles bis zu dem Augenblick, da er Oxford am 17. Februar verlassen hatte, und er erinnerte sich an die Ereignisse der letzten Tage, aber über der Zeit dazwischen lag noch ein Nebel.

Als er an jenem Februarabend in seine Wohnung zurückgekehrt war, hatte er eine Nachricht vorgefunden wegen eines Pferdes, das er kaufen wollte, eine dringende Nachricht: er möge sofort zu einem gewissen Stall herüberkommen. Dafür blieb ihm gerade noch Zeit vor dem Umziehen fürs Dinner, also rannte er aus dem Haus, begegnete zufällig niemandem auf der Treppe und, da die Nacht neblig war, sah ihn niemand auf der Straße. Danach war sein Gedächtnis leer. Er war in einem Zimmer in London aufgewacht – wie er meinte, in einer Klinik –, hatte einen Arzt gesehen – den Arzt konnte ich mir vorstellen! – und war wieder eingeschlafen. Danach war seine Erinnerung schwarze Nacht, mit ein paar Lichtpunkten besternt, die nur körperliche Eindrücke bedeuteten. Er wußte, daß er sehr gefroren hatte und manchmal sehr müde war, er erinnerte sich an Paraffingeruch, an den Geruch von schimmelndem Heu und an ein sirupartiges Getränk, von dem ihm übel wurde. Auch an Gesichter erinnerte er sich, an eine böse alte Frau, die ihn verfluchte, an einen Mann, der immerzu lachte und dessen Lachen ihn mehr erschreckte als die Flüche ...

Ich nehme an, Medinas Zaubermacht war in den letzten Tagen fadenscheinig geworden, und der Aufseher – Jason oder wer es auch war – konnte sie nicht neu beleben. Denn Mercot hatte angefangen, Jason nicht als schrecklich, sondern als beleidigend zu empfinden – als einen ungebildeten Rüpel, den er verachtete. Und mit der wachsenden Klarheit des Vordergrundes kam auch die Aufhellung des Hintergrundes. Er sah Bilder aus seinem Leben in Alcester, zuerst nur als Objekte, bald aber, als hätten sie irgendwie mit ihm zu tun. Dann kam die Sehnsucht, leidenschaftliche Sehnsucht nach etwas, wovon er wußte, daß es ihm gehörte ... Von da war es nur ein kurzer Schritt zu der Erkenntnis, daß er Lord Mercot war, obwohl er zufällig wie ein Tramp gekleidet war und so schmutzig wie ein Heizer. Und dann zog er, zögernd noch, gewisse Schlußfolgerungen. Etwas Schlimmes war ihm zugestoßen: er war in einem fremden Land – in welchem, das wußte er nicht; er wurde schlecht behandelt und gefangengehalten; er mußte fliehen und in seine alte, glückliche Welt zurückkehren. An die Flucht dachte er blindlings, ohne jeden Plan; wenn er nur aus dem verfluchten *saeter* entkommen konnte, dann würde er sich besser erinnern können, es würde etwas geschehen, er würde alles wieder wissen.

Dann ging Jason, und Newhover kam, und Newhover machte ihn fast verrückt vor Angst, denn das Gesicht des Arztes hatte irgendwie etwas zu tun mit seiner verworrenen Erinnerung an die Lücken zwischen der alten Welt und der neuen. Er war jetzt versessen darauf zu fliehen, aber vor allem weg von Newhover, ein Ziel hatte er nicht. Er paßte eine Gelegenheit ab, sie ergab sich am Abend zuvor gegen acht Uhr, als die anderen Hausgenossen beim Abendbrot saßen. Instinktiv schlug er die Richtung nach Merdal ein. Dann hatte er Schritte hinter sich gehört und sich ins Dickicht geschlagen ... Ich erschien – als Feind, wie er glaubte –, und in heller Verzweiflung stürzte er sich auf mich. Dann hatte ich ihn beim Namen genannt, und das gab seinen schwankenden Erinnerungsbildern Halt. Er ›kam zu sich‹, buchstäblich, und war jetzt wieder Student im Christ-Church-College, ziemlich durcheinander und nervös, aber völlig bei Sinnen.

Mich beunruhigte die Frage, ob die Kur wirklich vollständig war, ob Newhover nicht als Medinas Stellvertreter handeln und den Zwang wieder aufleben lassen könnte. Aber das mußten wir riskieren.

Mercot bat noch einmal um mein Rasierzeug. Er rauchte gerade eine türkische Zigarette, als ob jeder Zug ihn dem Elysium näher brächte. Trotz dem schlechten Haarschnitt, der schäbigen Kleidung und dem Bartwuchs hatte er doch wieder ein wenig das Air eines sorglosen, verwöhnten jungen Mannes. Er wollte wissen, wann der Dampfer fuhr, aber in seiner Ungeduld war jetzt keine Panik mehr.

»Hören Sie«, sagte ich. »Ich glaube nicht, daß Sie jetzt gleich losfahren können. Ich muß Ihnen viel erzählen, jetzt sind Sie in der Verfassung, alles zu erfahren.«

Ich gab ihm einen summarischen Abriß von Macgillivrays Bericht und erzählte ihm dann von den drei Geiseln. Ich glaube, es tröstete ihn etwas, daß andere in derselben schrecklichen Lage waren wie er. »Bei Jupiter!« sagte er, »was für eine scheußliche Sache! Und ich bin nur einer davon, dessen Spur Sie gefunden haben. Noch keine Nachricht von dem Mädchen und dem kleinen Jungen?«

»Nichts.«

»Die armen Teufel«, sagte er, aber ich glaube, er überblickte die Situation noch nicht.

»Sie sehen, in welcher Lage wir sind. Macgillivray muß am 10. Juni zuschlagen. Wir wagen nicht, die Geiseln vor dem 9. Juni zu befreien, sonst schöpft die Gang Verdacht. Sie hat, wie ich Ihnen schon sagte, ihre eigene Auflösung schon vorbereitet. Ferner können wir nicht Sie befreien und die anderen nicht, wenn wir nicht am 9. Juni schon alle Hoffnung für die anderen aufgegeben haben. Verstehen Sie mich?«

Er verstand mich nicht. »Ich will nur eins: so schnell wie irgend möglich nach Hause«, sagte er.

»Das wundert mich nicht. Aber Sie müssen begreifen, daß das unmöglich ist, wenn wir nicht alle aufgeben sollen.«

Er starrte mich an, und ich sah, wie die Angst wieder in seine Augen kroch.

»Meinen Sie damit, daß ich zurück soll in das verfluchte Loch?«

»Genau das. Wenn Sie sich's überlegen, werden Sie verstehen, daß das die einzige Möglichkeit ist. Wir dürfen nichts tun, was alle Hoffnung für die beiden anderen zunichte macht.«

»Aber das kann ich nicht!« rief er. »Ach du lieber Gott, das können Sie nicht von mir verlangen!« Ein Schluchzen war in seiner Stimme und Aufruhr in seinen Augen.

»Es ist viel verlangt, aber ich weiß, Sie werden es tun. Jetzt besteht nicht mehr die leiseste Gefahr, denn Sie haben Ihr Gedächtnis wieder, Sie wissen, woran Sie sind. Jetzt ist es an Ihnen, Ihren Aufseher hinters Licht zu führen. Er ist jetzt der Dumme. Sie spielen die Rolle des blöden Bauernburschen, und lachen sich die ganze Zeit ins Fäustchen. Herr Gaudian wird hier unten sein und aufpassen, und wenn es soweit ist – und das dauert nicht länger als fünf Wochen – haben Sie meine volle Erlaubnis, mit Dr. Newhover zu tun, was Sie wollen.«

»Ich kann nicht, ich kann nicht«, jammerte er und ließ den Unterkiefer fallen wie ein Kind, das Angst hat.

Da mischte Gaudian sich ein. »Ich glaube, wir sollten im Augenblick nicht darüber sprechen. Lord Mercot wird genau das tun, was er für richtig hält. Sie haben ihn mit der Sache überrumpelt. Ich glaube, Hannay, Sie sollten lieber ein bißchen spazierengehen. Probieren Sie's mal auf der Südseite des Grabens, da gibt's ganz hübsch was zu klettern.«

An der Tür sagte er noch: »Der arme Junge ist ja ganz kaputt. Sie können keine schwierige Entscheidung von ihm verlangen, wenn seine Nerven noch bloßliegen. Wollen Sie ihn mir überlassen? Ich habe etwas Erfahrung im Umgang mit solchen Fällen.«

Als ich nach einer Klettertour, die jeden Muskel in Anspruch genommen hatte, zum Abendbrot nach Hause kam, zeigte Gaudian gerade Mercot eine neue Patience. Wir verbrachten einen sehr vergnügten Abend miteinander, und ich merkte, daß Gaudian das Gespräch auf Dinge lenkte, bei denen der Junge mitreden konnte, und daß er ihn dazu brachte, von sich selbst zu reden. Wir erfuhren von seinem Rennehrgeiz, von seinem Wunsch, im Grand National mitzureiten, von den Hoffnungen, die er aufs Polo setzte. Anscheinend sollte er zur Garde, aber wenn er die Universität absolviert hatte, durfte er ein Jahr lang reisen, und wir planten miteinander eine Reiseroute für ihn. Gaudian, der fast überall in der Welt herumgekommen war, erzählte ihm von Gegenden in Asien, wo noch nie ein Tourist gewesen war und wo man im Urwald Unglaubliches erleben konnte, und ich spann Geschichten von den wenigen Gebieten Afrikas, die noch ganz unverdorben waren. Er interessierte sich immer lebhafter, denn etwas Forschergeist steckte in ihm, und er fragte bescheiden, ob wir ihm zutrauten, einige der Pläne, die wir vorgeschlagen hatten, auszuführen. »Zweifellos«, sagten wir. »Das ist nicht so schwer, wie im National mitzureiten«, bemerkte ich.

Als wir ihn ins Bett verfrachtet hatten, lächelte Gaudian, als sei er sehr zufrieden. »Er hat schon wieder etwas Selbstvertrauen«, meinte er.

Der Junge schlief zwölf Stunden lang, und als er aufwachte, war ich schon ausgegangen, denn ich hielt es für besser, ihn Gaudian zu überlassen. Ich mußte an diesem Tag fertig werden, denn es war nun der 27. Ich ging am Fjord hinunter nach Hauge und bat Johan, sich am nächsten Morgen startbereit zu halten. Ich befragte ihn über das Wetter; es war immer noch wolkenlos, und er sah zum Himmel und schnupperte und meinte, einen Tag oder zwei würde es noch halten. »Aber dann gibt es Regen«, fügte er hinzu, »und Wind. Der Graben rauscht zu laut.«

Als ich zurückkehrte, kam Gaudian mir an der Tür entgegen.

»Der Junge hat sich gefangen«, sagte er. »Er will selbst mit Ihnen sprechen. Er ist tapfer und wird seine schwere Aufgabe zum guten Ende bringen.«

Es war ein ziemlich schüchterner und verlegener Mercot, der mich begrüßte.

»Ich fürchte, ich habe mich gestern ziemlich schlecht benommen, Sir. Ich war ein bißchen feige, und ich schäme mich, denn ich habe mir immer auf meinen Mut etwas eingebildet.«

»Mein lieber Freund«, antwortete ich, »was Sie mitgemacht haben, war genug, einem Büffel den Mut auszutreiben.«

»Ich möchte nur sagen, daß ich selbstverständlich tun werde, was Sie verlangen. Ich muß den anderen gegenüber fair sein. Der arme Kleine! Und ich erinnere mich gut an Miss Victor – ich war einmal im gleichen Hause wie sie zu Gast. Ich gehe zum *saeter* zurück, sobald Sie wollen. Eigentlich freue ich mich sogar darauf. Ich verspreche, die Rolle eines Halbidioten zu spielen, damit Dr. Newhover glaubt, daß er mich in der Tasche hat. Ich bitte Sie nur um eins: daß ich ihn zu gegebener Zeit in die Mache nehmen darf. Ich habe ihm allerhand heimzuzahlen.«

»Aber ja, das verspreche ich. Hören Sie, Mercot, wenn ich das sagen darf: ich finde, Sie benehmen sich phantastisch gut. Sie sind ein tapferer Bursche.«

»Ach nicht doch«, erwiderte er und wurde rot dabei. »Wann soll ich losgehen? Wenn möglich, schliefe ich gern noch eine Nacht in einem anständigen Bett.«

»Das können Sie haben. Morgen früh werden wir Sie bis zur Gefängnistür begleiten. Wenn Sie Newhover sehen, müssen Sie Blödsinn babbeln und so tun, als wüßten Sie nicht, was Sie getan haben. Die Camouflage überlasse ich Ihnen. In den nächsten fünf Wochen werden Sie sich infernalisch langweilen, aber beißen Sie die Zähne zusammen und halten Sie durch. Denken Sie daran, daß Gaudian die ganze Zeit hier unten ist und mit Ihren Freunden Verbindung hat, und wenn *Der Tag* kommt, befolgen Sie seine Instruktionen. Und nebenbei, ich lasse Ihnen meine Pistole da. Ich nehme an, Sie können sie verstecken, denn Newhover wird kaum Ihre Taschen durchsuchen. Benützen Sie sie natürlich nicht, aber es wird Ihnen ein Trost sein, wenn Sie sie bei sich haben.«

Er nahm sie mit Vergnügen an. »Sie brauchen keine Angst zu haben, daß ich sie benütze. Was ich für Newhover im Sinn habe, ist die schönste Tracht Prügel, die je einer bekommen hat. Er ist etwas schwerer als ich, aber das macht mir nichts aus.«

Sehr früh am nächsten Morgen weckten wir Mercot, und während sich der Himmel von Saphirblau zu Türkis verfärbte, waren wir unterwegs durch die nebligen Wiesen und den Snaasen-Pfad hinauf. Ganz oben bogen wir ab und machten einen Bogen um den *saeter* herum, aber zuerst mußte Mercot sich im Dickicht wälzen, bis er ein sehr schmutziges Gesicht hatte und Zweige und Staub im zerwühlten Haar. Dann schüttelten wir ihm die Hand, versteckten uns in einem Wacholdergebüsch und sahen zu, wie er losging.

Sehr verloren sah er aus, als er sich in dem kalten Halblicht der Tür des *saeter* näherte. Aber er spielte seine Rolle prächtig, denn er stolperte vor Müdigkeit, fiel schwer gegen die Tür und klopfte zaghaft an. Es schien lange zu dauern, bis sie sich öffnete, und dann schien er sich ängstlich zu ducken. Die alte Frau rief mit schriller Stimme jemanden von innen herbei, und gleich darauf erschien Newhover im Morgenrock. Er packte Mercot an der Schulter und schüttelte ihn, und dieser tapfere Bursche benahm sich wie ein Vollidiot, schützte den Kopf mit den Händen und quiekte wie ein Kaninchen. Schließlich sahen wir, wie er hineingezogen wurde ... Es war scheußlich, ihn in der Situation verlassen zu müssen, aber ich tröstete mich mit dem Gedanken daran, wie es Newhover in fünf Wochen ergehen würde.

Wir rasten zurück zu Peter Bojers Hütte, und nach einem eiligen Frühstück brachen wir nach Hauge auf. Ich machte mit Gaudian aus, daß er mir kabeln sollte, was immer sich zutrug, und ich würde dasselbe tun. Wenn der Tag der Befreiung kam, sollte er einfach nach Snaasen hinaufgehen und nach Belieben mit dem Doktor verfahren und dafür sorgen, daß er einen Tag oder zwei sich nicht mit Medina in Verbindung setzen konnte. Ein Motorboot würde in Merdal bereitliegen, um die beiden nach Stavanger zu bringen, denn ich wollte, daß Gaudian Mercot an Bord des englischen Dampfers brachte. Ich sorgte auch dafür, daß er genug Geld bekam, denn Mercot hatte keinen Pfennig.

Wir legten sofort ab, denn ich mußte frühzeitig auf Flacksholm sein, und als der Morgen fortschritt, wurde mir das Wetter zweifelhaft. Was wir die letzten Tage an Wind gehabt hatten, war eine leichte Brise von Westen her gewesen, aber jetzt schien er sich mehr nach Norden zu drehen und stärker zu werden. Unten im tief eingeschnittenen Fjord war es ruhig genug, aber am Rand der Hochebene an der Nordküste konnte ich erkennen, daß es heftig wehte, denn durchs Glas erkannte ich kleine Schneewirbel. Auch war es plötzlich viel kälter geworden. Ich trieb Johan zur Eile an, und am frühen Nachmittag kamen wir aus dem Schutz der Felswände in die Bucht, zu der sich der Fjord weitete. Hier blies der Wind recht kräftig, und die See schlug steife Wellen. Vom Norden her klatschten fliegende Regenböen auf uns nieder und nahmen uns immer wieder auf fünf Minuten die Sicht. Es war ein richtiger stürmischer Apriltag, wie es sie im Frühling beim Lachsangeln in Schottland gibt, und hätte ich nur in Stavanger den Dampfer erreichen müssen, so hätte das Wetter mich kein bißchen gestört. Aber ich hatte nicht genug Zeit für den Dampfer, denn in wenig mehr als vierundzwanzig Stunden mußte ich bei Medina sein. Ich war gespannt, ob Archie Roylance gekommen war, und noch mehr, wie ein Flugzeug diese stürmischen langen Seemeilen übers Meer schaffen sollte.

Sehr bald tauchten im Gischt die niedrigen, grünen Umrisse von Flacksholm auf, und als Johan südwestlich nach Stavanger abdrehte, bat ich ihn, geradeaus zu steuern und mich auf der Insel abzusetzen. Ich sagte ihm, daß ein Freund von mir dort zeltete und daß wir in ein paar Tagen von einer englischen Jacht abgeholt würden. Johan hielt mich offenbar für verrückt, aber er tat wie gebeten. »Auf der Insel ist jetzt noch niemand«, sagte er. »Der Bauer aus Rosmaer kommt erst im Juni, wenn die Heuernte anfängt. Das Wintergras ist spärlich und sauer.« Das war um so besser, denn ich wünschte keine Zeugen unseres irrsinnigen Unternehmens.

Als wir näher kamen, konnte ich an der flachen Küste kein Lebenszeichen entdecken, abgesehen von unzähligen Eiderenten und einem wunderschönen Seeadler, der wie ein heraldischer Greif auf einem spitzen Felsen saß. Ich beobachtete den Vogel, denn ich hatte erst zweimal vorher einen Seeadler gesehen, während Johan mich in einen Spalt zwischen den Felsen hineinsteuerte, wo längs eines flachen Vorsprungs tiefes Wasser war. Dies, sagte er, sei die übliche Landestelle vom Festland her. Ich warf Koffer und Rucksack an Land, sagte Johan adieu und gab ihm ein gutes Trinkgeld und sah das kleine Boot die See nach Süden zu durchpflügen, bis eine Regenbö es verbarg. Dann griff ich mein Gepäck auf, kam mir wie der größte Narr der Weltgeschichte vor und marschierte los wie Robinson Crusoe, ins Innere der Insel.

Ein feiner leichter Dauerregen fiel, und hin und wieder barst eine Regenbö auf mich herab und rührte die See auf. Hübsches Wetter zum Fliegen, überlegte ich, ganz besonders über einige hundert Meilen Meer hinweg! ... Ich entdeckte den Bauernhof, ein paar rohgezimmerte Hütten und etwas wie einen Viehpferch aus Felssteinen, aber kein Anzeichen menschlichen Lebens. Dann nahm ich die Karte vor und entschied mich, lieber auf die Mitte der Insel zuzuhalten, wo an einem Ende der Bucht flaches Land zu sein schien. Ich war äußerst niedergeschlagen, als ich da wie ein Handlungsreisender mit dem Köfferchen in der Hand auf einer unbewohnten norwegischen Insel einhertrottete und doch am nächsten Abend unbedingt in London sein mußte. London schien mir innerhalb dieser kurzen Zeit ungefähr so unerreichbar wie der Mond.

Als ich den Rand der Senke in der Mitte der Insel erreichte, hellte sich das Wetter kurz auf, und ich blickte auf einen kleinen grauen Bergsee nieder, der mitten in sehr grünen Wiesen lag. Und in den Wiesen im Norden sah ich mit Freuden etwas, was wie ein angepflocktes Flugzeug aussah, und daneben etwas wie ein kleines Zelt. Auch sah ich Rauch aus einem Haufen von Felsblöcken nahebei aufsteigen. Der tapfere Archie war gekommen, und meine Lebensgeister erwachten wieder. Eilig lief ich den Hang hinunter, und auf mein Rufen kroch jemand wie ein Polarforscher aus dem Zelt hervor.

»Hallo, Dick! Glück gehabt?«

»Massenhaft«, antwortete ich. »Und du?«

»Wunderbar. Bin gestern abend angekommen, großartiger Flug, der Bus ist fromm wie ein Lamm. War ein interessanter Abend mit den Vögeln hier – Herrgott! haben die's hier gut. Hab den ganzen Morgen oben Wache geschoben und nach dir ausgeschaut, aber das Wetter wurde mies, da bin ich zurück ins Wigwam. Der Lunch ist beinah fertig.«

»Was hältst du vom Wetter?« fragte ich besorgt.

»Gar nicht schlecht«, sagte er und schnupperte. »Der Wind wird sich bei Sonnenuntergang bestimmt legen. Hast du was gegen einen Nachtflug?«

Archies unzerstörbare gute Laune heiterte mich gewaltig auf. Ich muß schon sagen, er war ein Experte im Zelten, als sei er dazu geboren, denn er hatte sich sehr gemütlich eingerichtet und servierte mir ein Mahl, wie ich es besser nie gegessen habe – ein heißes Gulasch aus der Büchse, mit Curry gewürzt, einen Plumpudding und ein Sortiment extravaganter sogenannter Delikatessen. Um die Kälte zu vertreiben, tranken wir Benediktiner aus Hornbechern. Reden konnte er von nichts als von seinen geliebten Vögeln, und er kündigte an, er werde wieder nach Flacksholm kommen und eine Woche lang zelten. Er hatte einen seltenen Vogel entdeckt – eine Art Phalaropus, der sein Herz geradezu bezauberte. Als ich ihn über die bevorstehende Reise befragte, würdigte er mich kaum einer Antwort, so sehr war er mit seinen Betrachtungen über die gefiederte Fauna Norwegens beschäftigt.

»Archie«, sagte ich, »glaubst du bestimmt, daß du mich über die Nordsee befördern kannst?«

»Bestimmt – das will ich nicht behaupten. Es ist immer ein Lotteriespiel, aber wenn wir Glück haben, sollten wir es schaffen. Der Wind wird sich legen, und überhaupt ist es ein Bodenwind, ein paar hundert Fuß höher kann es ziemlich windstill sein. Wir müssen sowieso nach dem Kompaß fliegen, da macht die Dunkelheit weiter nichts aus.«

»Und die Maschine?« fragte ich. Ich weiß nicht, warum, aber ich war schrecklich nervös.

»Die ist tiptop! Aber natürlich weiß man nie. Wenn wir weit vom Kurs abgetrieben werden, kann das Benzin knapp werden.«

»Was würde das bedeuten?«

»Notlandung.«

»Aber wenn wir noch nicht überm Land sind?«

»Ja, dann hätten wir's gehabt«, meinte Archie fröhlich. Als wolle er mich trösten, fügte er hinzu: »Vielleicht würden wir von einem Dampfer oder Fischerboot aufgelesen – was eben so zufällig vorbeikommt. Ich kenne ein paar Leute, die solchen Dusel gehabt haben.«

»Wie stehen die Chancen, daß wir glücklich hinüberkommen?«

»Fifty-fifty. Bei der Fliegerei ist es immer fifty-fifty. Aber es wird schon gut gehen. Himmel noch mal, schließlich schafft das jede Waldschnepfe immer wieder in einem einzigen Flug.«

Danach fragte ich nicht mehr, ich wußte, von der Waldschnepfe konnte ich ihn nicht mehr abbringen. Mir war nicht sehr wohl bei der Sache, aber Archies Ruhe beschämte mich. Wir nahmen einen sehr guten Nachmittagstee ein, und dann legte sich tatsächlich der Wind, und die Wolken gaben einen klaren Himmel frei. Es wurde furchtbar kalt, ich war froh um jedes warme Kleidungsstück und beneidete Archie um seinen schweren Ledermantel. Um neun Uhr waren wir fertig, starteten bei völliger Windstille, rollten über ein Stück Rasen, stiegen überm See auf, um die Hügel zu überfliegen, und drehten nach Westen ab – der Himmel sah aus wie eine goldene Muschel, die sich über dem geschmolzenen Gold des Meeres schloß.

Wir hatten Glück diese Nacht, und alle meine Bedenken wurden Lügen gestraft. Abgesehen von der Kälte, die wirklich bestialisch war, genoß ich jeden Augenblick des Flugs, bis wir in der trüben Morgendämmerung eine hinkriechende schwarze Linie erblickten – die Küste von Aberdeen. Auf einem Flugplatz namens Kincardine tankten wir und frühstückten sehr ausgiebig in einem Hotel am Ort. Alles ging glatt, und es war noch früh am Tage, als ich feststellte, daß wir die Cheviot-Berge überflogen. Gegen Mittag landeten wir in York, und während Archie den Zug nach London nahm, holte ich den Wagen aus der Garage und brach nach Oxford auf. Aber zuerst telegraphierte ich an Mary und bat sie, ein Telegramm an Medina zu schicken, daß ich mit dem 7^{15}-Zug in London ankommen werde. Ich hatte eine angenehme Fahrt nach Süden, ließ den Wagen in Oxford und stieg pünktlich auf dem Paddington-Bahnhof aus, wo Medina mich erwartete.

Er begrüßte mich fast zärtlich.

»Mein lieber Freund, ich hoffe, es geht Ihnen besser?«

»Bin wieder ganz fit, vielen Dank. Zu allen Schandtaten bereit.«

»Sie sehen viel sonnenverbrannter aus als bei der Abreise.«

»Das kommt von dem herrlichen Wetter, das wir hatten. Ich habe auf der Veranda in der Sonne gelegen.«

13

Ich besuche den Garten Eden

Medina hatte sich verändert. Ich bemerkte es am folgenden Tag, als ich beim Lunch mit ihm zusammen war, und ganz besonders beim nächsten Dinner im Donnerstag-Club, wo ich sein Gast war. Es war eine kleine Veränderung, die niemand anders bemerkt haben würde, aber für mich, der ich ihn wie ein Luchs beobachtete, war sie deutlich genug. Seine Gelassenheit der Öffentlichkeit gegenüber war etwas weniger vollkommen, und als wir allein waren, war er schweigsamer als zuvor. Ich glaubte nicht, daß er begonnen hatte, irgendeine Gefahr für seine Pläne zu wittern, aber der Tag ihrer Erfüllung kam näher, und selbst seine kalte Selbstsicherheit war wohl durch ein kleines nervöses Beben beeinträchtigt. Meiner Ansicht nach war es so: wenn einmal die große Liquidation stattfand und er das einheimste, was die Grundlage seiner großen Karriere bilden sollte, würde es ihm ziemlich gleichgültig sein, was aus den Geiseln würde. Vielleicht ließ er sie frei; sie würden in ihre frühere Umgebung zurückwandern und ihre Abwesenheit nicht erklären können, und wenn sich Gerüchte verbreiteten, würde es Artikel in den medizinischen Zeitschriften geben über diese nie dagewesenen Fälle von Gedächtnisverlust. Bisher war ich sicher, daß die drei keinen Dauerschaden erlitten hatten. Aber wenn die Liquidation schiefging, dann wußte Gott allein, welches Schicksal sie ereilte. Niemand würde sie je wieder sehen, denn wenn die Tatsache, daß sie in seiner Gewalt waren, das Fehlschlagen seiner Pläne nicht verhinderte, dann würde er auf seine Sicherheit bedacht sein und – vor allem – auf Rache. Rache würde bei jemandem wie ihm eine verzehrende Leidenschaft sein.

Die Tatsache, daß ich eins der Rätsel gelöst und die Hand auf eine der Geiseln gelegt hatte, verursachte mir fieberhafte Ruhelosigkeit. Wir hatten sehr wenig Zeit, und zwei arme Seelen waren noch in Medinas schwarzer Unterwelt verborgen. Am meisten dachte ich an den Knaben, und vielleicht machte mich meine Voreingenommenheit für ihn anderen Dingen gegenüber unaufmerksam. Meine Gedanken kreisten immerfort um die blinde Spinnerin, und da kam ich nicht einen Zoll weiter. Macgillivrays Aufpasser hatten nichts zu berichten. Es hatte keinen Sinn, Madame Breda noch einmal aufzusuchen und die ganze Salbaderei noch einmal mitzumachen. Ich konnte mich nur an Medina halten und um Glück beten. Ich hatte beschlossen, wenn er mich bitten würde, zu ihm in die Hill Street zu ziehen, anzunehmen, obwohl es in sehr vieler Hinsicht gräßlich hinderlich sein würde.

Ich hatte Sehnsucht nach Sandy, aber ich hörte nichts von ihm und hatte strengen Befehl von ihm, nicht zu versuchen, ihn zu erreichen. Der einzige Freund, den ich in diesen frühen Maitagen sah, war Archie Roylance, der seine schottischen Wasserläufer vergessen zu haben schien und sich für die Saison in London niederließ. Er fing an, Polo zu spielen, was kein gefahrloses Spiel ist für einen Mann mit einem kaputten Bein, er schloß sein Haus am Grosvenor Square auf und hauste in einem Winkel davon. Er wußte, daß ich in einem gewagten Spiel steckte, und brannte darauf mitzumachen, aber ich mußte mit Archie sehr vorsichtig sein. Er war der beste Kamerad der Welt, aber Diskretion war nie seine Stärke gewesen. Deshalb weigerte ich mich im Augenblick, ihm irgend etwas zu sagen, und schärfte Turpin ein, der schon sehr lange mit ihm befreundet war, dasselbe zu tun. Wir drei waren eines Abends zum Dinner beisammen, und Archie foppte den armen Turpin wegen seines Trübsinns.

»Du bist ein trauriger Vogel, weißt du«, sagte er. »Irgendwo habe ich gehört, daß du heiraten wirst, und das ist wahrscheinlich der Grund. Wie nennt man das doch – stelle dich darauf ein. Kopf hoch, mein Sohn. So schlimm, wie es aussieht, kann's nicht sein. Sieh mal Dick an.«

Ich lenkte ihn ab, und wir erfuhren seine Ansichten über das moderne Theater. Er hatte sich einen Dramenzyklus angesehen und hatte ein sehr entschiedenes Urteil. Da mußte was passieren, sonst schlief er im ersten Akt ein, und es passierte sehr selten was, deshalb wurde er friedlichem Schlummer überlassen, bis ihn die Saaldiener weckten und hinausbeförderten. Er mochte Stücke, in denen geschossen wurde, und Rüpelszenen – alles eigentlich, wobei es Radau gab. Aber er war zufällig auf eine Serie ernster Dramen gestoßen, die für ihn ein Schlafmittel waren. Besonders ein Stück, in dem eine Dame von fünfzig Jahren sich in ihren Stiefsohn verliebte, verurteilte er scharf.

»So ein Blödsinn«, meinte er. »Was macht sich irgend jemand daraus, was die olle Katze angestellt hat? Aber ich kann euch versichern, alle um mich herum waren schwer begeistert. Einer sagte zu mir, es sei ein Meisterwerk tragischer Ironie. Was ist Ironie, Dick? Ich dachte, es ist der Ton, den der Kommandeur anschlägt, wenn man sich blamiert hat, wenn er einem dann Komplimente wegen der Intelligenz macht ... Oh, nebenbei, weißt du noch das Mädchen in Grün, das wir in dem Tanzlokal gesehen haben? Also die sah ich in der Vorstellung – in einer Loge mit dem schwarzbärtigen Kerl. Sie schien nicht viel von dem Stück zu begreifen. Wer sie wohl ist, wieso sie wohl da war? Meinst du, eine Russin? Ich glaube, das alberne Stück war aus dem Russischen übersetzt. Das Mädchen möchte ich wieder tanzen sehen.«

Die folgende Woche war ganz ereignislos, außer daß ich mir dauernd große Sorgen machte. Medina ließ mich nicht von seiner Seite, und ich mußte jeden Gedanken daran aufgeben, gelegentlich über Nacht nach Fosse zu fahren. Ich hatte große Sehnsucht dorthin und nach einem Wiedersehen mit Peter John, und Marys Briefe waren kein Trost, denn sie wurden immer flüchtiger. Meine Hoffnung war, daß Medina Kharámas Rat befolgen und, um seine Macht über die

Geiseln zu sichern, diese in die Öffentlichkeit entlassen und seinen Einfluß in der Umgebung ausüben werde, an die sie gewöhnt waren. Bei dem Kinde würde mir das nicht helfen, aber vielleicht konnte ich so Miss Victor entdecken. Ich hoffte sehr, daß er bei irgendeiner Tanzerei darauf bestehen würde, mit einer unbekannten Dame zu tanzen, oder daß er ihr befehlen würde, nach Hause zu gehen oder irgend so etwas, und dann würde ich Grund zum Verdacht haben. Aber das Glück hatte ich nicht. Er sprach – wenigstens in meiner Gegenwart – mit keiner Dame, die nicht uns allen sehr gut bekannt war. Ich dachte schon, er habe den Rat des Inders als zu gefährlich verworfen.

Obendrein war Kharáma wieder da, und Medina nahm mich wieder mit zu ihm. Er hatte das Claridge verlassen und wohnte in einem kleinen Haus am Eaton Place, und ohne die luxuriöse Umgebung des großen Hotels wirkte er noch finsterer und verdammenswerter. Wir gingen an einem Abend nach dem Dinner dorthin und fanden ihn auf der üblichen Couch hockend in einem Zimmer, in dem nur eine Lampe brannte und das vor lauter fremdartigen Parfüms geradezu stank. Die europäische Kleidung schien er aufgegeben zu haben, er trug fließende Gewänder, und ich konnte unter den Säumen seine ekelhaften nackten Füße sehen, als er sich bewegte, um einen Vorhang zurechtzuziehen.

Sie schenkten mir nicht mehr Beachtung, als sei ich eine Standuhr, und zu meinem Verdruß führten sie das ganze Gespräch in irgendeiner asiatischen Sprache. Ich konnte nichts daraus entnehmen als einen Rückschluß auf Medinas Gemütsverfassung. In seiner Stimme klang eine unmißverständliche Andeutung von Nervosität an. Er schien dringliche Fragen zu stellen, und der Inder antwortete ruhig und beruhigend. Nach und nach wurde Medinas Stimme stiller, und plötzlich merkte ich, daß die beiden von mir sprachen. Kharámas schwere Augenlider hoben sich eine Sekunde lang in Richtung auf mich, und Medina wandte sich ganz kurz nach mir um. Der Inder fragte etwas, und Medina antwortete leichthin mit einem Achselzucken und halben Lachen.

Das Lachen empörte mich. Anscheinend sagte er, ich sei verpackt und versiegelt und sicher irgendwo abgestellt.

Der Besuch heiterte mich nicht auf, und am nächsten Tag, als ich Urlaub von Medinas Gesellschaft hatte, wußte ich nichts Besseres zu tun, als in trüben Gedanken in London herumzuwandern. Jedoch der Zufall wollte es, daß dieser ziellose Spaziergang seine Folgen hatte. Es war ein Sonntag, und am Rande des Battersea-Parks stieß ich auf ein einsames Grüppchen von Heilsarmeesoldaten, die im Regen einen Gottesdienst abhielten. Ich blieb stehen, um zuzuhören – das tue ich immer, da ich der ewige Durchschnittsmensch bin, der bei allem, was sich auf der Straße zuträgt, unweigerlich stehenbleibt, ob es ein Autounfall ist oder ein Kasperltheater. Ich lauschte dem Ende einer Predigt, die ein dicker Mann hielt – er sah aus wie ein bekehrter Kneipenwirt; und dann sprach eine ernste Dame mit Brille ein paar Worte. Dann sangen sie einen Choral mit Posaunenbegleitung, und man höre und staune: es war mein altes Lieblingslied, das ich zuletzt in Tom Greenslades Schlafzimmer in Fosse gepfiffen hatte. ›Ruhe für die Mühseligen‹ sangen sie:

»Jenseits vom Jordan,
im grünen Garten Eden,
wo der Baum des Lebens blüht,
da find'st du Ruh.«

Ich sang aus vollem Halse mit und steckte zwei halbe Kronen in die Sammelbüchsen, denn mir schien das alles ein gutes Vorzeichen zu sein.

Dieses Stück des Puzzles hatte ich ziemlich vernachlässigt, und während des Abends und der Nacht wiederholte ich mir das Lied so lange, bis mein Gehirn völlig durcheinander war.

»Wo der Sämann seine Saat
in die Furchen Edens streut –«

So hieß es im Knüttelvers, und nach Tom Greenslades Erinnerung war das Äquivalent ein Antiquitätenladen im Norden von London, der einem Juden mit gefärbtem Bart gehörte. Die anderen beiden Dinge hatten sich so gut eingefügt, daß man vernünftigerweise annehmen konnte, das dritte werde es auch tun. Ich konnte aber kein Fünkchen Licht sehen, und endlich schlief ich ein, – die verflixten ›Furchen Edens‹ summten mir im Kopf.

Ich wachte mit derselben Besessenheit auf, nur hatten sich andere Reime dazugestellt. Einer war ›die Cricketfelder Etons‹, über die irgend jemand etwas gesagt hatte, und einen Augenblick dachte ich, ich sei auf der richtigen Spur. Eton war die Schule, bei der Peter John schon angemeldet war, darum hatte es mit Knaben zu tun und vielleicht auch etwas mit David Warcliff. Aber nach dem Frühstück verfolgte ich diese Spur nicht weiter, denn sie schien ins Leere zu führen. Es hieß ›die Furchen Edens‹, also hatte es mit ›Saat‹ zu tun. Noch andere Felder fielen mir ein – Namen wie Tothill Fields und Bunhill Fields. Diese ›Felder‹ waren in London, und da brauchte ich sie. Das Straßenverzeichnis enthielt keinen Namen wie ›Gefilde Edens‹, aber hatte es nicht vielleicht vor Zeiten eine Gegend in London gegeben, die diesen merkwürden Namen trug?

Ich verbrachte den Vormittag in der Club-Bibliothek, die sehr gut war, und las über das London von ehemals nach. Ich las alles, was über Vauxhall Gardens da war und über Ranelagh und Cremorne und ein Dutzend andere Vergnügungs-Etablissements, aber ich fand nichts, was ich brauchen konnte. Dann fiel mir ein, daß Bullivant – Lord Artinswell – ein Steckenpferd gehabt hatte: das Studium des früheren London, also rief ich ihn an und lud mich zum Lunch bei ihm ein.

Er freute sich sehr, mich zu sehen, und es tröstete mich etwas, wieder in dem alten Haus zu sein, wo ich ein paar der kritischsten Augenblicke meines Lebens verbracht hatte.

»Sie haben die Aufgabe übernommen, von der ich Ihnen

geschrieben habe«, sagte er. »Ich wußte es ja. Kommen Sie voran?«

»Etwas schon. Es ist eine große Sache, und die Zeit ist so knapp. Ich möchte Sie etwas fragen. Sie sind eine Autorität, was das alte London betrifft. Sagen Sie, sind Sie bei Ihren Forschungen je auf den Namen ›Gefilde Edens‹ gestoßen?«

Er schüttelte den Kopf. »Nicht daß ich wüßte. In welchem Stadtteil?«

»Ich glaube, es müßte irgendwo nördlich der Oxford Street sein.«

Er überlegte. »Nein. Worauf wollen Sie hinaus? Soll es der Name eines Privatparks oder eines Vergnügungslokals sein?«

»Ja, so etwas wie Cremorne oder Vauxhall.«

»Ich weiß es nicht, aber wir wollen nachschlagen. Ich habe eine gute Sammlung alter Karten und Pläne und ein paar alte Verzeichnisse.«

Also verfügten wir uns nach dem Lunch in seine Bibliothek und machten uns an die Arbeit. Die Karten gaben keinen Aufschluß und die Bücher zuerst auch nicht. Wir gingen zu weit zurück, ins siebzehnte und frühe achtzehnte Jahrhundert, als man noch Füchse jagte, wo jetzt Regent's Park ist, und der Tylburn-Galgen nah bei Marble Arch stand. Dann sah ich durch einen glücklichen Zufall spätere Berichte nach, unserer eigenen Zeit näher, und fand eine Art von ungeniertem Baedeker für Provinzler, etwa aus der Zeit des Amerikanischen Krieges. Da gab es allerhand Hinweise auf ›Cider-Keller‹ und ›Harmonie-Haine‹, die ziemlich ordinäre Kneipen gewesen sein mußten, und Vorortplätze, wo Hahnen- und Hundekämpfe stattfanden. Ich schlug das Verzeichnis auf, und da fand ich zu meinem Entzücken das Wort ›Eden‹.

Ich las den Abschnitt laut vor, und ich glaube, mir zitterten die Hände. Das Lokal war, wie ich gehofft hatte, nördlich der Oxford Street in dem Stadtteil, den wir jetzt Marylebone nennen. »Die Fields of Eden«, hieß es in dem Buch, »wurden als Sommerausflugsort für die Herren und Sportsleute von Mr. Askew eröffnet. Dort kann man an einem schönen Nachmittag Lord A— und den Herzog von B— in den schattigen, wenn auch kleinen Hainen spazieren sehen, nicht ohne die Begleitung der schönen Gartennymphen, während aus den benachbarten Lauben lustiges Gläserklingen und das fröhliche Rasseln von Würfeln zu hören ist und die harmonischen Klänge von Signora F—s italienischem Chor.« Es stand noch viel mehr da, aber ich hielt inne. Ein Plan von London war in dem Buch, darauf konnte ich die Grenzen dieses zweifelhaften Paradieses feststellen.

Dann nahm ich einen modernen Plan und suchte mir darauf die Stelle. Das Etablissement war ziemlich klein gewesen, nur ein paar Acres groß, und heute nahm es der Häuserblock ein, der von der Wellesley Street, der Apwith Lane, der Little Fardell Street und den Marställen hinter dem Royston Square begrenzt war. Ich schrieb mir das in mein Notizbuch und verabschiedete mich.

»Sie sehen vergnügt aus, Dick. Haben Sie gefunden, was Sie brauchen? Komisch, daß ich den Namen nie gehört habe, aber er scheint zum langweiligsten Stück London der langweiligsten Periode in seiner Geschichte gehört zu haben.« Lord Artinswell, das merkte ich, war etwas verstimmt, denn kein Vergangenheitsforscher läßt sich gern in seinem eigenen Fach belehren.

Den übrigen Nachmittag verbrachte ich damit, eine nicht sehr interessante Gegend gründlich auszukundschaften. Ich suchte einen Antiquitätenladen, und zuerst dachte ich, es sei vergeblich. Apwith Lane war eine Slum-Gasse, es war kein Laden da als eine verrufene ausländische Apotheke und eine kleine, schmutzige Konditorei, vor deren Tür ein paar schmutzige kleine Kinder spielten. Die Bewohner schienen zumeist Ausländer zu sein. Die Ställe hinter dem Royston Square waren natürlich sinnlos; es war lange her, daß irgendein Anwohner sich einen Wagen gehalten hatte, und es parkten dort hauptsächlich die Lieferwagen einer Dampfwäscherei und die Lastwagen eines Kohlenhändlers. Wellesley Street, wenigstens das Stück in meiner Gegend, wurde ganz von den Schaufenstern verschiedener amerikanischer Automobilfirmen eingenommen. Little Fardell Street war merkwürdig. Es gab dort ein altes Haus, das schon zur Glanzzeit der ›Fields of Eden‹ gestanden haben mochte und jetzt eine Art Möbellager zu sein schien, bei dem die meisten Fenster durch Rolläden verschlossen waren. Die anderen Häuser waren vielleicht vierzig Jahre alt, in den meisten befanden sich Büros kleiner Großhändlerfirmen, wie man sie in den Seitenstraßen in der City findet. Ein großer französischer Bäckerladen war an der Ecke, einer für Bilderrahmen, ein Uhrmacherladen und ein kleiner, offenbar verfallender Optikerladen. Ich ging zweimal die Straße entlang, und mein Mut sank, denn ich konnte nichts entdecken, was auch nur entfernt einem Antiquitätenladen glich.

Noch einmal schritt ich die Straße ab, und da fiel mir auf, daß das alte Haus, das wie ein Möbellager aussah, auch eine Art von Laden war. Durch eines der schmutzigen unteren Fenster konnte ich etwas sehen, was wie Perserbrücken aussah, und das sanfte Gesicht eines Götzen aus Speckstein. Die Tür sah aus, als werde sie nie benutzt, aber ich probierte, und sie ging auf, ein Glöckchen klingelte in den hinteren Zimmern. Ich befand mich in einem kleinen, verstaubten Raum, der wie eine Rumpelkammer vollgestopft war mit Kisten und Teppichen und Matten und Nippsachen. Das meiste davon waren deutlich Antiquitäten, obwohl sie meinem Laienauge nicht sehr wertvoll erschienen. Besonders waren die türkischen Brücken von der Sorte, die man irgendwo in der Levante dutzendweise kaufen kann.

Eine unordentliche Jüdin mit falschen Brillantohrringen stand vor mir.

»Ich interessiere mich für Antiquitäten«, sagte ich freundlich und zog den Hut. »Darf ich mich umsehen?«

»Wir verkaufen nicht an Privatkundschaft«, antwortete sie. »Nur an Händler.«

»Das tut mir leid. Aber darf ich mich umsehen? Wenn ich etwas finde, was mir gefällt, kann ich bestimmt einen mir bekannten Händler veranlassen, ein Angebot zu machen.«

Sie antwortete nicht, sondern nestelte an ihren Ohrringen mit den dicken, schmutzigen Fingern.

Ich drehte ein paar Matten und Teppiche um, und mein erster Eindruck war richtig gewesen. Das meiste war nichts wert, und ein Lackschrank, von dem ich die Hülle hob, war eine schamlose Fälschung.

»Das da gefällt mir«, sagte ich und zeigte auf ein Stück persischer Stickerei. »Können Sie mir einen Preis nennen?«

»Wir verkaufen nur an Händler«, wiederholte sie wie eine Litanei. Ihre Knopfaugen, die sie ständig auf mich gerichtet hielt, waren völlig ausdruckslos.

»Wahrscheinlich haben Sie oben eine Menge Sachen«, meinte ich. »Kann ich sie mir vielleicht ansehen? Ich bin nur auf einen Tag in London, und ich finde vielleicht etwas, was ich unbedingt haben möchte. Ich begreife, daß Sie Großhändler sind, aber ich kann jeden Kauf durch einen Händler arrangieren. Ich bin nämlich dabei, ein Landhaus auszustatten.«

Zum erstenmal kam etwas Leben in ihr Gesicht. Sie schüttelte heftig den Kopf. »Im Augenblick haben wir nichts auf Lager. Wir halten kein großes Lager. Die Sachen kommen jeden Tag herein und gehen wieder weg. Wir verkaufen nur an Händler.«

»Nun ja, es tut mir leid, Ihre Zeit in Anspruch genommen zu haben. Adieu.« Als ich den Laden verließ, wußte ich, daß ich etwas Wichtiges entdeckt hatte. Das war ein Scheingeschäft. Es war sehr wenig da, was ein Händler auch nur anrühren würde, und von dem Gewinn aus dem möglichen Umsatz konnte der Besitzer sich nicht einmal Virginiazigaretten kaufen.

Nach dem Dinner suchte ich diese Gegend noch einmal auf. Das einzige Lebenszeichen sah ich in den Slums von Apwith Lane, wo schlampige Weiber an den Rinnsteinen schwatzten. Wellesley Street war von einem Ende zum andern ganz still hinter geschlossenen Läden. Ebenso Little Fardell Street.

Keine Menschenseele war unterwegs, aus keinem Fenster kam ein Lichtstrahl; mitten im Lärm von London war hier eine Enklave wie ein Friedhof. Ich blieb bei dem Antiquitätenladen stehen und sah, daß die Fenster mit schweren Läden gesichert waren und daß die leichte alte Tür durch einen starken Eisenrahmen von außen gesichert war, der in eine Fuge im Pflaster des Gehsteigs hineinpaßte und nach dickem Metall aussah. Die Fensterläden im Erdgeschoß waren schwere Dinger, albern schwer für den wertlosen Plunder dahinter. Während ich sie betrachtete, hatte ich das deutliche Gefühl, daß das Haus hinter dieser Schutzwehr nicht so tot war, wie es aussah, daß da drinnen irgendwo Leben war und daß nachts dort etwas vor sich ging, worüber ich unbedingt Bescheid wissen mußte.

Am nächsten Morgen ging ich zu Macgillivray.

»Kannst du mir einen erstklassigen Einbrecher leihen?« fragte ich. »Bloß für eine Nacht. Einen, der nicht fragt und den Mund halten wird.«

»Ich hab's aufgegeben, mich zu wundern, wenn du in der Gegend bist«, erwiderte er. »Nein. Zahme Einbrecher halten wir hier nicht, aber ich hätte jemanden für dich, der mehr von dem Handwerk versteht als irgendein Berufseinbrecher. Warum?«

»Nur weil ich heute nacht in ein Haus hinein will, und ich sehe keine andere Möglichkeit, als einzubrechen. Ich nehme an, du könntest es einrichten, daß die Polizisten in der Gegend mir nicht dazwischenfunken. Vielmehr möchte ich, daß sie Schmiere stehen.«

Ich gab ihm Einzelheiten und erklärte ihm die Gegend. Er schlug vor, es am hinteren Hauseingang zu versuchen, aber ich hatte das ausgekundschaftet und festgestellt, daß es nicht möglich war, denn das Haus schien durchzugehen in die Häuser der Straße dahinter. Es gab tatsächlich keine Hintertür. Die ganze Bauweise war äußerst merkwürdig, und es kam mir vor, als sei der Eingang in der Little Fardell Street selbst die Hintertür. Ich sagte Macgillivray, ich brauche einen Fachmann, der mir den Zugang durch eines der

Erdgeschoßfenster ermögliche und alles wieder so in Ordnung bringe, daß am nächsten Morgen keine Spur zu sehen sei. Er läutete und bat, man möge nach Mr. Abel schicken. Mr. Abel wurde gerufen, und bald erschien ein kleiner, dürrer Mann, der aussah wie ein Ladenbesitzer vom Lande. Macgillivray erklärte ihm, was gewünscht wurde, und Mr. Abel nickte. Das sei für einen erfahrenen Mann keine schwierige Sache, sagte er. Er würde vorschlagen, daß er gleich nach Ladenschluß den Sachverhalt inspiziere und gegen zehn Uhr mit der Arbeit beginne. Wenn ich um halb elf käme, habe er bestimmt eine Zugangsmöglichkeit fertig. Er fragte, welche Polizisten in der nächsten Umgebung sein würden, und bat, bestimmte Leute zum Dienst abzuordnen, mit denen er sich verabreden könne. Nie habe ich jemanden einen mir sehr riskant erscheinenden Auftrag mit soviel sachlicher Sicherheit in Angriff nehmen sehen.

»Willst du, daß jemand mit dir hineingeht?« fragte Macgillivray.

Ich sagte nein. Mir schien es besser, allein vorzugehen, aber ich wollte jemanden in Rufweite haben, im Falle ich Schwierigkeiten bekam; und natürlich, wenn ich nach etwa zwei Stunden nicht wieder da war, sollte er nach mir sehen.

»Vielleicht müssen wir dich als Einbrecher verhaften«, sagte er. »Wie willst du deine Anwesenheit erklären, wenn drinnen alles in Ordnung ist und du den Schlaf eines ehrbaren Hausmeisters störst?«

»Das muß ich riskieren«, meinte ich. Diese Möglichkeit machte mir keine Sorgen. Das Haus würde entweder leer sein oder von denen bewohnt, die nicht die Polizei zu Hilfe rufen würden.

Nach dem Dinner zog ich einen alten Tweedanzug und Schuhe mit Gummisohlen an, und als ich im Taxi saß, kamen mir Zweifel, ob ich nicht zu leichtsinnig an dieses abendliche Unternehmen ging. Wie sollte der kleine Mann Abel eine Zugangsmöglichkeit schaffen, ohne die Nachbarschaft zu alarmieren, selbst wenn die Polizei einverstanden war? Und wenn ich drinnen jemanden antraf, was um Himmels willen sollte ich sagen? Es gab nicht den geringsten Vorwand dafür, heimlich in ein Haus einzudringen, das jemand anderem gehörte, und ich stellte mir plötzlich vor, wie die Jüdin mit den Ohrringen mitten in der Nacht aufkreischte und wie ich inmitten einer johlenden Menge verhaftet und ins Gefängnis abgeführt wurde. Selbst wenn ich drinnen etwas sehr Verdächtiges fand, so würde es nur mir im Zusammenhang mit meinem eigenen Problem verdächtig scheinen und im Auge des Gesetzes ganz in Ordnung sein. Es war unwahrscheinlich, daß ich auf etwas offensichtlich Kriminelles stieß, und selbst wenn, wie sollte ich meine Anwesenheit erklären? Ich hatte einen bösen Anfall von Feigheit und hätte die Sache auf der Stelle aufgegeben, wäre nicht das sonderbare Gefühl im Hintergrund gewesen, daß es meine Pflicht sei, sie zu riskieren – daß ich etwas ungeheuer Wichtiges versäumen würde, wenn ich aufgäbe. Aber ich muß sagen, mir war alles andere als wohl, als ich das Taxi an der Ecke des Royston Square fortschickte und in die Little Fardell Street einbog.

Es war ein dunkler, bewölkter Abend, Regen drohte, und die Gegend war keineswegs hell beleuchtet. Aber zu meinem Schrecken erblickte ich gegenüber der Tür des Antiquitätenladens einen eisernen Behälter mit glühenden Kohlen und das blöde kleine Zelt, was bedeutet, daß dieses Stück Straße aufgerissen ist. Wie üblich war ein Seil darum gespannt mit roten Lampen, ein Haufen Steine lag da und ein Loch war dort, wo die Pflastersteine ausgehoben waren. Das war wirklich großes Pech, daß der Gemeinderat ausgerechnet diese Stelle und diese Zeit gewählt hatte, um die Kanalisation zu inspizieren. Und doch fühlte ich mich beschämend erleichtert, denn das setzte meinem Unternehmen ein Ende. Ich wunderte mich, warum Macgillivray das nicht besser organisiert hatte.

Ich stellte fest, daß ich ihm Unrecht getan hatte. Es war das ehrliche Gesicht von Mr. Abel, das mir aus dem kümmerlichen kleinen Zelt entgegenblickte.

»Dies schien mir der beste Plan zu sein, Sir«, sagte er respektvoll. »So kann ich hier auf Sie warten, ohne Aufsehen zu erregen. Mit den Polizisten, die hier Dienst haben, habe ich gesprochen, das ist alles in Ordnung. Diese Straße ist sehr ruhig, und Taxis benützen sie nicht als Abkürzung. Sie finden die Tür offen. Die Fenster wären wohl schwierig gewesen, aber ich habe zuerst die Tür angesehen, und der schwere eiserne Rahmen ist nur Bluff. Der Bolzen des Schlosses geht ins Seitenstück des Rahmens, aber der Rahmen selbst ist mit einem anderen, viel kleineren Schloß an der Mauer befestigt, das man nur bei genauem Hinsehen entdeckt. Das habe ich für Sie geöffnet – es war ganz leicht.«

»Aber die andere Tür, die Ladentür – die die Glocke drinnen bimmeln läßt.«

»Die war nicht abgeschlossen«, sagte er mit einem ganz flüchtigen Grinsen. »Wer immer hier nach Ladenschluß aus- und eingeht, will nicht viel Lärm machen. Die Glocke ist abgestellt. Sie brauchen nur die Tür aufzustoßen und hineinzugehen.«

Die Tatsachen zwangen mich, entgegen all meiner Neigung weiterzumachen.

»Wenn jemand hineingeht, während ich drinnen bin ...?« fing ich an.

»Dann hören Sie es und verhalten sich entsprechend. Im Ganzen, Sir, habe ich den Eindruck, daß hier etwas nicht stimmt. Sind Sie bewaffnet? Nein. Um so besser. Ihre Lage ist gesetzwidrig, wie man sagen könnte, und Waffen könnten kompromittieren.«

»Wenn Sie mich rufen hören?«

»Dann komme ich Ihnen zu Hilfe. Wenn Sie in etwa – sagen wir: zwei Stunden nicht zurück sind, dann gehe ich mit dem nächsten Polizisten hinein. Die unverschlossene Tür gibt uns den Vorwand dafür.«

»Und wenn ich in großer Eile herauskomme?«

»Daran habe ich gedacht. Wenn Sie einigermaßen einen Vorsprung haben, ist hier Platz genug, sich zu verstecken«, er wies mit dem Daumen auf das Zelt. »Wenn man Ihnen auf den Fersen ist, wird es mir schon glücken, den Verfolger aufzuhalten.«

Die ruhige Sachlichkeit des Männleins spornte mich an. Ich versicherte mich, daß die Straße leer war, öffnete den eisernen Rahmen und drang durch die Ladentür ein, die ich leise hinter mir schloß.

Der Laden war so dunkel wie das Innere einer Nuß, nicht der geringste Lichtstrahl kam durch die festen Fensterläden. Es war mir ziemlich unheimlich, als ich mich vorsichtig auf den Zehenspitzen zwischen den Teppichen und Tischen bewegte. Ich horchte, aber es kam kein Laut, weder von innen noch von draußen, also knipste ich die Taschenlampe an und wartete atemlos. Immer noch kein Laut, keine Bewegung. Allmählich war ich überzeugt, daß das Haus unbewohnt war, und etwas zuversichtlicher begann ich meinen Forschungsgang.

Das Haus war nicht so tief, wie ich geglaubt hatte. Sehr bald stand ich vor einer türlosen Wand, an der alles mögliche Zeug aufgestapelt war, und dort ging es nicht weiter. Die Tür, durch die die Jüdin hereingekommen war, lag rechts und führte mich in einen kleinen, küchenähnlichen Raum mit einem Abwaschbecken, einem Schrank oder zweien, einem kleinen Gasherd und einem Bett in der Ecke, der Art von Lager, die sich ein Hausmeister in einem Hause herrichtet, das zu vermieten ist. Ich sah ein Fenster hoch oben an der Wand, aber ich konnte keinen anderen Eingang finden als den, durch den ich gekommen war. Darum ging ich in den Laden zurück und probierte den Gang linker Hand aus.

Hier fand ich zunächst nur verschlossene Türen, offenbar Schranktüren. Aber eine stand offen, und die Taschenlampe zeigte mir, daß dahinter eine ziemlich steile Treppe war, wie sie in alten Häusern zum Speicher hinaufführen. Ich trat vorsichtig auf die Stufen, denn ich fürchtete, sie würden knarren, und entdeckte, daß sie allesamt erneuert worden waren. Ich kann nicht behaupten, daß ich mich mit Vergnügen in dieses Stiegenhaus begab, aber ich konnte nichts anderes tun, wenn ich nicht aufgeben wollte.

Oben an der Treppe fand ich eine Tür, und ich war im

Begriff zu versuchen, sie zu öffnen, als ich Schritte auf der anderen Seite hörte.

Ich stand regungslos auf dem engen Fleck und dachte, was nun wohl passierte. Der Mann – es waren Männerschritte – kam bis zur Tür und drückte zu meinem Entsetzen auf die Klinke. Hätte er die Tür geöffnet, so wäre ich entdeckt worden, denn er hatte eine Lampe, und Gott weiß, was das für ein Durcheinander gegeben hätte. Aber er tat es nicht; er probierte die Klinke und drehte dann einen Schlüssel im Schloß. Danach hörte ich ihn fortgehen.

Das war recht entmutigend, denn nun war ich anscheinend vom Rest des Hauses ausgeschlossen. Nachdem ich eine oder zwei Minuten gewartet hatte, bis die Luft rein war, drückte ich auch auf die Klinke in der Erwartung, daß die Tür abgeschlossen war. Zu meiner Überraschung ging sie auf; der Mann hatte sie nicht ab-, sondern aufgeschlossen.

Das konnte nur eine von zwei Möglichkeiten bedeuten. Entweder wollte er selber später hinaus, oder er erwartete jemanden und wollte ihn hereinlassen.

Von dem Augenblick an war ich ganz ruhig. Mein Interesse war geweckt, ein Spiel war im Gange, es gab etwas zu tun. Ich sah mich in dem Flur um, in dem ich mich befand, und fand die Erklärung für die Bauweise, die mir so sonderbar erschienen war. Das alte Haus in der Little Fardell Street war ganz flach, nur ein Zimmer tief, und es war an ein viel größeres und neueres Gebäude angebaut, in dem ich jetzt war. Der Gang war hoch und breit und mit einem schweren Läufer belegt, und an jedem Ende waren elektrische Schalter. Das beunruhigte mich, denn wenn jemand käme und das Licht anknipste, hätte sich nicht mal eine Küchenschabe verstecken können. Meiner Ansicht nach war der kühnste Plan der sicherste, also ging ich auf Zehenspitzen zum anderen Ende und erblickte einen weiteren leeren Gang, der im rechten Winkel abbog. Das half mir nicht, darum nahm ich frech die Tür des nächsten Zimmers in Angriff. Gott sei Dank war es leer, also konnte es mir als Erkundungsbasis dienen.

Es war ein Schlafzimmer, im Waring & Gillow-Stil gut möbliert, und mit Entsetzen stellte ich fest, daß es ein Damenschlafzimmer war. Ich sah den Toilettentisch einer Frau mit großen Haarbürsten und Parfüms und Puderbüchsen. Ein Schrank war da mit halb offener Tür, er hing voller Kleider. Die Bewohnerin war ganz kürzlich noch dagewesen, denn ein Umhang war aufs Bett geworfen, und ein Paar Pantöffelchen lag am Toilettentisch, als sei es eilig abgestreift worden.

Das Zimmer jagte mir den größten Schrecken ein, denn es schien, als sei ich in eine vornehme Wohnung eingebrochen und in einem Damenschlafzimmer gelandet, und ich machte mich auf einen fürchterlichen Skandal gefaßt, den man niemals würde vertuschen können. Der kleine Abel, der in seinem Zelt hockte, schien mir ein Rettungshafen, von dem mich Meilen von Hindernissen trennten. Ich dachte, es sei am besten, so schnell wie möglich zu ihm zurückzukehren, und wollte schon losgehen, als etwas geschah, was mich innehalten ließ. Ich hatte die Zimmertür offen gelassen, als ich eingetreten war, und natürlich hatte ich nach dem ersten Rundblick meine Lampe ausgeknipst. Es war ganz dunkel gewesen, aber jetzt sah ich ein Licht im Flur.

Es konnte die verflixte Frau sein, der das Schlafzimmer gehörte, und das Herz fiel mir in die Hosen. Dann sah ich, daß die Flurlichter nicht angeknipst worden waren, und wer immer da draußen war, hatte eine Taschenlampe wie ich. Die Schritte kamen aus der Richtung, aus der ich selbst gekommen war. Konnte es der Mann sein, für den man die Tür an der Treppe aufgeschlossen hatte?

Ein Mann war es, und was immer er vorhatte, mit meinem Zimmer hatte er nichts vor. Ich beobachtete ihn durch den Türspalt und sah die Gestalt vorübergehen. Es war jemand, der es eilig hatte, er ging schnell und leise, und außer daß er einen dunklen Mantel mit hochgestelltem Kragen und einen weichen schwarzen Hut trug, konnte ich nichts erkennen. Die Gestalt ging den Flur hinunter und schien am Ende zu zögern, dann verschwand sie nach links in einem Zimmer.

Ich konnte nichts tun als warten, und zum Glück brauchte ich nicht lange zu warten, denn ich wurde allmählich ziemlich nervös. Die Gestalt erschien wieder, sie trug etwas in der Hand, und als sie auf mich zuschritt, konnte ich flüchtig das Gesicht sehen. Ich erkannte es sofort: das Gesicht des grauen melancholischen Menschen, den ich am ersten Abend bei Medina gesehen hatte, als ich aus der Betäubung zu mir kam. Aus irgendeinem Grunde hatte dieses Gesicht sich meiner Erinnerung eingeprägt, und ich hatte darauf gewartet, es wiederzusehen. Es war traurig, verloren und doch auf seltsame Art angenehm; jedenfalls war nichts Abstoßendes darin. Aber er kam von Medina, und bei dem Gedanken verließ mich die letzte Spur von Zögern und Feigheit. Mein Instinkt hatte nicht getrogen; dieses Haus gehörte Medina, es war der ›Garten Eden‹ des Liedes. Vor einer Sekunde hatte ich geglaubt, ich sei ein elender Stümper; jetzt triumphierte ich.

Er ging an meiner Tür vorbei und bog in den Gang ein, der rechtwinklig abbog. Ich ging ihm nach und sah das Licht an der Tür zur Treppe halten und dann verschwinden. Mein erster Impuls war, ihm zu folgen, ihn im Laden zu stellen und die Wahrheit aus ihm herauszukriegen, aber ich verwarf sofort diesen Gedanken, denn dabei würde alles auffliegen. Mir oblag es, noch mehr zu entdecken. Ich mußte das Zimmer aufsuchen, das der Zweck seines Besuchs gewesen war.

Ich war heilfroh, aus dem Schlafzimmer heraus zu sein. Im Gang lauschte ich, aber es war kein Laut zu hören. Es lag jedoch ein Klingen in der Luft, aber es schien von draußen zu kommen, es klang wie eine Orgel oder ein Orchester weit fort. Ich schloß, daß eine Kirche irgendwo in der Nähe sein müsse, wo die Chorknaben übten.

Das Zimmer, das ich betrat, war sehr sonderbar. Teils sah es aus wie ein Museum, teils wie ein Büro und teils wie eine Bibliothek. Der Antiquitätenladen enthielt nur wertloses Zeug, aber auf den ersten Blick sah ich, daß es das hier nicht gab. Es waren ein paar schöne italienische Schmuckteller da – davon verstand ich etwas, weil Mary sie sammelte – und ein Satz grüner chinesischer Gläser, die echt aussahen; ferner ein Bild, das gut genug schien, ein echter Hobbema zu sein. Im übrigen standen mehrere sehr schwere Panzerschränke da; aber Papiere lagen nicht herum, und jede Schublade eines großen Schreibtisches war abgeschlossen. Ich hatte nichts, womit ich die Panzerschränke aufbrechen konnte, selbst wenn ich das hätte tun wollen. Ich war ganz sicher, daß irgendwo in dem Zimmer wertvolles Beweismaterial verborgen war, aber ich wußte nicht, wie ich darankommen sollte.

Ich war schon im Begriff hinauszugehen, als mir bewußt wurde, daß die Musik, die ich im Gang gehört hatte, hier viel lauter zu hören war. Es war kein Knabenchor, der übte, sondern ganz weltliche Musik, anscheinend Geigen und Trommeln, und der Rhythmus klang nach Tanzmusik. Konnte dieses ausgefallene Haus an ein Tanzlokal angrenzen? Ich sah auf die Uhr, es war kaum erst elf, und ich war erst seit etwa zwanzig Minuten im Hause. Jetzt war ich in einer Laune fast tollkühner Zuversicht und beschloß, noch etwas weiter zu forschen.

Die Musik schien von irgendwo links herzukommen. Die Fenster des Zimmers mußten, so weit ich urteilen konnte, auf die Wellesley Street hinausgehen, was mir bewies, daß ich diese Gasse falsch eingeschätzt hatte. Zwischen den Automobilgeschäften konnte ein Tanzlokal versteckt liegen. Jedenfalls wollte ich sehen, was hinter diesem Zimmer war, denn es mußte noch einen anderen Eingang haben als den vom Antiquitätenladen her. Tatsächlich fand ich zwischen zwei Bücherschränken eine Tür, die von einer schweren Portiere verdeckt war und auf einen weiteren Gang führte.

Hier klang die Musik noch lauter, und ich schien mich in einem Gebäudeteil zu befinden, der wie so ein Karnickelbau hinter einer Theaterbühne war und Zimmer aller Größen und Formen enthielt. Die Tür am Ende des Ganges war verschlossen, und eine andere Tür, die ich öffnete, führte zu einer Treppe. Ich wollte noch nicht gleich hinunter, darum probierte ich eine weitere Tür und schloß sie dann leise wieder, denn der Raum dahinter war beleuchtet, und ich hatte das Gefühl, daß nahebei Menschen waren. Auch war die Musik gewaltig angeschwollen, als ich die Tür öffnete.

Einen Augenblick stand ich zögernd da, dann machte ich die Tür wieder auf. Denn ich hatte eine Ahnung, daß das Licht drinnen nicht in dem Raum selber war. Ich fand mich in einer leeren kleinen Kammer, die staubig und öde war, einem der Kämmerchen ähnlich, die man in der Geschäftsstraße Strand sieht, wo die großen Spiegelglasscheiben höher sind als der Laden selber und ein Zwischenraum zwischen der Decke und dem Fußboden des nächsten Stockwerks entsteht. Eine Seite der Kammer war ganz verglast, ein kleines Viereck stand halb offen, und durch das Glas schien das Licht von hundert Lampen von irgendwo jenseits. Sehr vorsichtig ging ich näher, bis ich hinabsehen konnte auf das, was sich unten begab.

Die letzten paar Sekunden hatte ich, glaube ich, gewußt, was ich erblicken würde. Es war der Tanzklub, wo ich ein paar Wochen zuvor mit Archie Roylance gewesen war. Es waren die pseudochinesischen Dekorationen, das blendend helle Licht, die Negerkapelle, die ganze grellbunte Schau. Nur waren viel mehr Menschen da als bei meinem vorigen Besuch. Gelächter und Geschwätzfetzen, die herauftönten, mischten der scheußlichen Musik einen weiteren Mißklang bei, aber über dem Ganzen schwang eine rücksichtslos rauhe Ausgelassenheit, die vielleicht ordinär war, aber auch lebendig und voller Glut. Um die Tanzfläche herum saß die übliche Schar von Männern und Frauen, die Likör und Champagner tranken, und zwischen den fetten Juden und blauschwarzen Südländern sah ich die erhitzten Gesichter der jungen Leute aus den Kasernen und Colleges, die sich einbildeten, hier das große Leben mitzukriegen. Einen Augenblick glaubte ich, Archie zu sehen, aber es war nur jemand so wie Archie, dessen hageres, gerötetes Gesicht in sonderbarem Gegensatz stand zu dem leichenblassen der Frau, neben der er saß.

Die Tanzerei war verrückter und wilder als beim letzten Mal. Die Marionetten waren lebhafter, und ich mußte zugeben, daß sie sich auf ihr Handwerk verstanden, so wenig ich mir auch daraus machte. Alle Paare waren Experten, und wenn ab und zu ein Pfuscher dazwischen auftauchte, dann blieb er nicht lange. Das Mädchen in Grün, das Archie so bewunderte, sah ich nicht, aber viele andere, die es ihr gleichtaten. Die Männer mochte ich am wenigsten, bleiche Skelette oder aufgedunsene Südländer, denen die Anzüge zu gut saßen und von denen manche übertrieben geschminkt waren wie die Frauen.

Besonders einen konnte ich einfach nicht ausstehen. Es war ein hochgewachsener junger Mann mit Wespentaille, weißem Gesicht und hohlen, drogensüchtigen Augen. Seine Lippen waren so rot wie die eines Tingeltangelgirls, und ich hätte schwören können, daß er Rouge auf den Backen hatte. Jedenfalls bot er einen ekelhaften Anblick. Aber ihr Götter! Tanzen konnte er. Er wirkte ganz unbeseelt, er hätte eine Leiche sein können, die durch irgendeine Macht der Hölle galvanisiert und zu einem ewig währenden Totentanz gezwungen war. Ich bemerkte, daß er die schweren Augenlider nie hob.

Plötzlich bekam ich einen bösen Schreck. Denn ich erkannte, daß dieses Mannequin niemand anders war als mein alter Freund, der Marquis de la Tour du Pin.

Ich hatte mich noch nicht erholt, als es noch schlimmer kam. Er tanzte mit einer Frau, deren Haar zu hell für eine natürliche Haarfarbe schien. Erst konnte ich ihr Gesicht nicht deutlich sehen, denn es lag dicht an seiner Brust, aber sie schien scheußlich und sehr spärlich angezogen zu sein. Auch sie konnte tanzen, und selbst in der ordinären Kleidung wurde die schlanke Grazie ihres Körpers offenbar. Dann wandte sie mir das Gesicht zu, und ich konnte die lebhaft roten Lippen sehen und das müde rosa und weiße Email auf dem Teint dieser Sorte von Frauen. Hübsch war sie auch ...

Und dann bekam ich einen solchen Schock, daß ich beinah durch die Verglasung geflogen wäre. Denn in dieser geschminkten Tänzerin erkannte ich die Frau meines Herzens und die Mutter von Peter John.

14

Sir Archibald Roylance tritt ins Fettnäpfchen

Drei Minuten später war ich wieder im Antiquitätenladen. Ich knipste die Taschenlampe aus und öffnete sehr behutsam die Tür zur Straße. Ich hörte Schritte auf dem Pflaster und blieb stehen, bis sie vorbei waren. Dann trat ich auf die stille Straße hinaus, wo vor mir Abels kleiner Kohleneimer glühte und Abels spitzes kleines Gesicht aus dem Zelt lugte.

»Alles in Ordnung, Sir?« fragte er vergnügt.

»Alles«, sagte ich. »Ich habe gefunden, was ich suchte.«

»Es kam jemand, nicht lange, nachdem Sie hineingegangen waren. Zum Glück hatte ich die Tür hinter Ihnen abgeschlossen. Er war nicht länger als fünf Minuten drinnen. Jemand in einem schwarzen Überzieher mit hochgeschlagenem Kragen – sah sehr anständig aus, ein älterer Herr – könnte ein Pfarrer gewesen sein. Komisch, Sir, aber ich hab's erraten, wann Sie zurückkämen, und hatte die Tür für Sie aufgeschlossen ... Wenn Sie mich nicht mehr brauchen, räume ich hier auf.«

»Werden Sie allein fertig?« fragte ich. »Es ist eine ganze Menge aufzuräumen.«

Er zwinkerte würdevoll. »In einer Stunde ist hier nichts mehr zu sehen. Ich habe so meine kleinen Methoden. Gute Nacht, Sir, und vielen Dank.« Wie ein Hausknecht, der einen Hotelgast verabschiedet!

Ich stellte fest, daß es kurz nach halb zwölf war, also ging ich zur Tottenham Court Road, nahm ein Taxi und sagte dem Mann, er solle zur Great Charles Street in Westminster fahren. Mary war in London, und ich mußte sie sofort sehen. Sie hatte beschlossen, mitzuspielen, wahrscheinlich auf Sandys Veranlassung, und ich mußte genau wissen, was sie tat. Die Sache war schon schwierig genug, weil Sandy seine eigenen Wege ging und mir verboten war, mit ihm in Verbindung zu treten; aber wenn Mary auch mitmachte, würde es ein heilloses Durcheinander geben, wenn ich ihre Pläne nicht kannte. Ich gebe zu, ich war elend nervös. Es gab keinen Menschen auf der Welt, dessen Klugheit ich höher einschätzte als die ihre, und ich hätte ihr bis jenseits der Hölle vertraut, aber der Gedanke, daß eine Frau in etwas so Widerliches und Gefährliches verwickelt war, widerstrebte mir aufs äußerste. Sie war viel zu jung und schön, um auf Hintertreppen sicher zu sein. Und trotzdem wußte ich, daß sie schon in scheußlicheren Affären gesteckt hatte, und ich wiederholte mir des guten Blenkirons Worte: »Sie kann sich weder fürchten noch besudeln.« Und dann kam mir eine Art Trost aus dem Bewußtsein, daß sie im gleichen Spiel war wie ich, an meiner Seite; ich fühlte mich weniger verlassen. Aber welches Pech für Peter John! Jedenfalls mußte ich sie sehen, und ich schätzte, daß sie wahrscheinlich bei ihren Wymondham-Tanten wohnte und daß ich jedenfalls dort Nachricht von ihr bekommen könnte.

Die Misses Wymondham waren törichte Damen, aber ihr Butler hätte selbst Montmartre respektabel erscheinen lassen. Er und ich hatten uns immer gut verstanden, und ich glaube, das einzige, was ihn über den Verkauf von Fosse hinwegtröstete, war, daß Mary und ich es bekamen. Das Haus in der Great Charles Street war eine der unerhört artistischen neuen Residenzen, mit denen die intellektuelle Plutokratie die Slums von Westminster geschmückt hat.

»Ist Lady Mary schon zu Hause?« fragte ich.

»Nein, Sir Richard, aber sie hat gesagt, sie kommt nicht spät. Ich erwarte sie jeden Augenblick.«

»Dann möchte ich hereinkommen und warten. Wie geht's, Barnard? Schon wieder an die Stadt gewöhnt?«

»Allmählich, Sir Richard, danke sehr. Ich bin sehr froh, Miss Mary hierzuhaben, wenn ich mir erlauben darf, sie so zu nennen. Miss Claire ist noch in Paris, und Miss Wymondham ist heute abend auf einem Ball und kommt erst sehr spät zurück. Wie geht es in Fosse, Sir, wenn ich fragen darf? Und wie geht es dem jungen Herrn? Miss Mary hat mir sein Photo gezeigt. Ein bildschöner junger Herr, Sir, Ihnen sehr ähnlich.«

»Unsinn, Barnard. Er ist seiner Mutter aus dem Gesicht geschnitten. Seien Sie nett und geben Sie mir was zu trinken. Einen Krug Bier, wenn Sie's haben, denn mein Hals ist so rauh wie ein Reibeisen.«

Ich trank das Bier und wartete in einem kleinen Zimmer, das reizend gewesen wäre, hätte es nicht die grellen Farben aufgewiesen, die Marys Tanten den Kopf verdrehten. Ich war wieder ganz vergnügt, denn Peter Johns Bild stand auf dem Kaminsims, und ich erwartete Mary jede Minute.

Sie kam kurz vor Mitternacht. Ich hörte sie in der Halle mit Barnard sprechen und dann ihren schnellen Schritt vor der Tür. Sie war höchst albern gekleidet, aber im Taxi mußte sie ihr Gesicht behandelt haben, denn die Schminke war fast weg, und sie sah sehr blaß aus.

»O Dick, Liebster«, rief sie, warf den Umhang ab und lief mir in die Arme. »Dich habe ich nicht erwartet. Es ist doch nichts los zu Hause?«

»Nicht daß ich wüßte, außer daß unser Zuhause verlassen ist. Mary, was um Himmels willen machst du hier?«

»Du bist doch nicht böse, Dick?«

»Kein bißchen – nur neugierig.«

»Woher weißt du, daß ich hier bin?«

»Ich hab's erraten. Ich dachte, am ehesten würdest du dich hier verstecken. Weißt du, ich habe dich heute abend tanzen sehen. Hör mal, Liebes, wenn du so viel Farbe und Puder auf dein Gesicht schmierst und es so heftig dem guten Turpin an die Brust drückst, dann wird der arme Kerl sich schwer tun, ein sauberes Hemd zu haben.«

»Du – hast – mich – tanzen – sehen! Warst du in dem Lokal?«

»Ich würde nicht sagen, daß ich *drin* war. Aber ich hatte

eine gute Sicht von der Galerie aus. Und da kam es mir so vor: je eher wir uns sehen und sprechen, desto besser!«

»Die Galerie! Warst du denn im Haus? Ich verstehe nicht.«

»Ich auch nicht. Ich bin aus gewissen Gründen in ein Haus in einer Hintergasse eingebrochen. Dabei – sei mir zu erwähnen erlaubt – bin ich so furchtbar erschrocken wie kaum je in meinem Leben. Nach verschiedenen Abenteuern gelangte ich an einen Ort, wo ein fürchterlicher Lärm war, den ich als Tanzmusik erkannte. Schließlich fand ich eine schmutzige kleine Kammer mit einem Fenster und blickte überrascht auf ein Tanzlokal hinab. Ich kannte es, denn ich war schon mal mit Archie Roylance dagewesen. Das war sonderbar genug, aber stell dir mein Erstaunen vor, als ich die mir angetraute Frau, aufgetakelt wie eine Geisha, mit einem alten Freund von mir tanzen sah, der sich als Wachsfigur verkleidet hatte.«

Sie schien kaum zuzuhören. »Aber in dem Haus! Hast du da niemand gesehen?«

»Ich habe einen Mann gesehen und einen anderen gehört. Der, den ich sah, war ein Mann, dem ich einmal spät bei Nacht bei Medina begegnet bin.«

»Aber der andere? Den hast du nicht gesehen? Du hast ihn nicht hinausgehen hören?«

»Nein.« Ich wunderte mich, daß sie so aufgeregt war. »Warum bist du so scharf auf den anderen?«

»Weil ich glaube – ich bin sicher – es war Sandy, Oberst Arbuthnot.«

Das begriff ich überhaupt nicht. »Unmöglich!« rief ich. »Das Haus ist ein Versteck von Medina. Der Mann, den ich gesehen habe, war Medinas Diener oder Anhänger. Willst du behaupten, daß Sandy das Haus ausgekundschaftet hat?«

Sie nickte. »Verstehst du, das ist der ›Garten Eden‹.«

»Ach, das weiß ich. Das habe ich selber herausgekriegt. Meinst du, daß Sandy es auch entdeckt hat?«

»Ja. Deshalb war ich da. Darum hab ich ein durch und durch ekelhaftes Leben geführt und bin jetzt angezogen wie eine vom Tingeltangel.«

»Mary«, sagte ich bestimmt, »mein fabelhaftes Gehirn verträgt jetzt keine heftigen Schocks mehr. Willst du dich bitte neben mich setzen und mir ganz simpel erzählen, was du getan hast, seit ich dir in Fosse adieu gesagt habe?«

»Zuerst«, sagte sie, »bekam ich Besuch von einem Theaterkritiker namens Mr. Alexander Thomson. Er behauptete, dich zu kennen, und du hättest gemeint, er solle mich besuchen. Er kam dreimal nach Fosse, aber nur einmal ins Haus. Zweimal habe ich ihn im Wald getroffen. Er hat mir eine Menge erzählt, unter anderem, daß er es nicht schaffen könnte und daß du es nicht schaffen könntest, wenn ich nicht helfe. Er meinte, wenn eine Frau verloren gegangen sei, könne nur eine Frau sie wiederfinden. Schließlich hat er mich überzeugt. Du hast selber gesagt, Dick, daß die Kinderfrau sehr gut für Peter John sorgen kann, zumal Dr. Greenslade so nah ist. Und ich höre jeden Tag von ihr, es geht ihm sehr gut, er ist quietschvergnügt.«

»Du bist also nach London gekommen. Aber wann?«

»An dem Tag, als du von Norwegen zurückkamst.«

»Aber ich habe seitdem regelmäßig Briefe von dir bekommen.«

»Das habe ich mit Paddock so ausgemacht. Ich habe ihn ins Vertrauen gezogen. Ich schicke ihm einen Stoß Briefe, und er schickt jeden Tag einen ab.«

»Dann bist du also schon mehr als vierzehn Tage hier. Hast du Sandy gesehen?«

»Zweimal. Er hat alles für mich arrangiert und mich mit meinem Tanzpartner bekannt gemacht, dem Marquis de la Tour du Pin, den du Turpin nennst. Ich glaube, ich habe die schlimmste, anstrengendste Zeit hinter mir, die je eine Frau durchgemacht hat. Ich habe in den liederlichsten Kreisen verkehrt und mußte selber am allerliederlichsten sein. Weißt du, Dick, ich glaube, ich bin wirklich eine gute Schauspielerin! Ich habe mir eine metallisch harte Stimme zugelegt und ein hohes, albernes Lachen und harte Augen, und nachts in meinem Bett werde ich am ganzen Leibe rot, weil ich so schamlos bin. Ich weiß, du kannst das alles nicht ausstehen, aber du kannst es nicht mehr hassen als ich. Trotzdem mußte es sein. Ich konnte nicht ›kneifen‹, wie Mr. Blenkiron das nannte.«

»Und hast du Glück gehabt?«

»O ja«, sagte sie müde. »Ich habe Miss Victor gefunden. Das war eigentlich nicht schwer. Als ich mich mal mit den komischen Leuten angefreundet hatte, die in solche Lokale gehen, war es nicht schwer zu erkennen, wer anders war als die anderen. Es sind alles Mannequins, aber die, nach der ich suchte, mußte der Prototyp eines Mannequins sein. Ich suchte eine Frau ohne Verstand und Seele, und ich fand sie. Außerdem hatte ich ja von Anfang an eine Spur. Odell, du weißt ja.«

»Also das Mädchen in Grün?«

Sie nickte. »Ich war natürlich nicht sicher, ehe mir nicht ihr Verlobter half. Das ist ein guter Mann, dein französischer Marquis. Der hat seine Rolle großartig gespielt. Verstehst du, es wäre zu nichts gut, zu versuchen, Adela Victor jetzt aufzuwecken. Wir könnten nicht damit rechnen, daß sie bis zum Tag der Befreiung ihre Rolle durchhalten würde, ohne Verdacht zu erregen. Aber etwas mußte getan werden, und das ist meine besondere Aufgabe. Ich habe mich mit ihr angefreundet und sie ein wenig an mich gewöhnt, wie einen Hund. Das wird es mir möglich machen, schnell zu handeln, wenn der Augenblick kommt. Du kannst eine verlorene Seele nicht plötzlich ohne alle Vorbereitung wieder zu sich bringen. Wir müssen sehr, sehr vorsichtig sein, denn sie wird streng bewacht, aber ich glaube – ja, ich bin gewiß, daß es gut geht.«

»Ach, wunderbar!« rief ich. »Das ist Nummer zwei. Ich kann dir berichten, daß ich Nummer eins habe.« Ich erzählte ihr kurz, was ich in Norwegen getan hatte. »Zwei von den armen Seelen werden jedenfalls aus dem Käfig herauskommen. Ob es wohl anginge, Victor und dem Herzog das zu sagen? Dann hätten sie keine Angst mehr.«

»Ich habe auch schon daran gedacht«, erwiderte sie, »aber Oberst Arbuthnot sagt: nein, unter gar keinen Umständen.

Er meint, das könnte alles verderben. Er nimmt das Ganze schrecklich ernst, weißt du. Und ich auch. Ich habe Mr. Medina gesehen.«

»Wo denn?« fragte ich erstaunt.

»Ich habe Tante Doria gebeten, mich zu einer Party mitzunehmen, wo er auch sein sollte. Keine Angst. Ich wurde nicht mit ihm bekanntgemacht, und er hat meinen Namen nicht zu hören bekommen. Aber ich habe ihn beobachtet, und bei allem, was ich wußte, habe ich mehr Angst ausgestanden als je in meinem Leben. Er ist außerordentlich attraktiv – nein, nicht attraktiv – verführerisch, und er ist so kalt und hart wie gehärteter Stahl. Du weißt ja, ich habe manchmal einen Eindruck von Menschen, den ich nicht erklären kann – du sagst, er ist immer richtig. Also, ihn habe ich als fast übermenschlich empfunden. Er verströmt Wohlbehagen und Macht wie ein Gott, aber er ist ein Gott aus einer verdammten Welt. Ich kann auch erkennen, daß er – gleichfalls wie ein Gott – auf Seelen aus ist. Die uns gewohnte menschliche Sündhaftigkeit kommt mir anständig vor im Vergleich mit seiner luziferischen Vermessenheit. Ich glaube, wenn ich je einen Mord begehen könnte – ihn würde ich umbringen. Mir wäre zumute wie Charlotte Corday. Oh, ich habe entsetzliche Angst vor ihm.«

»Ich nicht«, sagte ich seelenruhig, »und ich kenne ihn intimer als die meisten anderen Leute.« Das Ausmaß des Erfolges, den wir erreicht hatten, machte mich langsam zuversichtlich.

»Oberst Arbuthnot ist besorgt um dich«, sagte sie. »Die beiden Male, als ich ihn in London gesehen habe, wiederholte er immer wieder, wie wichtig es sei, daß du dich ganz nah bei Medina hältst. Ich glaube, er wollte, daß ich dich warne. Er sagte, wenn man mit einem Manne kämpft, der eine weitreichende Waffe besitzt, liegt die einzige Chance darin, ihn zu umarmen. Dick, hast du nicht gesagt, Mr. Medina hat vorgeschlagen, daß du bei ihm im Hause wohnst? Ich habe viel darüber nachgedacht, und ich glaube, es wäre am sichersten. Wenn er mal überzeugt ist, daß er dich sicher in der Tasche hat, denkt er vielleicht nicht mehr an dich.«

»Es wäre höllisch unbequem, denn dann hätte ich überhaupt keine Bewegungsfreiheit. Aber trotzdem glaube ich, daß du recht hast. Es wird vielleicht sehr hektisch zugehen, wenn *Der Tag* näherkommt.«

»Außerdem findest du vielleicht etwas über Nummer drei heraus. Das Kind, das bricht mir das Herz. Die anderen können sich vielleicht eines Tages aus eigener Kraft befreien; aber wenn wir *ihn* nicht finden, ist er auf immer verloren. Und Oberst Arbuthnot sagt, selbst wenn wir ihn finden, kann es große Schwierigkeiten machen, sein klares Bewußtsein wieder herzustellen. Wenn nicht – wenn nicht –«

Marys Gesicht war grimmig, wenn man dieses Wort überhaupt auf etwas so Zartes und Sanftes anwenden kann. Ihre Hände waren fest ineinander verschränkt, und ihre Augen blickten angestrengt und wie in weite Ferne.

»Ich werde ihn aber finden«, rief sie. »Hör zu, Dick. Der Mann verachtet die Frauen und schließt sie aus seinem Leben aus, wenn er sie nicht zum Werkzeug machen kann. Aber eine Frau gibt es, der jedes Mittel recht ist, ihn kleinzukriegen ... Wenn ich an den kleinen David denke, werde ich wild vor Zorn und Verzweiflung. Hast du denn keine Hoffnung für mich?«

»Ich habe auch nicht die Andeutung einer Spur«, erwiderte ich bekümmert. »Hat Sandy eine?«

Sie schüttelte den Kopf. »Er ist so klein, das Kerlchen, so leicht zu verstecken.«

»Wenn ich in Zentralafrika wäre, würde ich Medina bei der Gurgel nehmen und ihn auf dem Boden festhalten und so lange foltern, bis er nachgäbe.«

Sie schüttelte den Kopf. »Solche Methoden helfen in diesem Fall nicht. Er würde dich auslachen, denn ein Feigling ist er nicht – jedenfalls glaube ich das. Außerdem wird er wahrscheinlich vorzüglich beschützt. Und ferner hat er den Rückhalt seiner Reputation und Popularität, und er denkt schneller als irgendeiner von uns. Er kann die ganze Welt blenden – alle Männer und fast alle Frauen.«

Miss Wymondhams Rückkehr veranlaßte mich aufzustehen, um mich zu verabschieden. Sie sah immer noch drollig aus mit dem hoch aufgetürmten Flachshaar über dem langen, blassen Gesicht. Sie war bei irgendeiner Tanzerei gewesen und sah zugleich hundemüde und sehr angeregt aus. »Mary amüsiert sich königlich«, berichtete sie mir. »Sogar ich kann mit ihrem jugendlichen Feuer kaum Schritt halten. Kannst du sie nicht zu einer anderen Frisur überreden? Diese ist so *démodé* und verkorkst ihre ganze Erscheinung. Gerade heute abend hat Nancy Travers das gesagt. Sie meinte, wenn Mary bloß richtig zurechtgemacht wäre, dann wäre sie das bezauberndste Geschöpf in ganz London. Übrigens habe ich bei Parminters deinen Freund Archie Roylance getroffen. Am Donnerstag kommt er zum Lunch. Kommst du auch, Richard?«

Ich sagte, meine Pläne seien unsicher, und vielleicht sei ich auswärts. Aber ich verabredete mit Mary, daß sie mich über die Club-Adresse benachrichtigen solle, falls Nachricht von Sandy käme. Auf dem Rückweg fühlte ich mich von Marys Verzweiflung über den kleinen David Warcliff angesteckt. Das war das Jammervollste von allem, und ich sah keine Hoffnung, denn wenn auch alles andere planmäßig verlief, so würden wir doch Medina niemals zur Rechenschaft ziehen können. Je mehr ich darüber nachdachte, desto hoffnungsloser erschien mir unser Kampf gegen ihn. Wir konnten vielleicht die Geiseln befreien, aber wir konnten niemals beweisen, daß er irgend etwas mit ihnen zu tun hatte. Sicher konnte ich das Allerschlimmste gegen ihn vorbringen, aber wer würde mir mehr glauben als ihm? Und ich hatte niemanden, der meine Aussage bezeugen konnte. Wenn ich ihn der Entführungen beschuldigte und alles sagte, was ich von der blonden Spinnerin und von Newhover und Odell wußte? Er und die ganze Welt würden mich einfach auslachen, und ich würde wahrscheinlich teures Schmerzensgeld wegen Verleumdung bezahlen müssen. Keiner seiner Satelliten, dessen war ich sicher, würde ihn je verraten; sie konnten es nicht, selbst wenn sie wollten, denn sie wußten ja nichts. Nein, Sandy hatte recht. Wir konnten einen gewissen Erfolg haben, aber einen Sieg gab es nicht. Und doch würde nur der Sieg ein voller Erfolg sein, denn nur wenn wir Medina auf die Knie zwangen, daß er vor Angst bibberte, würde der arme Kleine gerettet. Ich schritt durch die leeren Straßen mit hoffnungsloser Wut im Herzen.

Eins gab mir zu denken. Was tat Sandy in dem Haus hinter dem Antiquitätenladen, falls es wirklich Sandy war? Wer immer dort gewesen war, mußte im Bündnis mit dem traurigen grauen Mann sein, den ich durch den Spalt der Schlafzimmertür beobachtet hatte. Nun gehörte dieser Mann zu Medinas Umgebung: ich zweifelte nicht daran, daß ich mich nicht irrte. Hatte Sandy etwas mit jemandem innerhalb der feindlichen Festung zu tun? Ich konnte mir nicht vorstellen, daß das möglich war, denn er hatte mir gesagt, Medina stelle ihm nach dem Leben, und seine einzige Hoffnung sei, ihn zu überzeugen, daß er nicht mehr in Europa sei ... Als ich zu Bett ging, war ich mir über eins völlig klar. Wenn Medina verlangte, daß ich zu ihm zog, würde ich annehmen. Es würde wahrscheinlich sicherer sein, obwohl mir daran nicht soviel lag, und es wäre wahrscheinlich ergiebiger. Ich könnte etwas über den grauen Mann herausfinden.

Am nächsten Tag besuchte ich Medina, denn ich wollte ihn glauben machen, daß ich mich ihm nicht fernhalten könne. Er war aus irgendeinem Grund in sprühend guter Laune und kündigte an, er gehe für zwei Tage aufs Land. Er behielt mich zum Lunch da, und ich nahm die Gelegenheit wahr, mir Odell wieder genau anzusehen, der Speck anzusetzen schien. ›Deine Puste, mein Junge‹ sagte ich zu mir selber, ›kann nicht so gut sein, wie sie sollte. Ich würde nicht mehr auf dich wetten.‹ Ich hoffte, daß Medina Ferien machte, denn er hatte letzthin besonders viele Reden gehalten. Aber er sagte: »Leider nicht.« Er müsse geschäftlich aufs Land – ein Besitz, dessen Treuhänder er sei, erfordere seine Anwesenheit. Ich fragte, in welcher Gegend von England, und er sagte Shropshire. Die Gegend gefalle ihm, er habe die Absicht, dort ein Gut zu kaufen, wenn er mehr Zeit habe.

Das brachte mich irgendwie auf seine Gedichte. Er war überrascht zu hören, daß ich mich in die Bändchen vertieft hatte, und ich merkte, daß er das für ein Zeichen meiner Ergebenheit nahm. Ich äußerte mich ausführlich über die Qualität der Gedichte und sagte, selbst ein so ungebildeter Mensch wie ich könne erkennen, wie verflucht gut sie seien. Auch bemerkte ich, sie kämen mir etwas melancholisch vor.

»Melancholie!« sagte er. »Es ist eine närrische Welt, Hannay, und ein weiser Mann hat manchmal Anwandlungen von Verachtung. Der Sieg verliert an Würze, wenn man über Narren siegt.«

Und dann sagte er das, worauf ich gewartet hatte. »Vor Wochen habe ich Ihnen gesagt, ich möchte gern, daß Sie bei mir wohnen. Jetzt wiederhole ich die Einladung und will keine Weigerung hören.«

»Das ist überaus liebenswürdig von Ihnen«, stammelte ich. »Aber würde ich nicht im Wege sein?«

»Nicht im geringsten. Sie sehen ja das Haus, es ist so groß wie eine Kaserne. Freitag bin ich von Shropshire zurück, und ich erwarte, daß Sie am Freitag abend hier einziehen. Wir könnten zusammen essen.«

Mir war es recht, denn dann hatte ich noch einen Tag oder zwei, um mich etwas umzusehen. Medina fuhr am Nachmittag ab, und ich verbrachte einen unruhigen Abend. Ich wäre gern bei Mary gewesen, aber mir schien, je seltener ich sie sah, desto besser sei es. Sie ging ihren eigenen Weg, und wenn ich in ihrer Nähe auftauchte, könnte das alles verderben. Am nächsten Tage war es nicht besser; ich wünschte mir tatsächlich, Medina wäre schon zurück, daß ich das Gefühl hätte, etwas zu tun, denn sonst konnte ich nirgendwo Hand anlegen, und wenn ich müßig war, quälte mich immerfort der Gedanke an David Warcliff. Ich ging nach Hampton Court hinaus und ruderte weit den Fluß entlang; dann war ich zum Dinner im Club und saß nachher in dem kleinen Rauchzimmer, drückte mich vor allen Bekannten und versuchte, eine Reisebeschreibung von Arabien zu lesen. Ich schlief im Sessel ein, wachte um halb zwölf auf und wollte gerade in mein Bett wanken, als ein Diener kam und sagte, ich werde am Telephon verlangt.

Es war Mary; sie sprach aus der Great Charles Street, und ihre Stimme klang scharf vor Aufregung.

»Es ist etwas Schreckliches passiert, Dick«, sagte sie atemlos. »Bist du allein? Ist ganz sicher niemand da? ... Archie Roylance hat etwas Furchtbares angestellt ... Er kam heute abend in das Tanzlokal, und Adela Victor war da mit Odell. Archie hatte sie schon mal gesehen, weißt du, und war anscheinend sehr beeindruckt. Nein! Er hat mich nicht erkannt, denn als ich ihn sah, hielt ich mich abseits. Aber natürlich hat er den Marquis erkannt. Er hat mit Adela getanzt und wahrscheinlich Unsinn geredet – jedenfalls ist er aufgefallen. Das Resultat war, daß Odell sie wegholen wollte – wahrscheinlich sind ihm Leute wie Archie an sich schon verdächtig – und, na ja, da gab es Krach. Das Lokal war sehr leer – nur etwa ein Dutzend Leute und die meisten ziemlich üble Typen. Archie fragte, welches Recht er hätte, das Mädchen wegzuholen, und wurde böse, und der Geschäftsführer wurde gerufen – der Mann mit dem schwarzen Bart. Er nahm Partei für Odell, und dann hat Archie etwas ganz Blödes getan. Er hat gesagt, er sei Sir Archibald Roylance, und kein Jude hätte ihm was zu befehlen, und schlimmer noch, er hat gesagt, sein Freund sei der Marquis de la Tour du Pin, und mit ihm zusammen würde er die ganze Schau auffliegen lassen, und er erlaube nicht, daß ein armes Mädel von einem drittklassigen amerikanischen Zuhälter herumkommandiert wird ... Was dann passiert ist, weiß ich nicht; die Frauen wurden hinausgescheucht, und ich mußte auch mit ... Aber, Dick, es ist ganz schrecklich. Ich sorge mich nicht so sehr um Archie, obwohl der sicher mächtig abgekriegt hat, aber um den Marquis. Die wissen ganz bestimmt genau über ihn Bescheid und über seine Beziehung zu Adela. Ich bin so gut wie sicher, daß sie auf irgendeine gräßliche Weise dafür sorgen, daß er ihnen nicht wieder gefährlich werden kann.«

»Mein Gott«, stöhnte ich, »welche Katastrophe! Und was

um Himmels willen kann ich tun? Ich wage nicht, mich einzumischen.«

»Nein«, kam ihre Stimme zögernd. »Das kannst du wohl nicht. Aber du kannst den Marquis warnen – wenn ihm noch nichts geschehen ist.«

»Das wird kaum mehr möglich sein. Diese Brüder verlieren keine Zeit. Aber geh zu Bett und schlafe, Liebste. Ich werde mein Bestes tun.«

Mein Bestes zu dieser Nachtzeit war nicht viel wert. Ich rief in Victors Haus an und stellte – wie erwartet – fest, daß Turpin nicht zurückgekommen war. Dann rief ich in Archies Haus in Grosvenor Street an und erhielt die gleiche Antwort. Mich nach den Hintergassen von Marylebone aufzumachen, hatte keinen Sinn, also ging ich zu Bett und verbrachte eine elende Nacht.

Sehr früh am nächsten Morgen war ich in der Grosvenor Street, und da erfuhr ich etwas. Archies Diener hatte gerade einen Telephonanruf von einem Krankenhaus bekommen, sein Herr habe einen Unfall gehabt, und er solle kommen und Kleider bringen. Er packte einen Koffer, und er und ich fuhren sofort hin und fanden den unseligen Archie im Bett, offiziell als Opfer eines Autounfalls. Er schien nicht sehr schlimm dran zu sein, aber es war ein Jammergesicht, ziemlich verbeult um die Augen herum und mit verbundenem Kiefer, das sich mir zuwandte, als die Schwester uns allein ließ.

»Weißt du noch, was ich von dem Mops mit den Brillant-Frackknöpfen gesagt habe«, pfiff er durch eine Zahnlücke. »Also, den habe ich mir gestern abend vorgeknöpft, und er hat mich sauber umgelegt. Mit einem Berufsboxer kann ich's nicht aufnehmen, und mein lahmes Bein behinderte mich.«

»Du hast sehr tapfer ins Fettnäpfchen getreten«, sagte ich. »Was fällt dir ein, im Tanzlokal zu raufen? Du machst mir böse Schwierigkeiten bei dem Job, den ich übernommen habe.«

»Wieso denn?« fragte er, und wäre seine Kinnlade nicht bandagiert gewesen, so wäre sie heruntergefallen.

»Das ist im Augenblick egal. Ich will genau wissen, was geschehen ist. Das ist wichtiger, als du denkst.«

Er erzählte mir dieselbe Geschichte wie Mary, aber mit einer Schimpfkanonade ausgeschmückt. Er stritt ab, daß er einen über den Durst getrunken hätte – »nur einen kleinen Whisky und ein Glas Port«. Er habe eine Zeitlang nach dem Mädchen in Grün ausgeschaut und, nachdem er sie gefunden hatte, die Gelegenheit nicht versäumen wollen, ihre Bekanntschaft zu machen. »Ein melancholisches kleines Geschöpf, sprach kaum ein Wort. Irgendein Schwein muß sie sehr schlecht behandelt haben – das konnte man ihr an den Augen ansehen –, und ich glaube, der Mops ist dieser Schurke. Jedenfalls ließ ich es mir nicht gefallen, daß er sie wie eine Sklavin herumkommandierte. Das hab ich ihm gesagt, und ein Kerl mit einem schwarzen Bart mischte sich ein und sie haben angefangen, mich herumzustoßen. Dann hab ich was verdammt Blödes getan. Ich hab versucht, sie einzuschüchtern, indem ich sagte, wer ich bin, und Turpin war da, da hab' ich ihn auch reingezogen. Verdammt unfein von mir, aber ich dachte, ein Marquis – da kriegen sie Gamaschen.«

»Hat er mitgemacht?«

»Ich weiß nicht – ich glaube aber, daß sie ihn ganz zu Anfang schon erledigt haben. Jedenfalls hatte ich den Mops vor mir, ich sah rot und hätte es mit einem ganzen Dutzend aufgenommen. Mehr als eine Runde habe ich nicht geschafft – das Bein machte wohl nicht mit. Einen oder zwei habe ich ihm in die Visage geknallt, und dann hat er mich wahrscheinlich k. o. geschlagen. Von da ab weiß ich nichts mehr, bis ich in diesem Bett aufgewacht bin mit einem Gefühl, als ob ich durch die Mangel gedreht worden wäre. Hier sagen sie, daß zwei Polizisten mich gebracht haben und ein Autofahrer, der gesagt hat, ich wäre ihm an einer Ecke direkt in den Kühler gelaufen. Er war sehr besorgt um mich, aber Namen und Adresse hat er nicht angegeben. Sehr aufmerksam von den Abschleppern, dafür zu sorgen, daß es keinen Skandal gibt ... Sag mal, Dick, du glaubst doch nicht, daß es in die Zeitungen kommt? Ich möchte kein Plakat umgehängt kriegen, daß ich in so einem ordinären Krawall drin war, wo ich doch gerade im Sinn habe, mich ins Parlament wählen zu lassen.«

»Ich glaube, es besteht nicht die entfernteste Möglichkeit, daß du je wieder ein Wort davon hörst, wenn du nicht selber zuviel davon redest. Hör mal, Archie, du mußt mir versprechen, daß du meilenweit von dem Lokal wegbleibst und unter gar keinen Umständen dem Mädchen in Grün nachstellst. Den Grund dafür sage ich dir später mal. Und noch etwas. Halte dich von Turpin fern. Ich hoffe nur, daß du ihm mit deinem idiotischen Benehmen gestern nicht schon was angetan hast, was nicht wieder gutzumachen ist.«

Archie verzweifelte fast vor Reue. »Ich weiß, ich habe mich gemein benommen. Sobald sie mich aufstehen lassen, will ich vor Turpin im Staube kriechen. Aber es ist ihm nichts passiert – sicher nicht. Er wollte ja nicht raufen wie ich. Ich glaube, sie haben ihn auf die Straße gesetzt, und er konnte nicht wieder herein.«

Ich teilte Archies Optimismus nicht, und sehr bald wurde meine Sorge zur Gewißheit. Direkt vom Krankenhaus aus ging ich zur Carlton House Terrace und fand Mr. Victor beim Frühstück. Ich erfuhr, daß der Marquis de la Tour du Pin am Abend zuvor zum Essen ausgegangen und nicht zurückgekehrt war.

15

Wie ein französischer Edelmann das Fürchten lernt

Die Geschichte, die ich jetzt erzähle, habe ich zweimal von Turpin gehört – einmal, als er selber noch nicht viel davon begriff, und ein zweites Mal, nachdem ihm einiges klar geworden war –, aber ich zweifle, ob ihm je in seinem Leben völlig klar wird, was sich mit ihm zugetragen hat.

Ich habe noch keine Zeit gehabt, Turpin richtig vorzustellen, und sowieso bin ich nicht sicher, ob ich das überhaupt kann. Ich mag die Franzosen sehr gern, aber ich glaube, es gibt keine Rasse auf Erden, die für den Durchschnittsengländer schwieriger zu verstehen ist. Was mich betrifft, so könnte ich viel eher in die Haut eines Boche hineinkriechen. Ich weiß, er hatte Berserkermut, war exzentrisch – aber mit dem sonderbaren harten Kern von Vorsicht, die dem Romanen eigen ist und die auf die Dauer seine Art, exzentrisch zu sein, ungefährlicher macht als die des Engländers. Er war feinnervig, erregbar, phantasievoll und – würde ich sagen – generell außerordentlich empfindlich für einen Einfluß von der Art, wie Medina ihn ausübte. Aber er war gewarnt. Mary hatte ihn in großen Zügen eingeweiht, und er spielte die Rolle, die sie ihm zugewiesen hatte, so pflichtgetreu wie ein braves Kind. Ich hatte seine Selbstbeherrschung unterschätzt. Er sah die Geliebte dieses blinde, unirdische Leben führen, und es muß eine Folter für ihn gewesen sein, nichts tun zu können als zuzusehen. Aber er machte nicht einen Versuch, ihr Gedächtnis zu wecken, sondern wartete gehorsam auf Marys Befehl und spielte perfekt die Rolle des gewöhnlichen, halb idiotischen Gigolos.

Als die Rauferei mit Archie und das ganze Durcheinander

anfing, hatte er soviel Vernunft einzusehen, daß er sich draushalten mußte. Dann hörte er Archie seinen wirklichen Namen sagen und begriff, welches Unheil das anrichten konnte, denn außer Mary kannte ihn niemand, und er war als ein Monsieur Claud Simond aus Buenos Aires eingeführt worden. Als er sah, daß sein Freund es mit dem Boxer aufnahm, wollte er ihm instinktiv zu Hilfe kommen, hielt aber rechtzeitig inne und wandte sich zur Tür. Der Mann mit dem schwarzen Bart sah ihn an, sagte aber nichts.

Am Fuß der Treppe war ein lärmendes Gedränge. Eines der Mädchen griff ihn beim Arm. »Da geht es nicht«, flüsterte sie. »Es ist eine Razzia. Da ist ein anderer Ausgang. Sie wollen doch nicht morgen in der Zeitung stehen.«

Er folgte ihr in einen kleinen Seitengang, der fast leer und sehr dunkel war, und verlor sie aus dem Blick. Gerade wollte er auskundschaften, da sah er einen kleinen Südländer, in dem er einen der Barkeeper erkannte. »Die Treppe hinauf, Monsieur«, sagte der Mann. »Dann erst links und wieder hinunter. Sie kommen im Hof der Apollo-Garage heraus. Schnell, Monsieur, oder *les flics* sind da.«

Turpin rannte die steile Holztreppe hinauf und fand sich in einem weiteren Gang, der ziemlich gut beleuchtet war und an jedem Ende eine Tür hatte. Er nahm die linke und sauste hindurch, er dachte, wie er wohl Hut und Mantel wiederkriegen könnte, und auch, was aus Mary geworden war. Die Tür ging ganz leicht auf, und in der Eile machte er zwei Schritte vorwärts. Da schwang sie hinter ihm zu, so daß er in völliger Dunkelheit war, und er wollte sie wieder aufmachen, um sehen zu können. Aber sie ging nicht auf. Als die Tür sich geschlossen hatte, war er ganz einfach aus der Welt hinausgegangen.

Zuerst war er zornig, aber gleich danach begriff er seine Lage und war etwas beunruhigt. Der Raum schien klein zu sein, er war stockdunkel und so muffig wie das Innere eines Panzerschranks. Im Augenblick war seine Hauptsorge, daß er nicht bei einer Razzia in einem Tanzlokal erwischt werden dürfe, denn sein wahrer Name könnte herauskommen und der Schaden, den Archies törichte Zunge angerichtet hatte, noch schlimmer werden. Aber bald begriff er, daß er aus einer Gefahr in eine womöglich noch größere geraten war. Er war in einem verteufelten Schrank eingesperrt in einem Hause, das – wie er wußte – in höchst zweifelhafte Zusammenhänge verwickelt war.

Er begann umherzutasten und stellte fest, daß der Raum größer war, als er gedacht hatte; der Fußboden schien aus nackten Brettern zu bestehen, nicht ein Möbelstück war vorhanden, noch gab es – soweit er sehen konnte – ein Fenster. Die Tür, durch die er eingetreten war, konnte er nicht finden, sie mußte innen ganz flach in die Wand hineinpassen. Bald merkte er, daß es ihm schwer wurde zu atmen, und fast befiel ihn Panik, denn die Furcht vor dem Ersticken war immer seine allergeheimste Angst gewesen – auch der tapferste Mann hat eine solche Angst. Das Atmen war, als sei sein Gesicht fest in ein Kissen hineingedrückt. Er nahm sich zusammen und beherrschte sich, denn es war ihm klar, daß er, wenn er hysterisch würde, um so schneller ersticken würde ...

Dann, so sagte er, fühlte er, daß eine Hand sich auf seinen Mund preßte ... Das muß Einbildung gewesen sein, denn er gibt zu, daß der Raum leer war; aber trotzdem kam die Hand wieder und wieder – eine große, weiche Hand, die nach Rosen roch. Seine Nerven waren am Zerreißen, und die Beine gaben unter ihm nach. Die Rosen senkten sich wie eine Wolke auf ihn herab, und die schreckliche, schwabbelige Hand, die groß war wie ein Berg, schien ihn zu ersticken. Er versuchte, sich zu bewegen, ihr zu entkommen, und ehe er's wußte, lag er auf den Knien. Er mühte sich ab aufzustehen, aber die Hand war auf ihm, drückte ihn flach nieder, und der unerträgliche, widerlich süße Geruch schlug ihn in dichte Falten ein, ihm wurde übel ... Und dann wurde er bewußtlos ...

Wie lange er ohnmächtig war, weiß er nicht, aber er glaubt, es habe viele Stunden gedauert. Als er zu sich kam, war er nicht mehr in dem Schrank. Er lag auf etwas, was eine Couch zu sein schien, in einem Zimmer, das geräumig schien, denn er konnte frei atmen, aber es war immer noch so dunkel wie die tiefste Unterwelt. Er hatte fürchterliche Kopfschmerzen, es war ihm ziemlich übel, und er war so blind wie eine Eule. Wie er dorthingekommen war, wußte er nicht, aber als seine Hand ihm auf die Brust fiel, merkte er, daß er im Frack war, und erinnerte sich an Archies Aufschrei. Das war seine letzte klare Erinnerung, aber sie ließ ihn klarer denken, denn sie bestätigte ihm, in welch ernster Gefahr er war. Er erzählte mir, daß er zunächst halb erstickt war vor Panik, denn er fühlte sich entsetzlich schwach; aber er hatte gerade noch Verstand genug, um seine Nerven in die Gewalt zu bekommen. »Du mußt ein Mann sein«, wiederholte er sich. »Selbst wenn du in die Hölle geraten bist, mußt du ein Mann sein.«

Dann sprach eine Stimme aus der Dunkelheit heraus, und bei ihrem Klang schwand seine Angst fast ganz. Es war keine Stimme, die er kannte, aber eine angenehme Stimme, und sie sprach zu ihm auf Französisch. Aber nicht nur einfach auf Französisch, sondern südliches Französisch wie in dem Tal, wo er geboren war, mit dem weichen, schleifenden Klang der heimatlichen Mundart. Die Stimme schien ihm das Kopfweh und die Übelkeit zu nehmen und seine revoltierenden Nerven zu beruhigen, aber sie schwächte ihn auch. Dessen erinnert er sich genau. Diese freundliche Stimme machte ihn wieder zum Kinde.

Was sie sagte, das weiß er nur noch ganz ungefähr. Er glaubt, sie erinnerte ihn an seine Knabenzeit – an das alte Schloß hoch oben in dem Kalksteingebirge, an die federblättrigen Kastanienbäume, an die schneereichen Winter, wenn die Wölfe aus den Wäldern bis zu den Türen der Bauernhöfe kamen, an die heißen Sommer, wenn die Straßen blendend weiß waren und das Gras so gelb wie reifes Korn. Alles das vermengte sich in seinem Gedächtnis, und was die Stimme auch sagte, es wirkte eher wie Musik als wie gesprochene Worte. Es glättete seine zerknitterte Seele, aber es stahl ihm auch die Manneskraft. Er wurde schlaff und gehorsam und passiv wie ein schwaches Kind.

Die Stimme verstummte, und eine überwältigende Schläfrigkeit überkam ihn. Dann plötzlich, zwischen Schlafen und Wachen, wurde er sich eines Lichtes bewußt, eines Sterns, der vor ihm in der Dunkelheit glühte. Dieser Stern wurde größer und wieder kleiner und hielt seine Augen fest wie ein Schraubstock. Ganz hinten in seinem Bewußtsein war ihm klar, daß eine Teufelskunst am Werk war, etwas, dem er Widerstand leisten müsse, aber er konnte sich um alles in der Welt nicht erinnern, warum.

Der Schein wurde größer, bis er wie der Lichtkreis einer Laterna magica auf der Leinwand war. Ein seltsamer Duft breitete sich aus – nicht der widerlich süße Geruch der Rosen, sondern ein harter, beißender Geruch, der ihm quälend bekannt vorkam. Wo hatte er ihn schon gerochen? ... Langsam stieg eine ganze Welt von Erinnerungen auf.

Nun hatte Turpin vor dem Krieg ein paar Jahre im Kolonialheer als Leutnant der Spahis gedient und war mit verschiedenen Ingenieur- und Militärexpeditionen südlich der algerischen Grenze in der Wüste gewesen. Er hatte mir oft ganz hingerissen von der Herrlichkeit jener längst vergangenen Tage erzählt, jener ersten Mannesjahre, die nie wiederkehren ... Dieser Geruch war die Wüste, die unvergeßliche, nicht zu zähmende, die vom Mittelmeer bis zu den Urwäldern Zentralafrikas reicht, wo, als dort noch das Meer war, Odysseus reiste, wo – weiß man's denn? – die Magie der Circe und der Calypso noch weilt.

In diesem Lichtmond erschien ein Gesicht, das so hell beleuchtet war, daß jede strenge Linie bis in die kleinsten Einzelheiten vergrößert erschien. Es war ein orientalisches Gesicht, ein hageres Arabergesicht mit hohen Jochbeinen, die Augen standen seltsam schräg. Er hatte es noch nie gesehen, aber etwas ähnliches hatte er kennengelernt, als er sich mit der primitiven Magie der Wüste beschäftigte, dem kochenden Topf und dem Feuer aus grünen Kräutern. Zuerst war es nur ein Gesicht, halb abgekehrt, dann schien es sich zu wenden, so daß die Augen sichtbar wurden, wie wenn bei Nacht plötzlich Lichter angehen, wenn man von außen in ein dunkles Haus blickt.

In jeder Faser spürte er etwas, was er fast vergessen hatte, den Zauberbaum und den Schrecken der Wüste. Es war ein grausames, unmenschliches Gesicht, in dem sich weiß Gott welch uralte Angst und Sünde verbarg, aber es war weise wie die Sphinx und ewig wie der Felsen. Während er es anstarrte, schienen ihn die Augen zu meistern und zu verschlingen und – wie er es ausdrückte – ihm die Seele auszusaugen.

Man muß bedenken, daß er nie von Kharáma gehört hatte. Das war der einzige Fehler, den Mary machte, und ein sehr verständlicher, denn es war nicht wahrscheinlich, daß er und der Inder sich begegnen würden. Darum hatte er nichts in seinem armen verwirrten Kopf, was ihm half, gegen diese übermächtige Gegenwart anzukämpfen. Er versuchte es gar nicht. Er sagte, er sei in eine beglückende Lethargie verfallen, ähnlich dem Koma, das einen Erfrierenden überwältigt.

Ich konnte sehr wenig aus Turpin herauskriegen von dem, was dann geschehen war. Das Gesicht sprach zu ihm, aber ob auf Französisch oder in einer afrikanischen Sprache, wußte er nicht – französisch, meinte er –, sicherlich nicht englisch. Ich vermute, daß, während Augen und Miene im höchsten Maße furchterregend waren, die Stimme zum mindesten freundlich war. Sie sagte ihm, er sei in unmittelbarer Gefahr, und seine einzige Hoffnung sei völlige Passivität. Wenn er seinen eigenen Willen auszuüben versuche, sei er des Todes; und was dieser Tod bedeutete, davon hatte er bereits genug begriffen, um aus seiner Lethargie in einen Krampf kindischer Angst aufzuschrecken. »Dein Körper ist zu schwach, sich zu bewegen«, sagte die Stimme, »denn Gott hat Seine Hand auf ihn gelegt.« Das stimmte. Turpin merkte, daß er so schwach war wie eine neugeborene Katze. »Du hast deinen Willen Gott überlassen, bis Er ihn dir zurückgibt.« Auch das stimmte, denn Turpin wußte, er hätte nicht die Kraft, sein Haar zu bürsten, wenn es ihm nicht befohlen würde. »Du wirst in Sicherheit sein«, sagte die Stimme, »solange du schläfst. Du wirst schlafen, bis ich dir befehle zu erwachen.«

Und wahrscheinlich schlief er, denn wieder kam eine große Lücke in seiner Erinnerung ... Das Nächste, woran er sich erinnerte, war, daß er in etwas, was auf Rädern lief, durchgerüttelt wurde, und plötzlich rollte er auf die Seite, als der Wagen um eine scharfe Kurve fuhr. Diesmal dauerte es nicht ganz so lange, bis er erwachte. Er befand sich in einem schweren Wagen und hatte den Mantel an, der Hut lag neben ihm auf dem Sitz. Er lag fast ganz ausgestreckt und bequem auf Kissen gestützt. Alles das wurde ihm bald klar, aber es dauerte eine Weile, bis er sich an die Vergangenheit erinnerte, und die war verschwommen und lückenhaft ... Woran er sich am deutlichsten erinnerte, das war die Warnung, er sei in großer Gefahr und nur so lange in Sicherheit, wie er nichts unternahm. Das stand in seinem Gedächtnis eingebrannt, und die Lektion erhielt Nachdruck durch die völlige Kraftlosigkeit seiner Glieder. Er konnte sich kaum von der Seite auf den Rücken drehen und wußte, er würde zusammensacken, wenn er versuchte aufzustehen. Er schloß die Augen und versuchte nachzudenken.

Stück für Stück fügte die Vergangenheit sich zusammen. Er erinnerte sich an Archies Aufschrei – an anderes vorher – Mary – das Mädchen in Grün. Sehr bald starrte ihm die Wahrheit ins Gesicht. Er war entführt worden wie die anderen, man hatte dieselben Tricks bei ihm angewandt ... Aber die hatten sich nur auf seinen Körper ausgewirkt. Als ihm diese ungeheure Tatsache klar wurde, schwoll er förmlich vor Stolz. Irgendeine Teufelskunst hatte seine Körperkraft weggehext, aber seine Seele gehörte ihm noch, sein Gedächtnis und sein Wille. Die überstandene Angst haftete ihm noch wie ein Ausschlag an, wie ein Nachgefühl von Grippe, aber das erregte nur seinen Zorn. Er würde sich ganz bestimmt nicht unterkriegen lassen. Diesmal hatte das Schwein sich verrechnet. Vielleicht hatten sie einen Krüppel in der Gewalt, aber das würde ein sehr wacher, schlauer und entschlossener Krüppel sein, der schleunigst die erste Gelegenheit ergreifen würde, es ihnen heimzuzahlen. Sein Zorn belebte ihn. Sein Leben lang hatte er mit Tropenglut geliebt und stürmisch gehaßt. Er hatte den Boche verabscheut und die Freimaurer und die Kommunisten und die Parlamentarier seines eigenen Landes, und seit Adela verschwunden war, hatte er eine Wut gehabt auf einen Unbekannten oder mehrere: und jetzt konzentrierte sich aller Haß, dessen er fähig war, auf die Leute, die für die Ereignisse dieser Nacht verantwortlich waren. Die Narren! Sie glaubten, sie hätten ein gebundenes Lamm, und dabei war es ein lahmer Tiger.

Die Rouleaus des Wagens waren heruntergezogen, aber mit kleinen, schmerzhaften Bewegungen gelang es ihm festzustellen, daß vorn neben dem Fahrer noch ein Mann saß. Allmählich hob er auch eine Ecke des rechten Rouleaus und sah, daß es Nacht war und daß sie durch breite Straßen fuhren, die nach Vorstadt aussahen. Aus dem Motorengeräusch schloß er, daß der Wagen ein Rolls Royce war, aber keins der neuesten Modelle, glaubte er. Sehr bald wurde die Fahrt holpriger, und es war klar, daß die Vorstadtstraßen in Landstraßen übergegangen waren. Seine vielen Ausflüge mit dem Delage hatten ihm gute Kenntnisse der Ausfallstraßen von London eingetragen, aber wie sehr er sich auch mühte, er konnte kein vertrautes Wahrzeichen entdekken. Die Mondsichel war untergegangen, also nahm er an, daß es fast Mitternacht war; es war eine schöne klare Nacht, nicht sehr dunkel, und gelegentlich sah er ein Gasthaus oder eine Kirche, aber sie schienen durch kein Dorf zu fahren. Wahrscheinlich wählte der Fahrer die wenig befahrenen Straßen – in dieser Ansicht wurde er noch dadurch bestärkt, daß oft im rechten Winkel abgebogen wurde und daß die Straßen viele holprige Strecken hatten.

Sehr bald bekam er bei seinen Auskundschaftsversuchen solche Schmerzen, daß er sie aufgab und sich damit begnügte, seine Politik zu planen. Natürlich mußte er seine Rolle als dämliches Schaf spielen. Diese Aufgabe, meinte er, würde ihm keine Schwierigkeiten machen, denn er glaubte, ein guter Schauspieler zu sein. Seine Sorge war sein körperlicher Zustand. Er glaubte nicht, daß eine so starke Konstitution wie die seine von einer solchen Nacht einen Dauerschaden erleiden konnte ... Einer Nacht! Er mußte mehr als eine Nacht fortgewesen sein. Er dachte, was wohl Mr. Victor glaubte – und Mary – und Hannay. Der arme Hannay mußte nun vier verlorene Seelen suchen statt drei! ... Aber jedenfalls hatten die Schurken mit ihm einen bösen Gefangenen gemacht. Sein Körper mußte sich bald erholen, natürlich nur, wenn sie nichts dazu taten, daß er sich nicht erholte. Bei dem Gedanken biß er die Zähne zusammen. Es könnte schwierig werden, die Rolle des frommen Lammes zu lange zu spielen.

Ehe er sich's versah, war der Wagen durch ein großes Tor gefahren und glitt eine dunkle Allee entlang. Nach einer Minute hielt er vor der Tür eines Hauses, und er wurde von dem Chauffeur und dem anderen Mann aus dem Wagen gehoben und in eine Halle getragen. Aber zuerst wurde ein dunkles Taschentuch um seine Augen gebunden, und da er weder Arme noch Beine bewegen konnte, mußte er es dulden. Er merkte, daß er eine kurze Treppe hinaufgetragen wurde und dann einen Flur entlang in ein Schlafzimmer, in dem eine Lampe angeknipst wurde. Er wurde ausgezogen – die Augen waren noch verbunden – und mit einem Pyjama bekleidet, der ihm zu weit und zu kurz war. Dann wurde Essen hereingebracht, und eine englische Stimme bemerkte, er solle vor dem Einschlafen lieber noch zu Abend essen. Die Binde wurde abgenommen, und er sah die Rücken zweier Männer durch die Tür verschwinden.

Bis dahin hatte er weder Hunger noch Durst gespürt, aber der Anblick der Mahlzeit brachte ihm zum Bewußtsein, daß er einen Mordshunger hatte. Wenn er den Kopf drehte, sah er alles auf einem Tisch neben seinem Bett angerichtet – es sah gut aus: kalter Schinken und Kalbsbraten, eine Omelette, Salat, Käse und eine kleine Karaffe Rotwein. Seine Seele lechzte danach, aber die Schwäche in seinen Gliedern? War das eine neue Tantalusqual?

Sein Appetit wuchs, und wie ein Automat bewegte er sich auf die Mahlzeit zu. Alle Gliedmaßen schienen eingeschlafen, und überall prickelte es wie Nadeln, aber er war tatsächlich weniger schwach als im Wagen. Zuerst brachte er es fertig, den rechten Arm auszustrecken, und als er Ellenbogen und Handgelenk bog, schien Leben hineinzukommen. Dann tat er dasselbe mit dem rechten Bein, und bald merkte er, daß er sich zentimeterweise zur Bettkante schieben konnte. Schnell kam er außer Atem, aber es war kein Zweifel – er wurde immer kräftiger. Ein plötzlicher Anfall von Durst befähigte ihn, nach der Karaffe zu greifen, und nach einiger Mühe mit dem Stöpsel brachte er sie an die Lippen. Er verschüttete eine Menge, aber er kriegte doch einen Mundvoll. »Larose«, murmelte er, »und ein guter Jahrgang. Cognac wäre besser gewesen.«

Aber der Wein belebte ihn. Er stellte fest, daß er beide Arme gebrauchen konnte und machte sich mit Wolfshunger an die Omelette, wobei es eine ziemliche Schmiererei gab. Jetzt fühlte er sich schon wie ein beachtlich kräftiger Rekonvaleszent und setzte seine Mahlzeit mit kaltem Fleisch fort, bis ein Krampf in seiner linken Schulter ihn zwang, sich aufs Kissen zurückzulegen. Der Schmerz war bald vorbei, und in ziemlich guter Verfassung beendete er seine Mahlzeit bis zum letzten Salatblatt und Weintropfen. Der Turpin, der sich dann wieder auf dem Bett ausstreckte, war ziemlich wieder derselbe kräftige junge Mann, der in der Nacht zuvor durch jene verhängnisvolle Tür in die Finsternis gestolpert war. Aber es war ein Turpin mit tief verstörtem Gemüt.

Er hätte gerne geraucht, aber seine Zigaretten waren in der Tasche des Fracks, der weggehängt worden war. Also probierte er dasselbe mit seinen Beinen, was er zuvor mit den Armen gemacht hatte, und mit demselben Erfolg. Es fiel ihm ein, er sollte, solange er allein war, versuchen, ob er stehen konnte. Er strengte sich sehr an, rollte aus dem Bett auf den Boden und stieß mit dem Kopf an den kleinen Tisch, daß die Teller klapperten.

Aber mit etwas Mühe kam er auf die Füße, und es gelang ihm, im Zimmer umherzuschlurfen. Das Übel wich aus seinem Körper – das war klar –, und außer einer natürlichen

Steifheit in den Gelenken fühlte er sich so gesund wie immer. Aber was alles das zu bedeuten hatte, begriff er nicht im mindesten. Er glaubte eigentlich, er habe seine Feinde geschlagen und sich als widerstandsfähiger erwiesen, als sie ihn eingeschätzt hatten. Bestimmt hatten sie mit ihrer Hexerei seinem Verstand nicht geschadet, und es sah so aus, als sei es ihnen mit seinem Körper auch nicht gelungen. Dieser Gedanke ermutigte ihn. Das Haus schien still zu sein; warum sollte er es nicht ein wenig erforschen?

Vorsichtig öffnete er die Tür, die er zu seiner Überraschung unverschlossen fand. Der Flur wurde von einer Petroleumhängelampe beleuchtet und war mit einem altmodischen rauhen Wollstoff belegt, und an den Wänden hing eine Serie von Blumenbildern. Turpin kam zu dem Ergebnis, daß er selten in einer Wohnung gewesen war, die unschuldiger und heimeliger wirkte. Er glaubte, daß er Unheil, wenn es in der Luft lag, sozusagen riechen könne, und hier war nichts davon vorhanden. Er machte einen Schritt oder zwei und hielt an, weil er ein Geräusch zu hören glaubte. Ja, ohne Zweifel. Wasser strömte aus einem Hahn. Jemand in der Wohnung wollte baden.

Dann glitt er gerade noch rechtzeitig in sein Zimmer zurück. Der Jemand kam heran, leichtfüßig und mit Seidenrascheln. Er hatte die Tür geschlossen, als die Schritte vorübergingen, und jetzt machte er sie auf und streckte den Kopf hinaus. Er sah einen rosa Morgenmantel und darüber einen schlanken Nacken und eine Fülle dunklen Haares. Es war die Gestalt, die von allen Männern er wohl am besten kannte.

Der beste Platz für ihn war wohl das Bett, also schlüpfte er zwischen die Laken und versuchte zu denken. Adela Victor war hier; er mußte also in den Händen ihrer Entführer sein als viertes Opfer. Aber welcher Wahn hatte diese vorsichtigen Verbrecher veranlaßt, beide in dasselbe Gefängnis zu sperren? Fühlten sie sich so unerhört sicher, ihrer Macht so bewußt, daß sie dieses verrückte Risiko eingingen? Diese Unverschämtheit machte ihn wütend. Beim Namen aller

Heiligen schwor er, daß sie das bereuen sollten. Er würde die Dame und sich selbst befreien, und wenn er das Haus niederbrennen und jedem einzelnen Bewohner den Hals umdrehen müßte! Und dann fiel ihm ein, wie heikel die Sache war, daß sie auf den Tag klappen mußte, wenn die anderen Geiseln nicht verloren sein sollten, und er stöhnte laut auf.

Es klopfte, und ein Diener kam herein, um das Geschirr wegzuräumen. Er schien ein ganz gewöhnlicher englischer Kammerdiener zu sein mit steifem Kragen, ordentlicher schwarzer Jacke und glattem, ausdruckslosem Gesicht.

»Verzeihung, Mylord«, sagte er, »wann wünschen Sie das Rasierwasser? Da es schon so spät ist, erlaube ich mir, zehn Uhr vorzuschlagen.«

Turpin stimmte zu, und der Diener war kaum gegangen, als ein anderer Besucher erschien. Es war ein schlanker, blasser Mann, den er seines Wissens noch nie gesehen hatte, ein Mann mit grauem Haar und melancholisch geneigtem Kopf. Er stand am Fußende des Bettes und betrachtete den liegenden Turpin mit freundlichem Blick. Dann sprach er ihn auf Französisch an mit unverkennbar sächsischem Akzent.

»Haben Sie alles, was Sie brauchen, Monsieur? Gut. Seien Sie ruhig. Wir sind Ihre Freunde. Guten Abend.«

16

Die Zeit wird uns knapp

An dem Tag war ich zum Lunch bei Mary – allein, denn ihre Tanten waren beide in Paris –, und man hätte Mühe gehabt, auf den britischen Inseln ein niedergeschlageneres Paar zu finden als uns beide. Bei Mary, die immer einzigartig gelassen und sanft war, merkte man es nur daran, daß sie sehr blaß war. Ich selber war so nervös wie ein Bantamhähnchen.

»Ich wollte, ich hätte mich nie auf die Sache eingelassen«, rief ich. »Ich habe mehr geschadet als geholfen.«

»Du hast Lord Mercot gefunden«, protestierte sie.

»Ja, und Turpin verloren. Für diese Schurken steht es immer noch drei zu eins. Wir dachten, wir hätten zwei gefunden, und jetzt haben wir Miss Victor wieder verloren. Und Turpin dazu! Sie werden Schwierigkeiten mit ihm haben und wahrscheinlich starke Mittel anwenden. Jetzt werden sie wie Kerzenwachs an ihm und dem Mädchen und dem Kinde kleben; denn was gestern abend passiert ist, muß sie ja mißtrauisch machen.«

»Meinst du wirklich?« erwiderte Mary, zuversichtlich wie immer. »Sir Archie hat ihn doch nur seines Titels wegen hineingezogen. Es war wohl befremdend, ihn in Adelas Nähe zu sehen, aber er hat nicht ein einziges Wort mit ihr gesprochen. Das muß ihnen aufgefallen sein. Mir macht Sir Archie Sorge. Er sollte London verlassen.«

»Zum Kuckuck mit ihm! Er wird! Sobald er aus dem Krankenhaus heraus ist, wahrscheinlich heute nachmittag. Ich habe darauf bestanden, aber er wollte sowieso. Er hat eine zuverlässige Nachricht bekommen, daß irgendwo ein grüner Strandläufer nistet. Es wäre gut, wenn Archie sich an seine

Vögel halten würde. Für was anderes hat er keinen Sinn ... Und jetzt müssen wir wieder von vorn anfangen.«

»Nicht ganz von vorn«, warf sie ein.

»Verflixt nah dran. Miss Victor werden sie in diese Umgebung nicht zurückbringen, und deine ganze Arbeit war umsonst. Es ist ganz großes Pech, daß du nicht angefangen hast, sie aufzuwecken, denn dann hätte sie sich vielleicht selber weiterhelfen können. Aber so ist sie noch immer eine Kleiderpuppe und irgendwo versteckt, da kannst du sicher sein, wo wir sie niemals erreichen können. Und wir haben nur noch wenig mehr als drei Wochen.«

»Es war Pech«, gab Mary zu. »Aber, Dick, ich hab so ein Gefühl, als ob ich Adela Victor nicht verloren habe. Ich glaube, daß wir irgendwie wieder mit ihr in Verbindung kommen. Weißt du, wie Kinder, wenn sie einen Ball verloren haben, manchmal einen anderen hinterherwerfen und hoffen, daß der den anderen findet. Also, so haben wir den Marquis hinter Adela hergeschickt, und ich habe das Gefühl, wir werden sie beide miteinander finden. Das war immer so, als wir Kinder waren ...« Bei dem Wort ›Kinder‹ stockte sie, und ich sah den Schmerz in ihren Augen. »O Dick, das Kind! Dem sind wir noch nicht nähergekommen, und das ist doch weitaus der tragischste Fall.«

Es sah alles so hoffnungslos aus, daß ich kein Wort fand, sie zu trösten.

»Und zu allem hin«, stöhnte ich, »muß ich heute abend bei Medina einziehen. Der Gedanke daran ist wie Gift.«

»Es ist so am sichersten«, antwortete sie.

»Ja, aber ich kann nichts mehr tun. Er wird mich mit Luchsaugen bewachen, und ich kann selber keinen Schritt mehr tun – nur dasitzen und essen und trinken und ihm um den Bart gehen. Beim Zeus, ich schwöre, ich werde Streit mit ihm anfangen und ihm den Kopf einschlagen.«

»Dick, du wirst doch nicht – wie heißt es doch? – die Flinte ins Korn werfen? Alles hängt von dir ab. Du bist doch unser Kundschafter im feindlichen Hauptquartier. Dein Leben hängt davon ab, daß du mitmachst. Und vielleicht findest du etwas sehr, sehr Wichtiges heraus. Es wird scheußlich für dich sein, aber es dauert nicht lang, und es ist die einzige Möglichkeit.«

Das war echt Mary. Sie zitterte vor Angst um mich, aber sie war so sehr Gentleman, daß sie keinen leichten Ausweg wählen konnte.

»Vielleicht erfährst du etwas über David Warcliff«, fügte sie hinzu.

»Das gebe Gott. Keine Sorge, Liebste. Ich halte es durch. Aber höre, wir müssen einen Plan machen. Ich werde mehr oder weniger ohne Verbindung zur Außenwelt sein; und eine Verbindungslinie muß ich offenhaben. Du kannst mich in dem Haus nicht anrufen, und ich wage nicht, dich von dort aus anzurufen. Die einzige Möglichkeit ist der Club. Wenn du eine Botschaft für mich hast, rufe den Hauptportier an und verlange, daß er sie aufschreibt. Ich sorge dafür, daß er nicht darüber redet, und ich hole mir Nachricht von dir, wann ich gerade kann. Und hin und wieder rufe ich dich an, daß du Nachricht hast. Aber ich muß sehr vorsichtig sein, denn sicherlich wird Medina mich sogar im Club überwachen. Bist du in Verbindung mit Macgillivray?«

Sie nickte.

»Und mit Sandy?«

»Ja, aber das braucht Zeit – mindestens einen Tag. Wir können nicht direkt korrespondieren.«

»Nun also, das ist es, in großen Zügen. Wir müssen's zu Ende führen und hoffen, daß wir in den letzten zehn Minuten noch Glück haben.«

Nach dem Tee traf ich in Hill Street ein, Medina war hinten im Rauchzimmer und schrieb Briefe.

»Gut so, Hannay«, sagte er, »machen Sie sich's bequem. Dort auf dem Tisch sind Zigaretten.«

»Alles gutgegangen in Shropshire?« fragte ich.

»Alles schiefgegangen. Ich bin heute schon ganz früh zurückgefahren. Muß mich hier um irgendwas Langweiliges kümmern. Tut mir leid, aber zum Dinner bin ich heute abend nicht da. Das passiert immer, wenn ich mit meinen Freunden zusammensein möchte – eine fürchterliche Arbeitshetze.«

Er war sehr gastlich, aber sein Benehmen war nicht so unbefangen wie gewöhnlich. Er schien wegen irgend etwas sehr nervös zu sein. Wahrscheinlich wegen der Affäre mit Archie Roylance und Turpin.

Ich aß allein und saß nach dem Dinner im Rauchzimmer, denn Odell schlug mir nicht die Bibliothek vor, obwohl ich viel darum gegeben hätte, dort herumzustöbern. Überm Lesen der Zeitschrift *Field* nickte ich ein, und gegen elf weckte mich Medina. Er sah fast müde aus; auch war seine Stimme sonderbar hart. Er machte eine gleichgültige Bemerkung über das Wetter und über eine hitzige Debatte im Kabinett. Dann sagte er plötzlich:

»Haben Sie Arbuthnot kürzlich gesehen?«

»Nein«, antwortete ich im Ton echter Überraschung. »Wie könnte ich? Er ist wieder in den Osten gegangen.«

»Das dachte ich auch. Aber man hat mir gesagt, er sei wieder in England gesehen worden.«

Eine Sekunde lang hatte ich schreckliche Angst, daß er meinem Treffen mit Sandy im Cotswold-Gasthaus auf die Spur gekommen sei und seinem Besuch in Fosse. Seine nächsten Worte beruhigten mich.

»Ja. In London. Während der letzten paar Tage.«

Es wurde mir leicht, Erstaunen zu bezeugen. »Was für ein verrückter Kerl! Nicht eine Woche lang kann er bei der Stange bleiben. Ich kann nur sagen: hoffentlich läuft er mir nicht über den Weg. Ich brenne weiß Gott nicht darauf, ihn wiederzusehen.«

Medina sagte nichts mehr. Er begleitete mich zu meinem Schlafzimmer, fragte, ob ich alles habe, was ich brauche, sagte mir gute Nacht und verließ mich.

Nun begann eine der merkwürdigsten Wochen in meinem Leben. In der Erinnerung scheint sie mir immer noch so zusammenhanglos wie ein Alptraum, aber eine oder zwei Episoden ragen daraus hervor wie Klippen aus einer Hochflut. Als ich am ersten Morgen unter Medinas Dach aufwachte, glaubte ich, daß er auf die eine oder andere Weise dazu gekommen sei, mich zu verdächtigen. Aber bald sah ich, daß das Unsinn war, denn er behandelte mich als sein Eigentum; ich erkannte aber auch, daß ein sehr lebhafter Verdacht auf irgend etwas bei ihm erweckt worden war. Wahrscheinlich hatten Archies Fiasko und gleichzeitig die Nachricht über Sandy das bewirkt, und vielleicht mischte sich das mit der begreiflichen Nervosität des Mannes, der fast am Ende einer schwierigen Unternehmung angelangt ist. Jedenfalls schloß ich, daß seine Nervosität meine Lage schwieriger machen werde. Ohne mich zu verdächtigen, ließ er mich doch nicht aus den Augen. Er kommandierte mich herum, als sei ich ein Kind, oder vielmehr machte er Vorschläge, die ich in meiner Rolle als verehrungsvoller Jünger als Befehle ansehen mußte.

Er war Tag und Nacht fieberhaft tätig, und trotzdem ließ er mir keine Zeit für mich selbst. Er wollte von allem wissen, was ich tat, und ich mußte ehrlich Rechenschaft geben, denn ich hatte das Gefühl, daß er Mittel und Wege wußte, die Wahrheit herauszufinden. Eine Lüge, hinter die er kam, würde – das wußte ich – meine Sache völlig ruinieren, denn wenn ich so sehr in seiner Macht war, wie er glaubte, würde es mir unmöglich sein, ihn anzulügen. Deshalb wagte ich nicht oft, zum Club zu gehen, denn er würde wissen wollen, was ich da tat. Ich ging auf so verzweifelt dünnem Eis, daß ich es für das beste hielt, mich die meiste Zeit in der Hill Street aufzuhalten, wenn er nicht verlangte, daß ich ihn begleitete. Ich beriet mich mit Mary darüber, und sie stimmte zu, daß es so am vernünftigsten sei.

Außer einer Anzahl weiblicher Dienstboten gab es keinen Bedienten im Haus als Odell. Zweimal begegnete ich dem grauen Mann mit dem traurigen Gesicht auf der Treppe, dem Manne, den ich bei meinem ersten Besuch gesehen und vor einer Woche in dem Haus hinter dem Antiquitätenladen beobachtet hatte. Ich fragte, wer er sei, und erhielt die Antwort, er sei ein Privatsekretär, der bei der politischen Arbeit helfe. Soviel ich verstand, wohnte er nicht im Hause, sondern kam nur, wenn er gebraucht wurde.

Nun hatte Mary gesagt, der andere Mann an jenem Abend in der Little Fardell Street sei Sandy gewesen. Wenn sie recht hatte, war dieser Mann möglicherweise ein Freund, und ich überlegte, ob ich Fühlung mit ihm aufnehmen sollte. Als ich ihm das erste Mal begegnete, hob er gar nicht den Blick. Das zweite Mal zwang ich ihn durch eine Frage, mich anzusehen, und sein mir zugewandtes Gesicht war so absolut tot und ausdruckslos wie das eines Kabeljaus. Ich schloß, daß Mary sich geirrt hatte, denn dies war ein echter Satellit, alle seine Charaktermerkmale waren von Medinas Willen wie von einer Dampfwalze plattgewalzt worden.

Ich sah jetzt Medina aus unmittelbarer Nähe und sozusagen in Unterhosen, und der Eindruck, den ich bei unserer ersten Begegnung gehabt hatte und der durch alle die folgenden Ereignisse überlagert worden war, wurde wieder so klar wie der helle Tag. Der ›gute Kamerad‹ existierte natürlich nicht mehr; ich durchschaute seine vollendeten Manieren und sah dahinter das nackte Gerüst seiner Seele. Er pflegte sich spät abends in dieser schrecklichen Bibliothek mit mir zu unterhalten, bis ich das Gefühl hatte, er und dieser Raum verschmölzen in eins und alle diabolische Überlieferung der Jahrtausende sei in diesem einen Sterblichen verkörpert. Man muß berücksichtigen, daß es für einen Unbefangenen nichts auszusetzen gab an irgendeiner seiner Äußerungen. Hätte ein Tonbandgerät aufgenommen, was er sagte, so hätte man es ohne weiteres in einer höheren Töchterschule abspielen können ... Nie fluchte er, nie redete er brutal. Ich glaube nicht, daß er auch nur andeutungsweise die menschlichen Schwächen hatte, die wir meinen, wenn wir das Wort ›Laster‹ anwenden. Aber ich schwöre, daß der elendeste Wüstling vor dem Richterstuhl des Allmächtigen ein schneeweißes Lamm gewesen wäre – im Vergleich mit ihm.

Ich weiß kein Wort, um meinen Eindruck von ihm zu benennen, als ›Verruchtheit‹. Er schien die Welt der uns vertrauten moralischen Begriffe zu vernichten, alle die kleinen Fetzen ehrlicher Mühe und unbeholfener Güte, mit denen wir uns vor den eisigen Winden des Alls zu schützen versuchen. Seine verzehrende Ichsucht machte das Leben zu einem schutzlos nackten Kosmos, in dem sein Geist brannte wie eine verzehrende Flamme. Ich habe immer wieder schlechte Menschen angetroffen, die man ohne Aufhebens in Bausch und Bogen hätte umbringen sollen; aber hätte ich über sie zu Gericht sitzen müssen, so hätte ich doch irgendwo verschüttete Reste von Anstand und Gutmütigkeit gefunden. Jedenfalls waren sie menschlich, und ihre Bosheit war Degeneration der Menschlichkeit, nicht ihr genaues Gegenteil. Medina schuf eine Atmosphäre wie eisige, helle Luft, in der nichts leben kann. Er war durch und durch und ganz vollständig verrucht, ohne jedes Maß, an dem man unser Menschsein überhaupt messen kann. Deshalb hat wohl die Menschheit den Begriff des Teufels erfinden müssen. Fortwährend schien er den Saum eines Vorhangs zu lüften und mir Einblicke zu geben in eine uraltersgraue Verruchtheit, die älter war als selbst die Sterne ... Ich glaube, daß jemand, der seine hypnotische Macht nie erfahren hatte, nicht viel anderes seinen Reden entnommen hätte als tollkühne Gerissenheit, und daß jemand, den er völlig beherrschte, weniger beeindruckt gewesen wäre als ich, denn er hätte seinen eigenen Maßstab vergessen gehabt und wäre nicht fähig gewesen zu vergleichen. Aber ich war genau in der Lage, zu verstehen und zu erbeben ... Ich kann wohl sagen, ich ging nach solchen Gesprächen sprachlos vor Entsetzen zu Bett, halb verrückt vor Angst und doch in heller Empörung, ich haßte ihn wie die Hölle selbst. Es war mir ganz klar, daß er irrsinnig war, denn Irrsinn bedeutet eben diese Zerstörung der Begriffe, die nach menschlicher Übereinkunft notwendig sind, um die Welt zusammenzuhalten. Sein Kopf schien mir so rund wie eine Kugel, ohnegleichen, wie man ihn selbst bei den Schädeln von Höhlenmenschen nicht findet, und in seinen Augen stand ein blaues Licht wie Sonnenaufgang des Todes in arktischer Öde.

An einem Tage hätte er mich beinah geschnappt. Ich ging zum Club, um zu sehen, ob Nachricht von Mary da war, und erhielt statt dessen ein langes Kabel von Gaudian aus

Norwegen. Ich hatte es gerade geöffnet, als Medina plötzlich dicht neben mir stand. Er hatte mich hineingehen sehen und war mir gefolgt, damit wir zusammen nach Hause gehen konnten.

Nun hatte ich mit Gaudian einen einfachen Kode für seine Kabel ausgemacht, und Gott sei Dank war der Treffliche besonders vorsichtig gewesen und hatte einen Freund veranlaßt, die Nachricht aus Kristiania abzusenden. Hätte sie den Stempel von Merdal gehabt, so wäre es mit mir aus gewesen.

Frechheit war die einzige Chance, aber ich hatte starkes Herzklopfen dabei.

»Hallo«, rief ich, »hier ist ein Kabel von einem Freund in Norwegen. Habe ich Ihnen erzählt, daß ich versucht habe, ein Fischwasser im Leardal für Juli zu kriegen? Ich hatte es fast vergessen. Im März habe ich angefragt, und hier ist die erste Nachricht.«

Ich gab ihm die beiden Blätter, und er sah nach dem Aufgabestempel.

»Kode«, sagte er. »Wollen Sie es gleich entziffern?«

»Wenn's Ihnen nichts ausmacht, ein paar Sekunden zu warten? Es ist ein einfacher Kode, ich habe ihn selbst erfunden, ich sollte ihn schnell entziffern können.«

Wir setzten uns an einen der Tische in der Halle, und ich nahm Feder und Papier. Ich glaube, ich habe schon einmal erwähnt, daß ich ein ziemlicher Kode-Experte bin, und besonders diesen konnte ich fast ohne Schwierigkeiten lesen. Ich schrieb ein paar Buchstaben und Zahlen hin und dann eine Lesart, die ich Medina gab. Er las folgendes:

»Oberes Fischwasser Leardal ab ersten des Monats verfügbar. Pacht zweihundertfünfzig mit Option August für weitere hundert. Flutwasser für Seeforellen ebenfalls auf Verabredung verfügbar. Wenn du annimmst, bitte kable Wort Ja. Ankunft möglichst spätestens 29. Juni. Bringe reichlich Flaschen Steingarnelen. Motorboot verfügbar von Bergen. Andersen, Grand Hotel, Kristiania.«

Aber die ganze Zeit, während ich diesen Unsinn kritzelte,

las ich den Kode korrekt und lernte die Nachricht auswendig. Hier ist, was Gaudian tatsächlich kabelte.

»Unser Freund hatte Streit mit dem Aufseher und hat ihn gründlich verprügelt. Ich habe den Oberbefehl übernommen und den Aufseher durch Einschüchtern fügsam gemacht. Er wird Gefangener eines mir Verbündeten sein, bis ich verfüge, ihn freizulassen. Inzwischen halte ich es für sicherer, den Freund nach England zu bringen, und reise am Montag. Werde Adresse in Schottland telegraphieren und Ihre Befehle erwarten. Keine Gefahr, daß Aufseher Nachricht schickt. Keine Sorge, alles in Ordnung.«

Als ich das fest im Kopf hatte, zerriß ich das Kabel in kleine Stücke und warf sie in den Papierkorb.

»Na, und gehen Sie?« fragte Medina.

»Aber nein. Im Augenblick hab ich keine Lust zum Lachsangeln.« Ich nahm ein Kabelformular vom Tisch und schrieb: »Muß leider Leardalplan rückgängig machen«, unterschrieb »Hannay«, adressierte an »Andersen, Grand Hotel, Kristiania« und gab das Kabel dem Portier zur Beförderung. Was wohl daraus geworden ist! Wahrscheinlich steckt es noch am schwarzen Brett im Hotel und wartet auf die Ankunft des legendären Andersen.

Auf dem Rückweg zur Hill Street schob Medina den Arm in den meinen und war sehr zutunlich. »Ich hoffe, daß ich Ferien machen kann«, sagte er, »vielleicht gleich nach Anfang Juni. Vielleicht schon in ein oder zwei Tagen. Vielleicht gehe ich ein Weilchen ins Ausland. Ich möchte, daß Sie mitkommen.«

Das nun stellte mich vor ein großes Rätsel. Medina konnte unmöglich vor der großen Liquidation die Stadt verlassen; es wäre auch sinnlos gewesen, mich in diesem Punkt zu täuschen, da ich ja in seinem Hause wohnte. Ob etwas geschehen war, was ihn veranlaßte, das Datum zu ändern? Es war höchst wichtig, daß ich das herausfand, und ich versuchte auf alle mögliche Weise, ihn über seine Pläne auszufragen. Aber ich konnte nichts aus ihm herauskriegen, außer daß er auf baldige Ferien hoffte, und ›bald‹ konnte genausogut

Mitte wie Anfang Juni sein, denn es war schon der 27. Mai.

Am nächsten Nachmittag zur Teezeit erschien zu meiner Überraschung Odell im Rauchzimmer, gefolgt von der langen, hageren Gestalt von Tom Greenslade. Nie habe ich jemanden mit größerem Vergnügen erblickt, aber ich wagte nicht, allein mit ihm zu sprechen. »Ist der Herr oben?« fragte ich den Butler. »Wollen Sie ihm sagen, daß Dr. Greenslade hier ist? Er ist ein alter Freund von ihm.«

Wir hatten weniger als zwei Minuten, ehe Medina erschien. »Ich komme von Ihrer Frau«, flüsterte Greenslade. »Sie hat mir alles erzählt und meinte, so sei es am sichersten. Ich soll Ihnen sagen, daß sie von Miss Victor und dem Marquis gehört hat. Sie sind in Sicherheit. Nachricht von dem Jungen?«

Er hob die Stimme, als Medina eintrat. »Mein Lieber, dies ist mal ein Vergnügen! Ich mußte zu einer Konsultation nach London und dachte, ich wollte Hannay besuchen. Ich hatte kaum gehofft, einen so vielbeschäftigten Mann wie Sie anzutreffen.«

Medina war sehr gnädig – nein, das ist nicht das richtige Wort, denn es war keine Herablassung in seinem Ton. Er erkundigte sich äußerst freundlich nach Greenslades Praxis und wie ihm nach seinen vielen Reisen das englische Landleben zusage. Mit anscheinendem Bedauern sprach er von den großen Lößtälern und den windigen Hochebenen Zentralasiens, wo sie sich zuerst begegnet waren. Odell brachte Tee herein, und wir waren das beste Freundestrio in ganz London. Ich erkundigte mich beiläufig nach Fosse, dann erwähnte ich Peter John.

»Ich glaube, er ist in Ordnung«, sagte Greenslade bedächtig. »Er hat ein paarmal Leibweh gehabt, aber ich glaube, das kommt nur vom heißen Wetter und von den ersten Spargeln. Lady Hannay ist etwas besorgt – Sie kennen sie ja, und heutzutage denken alle Mütter immer an Blinddarmentzündung. Ich passe schon auf den jungen Mann auf. Sie brauchen sich keine Sorge zu machen, Dick.«

Ich schmeichle mir, des Doktors Absicht erraten zu haben. Ich tat, als hätte ich kaum hingehört, und als ob Fosse Manor und meine Familie ganz entlegene Dinge seien. Ich knüpfte sogar bei dem wieder an, wovon Medina zuletzt gesprochen hatte, und benahm mich Tom Greenslade gegenüber, als ob seine Anwesenheit mir ziemlich langweilig sei und ich ihm wenig zu sagen habe. Als er aufstand und gehen wollte, war es Medina, der ihn zur Haustür begleitete. Das Ganze kostete mich sehr viel Selbstbeherrschung, denn ich hätte alles um ein langes Gespräch mit Greenslade gegeben – obwohl ich vernünftig genug war, sein Gerede über Peter John nicht zu glauben.

»Netter Mensch, Ihr Doktor«, bemerkte Medina, als er zurückkam.

»Ja«, erwiderte ich zerstreut. »Nur ziemlich langweilig mit seinem Klatsch vom Lande. Aber ich wünsche ihm alles Gute, denn ich verdanke ihm Ihre Freundschaft.«

Diese Bemerkung zähle ich zu meinen glücklichen Einfällen, denn sie schien Medina besondere Genugtuung zu bereiten. »Warum halten Sie sich eigentlich nur in diesem Zimmer auf?« fragte er. »Die Bibliothek steht Ihnen zur Verfügung, und sie ist im Sommer angenehmer als irgendein anderer Teil des Hauses.«

»Ich dachte, ich störe Sie vielleicht bei der Arbeit«, erwiderte ich bescheiden.

»Aber kein bißchen. Außerdem bin ich beinah fertig. Nach heute abend kann ich mir's leichter machen, und bald werde ich überhaupt nichts mehr zu tun haben.«

»Und dann Ferien?«

»Dann Ferien.« Er lächelte angenehm jungenhaft, das war einer seiner hübschesten Tricks.

»Und wann?«

»Wenn alles gut geht, sehr bald. Wahrscheinlich nach dem 2. Juni. Nebenbei, am 1. ist ein Dinner im Donnerstag-Club. Sie sollen wieder mein Gast sein.«

Das war neuer Stoff zum Nachdenken. Meine Überzeugung wuchs, daß er und seine Freunde das Datum der Liquidation vorverlegt hatten; sie mußten mißtrauisch geworden sein – wahrscheinlich wegen Sandys Anwesenheit in London – und wollten nichts riskieren. Ich rauchte an dem Abend, bis mir die Zunge brannte, und ging fiebernd vor Aufregung zu Bett. Die Dringlichkeit der Sache schrillte mir sozusagen in die Ohren, denn Macgillivray mußte das sofort erfahren und Mary ebenfalls. Mercot war in Sicherheit, und anscheinend gab es eine Chance für Turpin und Miss Victor, die sofort genutzt werden mußte, wenn das Hauptdatum verlegt war. Für das Kind hatte ich jede Hoffnung aufgegeben ... Aber wie sollte ich die Wahrheit herausfinden? Ich kam mir vor wie in einem Alptraum, als stände ich auf einem Bahngleis, und der Expreß kam heran, und ich wußte nicht, wie ich wieder den Bahnsteig erklimmen sollte.

Am nächsten Morgen ging Medina mir nicht von der Seite. Er nahm mich im Wagen mit in die Stadt, und ich wartete, bis er seine Geschäfte erledigt hatte; und dann machte er einen Besuch in Carlton House Terrace, nur ein paar Häuser von Victor entfernt. Ich glaube, dort wohnte der Mann, der seine Partei im Oberhaus vertrat. Nach dem Lunch installierte er mich feierlich in der Bibliothek. »Sie lesen ja nicht viel, und meine Bücher würden Sie wahrscheinlich sowieso langweilig finden. Aber die Klubsessel sind wunderbar für einen Mittagsschlaf.«

Dann ging er aus, ich hörte die Räder seines Wagens wegrollen. Eine Art Furcht überkroch mich, als ich mich in diesem unheimlichen Raum allein fand, von dem ich wußte, daß er die Teufelsküche für all seine Pläne war. Auf seinem Schreibtisch stand ein Telephon, das einzige, das ich im Hause gesehen hatte, obwohl zweifellos eins in der Anrichte des Butlers war. Ich schlug das Telephonbuch auf und fand eine Nummer, aber es war nicht dieselbe wie die auf dem Telephon. Dies mußte eine Privatleitung sein, über die er anrufen konnte, wen er wollte, deren Nummer aber nur seine engsten Freunde wußten. Sonst interessierte mich nichts im Zimmer außer den vielen, vielen Reihen von Büchern, denn sein Schreibtisch war so leer wie der eines Bankdirektors.

Ich versuchte es mit den Büchern, aber die meisten waren bei weitem zu gelehrt für mich. Sie waren alt, und viele waren lateinisch, und einige waren anscheinend kostbar, ich zog eins und das andere heraus, und es war nur eine Lederhülle und darin ein kleiner, zerlesener Band, in Waschleder eingeschlagen. Aber in einer Ecke fand ich eine große Sammlung von Reisebeschreibungen; ich wählte eine von Aurel Stein und setzte mich damit in einen Sessel. Ich versuchte, mich darauf zu konzentrieren, aber es gelang mir nicht. In meinem grübelnden Kopf ergaben die Sätze keinen Sinn, und ich konnte auf den Karten nichts finden. Also stand ich wieder auf, stellte das Werk ins Regal zurück und begann, im Zimmer umherzugehen. Es war ein trüber, schwüler Tag, draußen auf der Straße bespritzte ein Sprengwagen den Staub, und Kinder spazierten mit ihren Fräuleins dem Park zu ... Ich konnte mir meine Rastlosigkeit nicht erklären, ich kam mir vor wie eine Lady in den Wechseljahren. Irgendwo in diesem Raum, das spürte ich, war etwas, was ich unbedingt wissen mußte.

Ich schlenderte zu dem leeren Schreibtisch. Es war nichts darauf als ein schwersilbernes Tintenfaß in Gestalt einer Eule, eine silberne Schale mit Federn und ähnlichem, eine Ledermappe mit Briefpapier und ein Löschpapierheft. Ich hätte nie einen guten Dieb abgegeben, denn ich war ebenso ängstlich wie beschämt, als ich – nachdem ich gehorcht hatte, ob Schritte kamen – die Schubladen versuchte.

Sie waren alle abgeschlossen – alle außer einer ganz flachen oben, die aussah, als sei sie für einen jener großen Terminkalender bestimmt, wie sehr beschäftigte Herren sie benützen. Es war keiner darin, sondern zwei Bogen Papier.

Es waren lose Blätter aus einem Terminkalender, beide betrafen die gleiche Zeitspanne: die zwei Wochen von Montag, dem 29. Mai, bis Sonntag, den 11. Juni. Auf dem ersten waren die Zeilen für die einzelnen Tage mit Notizen in Medinas ordentlicher Schrift beschrieben in irgendeiner Kurzschrift. Diese Eintragungen waren dicht gedrängt bis zum und einschließlich des Freitag, 2. Juni; danach kam nichts mehr. Das zweite Blatt war das genaue Gegenteil; es war leer bis zum und einschließlich des 2. Juni; danach waren sie bis zum 11. Juni dicht beschrieben.

Während ich auf diese beiden Blätter starrte, ließ mich ein glücklicher Instinkt erraten, was sie bedeuteten. Das erste Blatt enthielt alles, was Medina bis zum Tage der Liquidation, der einwandfrei der 2. Juni war, noch tun wollte. Danach, wenn alles klappte, kam Friede und Muße. Aber wenn es nicht klappte, so standen die weiteren Pläne auf dem zweiten Blatt – Pläne, daran zweifle ich nicht, die Geiseln auszuspielen, Sicherheit zu erpressen aus der Angst bedeutender Männer um ihre liebsten Menschen ... Meine Deutung dieser Notizen wurde bestätigt durch eine kleine Eintragung in gewöhnlicher Schrift auf dem ersten Blatt neben dem 2. Juni. Es waren die beiden Worte »Dies irae«, die zu erraten mein Latein gerade hinreichte.

Jetzt war alle Nervosität von mir abgefallen, aber ich war tausendfach unruhiger. Ich mußte sofort Macgillivray benachrichtigen – nein, das war zu gefährlich – lieber Mary. Ich blickte zum Telephon und beschloß, mein Glück zu versuchen.

Ohne Schwierigkeit kam ich durch zum Hause der Wymondhams. Barnard war am Telephon und sagte, Mary sei zu Hause. Nach ein paar Sekunden hörte ich ihre Stimme.

»Mary«, sagte ich, »das Datum ist vorverlegt auf den 2. Juni. Verstehst du? – Sag allen Bescheid ... Ich kann nicht begreifen, weshalb du wegen des Kindes so besorgt bist.«

Denn ich hatte gemerkt, daß Medina hereinkam. Es gelang mir, mit dem Knie die flache Schublade mit den beiden Kalenderblättern zu schließen, und ich nickte und lächelte ihm zu, indem ich die Hand über das Telephon legte.

»Verzeihen Sie, daß ich Ihr Telephon benütze. Meine Frau ist nämlich in London und hat mir Nachricht hergeschickt, ich soll sie anrufen. Sie macht sich Sorgen um den Jungen.«

Ich nahm den Hörer wieder ans Ohr. Marys Stimme klang schrill und hoch.

»Bist du da? Ich bin in Mr. Medinas Bibliothek und kann ihn nicht mit Telephonieren belästigen. Gar kein Grund zur Sorge wegen Peter John. Greenslade ist sowieso immer ängstlich, und wenn der nicht besorgt ist, gibt es keinen Grund, daß du es bist. Aber wenn du einen anderen Arzt zuziehen willst, warum nicht? Es wäre ganz gut, wenn wir es bald hinter uns hätten, denn vielleicht fahre ich Anfang Juni ins Ausland ... Ja, irgendwann nach dem 2.«

Gott sei Dank war Mary schnell von Begriff.

»Der 2., das ist schon bald. Warum machst du so überstürzte Pläne, Dick? Ich kann nicht nach Hause fahren, ehe ich dich gesehen habe. Ich glaube, ich komme jetzt gleich zur Hill Street.«

»Na gut«, sagte ich, »wie du willst.« Ich legte auf und sah Medina mit schiefem Lächeln an. »Was für Umstandskrämer die Frauen sind! Macht es Ihnen etwas aus, wenn meine Frau herkommt? Sie gibt keine Ruhe, bis sie mich gesehen hat. Sie ist mit der verrückten Idee nach London gekommen, die Ansicht eines Chirurgen wegen des Blinddarms einzuholen. So ein Blödsinn! Aber so sind die Frauen.«

Er schöpfte ganz offensichtlich keinen Verdacht. »Aber selbstverständlich soll Lady Hannay herkommen. Zum Tee. Tut mir leid, daß der Salon gerade nicht verfügbar ist. Sie hätte sich vielleicht gern meine Miniaturen angesehen.«

Mary erschien nach zehn Minuten und spielte ihre Rolle hervorragend. Es war der Prototyp einer albern besorgten Mutter, was da ins Zimmer gehetzt kam. Die Augen sahen verweint aus, und es war ihr gelungen, den Hut schief aufzusetzen und die Frisur zu zerwühlen.

»Ach, ich bin ja so in Sorge«, jammerte sie, nachdem sie eine an Medina gerichtete Entschuldigung gemurmelt hatte. »Er hat wirklich so arg Leibweh gehabt, und die Kinderfrau meinte gestern abend, er hätte Fieber. Ich war bei Mr. Dobson-Wray, er kann mit dem 4.^{45}-Uhr-Zug kommen ... Er ist so ein süßes Kind, Mr. Medina, wir müssen unbedingt alles tun! Wenn Mr. Dobson-Wray sagt, daß alles in Ordnung ist, dann will ich mich auch beruhigen, das verspreche ich. Ich glaube, Dr. Greenslade ist es recht, wenn wir einen zweiten Arzt zuziehen, er sah auch ziemlich besorgt aus ... O nein, vielen Dank, aber ich kann nicht zum Tee bleiben. Das Taxi wartet draußen, und ich verpasse sonst den Zug. Ich hole Mr. Dobson-Wray in der Wimpole Street ab.«

Sie ging so stürmisch, wie sie gekommen war, und blieb nur kurz stehen, um vor einem der Spiegel in der Halle den Hut zurechtzurücken.

»Natürlich schicke ich ein Telegramm, wenn der Chirurg ihn untersucht hat. Und, Dick, wenn etwas nicht stimmt, dann kommst du doch sofort und bringst Krankenschwestern mit! Der arme, arme kleine Liebling! ... Hast du gesagt, nach dem 2. Juni, Dick? Ich hoffe so sehr, daß du reisen kannst. Du hast einen Urlaub von deiner anstrengenden Familie nötig ... Adieu, Mr. Medina. Es war sehr nett von Ihnen, mit einer törichten Mutter Nachsicht zu haben. Kümmern Sie sich um Dick, er soll sich keine Sorgen machen.«

Ich hatte bewundernswert die Rolle des überlegenen, gelangweilten und etwas genierten Ehemannes gespielt. Aber jetzt schwante mir, daß Mary nicht von ungefähr daherschwatzte, sondern etwas sagte, was ich verstehen sollte.

»Der arme, arme kleine Liebling!« murmelte sie vor sich hin, als sie ins Taxi stieg. »Ich flehe zu Gott, daß er gerettet wird ... vielleicht wirklich, Dick ... Ich hoffe, ach, ich hoffe ... daß ich dich darüber beruhigen kann ... vor dem 2. Juni.«

Als ich mich Medina wieder zuwandte, hatte ich begriffen, daß der arme kleine Liebling nicht mehr Peter John war.

17

Die Gemeindehelferin vom Palmyra Square

Während der letzten vierzehn Tage war ein neues Gesicht am Palmyra Square aufgetaucht. Ich weiß nicht, ob Macgillivrays Aufpasser darüber berichtet haben, denn ich bekam ihre Berichte nicht zu sehen; aber wenn sie nicht die ganze Zeit in der nächsten Wirtschaft gesessen hatten, müßten sie davon gewußt haben. Es war eine der üblichen Gemeindehelferinnen – eine Frau schon fast mittleren Alters, wahrscheinlich eine alte Jungfer, die ein einfaches schwarzes Kleid trug und trotz des warmen Wetters eine billige Pelzstola um den Hals und eine alte schwarzseidene Beuteltasche. Sie hatte eine gute Figur und wirkte fast noch jung, aber das Haar, das sehr flach und fest aufgesteckt war mit einem unmodernen Knoten hinten, schien – soweit man es überhaupt sehen konnte – graumeliert zu sein. Sie sah schlampig aus und doch wieder nicht ganz, denn sie hatte eine gewisse welke Eleganz an sich, und wer sie genau beobachtete, dem mußte ihr schöner Gang auffallen. Außer dem schwarzseidenen Beutel hatte sie meist noch einen Stoß von Traktaten bei sich und unfehlbar bei jedem Wetter einen billigen, ungeschickt aufgerollten Regenschirm.

Sie besuchte das Arzthaus mit dem Messingschild und das des Musiklehrers und die verschiedenen Pensionen. Anscheinend gehörte sie zu der großen Gemeinde von St. Judas, die eine Viertelmeile entfernt war und gerade einen neuen energischen Vikar bekommen hatte. Sie war begeistert von ihrem Vikar und pries seinen Ernst und seine Beredsamkeit und schwärmte besonders, wie ältere Mädchen das tun, von seinem jugendlichen Charme. Sie sprach auch gern von sich selbst und erzählte eifrig, daß sie ganz freiwillig arbeite – sie sei eine nicht wohlhabende, aber doch finanziell unabhängige Dame und habe eine Wohnung in Hampstead, und ihr Vater sei Pfarrer in Eastburne gewesen. Wer zuhören wollte, dem erzählte sie allzugern von ihrer Familie. Sie hatte ein sanftes, schlichtes Wesen und war nicht im geringsten herablassend – das machte sie den Leuten sympathisch, und sie hörten ihr gern zu, während sie anderen die Tür vor der Nase zugeschlagen hätten, denn die Leute am Palmyra Square sind weder höflich noch geduldig noch fromm.

Ihr Bestreben war, die überarbeiteten ›Mädchen für alles‹ für eine der Organisationen der Gemeinde von St. Judas anzuwerben. Diese aufgeklärte Kirche unternahm allerlei – Kinderchor, Mütterabende, Landferienklubs und Fortbildungskurse. Sie verteilte Werbeschriften über den Jungfrauenverein und den Frauenverein und so weiter und versuchte zu erreichen, daß man versprach, an einer der Veranstaltungen teilzunehmen. Ich glaube nicht, daß sie bei dem Arzt und bei dem Musiklehrer viel Erfolg hatte, obwohl sie immer wieder ihre Blättchen abgab. Die armen kleinen Hausmädchen waren zu abgehetzt, um mehr zu tun als an der Haustür stumpf zuzuhören und ›Danke, Fräulein‹ zu sagen. Sie durfte auch nie die Frau des Hauses sehen außer einer der Pensionsbesitzerinnen, die Methodistin war und St. Judas für ein Werkzeug des Teufels hielt. Aber mehr Glück hatte sie bei dem Hausmädchen von Nr. 4.

Dies Mädchen stammte aus einem Dorf in Kent, und die Helferin war anscheinend vom Pfarrer ihrer alten Gemeinde gebeten worden, sie aufzusuchen. Sie war ein breitgebautes, flachgesichtiges junges Geschöpf, sprach langsam, war tapsig und von Natur mißtrauisch. Zuerst empfing sie die Helferin abweisend, taute aber auf, als sie vertraute Namen hörte, und nahm eine Nummer des St. Judas-Gemeindeblatts an. Zwei Tage später begegnete sie an ihrem freien Nachmittag der Helferin und ging ein Stück mit ihr. Nun war das Mädchen auf Kleider versessen, und ihr Geschmack war besser als sonst in ihren Kreisen, sie strebte nach Höherem. Sie hatte einen neuen Hut, den ihre Begleiterin bewunderte, mit dem sie aber doch nicht ganz zufrieden war. Die Helferin zeigte eine gewisse Kenntnis in Modedingen, die man angesichts ihrer eigenen nüchternen Kleidung kaum bei ihr vermutet hätte. Sie stellte fest, wo die Garnitur des Hutes nicht ganz stimmte und leicht verbessert werden konnte, und das Mädchen – sie hieß Elsie Outhwaite – war derselben Meinung. »Ich könnte das in zehn Minuten ändern«, bot die Helferin an. »Vielleicht kann ich zu Ihnen kommen, wenn Sie eine halbe Stunde Zeit haben, dann können wir es zusammen tun. Ich bin mit Hüten ganz geschickt, habe immer meinen Schwestern geholfen.«

Das Eis war gebrochen, und die zurückhaltende Miss Outhwaite wurde zutraulich. Sie war zufrieden mit ihrer Stellung, hatte keinen Grund zur Klage, wurde gut bezahlt und vor allem nicht herumgehetzt. »Ich kümmere mich um meine eigenen Sachen und Madame um ihre«, sagte sie. Madame war Ausländerin und hatte eine komische Art, aber auch ihre guten Seiten. Sie fuhr einem nicht unnötig dazwischen und war nicht geizig. Zu Weihnachten gab es nette Geschenke, und immer mal wieder wurde das Haus zugesperrt, und Miss Outhwaite fuhr nach Kent auf gutbezahlten Urlaub. Es war kein harter Dienst, wenn auch natürlich viele Leute kamen, die Kundschaft von Madame. »Sie ist eine Masseuse, wissen Sie, aber eine anständige.« Auf die Frage, ob niemand anders in dem Haus wohne, wurde sie wieder zurückhaltend. »Nicht was man eigentlich Familie nennt«, gab sie zu. »Eine alte Frau ist da, die Tante von Madame, die bleibt manchmal ein bißchen da, aber ich sehe nicht viel von ihr. Madame bedient sie selbst, und sie hat ihr Zimmer für sich. Und dann, natürlich, noch ...« Miss Outhwaite schien sich plötzlich an etwas zu erinnern und lenkte ab auf etwas anderes.

Die Helferin äußerte den Wunsch, Madame kennenzulernen, aber Miss Outhwaite war nicht dafür. »Die ist nichts für solche wie Sie. Von Kirchen und Gott und so will sie nix wissen – hab ich selber gehört, wie sie's gesagt hat. Die kriegen Sie nicht für St. Judas, Miss.«

»Aber wenn sie so gescheit und so nett ist, würde ich sie doch gern kennenlernen. Sie könnte mich beraten bei ein paar schwierigen Fragen in dieser großen Gemeinde. Vielleicht hilft sie mit bei unserem Landferienklub.«

Miss Outhwaite kniff die Lippen zusammen und war anderer Ansicht. »Wenn die sich für einen interessieren soll, muß man schon krank und nervös sein. Ich melde Sie an, wenn Sie wollen, aber sie wird für Sie wohl nicht zu sprechen sein.«

Schließlich wurde ausgemacht, daß die Helferin am nächsten Nachmittag kommen und alles mitbringen sollte, was für die Änderung am Hut nötig war. Sie kam auch pünktlich, aber Miss Outhwaite war eilig und aufgeregt: »Wir haben heute so viel zu tun, daß ich keine Sekunde Zeit habe.« Sie schlug den Sonntag vor, aber ausgerechnet an dem Tag hatte die Gemeindehelferin alle Hände voll zu tun, also wurde vorläufig der kommende Dienstagabend verabredet.

Diesmal ging alles gut. Madame war ausgegangen, und die Helferin verbrachte eine lohnende Stunde in Miss Outhwaites Zimmer. Ihre geschickten Finger zauberten aus dem Hut, der im Queens Crescent zehn Schillinge und sechs Pennies gekostet hatte, eine entfernte Ähnlichkeit mit einer sehr viel teureren Mode. Sie bezeugte ein unschuldiges Interesse für die Hausgemeinschaft und stellte viele Fragen, die Miss Outhwaite in jetzt bester Laune bereitwillig beantwortete. Sie redete von Madames Eigenheiten und daß sie – sehr selten einmal – reizbar war, daß sie alle Sprachen liebte außer Englisch. »Das Schlimmste bei den Ausländischen«, sagte Miss Outhwaite, »das ist, man weiß nie, was sie von einem denken. Die halbe Zeit, wenn ich bei Madame bin, reden sie, die Tante und sie, in einer Heidensprache.«

Beim Fortgehen bekam die Helferin einen ungefähren Begriff, wo in dem Hause die einzelnen Zimmer lagen, daran war sie merkwürdig interessiert. Ehe sie noch aus dem Hause war, gab es ein leichtes *contretemps.* Madames Hausschlüssel drehte sich im Schloß, und Miss Outhwaite kriegte einen panischen Schrecken. »Schnell, Miss, ich lasse Sie durch die

Küche hinaus«, flüsterte sie. Aber ihre Besucherin war gar nicht verlegen. »Ich würde gern Madame Breda kennenlernen«, erklärte sie. »Dies ist eine gute Gelegenheit.«

Madames volles brünettes Gesicht zeigte Überraschung und eine Andeutung von Ärger, als sie die beiden beieinander sah. Miss Outhwaite erklärte die Lage so hastig, daß ihre Ängstlichkeit ganz deutlich zu Tage trat. »Das ist eine Dame von St. Judas, Madame«, sagte sie. »Sie geht hier besuchen als Gemeindehelferin und kennt meine Leute in Radhurst, da bin ich her; darum hab ich sie hereingelassen.«

»Ich freue mich sehr, Sie kennenzulernen, Madame Breda«, sagte die Gemeindehelferin. »Hoffentlich haben Sie nichts dagegen, wenn ich Elsie Outhwaite besuche. Ich möchte gern, daß sie mir im Jungfrauenverein hilft.«

»Sie sind schon einmal hiergewesen, glaube ich«, war die einigermaßen höfliche Antwort. »Ich habe Sie manchmal auf dem Square gesehen. Ich habe nichts dagegen, daß Outhwaite zu Ihren Versammlungen geht, aber bedenken Sie, daß sie wenig freie Zeit hat.« Die Frau war Ausländerin, gewiß; aber im Augenblick war ihr Englisch so gut wie akzentfrei.

»Das ist sehr freundlich von Ihnen. Ich hätte Sie erst um Erlaubnis bitten sollen, aber Sie waren leider nicht zu Hause, als ich kam, und Elsie und ich haben uns zufällig kennengelernt. Ich hoffe, daß ich wiederkommen darf.«

Als die Besucherin die Stufen hinab und durch das hellgrüne Gartentor in die Dämmerung des Platzes hinausging, sah Madame Breda ihr nachdenklich von einem Fenster aus nach.

Nach vier Tagen kam die Helferin wieder – es muß, glaube ich, der 29. Mai gewesen sein. Als Miss Outhwaite die Tür aufmachte, sah sie ganz aufgeregt aus. »Heute kann ich nicht mit Ihnen reden, Miss. Madame hat befohlen, wenn Sie wiederkommen, soll ich Sie zu ihr hereinführen.«

»Das ist aber nett von ihr!« sagte die Helferin. »Ich würde mich so gern mit ihr unterhalten. Und, Elsie – ich habe so ein hübsches Geschenk für Sie – einen Hut, eine Freundin hat ihn mir geschenkt, und für mich ist er zu jugendlich, wirklich zu jugendlich, ich kann ihn nicht tragen. Ich möchte ihn Ihnen schenken, wenn Sie's annehmen wollen. Ich bringe ihn morgen oder übermorgen.«

Die Gemeindehelferin wurde in das große Zimmer rechts von der Diele geführt, wo Madame ihre Patienten empfing. Dort war niemand als ein sonderbar aussehendes kleines Mädchen in einem Leinenkittel, das ihr winkte, zu der Flügeltür mitzukommen, die diesen Raum von dem hinteren Zimmer trennte. Die Helferin tat etwas Merkwürdiges, sie hob das kleine Mädchen auf und hielt es einen Augenblick in den Armen, sie küßte es – wie kinderlose, gefühlsduselige Frauen das tun. Dann ging sie durch die Flügeltür.

Sie fand sich in einem seltsamen Raum – er war viel größer, als man dem Aussehen des Hauses nach hätte vermuten können, und obwohl es ein warmer Abend war, brannte im Kamin ein Feuer, ein glimmendes Feuer, von dem ein feiner blauer Rauch aufstieg. Madame Breda war da, sie trug ein tief ausgeschnittenes Kleid, als sei sie zum Dinner ausgewesen, und sah im Lampenlicht hübsch und dunkel und sehr fremdartig aus. In einem Sessel am Feuer saß eine wunderschöne alte Frau, die eine Art Mantille auf dem schneeweißen Haar trug. Einen Raum wie diesen hatte die Fremde mit ihrer eng begrenzten Erfahrung ihr Lebtag noch nicht gesehen, und sie blieb zögernd stehen, als die Flügeltür sich hinter ihr schloß.

»O Madame Breda, wie freundlich von Ihnen, mich zu empfangen«, sagte sie schüchtern.

»Ich weiß nicht, wie Sie heißen«, erwiderte Madame Breda, und dann tat sie etwas Sonderbares: sie hob eine Lampe, leuchtete der Besucherin ins Gesicht und studierte jede Einzelheit ihrer ärmlichen Erscheinung.

»Clarke – Agnes Clarke. Ich bin die älteste von drei Schwestern – die beiden anderen sind verheiratet – vielleicht haben Sie von meinem Vater gehört – er hat ein paar schöne geistliche Lieder geschrieben und etwas herausgegeben –«

»Wie alt sind Sie?« unterbrach Madame, die immer noch die Lampe hochhielt.

Die Gemeindehelferin kicherte verschämt. »Ach, noch nicht so schrecklich alt – etwas über vierzig – nun ja, um die Wahrheit zu sagen, fast siebenundvierzig. Ich komme mir manchmal so jung vor, daß ich es gar nicht glauben kann, und dann wieder – wenn ich müde bin – wie hundert. Ach ja! Ich habe viele nutzlose Jahre hinter mir. Aber das haben wir ja alle, meinen Sie nicht? Die Hauptsache ist, daß man beschließt, das Beste aus jeder Stunde zu machen, die einem noch bleibt. Mr. Empson von der St. Judas-Gemeinde hat letzten Sonntag so schön darüber gepredigt. Er hat gesagt, daß wir jeder gnadenlos dahineilenden Minute ihren vollen Wert von sechzig Sekunden Langstreckenlauf zugestehen müssen – ich glaube, er zitierte das aus einem Gedicht. Das ist ein schrecklicher Gedanke: gnadenlos dahineilende Minuten.«

Madame hörte anscheinend nicht zu. Sie sagte etwas in einer fremden Sprache zu der alten Dame.

»Darf ich mich setzen?« fragte die Helferin. »Ich bin heute schon viel herumgelaufen.«

Madame winkte sie weg von dem Stuhl, auf den sie sich setzen wollte. »Setzen Sie sich bitte hierher«, sagte sie und wies auf eine niedere Couch neben der alten Dame.

Die Besucherin wurde deutlich verlegen. Sie setzte sich auf die Kante der Couch, im Vergleich mit den beiden gebieterischen Persönlichkeiten wirkte sie unbedeutend und ängstlich, ihre Finger spielten nervös mit dem Griff ihres Beutels.

»Warum kommen Sie in dieses Haus?« fragte Madame in fast drohendem Ton. »Wir haben nichts mit Ihrer Kirche zu tun.«

»Ja, aber Sie wohnen in der Gemeinde, und es ist eine so große und schwierige Gemeinde, und wir brauchen Hilfe von allen. Sie können sich nicht vorstellen, wie schrecklich manche von den Elendsquartieren sind – was für bittere Armut in diesen schlechten Zeiten – und die abgearbeiteten Mütter und die armen, kleinen, vernachlässigten Kinder. Wir versuchen, alles besser und schöner zu machen.«

»Brauchen Sie Geld?«

»Wir brauchen immer Geld.« Die Gemeindehelferin lächelte gewinnend. »Aber hauptsächlich brauchen wir persönliche Mitarbeit. Mr. Empson sagt immer, daß ein kleines bißchen persönliche Hilfe besser ist als ein großer Mitgliedsbeitrag – besser für die Seelen der Geber und der Empfänger.«

»Was erwarten Sie denn von Outhwaite?«

»Sie ist ein junges Mädchen vom Lande und in London ganz allein. Ich glaube, sie ist ein gutes Kind, und ich möchte ihr Freundinnen und unschuldiges Vergnügen verschaffen. Und ich möchte auch, daß sie uns bei der Arbeit hilft.«

Die Helferin fuhr zusammen, sie spürte die Hand der alten Frau auf ihrem Arm. Die langen Finger tasteten entlang und drückten zu. Bis dahin hatte die Frau nicht gesprochen, aber jetzt sagte sie –

»Dies ist der Arm einer jungen Frau. Sie hat gelogen, als sie ihr Alter angab. Keine Frau von siebenundvierzig hat je so einen Arm gehabt.«

Die zarte Berührung der Finger war plötzlich zu einem stählernen Zugriff geworden, und die Besucherin schrie auf.

»O bitte, bitte, Sie tun mir weh ... Ich lüge nicht. Ich bin stolz auf meine Figur – ein bißchen wenigstens. Die habe ich von meiner Mutter, und die war so hübsch. Aber nein! Ich bin nicht jung. Ich wollte, ich wär's. Wenn Sie mich bei Tageslicht sähen – ich bin leider wirklich ganz alt.«

Der Griff hatte sich gelockert, und die Helferin rutschte auf der Couch entlang außer Reichweite. Sie hatte hilflos und töricht zu weinen begonnen, als hätte sie Angst. Die beiden anderen Frauen sprachen in einer fremden Sprache miteinander, und dann sagte Madame –

»Ich will nicht, daß Sie hierherkommen. Ich erlaube nicht, daß Sie sich mit meinen Dienstboten abgeben. Ihre Kirche kann mir gestohlen bleiben. Wenn Sie wieder herkommen, werden Sie es bereuen.«

Ihr Ton war scharf, und die Helferin sah aus, als werde sie wieder in Tränen ausbrechen. Ihre Aufregung hatte die welke Grazie zerstört, die ihr zuvor eigen gewesen war, und jetzt war sie ein mitleiderregendes, schwaches Geschöpf, wie eine ängstliche Gouvernante, die bettelt, man möge sie nicht entlassen.

»Sie sind grausam«, seufzte sie. »Es tut mir schrecklich leid, wenn ich unrecht getan habe, aber ich habe es so gut gemeint. Ich dachte, Sie würden mir vielleicht helfen, weil Elsie gesagt hat, daß Sie klug und gütig sind. Wollen Sie nicht an die arme Elsie denken? Sie ist so jung und weit weg von ihrer Familie. Darf sie nicht manchmal zu uns nach St. Judas kommen?«

»Outhwaite hat ihre Pflichten zu Hause, und Sie auch, möchte ich meinen. Bah! Diese frustrierten alten Jungfern in England gehen mir auf die Nerven. Da sagen sie immer, das Haus des Engländers sei seine Burg, und dabei schwirrt fortwährend eine Fliegenplage von unfruchtbaren Jungfrauen im Namen der Religion und der Nächstenliebe drum herum. Hören Sie zu! Ich will Sie in diesem Haus nicht haben. Ich dulde nicht, daß Sie mit Outhwaite schwatzen. Ich dulde nicht, daß eine Person, nur weil sie weiter nichts zu tun hat, in meinen Privatangelegenheiten herumspioniert.«

Die Helferin tupfte sich die Augen ab mit einem winzigen Taschentuch. Die alte Frau hatte wieder die Hand ausgestreckt und würde sie ihr auf die Brust gelegt haben, wäre sie nicht erschrocken aufgesprungen. Sie schien halb enttäuscht und traurig, halb angsterfüllt zu sein. Sie schluckte mühsam, ehe sie sprechen konnte, und dann bebte ihre Stimme.

»Ich glaube, ich gehe lieber. Sie haben mich sehr gekränkt. Ich weiß, daß ich nicht sehr klug bin, aber ich gebe mir solche Mühe ... und ... und – es tut mir weh, mißverstanden zu werden. Ich fürchte, ich bin taktlos gewesen, bitte verzeihen Sie mir ... Ich werde nicht wiederkommen ... Ich werde beten, daß Ihre Herzen eines Tages bekehrt werden.«

Sie schien um Fassung zu ringen, trocknete noch einmal die Augen und lächelte unsicher die unbarmherzige Madame an, die auf eine elektrische Klingel gedrückt hatte. Sie schloß die Flügeltür leise hinter sich wie ein reuiges Kind, das zu Bett geschickt worden ist. Das vordere Zimmer war dunkel, aber in der Diele war Licht, und Miss Outhwaite wartete, um sie hinauszulassen.

An der Haustür hatte die Gemeindehelferin sich wieder gefaßt.

»Elsie«, flüsterte sie. »Madame Breda wünscht nicht, daß ich wiederkomme. Aber ich muß Ihnen den Hut geben, den ich Ihnen versprochen habe. Bis Donnerstag abend hab ich ihn fertig. Ich fürchte, ich komme erst ziemlich spät – vielleicht nach elf –, aber gehen Sie nicht schlafen, ehe ich komme. Ich gehe dann zur Hintertür. Es ist so ein hübscher, eleganter Hut. Ich weiß, den werden Sie mögen.«

Als sie auf dem Square war, sah sie sich vorsichtig um und warf einen Blick zurück auf Nr. 4; dann ging sie rasch davon. An einer Ecke stand müßig ein Mann, zu dem sie sprach; er nickte und griff an den Hut, und ein großes Auto, das auf der anderen Seite im Schatten gewartet hatte, hielt am Bordstein. Es schien für eine Gemeindehelferin ein merkwürdiges Beförderungsmittel zu sein, aber sie stieg ein, als sei sie daran gewöhnt, und als es wegfuhr, war das nicht in Richtung ihrer Wohnung in Hampstead.

18

Die Nacht des ersten Juni

Die beiden letzten Maitage verbrachte ich äußerst ruhelos und niedergeschlagen. Jede Verbindung mit meinen Freunden war abgeschnitten, und ich wußte nicht, wie ich sie wieder herstellen sollte. Denn Medina schien nach der kürzlichen hektischen Arbeitsspanne wieder Zeit zu haben und ließ mich einfach nicht aus den Augen. Ich hätte vielleicht einen Besuch im Club und eine telephonische Nachricht an Mary zustande bringen können, aber ich wagte es nicht, denn es war mir so klar wie nie zuvor, wie gefährlich unterminiert der Boden war, auf dem ich mich bewegte, und daß ein einziger falscher Schritt von mir alles in die Luft fliegen lassen könnte. Es hätte mir nicht soviel ausgemacht, wenn ich Hoffnung auf Erfolg gehabt hätte, aber tiefschwarzer Pessimismus hatte mich befallen. Ich konnte mich darauf verlassen, daß Mary meine Botschaft an Macgillivray ausgerichtet hatte und daß er alles Nötige unternahm, um rechtzeitig zuschlagen zu können; am 2. Juni würde Mercot seinen Freunden wiedergeschenkt werden und Miss Victor auch, wenn Mary ihre Spur wiedergefunden hatte. Aber wer organisierte das alles? Steckte Mary allein drin, und wo war Sandy? Mercot und Gaudian würden in Schottland ankommen, jeden Moment konnte ein Telegramm von ihnen kommen, und ich konnte nicht antworten. Ich hatte das schreckliche Gefühl, daß alles auf des Messers Schneide stand, daß es unzählige Möglichkeiten gab, alles zu verderben, und daß ich gar nichts tun konnte. Das Schlimmste war der quälende Gedanke an David Warcliff. Ich war zu der Überzeugung gekommen, daß Marys Abschiedsworte bei ihrem Besuch in der Hill Street gar nichts zu bedeuten hatten; ich konnte mir wirklich nicht vorstellen, wie sie irgend etwas über das Kind hätte herausfinden können, denn bisher hatten wir nie auch nur das Geringste entdecken können; und der Gedanke an den Jungen machte den Erfolg mit den beiden anderen zu nichts Besserem als einem Fehlschlag. Außerdem wurde ich bestraft für die voreilige Sicherheit meiner Einschätzung von Medina, wie ich sie Mary mitgeteilt hatte. Mein Entsetzen über diesen Mann war jetzt von anderer Art; er schien mir hoffnungslos unangreifbar zu sein; und mein Abscheu war mit Furcht gemischt – eine mir neue Erfahrung, denn bisher war es immer so gewesen, daß Haß mir die Furcht austrieb.

Während dieser letzten beiden Tage war er abscheulich – abscheulich, aber auch großartig. Er schien in meinen Anblick verliebt, als sei ich eine sichtbare und intime Bestätigung seiner Macht, und er behandelte mich wie ein orientalischer Despot einen Lieblingssklaven. Er ließ sich zu mir herab, als sei das eine Erleichterung nach seiner langen geistigen Anspannung, und offenbarte mir die innersten Träume seines Herzens. Mit Schaudern begriff ich, daß er mich als einen Bestandteil der schrecklichen Welt ansah, die er geschaffen hatte, und ich glaube, zum erstenmal während des ganzen Sachverlaufs hatte ich Angst um mich selber. Wenn es ihm nur im Traum einfiele, ich könnte ihn enttäuschen, würde er zur reißenden Bestie werden ... Ich erinnere mich, daß er viel von Politik sprach, aber ihr Götter! – wie anders als zuvor, als er mir anständige konservative Ansichten vorgesetzt hatte – eine Wiederbelebung der Tories durch die Frauen und ähnliches! Er behauptete, daß hinter allen verschiedenen Glaubensformen der ganzen Welt – Christentum, Buddhismus, Islam und allen anderen – nichts stecke als uralte Teufelsverehrung, die nun den Kopf wieder hebe. Der Bolschewismus, sagte er, sei eine ihrer Erscheinungsformen, und den Erfolg des Bolschewismus in Asien schrieb er der Wiederbelebung des sogenannten Schamanismus zu – das Wort brauchte er, glaube ich. Wie er es sah, hatte der Krieg überall Risse im Furnier aufgebrochen, und das wahre Wesen der Dinge offenbarte sich. Er war begeistert davon, denn der uralte Glaube bestand nicht aus einem ethischen Kodex, sondern aus Geistermysterien und gewährte denen Möglichkeiten, die die uralte Magie wiederentdeckt hatten. Ich glaube, er wollte alles gewinnen, was die Zivilisation ihm bieten konnte, und dann alles vernichten, denn sein Haß auf England war nur ein Teil seines Hasses auf alles, was den meisten Menschen lieb und teuer ist. Der übliche Anarchist war in seinen Augen ein Narr, denn die Städte und Tempel der ganzen Erde wären nicht Opfer genug, um seine Eitelkeit zu befriedigen. Mir wurde jetzt klar, was die Goten und die Hunnen im Grunde waren und in welcher Geistesverfassung Menschheitsgeißeln wie Attila und Timur sich befanden ... Verrückt, wird man sagen. Ja, zweifellos verrückt, aber es war eine höchst überzeugende Verrücktheit. Ich mußte alle Kraft aufbieten, um nicht die Nerven zu verlieren – ich tat es, indem ich mich auf meinen Job konzentrierte.

Die letzte Nacht im Mai ging ich fast ganz verzweifelt schlafen und tröstete mich mit dem, was ich zu Mary gesagt hatte: daß man es eben durchhalten muß und darauf vertrauen, daß man in den letzten zehn Minuten doch noch Glück hat. Ich erwachte an einem strahlenden Morgen; als ich zum Frühstück herunterkam, war ich in etwas besserer Verfassung. Medina schlug vor, wir sollten ein bißchen aufs Land hinausfahren und auf den Höhen spazierengehen. »Dabei bekommen wir Appetit aufs Donnerstag-Dinner«, meinte er. Dann ging er hinauf, um zu telephonieren, und ich saß im Rauchzimmer und stopfte mir die Pfeife, als plötzlich Greenslade hereingeführt wurde.

Ich hörte nicht zu, als er sprach, sondern nahm ein Stück Papier und kritzelte darauf: »Geben Sie dies dem Chefportier im Club, dann gibt er Ihnen die Telegramme, die für mich gekommen sind. Wenn eins von Gaudian da ist, es ist bestimmt eins da, telegraphieren Sie ihm, er soll sofort aufbrechen und zu Julius Victor gehen. Dann telegraphieren Sie dem Herzog, er soll Gaudian dort treffen. Verstehen Sie? Jetzt, was haben Sie mir zu sagen?«

»Nur, daß Ihre Frau sagen läßt, es geht alles sehr gut. Sie sollen heute abend um halb elf in den ›Fields of Eden‹ sein. Sie sollen sich auch irgendwie einen Hausschlüssel zu diesem Haus verschaffen und dafür sorgen, daß die Kette nicht vorgelegt ist.«

»Sonst nichts?«

»Sonst nichts.«

»Und Peter John?«

Greenslade redete des Langen und Breiten über Peter Johns Gesundheitszustand, als Medina hereinkam. »Ich bin nur vorbeigekommen, um Sir Richard zu sagen, daß alles blinder Alarm war. Bloß die übliche Frühjahrsunpäßlichkeit. Der Londoner Chirurg war ziemlich ärgerlich, daß er für nichts und wieder nichts so weit reisen mußte. Lady Hannay meinte, ich sollte es ihm lieber sagen, dann kann er beruhigt in die Ferien fahren.«

Ich war so kurzab mit ihm, daß Medina begreifen mußte, wie weit meine Gedanken von meiner Familie entfernt waren. Während wir auf der Straße nach Tring dahinfuhren, sprach ich nur von den bevorstehenden Ferien wie ein Schuljunge, der von einem Älteren zu einer Woche Cricket eingeladen worden ist. Medina sagte, er habe sich noch nicht für einen Ort entschieden, aber es müsse irgendwo in der südlichen Sonne sein – Algerien vielleicht, und am Rande der Wüste, oder besser noch: an irgendeinem einsamen Ort am Mittelmeer, wo wir beides haben würden, die Sonne und das blaue Meer. Er sprach von der Sonne wie ein Feueranbeter. Er wollte seine Glieder in ihren Schein tauchen, seine Seele in ihrem Licht baden und im endlosen warmen Wasser schwimmen. Er sprach in Rhapsodien wie ein Dichter, aber mir fiel bei seinen Rhapsodien auf, wie wenig sinnlich sie waren. Der Körper dieses Mannes gehorchte seinem Geist aufs Wort, und ich glaube, er kannte keinerlei Schwächen des Fleisches. Was er haben wollte, war ein Strahlenbad für seinen Geist.

Den ganzen Tag wanderten wir über die Höhen um Ivinghoe und verzehrten einen späten Lunch im Dorfgasthaus. Er redete nicht viel, sondern schritt mit abwesendem

Blick über die mit Thymian bewachsenen Downs hin. Einmal, als wir auf einer Anhöhe saßen, schien er tief zu seufzen, und sein Gesicht war einen Augenblick lang sehr ernst.

»Was ist die größte Freude?« sagte er plötzlich. »Erfüllung? . . . Nein. Verzicht.«

»Das sagen die Pfarrer immer«, bemerkte ich.

Er beachtete mich nicht. »Alles zu gewinnen, wonach die Menschheit je gestrebt hat, und es dann wegzuwerfen. Kaiser der Erde zu sein und dann einfach zu verschwinden auf Nimmerwiedersehen, Sandalen anzuziehen und den Bettelnapf zu nehmen. Wer das tun kann, der hat die Welt erobert – der ist kein König, sondern ein Gott. Aber um das zu vollbringen, muß er erst König sein.«

Ich kann unmöglich die Atmosphäre dieser Szene beschreiben, die kahle Anhöhe unter dem blauen Sommerhimmel und dieser Mann, der dem Gipfel des Erfolgs nahe zu sein glaubte und plötzlich alle Werte in Frage stellte. Wenn immer ich mit Medina zu tun hatte, war ich von dem Bewußtsein, ihm unterlegen zu sein, so besessen, daß ich mir vorkam wie ein Droschkengaul im Vergleich mit einem Araberhengst, und dies empfand ich wie einen Schlag ins Gesicht. Das könnte Napoleon gesagt haben – und getan haben, wären seine Pläne nicht fehlgeschlagen. Ich wußte, ich stritt gegen einen Teufel, aber ich wußte auch, daß es ein Teufel von Format war.

Wir kamen gerade noch rechtzeitig in die Stadt zurück, um uns zum Dinner umzuziehen, und meine ganze Nervosität war wieder da. Dies war die Nacht der Krise, und es war mir widerlich, daß ich so spät am Tage mich noch zu entscheidenden Handlungen aufraffen mußte. Solche Dinge sollten sich am frühen Morgen abspielen. Es war wie ein Sturmangriff aus dem Schützengraben in Frankreich: der machte mir nicht soviel aus in der regennassen Morgendämmerung, wenn man sowieso schlechter Laune und nur halbwach war, aber ich haßte einen Sturmangriff im kalten Tageslicht oder in der Abenddämmerung, wenn man seine Ruhe haben wollte.

An diesem Abend rasierte ich mich, das weiß ich noch, sehr sorgfältig, als schmücke ich mich zu einem Opfergang. Ich dachte, wie mir wohl zumute sein werde, wenn ich mich das nächste Mal rasierte. Ich dachte, was Mary und Sandy wohl machten ...

Was Mary und Sandy genau in diesem Augenblick machten, weiß ich nicht, aber ich kann jetzt über das berichten, was etwa zur gleichen Zeit geschah, wovon ich aber damals nichts wußte ... Mercot und Gaudian tranken gerade verspätet Tee im Midland-Expreß, nachdem sie sich bei einer wilden Autofahrt fast den Hals gebrochen hatten, weil sie absolut in Hawick den Zug erreichen wollten. Mercot war sauber und glatt rasiert, sein Haar war gut geschnitten, er trug einen ziemlich gut sitzenden Flanellanzug von der Stange. Er war ganz braun verbrannt und maßlos aufgeregt und unterbrach Gaudian andauernd beim Studium der Werke von Sir Walter Scott.

»Newhover wird heute freigelassen. Was meinen Sie, daß er tun wird?« fragte er.

»Gar nichts – noch eine ganze Weile«, war die Antwort. »Ich habe ihm einiges gesagt. Er kann nicht offen nach Deutschland zurück, und ich glaube nicht, daß er es wagt, nach England zu kommen. Er hat Angst vor der Rache seines Herrn. Er wird auf ein Weilchen verschwinden und dann unter neuem Namen und mit einem anderen Gesicht bei einem neuen Verbrechen auftauchen. Er ist der ewige Schurke.«

Das Gesicht des jungen Mannes strahlte vor Vergnügen. »Und wenn ich hundert Jahre alt werde«, meinte er, »nichts wird mich je wieder so freuen wie der Superkinnhaken, den ich ihm verpaßt habe.«

In einem Landhauszimmer an der Grenze zwischen Middlesex und Bucks unterhielt sich Turpin mit einer jungen Dame. Er war im Frack, ein sehr distinguierter junger Mann, und sie trug ein wunderschönes, phantastisch geschnittenes, grasgrünes Abendkleid. Ihr Gesicht war stark geschminkt, die scharlachroten Lippen und die gefärbten Brauen standen in unheimlichem Kontrast zu der Leichenblässe ihrer Haut. Aber das Gesicht war anders als das, welches ich beim ersten Mal in jenem Tanzlokal gesehen hatte. Es war wieder Leben darin, die Augen sahen nicht mehr aus wie glanzlose Kiesel, sondern waren wieder Fenster der Seele. Angst war noch in diesen Augen, aber es waren wieder Menschenaugen, und in diesem Augenblick blitzten sie vor Aufregung.

»Ich habe eine Todesangst«, sagte sie. »Ich soll wieder in dies ekelhafte Lokal zu dem ekelhaften Mann. Bitte, Antoine, verlaß mich nicht. Du hast mich aus einem Grab geholt, du kannst mich doch nicht wieder hineinfallen lassen.«

Er hielt sie fest umschlungen und streichelte ihr Haar.

»Weißt du, ich glaube, es ist – wie heißt das doch bei euch? – der Endspurt. Geliebteste, wir können unsere Freunde nicht im Stich lassen. Ich komme dir sehr bald nach. Der graue Mann – seinen Namen weiß ich nicht – hat mir das gesagt, und er ist ein Freund. Ein Wagen holt mich ab, eine halbe Stunde, nachdem du mit Odell abgefahren bist.«

»Aber was bedeutet das alles?« fragte sie.

»Ich weiß es nicht, aber ich glaube – ich bin ganz sicher, daß unsere Freunde am Werk sind. Denk doch, mein Kleines. Ich wurde dorthin gebracht, wo du warst, aber die Leute, die Gewalt über dich haben, wissen nicht, daß ich hier bin. Wenn Odell kommt, bekomme ich Bescheid und werde in meinem Zimmer eingeschlossen. Ich darf es nicht verlassen. Ich hab mich nicht rühren können, außer daß ich mit diesem ehrbaren englischen Kammerdiener zur Übung geboxt habe. Der war wirklich sehr nett und hat es mir möglich gemacht, einigermaßen in Form zu bleiben. Der boxt nämlich gut, aber ich habe es ja bei unserem Jules gelernt, und deshalb ist er mir unterlegen. Aber wenn erst die Luft rein ist, dann darf ich zu dir kommen, und ich selber habe dich aus dem Dornröschenschlaf geweckt, meine Prinzessin. Deshalb ist bisher alles in Ordnung. Was heute nacht geschieht, weiß ich nicht, aber ich glaube, unsere Sorgen sind zu Ende. Das hat mir der graue Mann gesagt. Wenn du wieder in das Tanzlokal gehst, dann komme ich dir nach, und dann werden wir was erleben. Hab keine Angst, Kleines. Du gehst nicht mehr als Gefangene dorthin, sondern wie eine Schauspielerin, die ihre Rolle spielen muß, und ich weiß, das wirst du großartig machen. Du wirst dem Odell keinen Grund zum Verdacht geben. Und ich komme sofort nach, und dann gibt es ein *éclaircissement* – und auch, Gott gebe es, eine Abrechnung.«

Der Kammerdiener mit dem hölzernen Gesicht kam herein und winkte dem jungen Mann; der küßte das Mädchen und folgte ihm. Ein paar Minuten danach war Turpin in seinem eigenen Zimmer, die Tür war abgeschlossen worden. Dann war von draußen zu hören, daß ein Wagen vorfuhr, er horchte lächelnd. Als er vor dem Spiegel stand und sich noch einmal übers Haar strich, lächelte er immer noch – es war ein drohendes Lächeln.

Noch mehr ging an diesem Abend vor sich, wovon ich nichts wußte. Ein Herr verließ ein gewisses bescheidenes Büro am Tower Hill, um zu seiner Wohnung in Mayfair zu fahren. Sein Wagen wartete an der Straßenecke, aber als er einstieg, stieg zu seiner Überraschung auf der anderen Seite auch jemand ein, und der Wagen fuhr schließlich nicht nach der Clarges Street, sondern anderswohin. Das Büro, das er abgeschlossen und verriegelt hatte, wurde bald wieder geöffnet, und gewisse Leute waren bis tief in die Nacht dort tätig – Leute, die nicht zu seinem Personal gehörten. Ein bedeutender Publizist, der Fürsprech aller Notleidenden in Mitteleuropa, machte sich auf den Weg zum Dinner in seinem Club, aber auf unerklärliche Art verspätete er sich und mußte das Dinner aufschieben. Die Spanische Kupfer-Gesellschaft in London Wall war letzthin nicht sehr tätig gewesen, außer daß sie zahlreiche Herren zum Lunch eingeladen hatte, aber in dieser Nacht waren ihre Fenster hell erleuchtet, und Leute, die nicht wie Angestellte aussahen, wühlten in ihren Akten. In Paris hielt ein gewisser französischer Graf mit royalistischen Tendenzen, der für diesen Abend eine Loge in der Oper gebucht und vorher ein kleines Dinner geben wollte, seine Verabredung nicht ein, zum Mißbehagen seiner Gäste, und ein Telephonanruf in seiner Wohnung nahe den Champs Elysées blieb seinerseits unbeantwortet. Am anderen Ende der Strippe war vielmehr ein grober Kumpan, der keine Auskunft geben wollte. Ein ehrbarer Buchhalter in Glasgow, Kirchenältester und hoffnungsvoller Parlamentskandidat, kam an diesem Abend nicht nach Hause zu seiner Familie, und als man die Polizei anrief, bekam man eine sonderbare Antwort.

Das Büro des *Christian Advocate von Milwaukee* um die Ecke von der Fleet Street, einer Zeitschrift, die in England nicht sehr verbreitet sein kann, war gegen sechs Uhr voll von schweigsamen, sehr geschäftigen Leuten, und der Manager, der überrascht war und vor Angst die Augen rollte, wurde von zwei kräftigen Männern, die zuvor nicht die Ehre seiner Bekanntschaft gehabt hatten, in einem Taxi fortgebracht. Seltsame Dinge geschahen hier und da auf der ganzen Welt. Mehr als ein Schiff legte nicht fahrplanmäßig ab, weil gewisse Leute sich für die Passagierlisten interessierten. Eine Konferenz geachteter Bankiers in Genua wurde unerwartet durch die Polizei abgebrochen; höchst achtenswerte Beamtenbüros wurden von tolpatschigen Spürhunden des Gesetzes besetzt und durchstöbert; verschiedene beliebte Schauspielerinnen traten nicht auf, um ihre Fans zu erfreuen, und mehr als eine hübsche Tänzerin erschien nicht auf der Szene des gewohnten Triumphs; ein Senator in Westamerika, ein hoher Beamter in Rom und vier Abgeordnete in Frankreich fanden sich in ihrer Bewegungsfreiheit eingeschränkt, und ein Kirchenfürst fing den Rosenkranz zu beten an, nachdem er am Telephon eine gewisse Nachricht bekommen hatte. Fünf Männer, alle in hohen Stellungen, und eine Frau nahmen sich zwischen sechs und sieben Uhr das Leben, ihre Familien wußten nicht warum. In einer Stadt an der Loire gab es einen unliebsamen Zwischenfall, als ein Engländer, der mit dem Auto unterwegs nach dem Süden Frankreichs war – ein typisch englischer Gutsherr, der in den Jagdkreisen von Shropshire wohlbekannt war – in seinem Hotel von ein paar ganz gewöhnlichen Franzosen Besuch bekam, anscheinend war die Unterhaltung mit ihnen nicht sehr schmackhaft. Er nahm etwas aus der Westentasche und führte es zum Munde, da wurden sie frech und legten Hand an ihn und schoben ihm etwas über die Handgelenke.

Es war eine himmlisch klare Nacht, als Medina und ich aufbrachen, um die halbe Meile zur Mervyn Street zurückzulegen. Ich war während der letzten Wochen so eingesperrt und von Sorgen geplagt gewesen, daß ich gar nicht gemerkt hatte, daß es Sommer geworden war. Plötzlich schien die Welt heller geworden zu sein, in den Straßen stand der vielfältige Geruch von Blumen, Parfüms, heißem Holzpflaster und Asphalt, der Sommergeruch von London. Autos warteten vor den Haustüren, und Frauen in schönen Kleidern stiegen ein; Männer gingen zum Dinner, mit einigen tauschten wir Grüße; die ganze Welt schien voll Gelächter und fröhlicher Bewegung. Und alles das war mir versperrt. Ein Schleier schien mich von dieser heiteren Welt zu trennen, und ich sah nichts vor mir als einen einsamen alten Mann mit traurigem Gesicht, der auf einen verlorenen Knaben wartete. Ein Augenblick kam – an der Ecke vom Berkeley Square –, da stieß ich zufällig Medina an, und ich mußte die Fäuste ballen und mir auf die Lippen beißen, um ihn nicht auf der Stelle zu erwürgen.

Das Eßzimmer in der Mervyn Street ging nach Westen hinaus, und das Abendlicht mischte sich in das Licht der Kerzen auf dem Tisch, Blumen und Silber leuchteten feenhaft. Die Mitglieder des Clubs waren vollzählig erschienen – dreizehn, glaube ich –, und das herrliche Wetter schien alle in die beste Laune versetzt zu haben. Ich hatte fast Medinas Ansehen bei allen gewöhnlichen Sterblichen vergessen gehabt und war wieder aufs neue von den Beweisen seiner Beliebtheit erschüttert. Er hatte an dem Abend den Vorsitz, und ich habe nie einen besseren Organisator eines solchen Dinners erlebt. Er hatte für jeden das rechte Wort, und wir setzten uns so vergnügt zu Tisch wie eine Gesellschaft von Studenten, die ein erfolgreiches Cricketspiel feiern.

Ich saß rechts von Medina und neben Burminster, mir gegenüber saß Palliser-Yeates. Zuerst wurde hauptsächlich vom Derby und den Anmeldungen für Ascot gesprochen, und Medina erwies sich als äußerst wohlunterrichtet. Von den Chilton-Ställen her hatte er eine Menge vertraulicher Informationen und zeigte großen Sachverstand. Auch war er Fachmann, was die Stammbäume von Rennpferden betrifft, so daß Burminster, der sich selber für fachkundig hielt, den Mund aufsperrte vor Staunen. Ich nehme an, ein Gehirn wie das von Medina kann sich blitzschnell über jeden Gegenstand informieren, und diese Art Sachkenntnis schien ihm nützlich zu sein, denn ich glaube nicht, daß er sich aus einem Pferd mehr machte als aus einer Katze.

Während der Somme-Schlacht war ich einmal zum Dinner in einem französischen Château hinter der Front als Gast des einzigen Sohnes des Hauses. Es war ein altes Schloß mit Fischteichen und Terrassen, und es lebten nur zwei Menschen darin, eine alte Comtesse und ein fünfzehnjähriges Mädchen mit Namen Simone. Ich weiß noch, daß ein uralter Butler mir beim Dinner fünf Gläser mit verschiedenen Sorten Rotwein einschenkte, bis ich den gewählt hatte, der mir am besten mundete. Nachher ging ich mit Simone durch den Garten in einem wunderschönen gelben Zwielicht, besah die fetten Karpfen in den Teichen und hörte die fernen Kanonen brummen. In jener Stunde empfand ich tief den Gegensatz zwischen Jugend und Unschuld und Frieden und der häßlichen Welt des Krieges, die nur ein Dutzend Meilen entfernt war. An diesem Abend beim Club-Dinner hatte ich dasselbe Gefühl – die vergnügte Gesellschaft sauberer, harter, anständiger Männer und das scheußliche Hinterland von verborgenem Verbrechen, dessen Herr und Meister der Mann am Kopfende der Tafel war. Ich muß ein schlechter Gesellschafter gewesen sein, aber glücklicherweise waren alle gesprächig, und ich tat mein Bestes, über Burminsters Narreteien zu grinsen.

Bald entfernte sich das Gespräch vom Rennsport. Palliser-Yeates nahm das Wort; sein knabenhaft frischer Teint kontrastierte merkwürdig mit seinen weisen Augen und der ernsten Stimme.

»Ich verstehe einfach nicht, was los ist«, antwortete er auf eine Bemerkung von Leithen. »Die City ist plötzlich nervös geworden, und so weit ich sehe, gibt es keinen Grund dafür. Enorme Aktienverkäufe, hauptsächlich von Aktionären im Ausland, aber dafür gibt es ein Dutzend Erklärungen. Nein, es grassiert eine Art von *malaise*, und sie gleicht auf höchst ungemütliche Weise dem, woran ich mich vom Juni 1914 her erinnere. Damals war ich im Whittingtons, und plötzlich spürten wir, wie die Grundfesten zu zerbrökkeln anfingen – o ja, es war vor dem Mord in Sarajewo. Erinnern Sie sich noch an den Bankrott von Charlie Esmond – also, daran war hauptsächlich der Krampf von Unsicherheit schuld, der die Welt schüttelte. Hin und wieder spüren es die Menschen im Gebein, wenn etwas Schlimmes bevorsteht. Und wahrscheinlich haben sie recht, und es hat schon angefangen.«

»Gütiger Gott!« sagte Leithen. »Das gefällt mir gar nicht. Gibt es wieder Krieg?«

Palliser-Yeates antwortete nicht gleich. »Es sieht fast so aus«, sagte er dann. »Ich gebe zu, es ist beinahe unvorstellbar, aber schließlich sind alle Kriege unvorstellbar, bis man mitten drin ist.«

»Unsinn!« rief Medina. »Keine Nation der Erde ist in der Lage, Krieg zu führen, außer halbzivilisierten Völkern, bei denen es der Normalzustand ist. Sie vergessen, wieviel mehr wir jetzt wissen als 1914. Nicht einmal Frankreich könnte man zum Kriegführen zwingen, ohne eine Revolution zu provozieren – eine Revolution der Mittelklasse, also eine erfolgreiche.«

Burminster sah erleichtert aus. »Der nächste Krieg«, bemerkte er, »wird eine verdammt unangenehme Sache sein. Soweit ich es beurteilen kann, werden sehr wenige Soldaten getötet werden, aber enorm viele Zivilisten. An der

Front wird es am sichersten sein. Es wird einen solchen Andrang zum Heeresdienst geben, daß wir die Zivilpflicht werden einführen müssen. Die *Franktireure* werden die regulären Truppen sein.«

Während er noch sprach, kam jemand herein, und zu meinem Erstaunen sah ich, daß es Sandy war.

Er sah glänzend aus und so braun wie eine Nuß. Er entschuldigte sich murmelnd bei dem Vorsitzenden für die Verspätung, fuhr mit der Hand über Burminsters Glatze und setzte sich ans andere Ende des Tisches. »Ich mache mit, wo ihr gerade seid«, sagte er zu den Kellnern. »Nein – laßt nur den Fisch. Ich möchte gutes englisches Roastbeef und einen Krug Bier.«

Es gab einen ganzen Chor von Fragen.

»Bin vor einer Stunde erst angekommen. Ich war im Osten – Ägypten und Palästina. Bin fast den ganzen Rückweg geflogen.«

Er nickte mir zu, lächelte Medina an und prostete ihm mit dem Bierkrug zu.

Ich saß so, daß ich Medinas Gesicht nicht genau beobachten konnte, aber soweit ich sehen konnte, blieb es unverändert. Er haßte Sandy, aber er fürchtete ihn jetzt nicht mehr, da seine Pläne praktisch schon verwirklicht waren. Er war sogar besonders liebenswürdig und fragte sehr freundlich, was er denn im Osten gemacht hätte.

»Zivile Luftfahrt«, antwortete Sandy. »Ich werde mir den Pilgerverkehr zu den Wallfahrtsorten schnappen. Sind Sie mal in Mekka gewesen?« fragte er Pugh, der bejahend nickte. »Erinnern Sie sich an die *hamelidari**-Bande, die den Transport von Mespot zu organisieren pflegte? Na also, ich werde ein *hamelidari* großen Formats sein. Ich will den Ärmsten und Schwächsten den Rang des *hadji*** ermöglichen. Ich werde der größte Wohltäter der islamischen Demokratie sein mit Hilfe einer Flotte aus zusammengeflickten Flugzeu-

---

* Kameltreiber
** Mohammedaner, der schon einmal nach Mekka gepilgert ist.

gen und ein paar Gleichgesinnten, die sich im Osten auskennen. Wenn ich die Aktiengesellschaft gründe, laß ich euch alle zu pari rein. John« – er wandte sich an Palliser-Yeates – »ich verlasse mich auf Sie für die Gründung.«

Augenscheinlich redete Sandy Unsinn, und niemand nahm ihn ernst. Da saß er mit seinem fröhlichen braunen Gesicht und sah unwahrscheinlich jung und mädchenhaft aus, so daß selbst der mißtrauischste Mensch nichts anderes hinter ihm vermutet hätte als den üblichen verrückten Engländer, der nur von Abenteuern und Sensationen lebte. Mit mir sprach er nicht, und darüber war ich froh, denn ich wußte wirklich nicht, was ich von alledem halten sollte. Was sollte das heißen, daß er jetzt hier auftauchte? Welche Rolle würde er bei den Ereignissen der kommenden Nacht spielen? Hätte ich mit ihm sprechen müssen, so hätte ich die Aufregung in meiner Stimme nicht verbergen können.

Ein Bedienter brachte Medina einen Brief, den er gemächlich öffnete und las. »Keine Antwort«, sagte er und steckte den Brief in die Tasche. Einen Augenblick fürchtete ich, er habe von Macgillivrays Aktion erfahren, aber sein Benehmen beruhigte mich.

Einige der Anwesenden wollten noch mit Sandy über andere Dinge reden, besonders Fulleylove und Nightingale, der junge Dozent aus Oxford. Sie wollten etwas von Südarabien hören, von dem gerade alle Welt sprach. Irgend jemand – ich weiß nicht mehr, wer – versuchte, eine Forschungsexpedition auf die Beine zu bringen.

»Es ist das letzte noch ungelöste geographische Rätsel«, sagte Sandy, und jetzt sprach er im Ernst. »Na, vielleicht nicht ganz das letzte. Ich habe gehört, an den südlichen Nebenflüssen des Amazonas gibt es auch noch was zu tun. Mornington, wissen Sie, nimmt an, daß man möglicherweise in den unerforschten Hochtälern noch Inka-Siedlungen findet. Aber alles andere ist futsch. Seit Anfang dieses Jahrhunderts haben wir mit den guten alten Geheimnissen, die die Welt so lebenswert machten, sauber aufgeräumt. Wir sind an den beiden Polen gewesen und in Lhasa und in den

Mondbergen. Den Everest haben wir noch nicht ganz bestiegen, aber wir wissen, wie es da ist. Mekka und Medina sind so abgeklappert wie Bournemouth. Wir wissen, daß es in den Brahmaputra-Schluchten nichts Bemerkenswertes gibt. Es gibt nur noch wenig, womit die menschliche Phantasie spielen kann, und unsere Kinder werden in einer langweiligen, zusammengeschrumpften Welt aufwachsen. Die einzige Ausnahme, natürlich, ist die große Wüste im südlichen Arabien.«

»Meinen Sie, daß man sie durchqueren kann?« fragte Nightingale.

»Schwer zu sagen, und wer es wagt, riskiert viel. Ich selber möchte mein Leben nicht davon abhängig machen, daß ich Kamele melke. Das sind unberechenbare Biester.«

»Ich glaube nicht, daß es da irgendwas gibt außer achthundert Meilen weichen Sand«, meinte Fulleylove.

»Ich weiß nicht recht. Ich habe sonderbare Geschichten gehört. In Oman habe ich mal einen Mann getroffen, der von der Manah-Oase aus nach Westen gezogen ist ...«

Er hielt inne, um den Club-Madeira zu probieren, stellte das Glas ab und sah auf die Uhr.

»Dunnerlittchen!« sagte er. »Ich muß gehen. Tut mir leid, Herr Vorsitzender, aber ich hatte so große Lust, Sie alle wiederzusehen. Nehmen Sie's nicht krumm, daß ich so hereingeplatzt bin.«

Er war schon halbwegs zur Tür, als Burminster fragte, wohin er denn gehe.

»Einen Strohhalm in einer konfiszierten Scheune suchen ... Nämlich den zehn Uhr dreißig vom King's Cross-Bahnhof. Ich muß nach Schottland zu meinem Vater. Sie wissen ja, ich bin das letzte Reis am alten Stamm. Adieu allesamt. Beim nächsten Dinner erzähle ich von meinen Plänen.«

Als sich die Tür hinter ihm schloß, befiel mich schwärzeste Depression und Verlassenheit. Er war mein einziger mächtiger Verbündeter, und er kam und verschwand wie ein Schiff in der Nacht und hatte kein Wort für mich. Ich kam mir vor wie eine blinde Fledermaus, und mein Gesicht mußte meine Gefühle widergespiegelt haben, denn Medina beobachtete mich und schrieb sie wohl meiner Abneigung gegen Sandy zu. Er bat Palliser-Yeates, ihn zu vertreten. »Bei mir ist es nicht der Schottland-Expreß wie bei Arbuthnot, aber ich fahre sehr bald in die Ferien und habe eine dringende Verabredung.« Das kam mir sehr gelegen, denn ich hatte mir Gedanken gemacht, wie ich eine Ausrede für meinen Besuch in den ›Fields of Eden‹ finden sollte. Er fragte mich, wann ich nach Hause komme, und ich sagte unlustig, in etwa einer Stunde. Er nickte. »Bis dahin bin ich zurück und lasse Sie herein, falls Odell zu Bett gegangen ist.« Dann ging er nach einer scherzhaften Bemerkung zu Burminster, er wirkte so entspannt, daß ich sicher war, daß er keine schlechten Nachrichten bekommen hatte. Ich wartete fünf Minuten und ging dann auch. Es war viertel nach zehn.

Am Eingang des Tanzclubs in der Wellesley Street war ich auf Schwierigkeiten gefaßt, aber der Mann an der Kasse oben an der Treppe sah mich nur scharf an und ließ mich passieren. Es war nicht derselbe wie bei meinem Besuch mit Archie Roylance, und trotzdem hatte ich ein komisches Gefühl, als ob ich sein Gesicht schon einmal gesehen hätte. Ich betrat das Tanzlokal mit dem schweren Parfümgeruch und dem Höllenlärm der Schlagermusik, setzte mich an einen Seitentisch und bestellte einen Likör.

Irgend etwas war anders als sonst, aber zuerst wußte ich nicht, was es war. Alles schien zu sein wie sonst auch; das einzige bekannte Gesicht war das von Miss Victor, und das war wieder genauso maskenhaft bleich; sie tanzte mit einem jungen Mann, der anscheinend mit ihr zu sprechen versuchte, aber kaum Antwort bekam. Odell sah ich nicht, auch nicht den Juden mit dem schwarzen Bart. Gespannt beobachtete ich das Fenster oben, von wo ich hinuntergeblickt hatte, als ich im Antiquitätenladen eingebrochen war. Es waren heute weniger Leute da, aber anscheinend von derselben Sorte.

Nein, doch nicht ganz. Die Frauen waren dieselben, aber die Männer waren anders. Sie waren älter und – wie soll ich sagen – gesetzter, sie sahen nicht aus wie Gigolos oder vergnügungssüchtige junge Leute. Sie waren auch stämmiger, obgleich sie recht gute Tänzer waren. Irgendwie kam es mir vor, als seien sie nicht Gewohnheitskunden, sondern mit einer bestimmten Absicht hier.

Sobald mir das dämmerte, fielen mir auch andere Dinge auf. Es waren weniger ausländische Kellner da, und ihre Zahl nahm ständig ab. Getränke wurden bestellt und kamen ewig nicht. Wenn ein Kellner den Saal verließ, schien er unverhältnismäßig lange auszubleiben. Und dann sah ich noch mehr. Ein Gesicht schaute durch das Fenster oben herab; ich konnte es wie einen Schatten hinter dem verstaubten Glas sehen.

Jetzt erschien Odell, er machte eine prächtige Figur im Frack mit einem Brillanten in der Hemdbrust und einem rotseidenen Taschentuch im linken Ärmel. Er sah massiv und furchterregend aus, aber aufgedunsener als je, und seine kleinen Schweinsaugen glitzerten. Ich nahm an, er hatte ein Glas oder zwei getrunken, gerade genug, um angeregt zu sein. Er stolzierte zwischen den kleinen Tischen umher und drehte sich ab und zu um, um das Mädchen in Grün anzustarren; dann ging er wieder hinaus. Ich sah auf die Uhr, es war viertel vor elf.

Als ich den Kopf hob, war Mary erschienen. Keine Schminke, kein Puder, kein auffallendes Kleid. Sie trug das blaßblaue Abendkleid, das sie bei unserem Jagdball im März angehabt hatte, und ihr Haar war so einfach frisiert, wie ich es liebte, so daß alle Lichter und Schatten im Gold spielten. Sie trat auf wie eine junge Königin und warf einen schnellen Blick in den Raum, und dann beschattete sie die Augen mit der Hand und blickte zu jenem Fenster hinauf.

Als sie dort stand, ganz still und wie ein Läufer am Start, hörte plötzlich die Musik auf. Die paar Männer, die noch tanzten, sprachen mit ihren Partnerinnen und gingen auf die Tür zu. Ich sah den bärtigen Juden hereinstürzen und sich umsehen. Ein Mann berührte seinen Arm und zog ihn fort, das war das Letzte, was ich von ihm sah.

Plötzlich erschien Odell wieder. Er mußte eine Warnung erhalten haben, die sofortiges Handeln erforderte. Was für eine Warnung das war, werde ich nie erfahren, aber sie mag die Razzia betroffen und Anweisungen wegen der Geiseln enthalten haben. Er winkte Miss Victor herrisch zu sich heran und trat vor, um sie am Arm zu greifen. »Sie kommen jetzt mit«, hörte ich, als ich eine neue Gestalt erblickte.

Turpin war da, blaß, straff, mit finsterem Blick, er sah aus wie damals, wenn wir in Frankreich manchmal in der Klemme waren.

»Adela, Liebste«, sagte er, »ich glaube, du solltest jetzt nach Hause gehen.«

Im nächsten Augenblick hing Miss Victor an seinem Arm, und Odell kam heran, Zornesröte auf dem fahlen Gesicht.

»Lassen Sie das Mädchen los«, sagte er. »Die geht Sie nichts an. Ist mein Mädchen.«

Turpin lächelte. »Ich glaube nicht, Freundchen.« Er löste Adelas Arm und schob sie hinter sich, und mit einem schnellen Schritt vorwärts schlug er Odell mit der flachen Hand ins Gesicht.

Dieser schien vor Wut anzuschwellen. »Verdammt!« schrie er, und eine Flut von amerikanischen Gassenjungenflüchen folgte. »Mein schlaues Bürschchen, dir verpaß ich was! Du kriegst jetzt Schlaftabletten!«

Ich hätte ein Vermögen darum gegeben, an Turpins Stelle zu sein, denn eine Keilerei hätte ich brauchen können, um meine zerfetzten Nerven zu flicken. Aber ich konnte mich nicht einmischen, denn dies war klar und deutlich Turpins Sache, und sehr bald begriff ich, daß er meine Hilfe wahrscheinlich nicht brauchte.

Mit bösem Lächeln umkreiste er den Mops, der die Fäuste erhoben hatte. *»Fiche moi la paix«**, summte er. »Freundchen, du wirst abgeschlachtet.«

Ich trat zu Mary, denn ich wollte die Frauen hinausbringen, aber sie war mit Miss Victor beschäftigt, die nach der

* etwa »Leck mich . . .«

Anstrengung und Aufregung des Abends fast ohnmächtig war. Ich sah also den Boxkampf nur zum Teil. Turpin hielt Odell in sicherer Entfernung, denn Nahkampf wäre aussichtslos gewesen, und ermüdete ihn mit blitzschnellen Bewegungen, bis des Boxers schlechtes Training sich zeigte und ihm die Puste ausging. Als der Franzose sah, daß der Gegner zu schnaufen anfing und seine Backen fleckig wurden, kam er heran. Von da ab sah ich alles, und ich hoffe nur, daß Mary und Miss Victor nicht verstanden haben, was Turpin sagte, denn er fluchte die ganze Zeit leise vor sich hin, und zwar die Quintessenz aller erlesenen Geheimflüche, die der *poilu* während der vier Kriegsjahre angesammelt hatte. Durch seine überlegene Reichweite war er im Vorteil, er war so flink auf den Füßen wie ein Florettfechter, und seine Arme schienen mit der Gewalt eines Vorschlaghammers zuzuschlagen. Mir wurde klar, was ich zuvor nicht gewußt hatte: daß seine Schlankheit täuschte und daß er ohne Kleider eine Idealgestalt aus Muskeln und Knochenbau war. Ich begriff auch, daß ein schwerer Mann, obwohl enorm stark, wenn er untrainiert ist und getrunken hat, gegen Schnelligkeit, Geistesgegenwart und jugendliche Ausdauer nicht ankommt.

Der Kampf dauerte etwas über sechs Minuten. Turpins tödlichste Hiebe trafen Odells Körper, aber der Knockout war ein Kinnhaken. Der mächtige Odell stürzte in einem Haufen zusammen, und sein Hinterkopf schlug schwer auf den Boden. Turpin wickelte ein dünnes Taschentuch um die Handknöchel, die er sich an Odells Brillant aufgeschlagen hatte, und blickte um sich.

»Was geschieht jetzt mit diesem Müllhaufen?« fragte er.

Einer der Tänzer antwortete. »Dafür sorgen wir, Sir. Wir haben das ganze Haus besetzt. Diesen Mann suchen wir aus guten Gründen schon lange.«

Ich trat zu dem besinnungslos daliegenden Odell und nahm den Hausschlüssel aus seiner Westentasche. Turpin und Adela waren verschwunden, Mary stand da und sah mir zu. Es fiel mir auf, daß sie sehr bleich war.

»Ich gehe zur Hill Street«, sagte ich.

»Ich komme später«, antwortete sie. »Hoffentlich dauert es nicht mal eine Stunde. Du kannst mit dem Schlüssel hinein. Es werden Leute dort sein, die mir die Tür offenhalten.«

Ihr Gesicht sah so hellwach und angespannt aus, wie das meines guten alten Pieter Pienaar immer aussah, wenn er Wild gewittert hatte. Wir wechselten weiter kein Wort. Sie stieg in eine große Limousine, die unten auf der Straße wartete, und ich ging zum Royston Square, um ein Taxi zu nehmen. Es war noch nicht elf Uhr.

19

Die Nacht des ersten Juni – später

Kurz nach elf Uhr in jener Nacht hätte ein später Passant etwas gesehen, was in dieser armseligen Gegend selten war. Ein großer Wagen fuhr am Gartentor von Nr. 7 vor, wo der Musiklehrer wohnte, der längst schlafen gegangen war. Eine Frau in einem dunklen Mantel stieg aus, sie trug ein Paket, blieb einen Augenblick stehen und sah über die Straße zur Mitte des Platzes hinüber, wo die kümmerlichen Ulmen spärlichen Schatten gaben. Sie schien dort das zu sehen, was sie erwartet hatte, denn sie eilte zum Gartentor von Nr. 4. Sie ging nicht zur Haustür, sondern lief den Pfad entlang zur Lieferantentür hinten am Haus, und sobald sie außer Sichtweite war, traten ein paar Leute aus dem Schatten der Ulmen heraus und gingen auf das Gartentor zu.

Miss Outhwaite öffnete, als sie klopfte. »Liebe Güte, Miss, Sie sind aber spät dran«, flüsterte sie, als die Frau sich an ihr vorbeischob in die kaum erleuchtete Küche. Dann glotzte sie nur, denn die Gemeindehelferin war ganz verwandelt. Das war keine verblühte alte Jungfer mehr, sondern eine blendend elegante Dame, prachtvoll gekleidet, schien ihr, und sehr schön.

»Ich habe den Hut gebracht, Elsie«, sagte sie. »Er ist recht hübsch, ich glaube, er gefällt Ihnen. Jetzt gehen Sie sofort und machen Sie die Haustür auf.«

»Aber Madame ...«, stieß das Mädchen hervor.

»Nichts da Madame. Mit der sind Sie fertig. Kommen Sie morgen zu mir, hier ist die Adresse«, und sie gab ihr einen Zettel. »Ich sorge dafür, daß Ihnen nichts geschieht. Jetzt aber schnell, liebes Kind.«

Das Mädchen war wie hypnotisiert und wandte sich um,

um zu gehorchen. Die Gemeindehelferin folgte ihr, hielt sich aber in der Diele nicht auf. Statt dessen lief sie geschwind die Treppe hinauf, eine elektrische Taschenlampe zeigte ihr den Weg, und als die Haustür geöffnet war und vier schweigende Männer hereinkamen, war sie nirgends zu sehen.

Während der nächsten Viertelstunde hätte ein neugieriger Passant gesehen, wie in mehr als einem Zimmer von Nr. 4 das Licht an- und wieder ausgeknipst wurde. Er hätte vielleicht auch leise, erregte Stimmen gehört. Und als die Viertelstunde um war, hätte er die Gemeindehelferin die Stufen herunterkommen und in den Wagen steigen sehen, der inzwischen am Gartentor vorgefahren war. Sie trug etwas in den Armen.

Drinnen, in einem der hinteren Zimmer, kämpfte eine wutentbrannte Frau mit einem Telephon, aus dem keine Antwort kam, denn die Drähte waren durchgeschnitten. Und eine alte Frau saß in einem Stuhl am Kamin, sie tobte und babbelte vor sich hin, ihr Gesicht sah aus wie der Tod selbst.

Als ich zur Hill Street kam, wartete ich, bis das Taxi weggefahren war, ehe ich das Haus betrat. In der Vorhalle des Hauses gegenüber stand ein Mann, und während ich noch wartete, ging ein anderer an mir vorbei, der mir zunickte. »Guten Abend, Sir Richard«, sagte er, und obwohl ich ihn nicht erkannte, wußte ich, woher er kam. Ich hatte allen Mut verloren, und nicht einmal der Anblick dieser Hilfsaktion konnte ihn wieder beleben. Denn ich wußte, daß wir – wenn wir auch mit Miss Victor und Mercot Erfolg gehabt hatten – im wichtigsten Fall versagt hatten. Ich wollte nun Medina einschüchtern oder kaufen, und ich hatte das Gefühl, daß beides fehlschlagen würde, denn die Angst vor ihm lag noch wie schwarzer Nebel auf meiner Seele.

Ich schloß mit Odells Hausschlüssel auf und ließ die schwere Haustür offenstehen. Dann knipste ich die Treppenlichter an und stieg zur Bibliothek hinauf. Ich ließ alle Lampen hinter mir brennen, denn die Leute, die mir folgten, würden sie nötig haben.

Medina stand am Kamin, in dem die Scheite schon bereit lagen, angezündet zu werden. Wie immer hatte er nur eine Lampe brennen, die auf seinem Schreibtisch. Er hatte ein Blatt Papier in der Hand, eins von den beiden, die in der oberen Schublade gelegen hatten, das sah ich an den Daten und an den Linien auf dem Papier. Ich nehme an, er hatte vergeblich versucht, Palmyra Square anzurufen. Er hatte akuten Verdacht geschöpft und zu handeln versucht. Seine sorglose Haltung wirkte wie eine hastig angelegte Verkleidung; ich war sicher, daß er noch eine Minute zuvor fieberhaft tätig gewesen war.

Er sah überrascht aus, als er mich erblickte.

»Hallo!« sagte er, »wie sind Sie hereingekommen? Ich habe Sie nicht läuten hören. Ich habe Odell gesagt, er soll zu Bett gehen.«

Ich fühlte mich so schwach und elend, daß ich mich setzen mußte, und ich ließ mich in einen Sessel außerhalb des Lichtkegels der Lampe fallen.

»Ja«, sagte ich. »Das stimmt, Odell ist im Bett. Ich habe mit seinem Schlüssel aufgeschlossen. Gerade eben habe ich gesehen, wie dieser Gassenbengel eingeschläfert wurde – mit einem Kinnhaken von Turpin. Sie wissen ja – der Marquis de la Tour du Pin.«

Ich hatte eine gute strategische Position, denn ich konnte sein Gesicht klar sehen, er aber nur den Umriß des meinen.

»Wovon um Himmels willen reden Sie da?« fragte er.

»Odell ist k. o. geschlagen worden. Wissen Sie, Turpin hat Miss Victor wieder zu ihrem Vater gebracht.« Ich sah auf die Uhr. »Und jetzt sollte Lord Mercot in London sein – wenn der Schottland-Expreß keine Verspätung hat.«

Eine gewaltige Welle von Enttäuschung muß über ihn hinweggebraust sein, aber seinem Gesicht war nichts anzumerken. Es war streng geworden, war aber so gesammelt wie das eines Richters.

»Sie benehmen sich, als ob Sie verrückt geworden wären. Was ist mit Ihnen los? Ich weiß nichts von Lord Mercot – meinen Sie den jungen Alcester? Und von Miss Victor auch nicht.«

»Aber klar doch«, sagte ich müde. Ich wußte nicht, wo ich anfangen sollte, denn ich wollte sofort zum Wichtigsten kommen. »Es ist eine lange Geschichte. Soll ich sie Ihnen erzählen, wenn Sie sie doch schon genau kennen?« Ich glaube, ich gähnte, und ich war so müde, daß ich kaum zusammenhängende Sätze zustande brachte.

»Ich bestehe darauf, daß Sie mir diesen Unsinn erklären«, war seine Antwort. Eins mußte er jetzt schon begriffen haben: daß er keine Macht über mich hatte, denn sein Kinn war entschlossen und sein Blick drohend, als sehe er sich nicht einem Satelliten, sondern einem ebenbürtigen Feind gegenüber.

»Also gut, Sie und Ihre Freunde haben für Ihre eigenen Zwecke drei Geiseln entführt, und ich habe es mir angelegen sein lassen, sie zu befreien. Ich habe Sie in dem Glauben gelassen, daß Sie mich mit Ihren Mätzchen kleingekriegt haben – mit dem, was Sie hier in diesem Zimmer angestellt haben und dann durch Newhover und Madame Breda und die blinde alte Dame und so weiter. Als Sie glaubten, ich sei betäubt und meiner selbst nicht mächtig, war ich ganz besonders hellwach. Ich mußte Ihre Gastfreundschaft mißbrauchen – nicht sehr anständig von mir, mögen Sie sagen, aber ich hatte es ja mit einem Schurken zu tun. Ich bin nach Norwegen gegangen, als Sie glaubten, daß ich in Fosse im Bett liege, und ich habe Mercot gefunden und nehme an, daß Newhover sich in diesem Augenblick ziemlich dämlich vorkommt ... Und auch Miss Victor haben wir gefunden. Das war nicht schwer, als wir einmal auf die ›Fields of Eden‹ gekommen waren. Sie sind ein sehr gerissener Mensch, Mr. Medina, aber Sie sollten keine Knüttelverse in Umlauf bringen. Lassen Sie sich raten, schreiben Sie lieber nur gute Gedichte.«

Jetzt mußte seine Lage ihm klar sein, aber nicht das leiseste Zucken erschien in diesem angespannten, harten Gesicht. Ich ziehe den Hut vor dem besten Schauspieler, den ich je gesehen habe – außer einem: dem deutschen Grafen, der auf dem Bauernhof von Gavrell begraben liegt.

»Sie sind völlig übergeschnappt«, sagte er, und seine ruhige, nachsichtige Stimme strafte seine Augen Lügen.

»Ach nein! Ich wollte, ich wär's. Es ist mir schrecklich zu wissen, daß es etwas so Gemeines auf der Welt gibt wie Sie. Ein Mensch mit göttlichem Verstand, der nur dafür lebt, seine widerliche Eitelkeit zu mästen! Man sollte Sie unschädlich machen wie eine Schlange.«

Einen Augenblick hatte ich den hochwillkommenen Eindruck, daß er sich auf mich stürzen wollte, – nichts auf der Welt wäre mir lieber gewesen als eine Rauferei: vielleicht war seine Wut aufgeflackert, aber sie wurde sehr schnell unterdrückt. Er sah mich ernst und vorwurfsvoll an.

»Ich bin gut zu Ihnen gewesen«, sagte er, »und habe Sie als Freund behandelt. Das ist nun der Lohn. Die wohlwollendste Erklärung ist, daß Sie den Verstand verloren haben. Aber Sie verlassen nun besser mein Haus.«

»Nicht ehe Sie mich zu Ende gehört haben. Ich habe Ihnen einen Vorschlag zu machen, Mr. Medina. Sie haben noch eine dritte Geisel in der Hand. Wir wissen genau Bescheid über das Syndikat, mit dem Sie gearbeitet haben – die Nüsse aus Barcelona und der Jakobiter-Graf und Ihr Jagdfreund in Shropshire mit der Hundemeute. Scotland Yard hält seit Monaten die Hand griffbereit über ihnen, und heute nacht greift die Hand zu. Der Laden ist unwiderruflich geschlossen. Jetzt hören Sie gut zu, denn ich habe Ihnen einen Vorschlag zu machen. Sie haben einen teuflischen Ehrgeiz und haben sich schon einen bedeutenden Namen gemacht. Ich werde nichts unternehmen, diesen Namen zu besudeln. Wenn Sie wollen, leiste ich einen feierlichen Eid, den Mund zu halten. Wenn Sie wollen, verlasse ich England. Ich werde das Andenken an die letzten Monate begraben, und was ich weiß, wird nie benützt werden, um Ihnen einen Knüppel zwischen die Beine zu werfen. Ferner werden Sie, da Ihr Syndikat aufgeflogen ist, Geld brauchen. Gut, ich gebe Ihnen hunderttausend Pfund. Und als Entgelt für mein Schweigen und mein Geld verlange ich, daß Sie mir David Warcliff ausliefern, gesund und bei vollem Verstand. Bei vollem Verstand, sage ich, denn was immer Sie dem armen kleinen Burschen angetan haben, müssen Sie ungeschehen machen.«

Ich hatte mich während der Fahrt im Taxi zu diesem Angebot entschlossen. Es war eine Menge Geld, aber ich hatte mehr Geld, als ich brauchte, und Blenkiron, der Millionen besaß, würde mir helfen.

Sein Gesicht zeigte keinerlei Reaktion, kein Interesse, nur dieselbe strenge, melancholische Besorgnis.

»Armer Teufel!« sagte er. »Sie sind noch verrückter, als ich dachte.«

Meine Müdigkeit schwand, und allmählich wurde ich zornig.

»Wenn Sie nicht zustimmen«, sagte ich, »werde ich Ihren Namen in der ganzen zivilisierten Welt anschwärzen. Welche Verwendung kann England für einen Entführer und Erpresser und – schwindelnden Magier haben?«

Aber noch während ich sprach, wußte ich, daß meine Drohungen dumm waren. Er lächelte, weise und mitleidig, und ich zitterte vor Wut.

»Nein, Sie selber werden als Erpresser erscheinen«, sagte er leise. »Überlegen Sie doch. Sie erheben die ungeheuerlichsten Anschuldigungen. Ich kann Ihnen nicht ganz folgen, aber bestimmt sind sie ungeheuerlich – und welche Beweise haben Sie? Nur Ihre eigenen Träume. Wer wird Ihnen glauben? Ich habe das Glück gehabt, viele gute Freunde zu erwerben, und es sind treue Freunde.« Mildes Bedauern klang in seiner Stimme an. »Sie werden mit Ihrer Geschichte einfach ausgelacht werden. Natürlich werden Sie den Leuten leid tun, denn Sie sind ja gewissermaßen populär. Man wird sagen, daß ein verdienter Soldat, der sich wohl mehr durch Mut als durch Verstand ausgezeichnet hat, übergeschnappt ist, und man wird von den nachhaltigen Auswirkungen des Krieges sprechen. Ich muß mich natürlich schützen. Wenn Sie mich erpressen, werde ich Klage erheben und Sie auf Ihren Geisteszustand untersuchen lassen.«

Er hatte nur allzu recht. Ich hatte keinen Beweis, nur mein

Wort. Ich wußte, es würde unmöglich sein, Medina mit den Aktivitäten des Syndikats in Verbindung zu bringen – dafür war er zu gerissen. Seine blinde Mutter würde eher auf der Folterbank sterben als ein Wort verraten, und seine Handlanger konnten ihn nicht verraten, weil sie nur Handlanger waren und nichts wußten. Die Welt würde mich auslachen, wenn ich den Mund auftäte. In dem Augenblick wurde mir, glaube ich, Medinas Wesen zum erstenmal völlig klar. Hier war ein Mann, der soeben erfahren hatte, daß seine Lieblingspläne gescheitert waren, dessen Eitelkeit zutiefst verwundet war durch die Entdeckung, wie ich ihn an der Nase herumgeführt hatte, und trotzdem konnte er mit kalter Präzision das Spiel zu Ende spielen. Ich war auf einen Gegner größten Formats gestoßen.

»Und die hunderttausend Pfund?« fragte ich. »Mein Angebot für David Warcliff.«

»Furchtbar nett von Ihnen«, sagte er höhnisch. »Ich könnte beleidigt sein, wenn ich nicht wüßte, daß Sie verrückt sind.«

Da saß ich und starrte ihn an, wie er im Schein der einzigen Lampe immer drohender zu werden schien, je länger ich hinsah, und tausendmal unheimlicher. Ich sah die scheußliche Rundung seines Kopfes, die Unbarmherzigkeit in seinen Augen, und ich wunderte mich, daß ich ihn je schön gefunden hatte. Aber jetzt, da die wichtigsten seiner Pläne durchquert worden waren, schien er um so mächtiger und selbstsicherer zu sein. Gab es denn keine Blöße in seiner Rüstung? Er hatte doch Schwächen, davon zeugte der blöde Knüttelvers, der mich anfangs auf seine Spur gebracht hatte ... War denn keine Lücke in diesem Panzer, die ich ausnutzen konnte? Physische Angst – physischer Schmerz – konnte ich damit etwas ausrichten?

Ich stand auf, ich wollte mich blindlings auf ihn stürzen. Er erriet meine Absicht, denn in seiner Hand zeigte sich etwas, was matt glänzte. »Vorsicht«, sagte er. »Ich kann mich gegen einen Wahnsinnigen verteidigen.«

»Stecken Sie das weg«, sagte ich hoffnungslos. »Lieber

Gott, ich hoffe, daß es irgendwo eine Hölle gibt.« Ich fühlte mich schwach wie ein kleines Kind, und die ganze Zeit brachte mich der Gedanke an den Jungen fast um den Verstand.

Plötzlich bemerkte ich, daß Medina über meine Schulter hinwegsah. Jemand war hereingekommen, ich drehte mich um und erblickte Kharáma .

Er war im Frack und trug einen Turban, und im Dämmerlicht schien sein bösartiges Gesicht wie die leibhaftige Verhöhnung meiner Hilflosigkeit. Ich sah nicht, wie Medina auf sein Erscheinen reagierte, denn auf einmal gab es in meinem Kopf einen Knacks. Für den Inder empfand ich jetzt nicht mehr das entsetzte Staunen wie für den anderen, sondern nur noch flammenden, überwältigenden Haß. Daß dieser Verbrecher aus dem Osten hier unbehindert seine Teufeleien treiben konnte, schien mir unerträglich. Ich vergaß Medinas Pistole und alles andere und stürzte mich auf ihn wie ein Raubtier.

Er wich mir aus, und ehe ich's wußte, hatte er den Turban abgerissen und warf ihn mir ins Gesicht.

»Sei doch kein Esel, Dick«, sagte er.

Wutschnaubend hielt ich an und glotzte. Das war Sandys Stimme, es war auch seine Gestalt ... Und das Gesicht auch, als ich genau hinsah. Er hatte die Augenbrauen anders gezogen und die Lider mit Kohle gefärbt, aber die Augen – Kharámas Augen hatte ich nie deutlich gesehen – waren die Augen meines Freundes.

»Welchen Künstler die Welt an mir verloren hat!« lachte er und versuchte, das wirre Haar zurechtzustreichen.

Dann nickte er Medina zu. »Wir sehen uns eher wieder, als wir gedacht hatten. Ich habe den Zug verpaßt und wollte mal nach Dick sehen ... Tun Sie bitte die Pistole weg. Ich bin nämlich auch bewaffnet. Schießen hat in diesem Fall ja auch keinen Sinn. Haben Sie was dagegen, daß ich rauche?«

Er warf sich in einen Sessel und zündete sich eine Zigarette an. Ich wurde mir meiner Umgebung wieder bewußt, denn bis dahin hatte ich das Gefühl gehabt, daß ich ganz ins Leere hinein meine Sache verfocht. Meine Augen waren wieder klar, und mein Gehirn begann wieder zu funktionieren. Ich sah den großen Raum mit den Bücherreihen, einige im Licht schimmernd, andere im Dämmer; Sandy, der sich in seinem Sessel räkelte und friedlich zu Medina aufblickte; Medina mit fest entschlossenem Gesicht, aber mit unruhigen Augen – ja, zum erstenmal sah ich ein Flackern der Ratlosigkeit in diesen Augen.

»Dick hat wahrscheinlich mit Ihnen verhandelt«, sagte Sandy sanft. »Und Sie haben ihm gesagt, er sei verrückt geworden? Sie haben ganz recht. Er ist es. Sie haben ihm klargemacht, daß er keinerlei Beweise für seine Behauptungen hat, denen niemand glauben wird, denn ich muß zugeben, es ist eine unglaubhafte Geschichte. Sie haben ihm gedroht, wenn er den Mund aufmacht, werden Sie ihn ins Irrenhaus sperren lassen. Stimmt's, Dick?«

»Nun ja«, fuhr er fort und sah Medina milde an, »selbstverständlich konnten Sie diesen Standpunkt einnehmen. Nur machten Sie natürlich dabei einen kleinen Fehler. Seine Behauptungen werden durch andere bestätigt werden.«

Medina lachte, aber es klang etwas gezwungen. »Wer sind die anderen Verrückten?«

»Ich zum Beispiel. Sie interessieren mich schon eine ganze Weile, Mr. Medina. Ich gestehe, einer der Gründe dafür, daß ich im März nach Hause kam, war, daß ich das Vergnügen Ihrer Bekanntschaft suchte. Ich habe mich außerordentlich darum bemüht. Ich bin Ihren Studien nachgegangen – tatsächlich, wenn die augenblickliche Situation nicht so hektisch wäre, würde ich gern mit Ihnen als Forscher auf demselben Gebiet Vergleiche austauschen. Ich habe Ihre Laufbahn in Zentralasien und anderswo mit einiger Genauigkeit erforscht. Ich glaube, ich weiß mehr von Ihnen als irgend jemand anders auf der Welt.«

Medina antwortete nicht. Das Blatt hatte sich gewendet, seine Augen konnten sich von der schmalen Gestalt im Sessel nicht lösen.

»Alles das ist sehr interessant«, fuhr Sandy fort, »aber es gehört jetzt eigentlich nicht zur Sache. Kharáma, den wir beide zu seiner besten Zeit kannten, ist leider letztes Jahr gestorben. Das wurde aus guten Gründen geheimgehalten – sein Ansehen, sozusagen der Ruf seiner Firma, war außerordentlich wertvoll und hing davon ab, daß er am Leben war –, und ich habe nur durch einen glücklichen Zufall von seinem Tod erfahren. Also nahm ich mir die Freiheit, mir seinen Namen auszuborgen. Als Kharáma wurde ich mit Ihrem Vertrauen beehrt. Ein ziemlich schmutziger Trick, werden Sie sagen, und ich gebe Ihnen recht, aber in einer Sache wie dieser kann man sich die Waffen nicht aussuchen ... Sie haben mehr getan als mir vertraut. Sie haben mir Miss Victor und den Marquis de la Tour du Pin anvertraut, als es wichtig war, sie in sicherem Gewahrsam zu halten ... Ich habe eine ganze Menge Beweise, um Dick zu unterstützen.«

»Quatsch!« sagte Medina. »Zwei Verrücktheiten geben noch keinen Sinn. Ich streite jedes bißchen von Ihrem Unsinn ab.«

»Aus dem Munde zweier oder dreier Zeugen«, sagte Sandy freundlich. »Es ist noch ein dritter da ... Lavater!« rief er, »komm herein! Wir brauchen dich.«

Da kam der graue, melancholische Mann herein, den ich bei meinem ersten Besuch hier gesehen hatte und dann in dem Haus hinter der Little Fardell Street. Es fiel mir auf, daß er geradeswegs zu Sandys Sessel ging und Medina nicht ansah.

»Lavater kennen Sie bereits, nehme ich an. Er war einmal mein Freund, und jüngst haben wir die alte Freundschaft wieder aufgenommen. Eine Zeitlang war er Ihr Anhänger, aber dieser Ehre hat er sich jetzt entledigt. Lavater kann der Welt eine Menge über Sie erzählen.«

Medinas Gesicht war eine Maske geworden, und alle Farbe war daraus gewichen. Inwendig mag er ein Vulkan gewesen sein, aber nach außen war er eiskalt. Seine Stimme war scharf und höhnisch, die Worte wie Tropfen eisigen Wassers.

»Drei Verrückte«, sagte er. »Ich leugne alles. Niemand wird Ihnen glauben. Es ist eine Verschwörung von Irren.«

»Lassen Sie uns trotzdem zur Sache kommen«, sagte Sandy. »Der Fall gegen Sie ist eindeutig und vollständig bewiesen, aber wir wollen mal überlegen, was die Welt davon halten wird. Sie sind insofern im Vorteil, als die Leute nicht gern zugeben, daß sie sich für dumm haben verkaufen lassen. Sie sind allgemein sehr beliebt, Mr. Medina, und Ihre vielen Freunde werden ungern glauben, daß Sie ein Schurke sind. Die Hecke Ihrer Popularität schützt Sie. Ferner ist unsere Anklage so ungeheuerlich, daß der Durchschnittsengländer sie für unglaubhaft halten wird, denn unsere Nation ist nicht sehr phantasiebegabt. Dazu noch können wir von den am meisten Betroffenen keine Hilfe erwarten. Miss Victor und Lord Mercot können scheußliche Entführungsgeschichten bezeugen, die wohl Odell und Newhover, wenn man ihn erwischt, lebenslänglich hinter Gitter bringen, Sie aber nicht mit hineinziehen. Darüber werden die meisten Geschworenengerichte stolpern, die von der okkulten Wissenschaft nicht so viel verstehen wie Sie und ich ... Das sind Ihre Vorteile. Aber bedenken Sie, was wir andererseits vorbringen können. Sie sind ein Propagandagenie, wie ich mal zu Dick gesagt habe, und ich kann genau erklären, wie Sie die Welt hinters Licht geführt haben – Ihre Großtaten bei Denikin und so weiter. Ferner können wir drei eine teuflische Geschichte erzählen, und zwar aus eigener Erfahrung. Sie mag phantastisch klingen, aber Dick ist als ein sehr vernünftiger Mann bekannt, und eine ganze Menge Leute halten auch mich nicht für einen Idioten. Schließlich haben wir auch Scotland Yard auf unserer Seite, da sind sie gerade dabei, Ihre Verbündeten einzusammeln, und wir haben Julius Victor hinter uns, der nicht gerade ohne Einfluß ist ... Ich will nicht behaupten, daß wir Sie ins Gefängnis bringen können, obwohl ich es für wahrscheinlich halte, aber wir können Sie so verdächtig machen, daß Sie für den Rest Ihrer Tage ein gezeichneter Mann sind. Sie werden begreifen, daß das für Sie einen durchschlagenden Mißerfolg bedeutet, denn um Erfolg zu haben, brauchen Sie den Glorienschein allgemeinen Ansehens.«

Ich konnte erkennen, daß Medina endlich unsicher war. »Sie können mir vielleicht mit Ihren Lügen schaden«, sagte er langsam, »aber ich werde es Ihnen heimzahlen. Sie werden es sehr schwierig finden, mich zu schlagen.«

»Daran zweifle ich nicht«, war Sandys Antwort. »Ich und meine Freunde wollen nicht Sieg, wir wollen Erfolg. Wir wollen David Warcliff.«

Keine Antwort. Sandy fuhr fort:

»Wir machen Ihnen einen Vorschlag. Wir drei werden für uns behalten, was wir wissen. Wir verpflichten uns, nie auch nur ein Wort zu sagen – wenn Sie wollen, geben wir es Ihnen schriftlich, daß wir uns geirrt haben. Was uns betrifft, so können Sie weitermachen und Premierminister von Großbritannien oder Erzbischof von Canterbury werden oder irgendwas, was Ihnen gerade einfällt. Wir haben Sie nicht ausgesprochen gern, aber wir werden andere in ihrer Anbetung nicht beirren. Ich gehe mit Lavater wieder in den Fernen Osten, und Dick wird sich im Oxfordshire-Dreck vergraben. Dafür verlangen wir nur, daß Sie uns David Warcliff bei gesundem Verstand ausliefern.«

Keine Antwort.

Da machte Sandy einen taktischen Fehler. »Ich glaube, Sie hängen an Ihrer Mutter«, sagte er. »Wenn Sie unser Angebot annehmen, wird sie vor Belästigungen sicher sein. Wenn nicht – nun ja, sie ist eine wichtige Zeugin.«

Der Stolz des anderen war zutiefst getroffen. Seine Mutter muß für ihn ein innerliches Heiligtum gewesen sein, das mit seinem glühendsten Ehrgeiz nichts zu tun hatte und ihm viel heiliger war, der tiefste Kern und Schrein seiner ungeheuerlichen Eitelkeit. Daß sie als Handelsobjekt dienen sollte, rührte etwas urweltlich Tiefes in ihm auf, etwas – ich muß es sagen – Höheres und Besseres, als ich vermutet hatte. Ein ganz neuer und menschlicher Zorn brannte die Maske von seinem Gesicht ab wie Seidenpapier.

»Ihr Idioten!« schrie er, und seine Stimme war heiser vor

Wut. »Ihr Erzidioten! Für diese Beleidigung sollt ihr Blut schwitzen!«

»Es ist doch ein vernünftiges Angebot«, meinte Sandy und verzog keine Miene. »Heißt das, daß Sie es ablehnen?«

»Zur Hölle mit euch, ihr Lumpenpack! Aus dem Hause! Kein Wort werdet ihr mehr von mir hören, bis ihr um Gnade plärrt. Raus ...«

Die Wut mußte ihm den Blick getrübt haben, denn er hatte nicht gesehen, daß Mary hereinkam. Sie war schon neben Sandys Sessel, ehe selbst ich sie bemerkte. Sie trug etwas in den Armen, sie hielt es an sich gedrückt wie eine Mutter ihr Kind.

Es war das sonderbare kleine Mädchen vom Palmyra Square. Das Haar war länger geworden und fiel in Strähnen über die Stirn und die bleichen Wangen mit den Tränenspuren. Ein Mitleid erregendes kleines Geschöpf mit matten, blinden Augen, die sich gegen etwas Schreckliches zu wehren schienen. Sie hatte immer noch den albernen Leinenkittel an, die mageren Ärmchen und Beinchen waren nackt, die dünnen Finger krallten sich in Marys Kleid fest.

Da sah Medina das Kind, und Sandy schien für ihn nicht mehr zu existieren. Eine Sekunde lang starrte er hin, ohne zu begreifen, dann wandelte sich die wütende Leidenschaft in seinem Gesicht in Angst. »Was habt ihr mit ihr gemacht?« stieß er hervor und sprang auf.

Ich dachte, er wollte über Mary herfallen, darum stellte ich ihm ein Bein. Er fiel der Länge nach hin, und da er alle Selbstbeherrschung verloren hatte, meinte ich, er sollte besser da liegen bleiben. Ich sah Mary an, und sie nickte. »Bitte fessele ihn«, sagte sie und gab mir den Turban des verblichenen Kharáma.

Er wehrte sich wie ein Tiger, aber Lavater und mir gelang es mit etwas Hilfe von Sandy, seine Bewegungsfreiheit zu beschränken; außer dem Turban brauchten wir dazu noch eine Gardinenschnur. Dann legten wir ihn in einen Sessel.

»Was habt ihr mit ihr gemacht?« fragte er immer wieder und drehte mühsam den Kopf, um Mary anzusehen.

Ich konnte diese närrische Besorgtheit um das kleine Mädchen nicht verstehen, bis Mary antwortete, da begriff ich, wen er mit ›sie‹ meinte.

»Niemand hat Ihrer Mutter ein Haar gekrümmt. Sie ist in dem Haus am Palmyra Square.«

Dann legte Mary sehr vorsichtig das Kind in den Sessel, in dem Sandy gesessen hatte, und stand aufrecht vor Medina.

»Ich will, daß Sie diesem Knaben den Verstand wiedergeben«, sagte sie.

Ich hätte wohl erstaunt sein sollen, aber ich war es nicht – wenigstens wunderte ich mich nicht über ihre Worte, obwohl ich zuvor die Wahrheit nicht im entferntesten geahnt hatte. Alles Staunen, dessen ich überhaupt fähig war, galt Mary. Da stand sie und blickte auf den gefesselten Mann hinab, sie war sehr blaß, ihre Augen blickten ganz sanft, die Lippen waren – wie erwartungsvoll – leicht geöffnet. Und zugleich war sie so furchterregend, so unversöhnlich, daß wir drei anderen ganz in den Hintergrund traten. Ihre Gegenwart beherrschte alles, und die leichte Grazie ihrer Gestalt und die sanfte Traurigkeit in ihren Augen machten sie nur noch furchtbarer. Jetzt weiß ich, wie die Jungfrau von Orleans ausgesehen hat, als sie ihr Heer in die Schlacht führte.

»Hören Sie mich?« wiederholte sie. »Sie haben ihm die Seele geraubt, und Sie können sie ihm wiedergeben. Das ist alles, was ich von Ihnen verlange.«

Er würgte, ehe er antwortete. »Was für ein Knabe? Ich sage Ihnen, ich weiß von nichts. Ihr seid alle verrückt geworden.«

»Ich meine David Warcliff. Die anderen sind jetzt frei, und er muß heute noch frei werden. Frei, und bei vollem Verstand, wie er war, als Sie ihn entführt haben. Das müssen Sie doch verstehen.«

Keine Antwort.

»Mehr verlange ich nicht. Es ist so wenig. Danach gehen wir und lassen Sie in Ruhe.«

Ich mischte mich ein. »Unser Angebot ist gültig. Tun Sie, was sie verlangt, und wir werden nie den Mund aufmachen über alles, was heute abend geschehen ist.«

»Ich sage Ihnen doch, ich habe keine Ahnung von dieser Göre . . .«

Sie unterbrach ihn, indem sie die Hand hob. »Ach, lassen Sie uns doch keine Zeit verschwenden. Es ist viel zu spät für einen Streit um Worte. Wenn Sie tun, was ich verlange, gehen wir fort und werden Sie nie mehr belästigen. Ich verspreche es – wir alle versprechen es. Wenn Sie es nicht tun, müssen wir Sie natürlich ruinieren.«

Ich glaube, es war die Zuversicht in ihrer Stimme, die ihn aufregte.

»Ich weigere mich«, schrie er fast. »Ich weiß nicht, wovon Sie reden . . . Das wollen wir doch mal sehen . . . Ihr könnt der ganzen Welt eure Lügen erzählen . . . sie können mir nichts anhaben. Ich bin zu stark für euch.«

Diese endgültige Weigerung war unmißverständlich. Ich dachte, jetzt sei Schluß. Wir konnten zweifellos die Reputation dieses Burschen zerstören und den Sieg über ihn gewinnen; und trotzdem hatten wir versagt, denn wir hatten diesem armen, seiner Seele beraubten Kind nicht helfen können.

Marys Gesicht änderte nicht den Ausdruck.

»Wenn Sie sich weigern, muß ich es anders versuchen«; ihre Stimme klang sanft und mütterlich. »Ich muß unbedingt David Warcliff seinem Vater zurückgeben . . . Dick« – sie wandte sich an mich – »willst du bitte das Feuer anzünden?«

Ich gehorchte, obwohl ich nicht wußte, was sie vorhatte, und binnen einer Minute brüllte das trockene Reisig in den Kamin hinauf und beleuchtete unsere fünf Gesichter und das des halb betäubten Kindes im Sessel.

»Sie haben eine Seele zerstört«, sagte sie, »und Sie weigern sich, den Schaden gutzumachen. Ich werde jetzt Ihren Körper zerstören, und der Schaden kann nie wieder gutgemacht werden.«

Da begriff ich, was sie vorhatte, und Sandy und ich schrien beide auf. Weder er noch ich hatten ein Leben hinter uns, das einen Mann wehleidig macht, aber dies war selbst uns zuviel. Doch wurde unser Protest im Keim erstickt durch einen einzigen Blick auf Marys Gesicht. Sie war die mir angetraute Frau, aber in diesem Augenblick hätte ich ihr ebensowenig Widerstand leisten können wie das arme betäubte Kind. Ihr Wille schien uns alle zu durchdringen und einen unerbittlichen Befehl auszustrahlen. Sie stand graziös und entspannt da wie eine Statue der Mütterlichkeit und des Mitleids und keineswegs furchtgebietend. Aber trotzdem erkannte ich sie nicht wieder; eine Fremde stand dort, eine strenge Göttin, Blitze in der Hand. Ohne Zweifel sprach sie völlig im Ernst, und ihre ruhige Stimme verkündete das Urteil so erhaben und unpersönlich wie das Schicksal selbst. Ich sah, daß über Medinas mürrische Miene ein Schatten von Entsetzen kroch.

»Sie sind ein verzweifelt entschlossener Mann«, sagte sie. »Aber ich bin noch viel verzweifelter entschlossen. Nichts auf der Welt kann mich hindern, dieses Kind zu retten. Das wissen Sie doch, nicht wahr? Einen Leib für eine Seele – eine Seele für einen Leib – was soll es sein?«

Das Licht ließ das stählerne Kamingerät – Kohlenschaufel und -zange und Schüreisen – aufblitzen, Medina sah es und erbebte.

»Sie können noch lange leben, aber Sie werden in völliger Abgeschiedenheit leben. Keine Frau wird Sie mehr ansehen außer mit Entsetzen. Die Leute werden mit Fingern auf Sie weisen und sagen: ›Das ist der Mann, den eine Frau so zugerichtet hat – um der Seele eines Kindes willen.‹ Ihre Geschichte wird Ihnen auf dem Gesicht geschrieben stehen, so daß alle Welt sie lesen und darüber lachen und spotten kann.«

Sie hatte den Herznerv seiner Eitelkeit getroffen, denn ich glaube, er strebte weniger nach Macht als nach der Glorie, die sie umgibt. Ich wagte nicht, sie anzusehen, aber ihn konnte ich ansehen, und ich sah alle Leidenschaften der Hölle über sein Gesicht hinjagen. Er versuchte zu sprechen, würgte aber nur. Er schien seine ganze Seele dranzusetzen, sie anzusehen, und was er sah, machte ihn zittern.

Sie wandte den Kopf nach der Uhr auf dem Kaminsims. »Sie müssen sich entscheiden, ehe die Viertelstunde schlägt«, sagte sie. »Danach hilft keine Reue mehr. Einen Leib für eine Seele – eine Seele für einen Leib.«

Dann nahm sie aus ihrem schwarzseidenen Handtäschchen eine kleine, seltsam geformte grüne Flasche. Sie hielt sie in den Händen, als sei sie ein Juwel, und ich hielt den Atem an vor Entsetzen.

»Dies ist das Elixier des Todes – des Todes bei lebendigem Leibe, Mr. Medina. Es macht Schönheit zum Spott. Es kann Fleisch und Bein grauenhaft verunstalten, aber es tötet nicht. O nein – das tut es nicht. Einen Leib für eine Seele – eine Seele für einen Leib.«

Das – glaube ich – gab ihm den Rest. Der Dreiklang, der die Viertelstunde schlug, hatte begonnen, als aus seiner trockenen Kehle ein Laut wie von einer gackernden Henne kam. »Ja, ja«, krächzte eine Stimme, sie schien von draußen zu kommen, so fremd und fern war sie.

»Danke«, sagte sie, so beiläufig, als hätte jemand ihr höflich eine Tür geöffnet. »Dick, willst du es bitte Mr. Medina etwas bequemer machen ...«

Das Feuer wurde nicht nachgelegt, und das schnell brennende Reisig fiel in sich zusammen. Wieder lag der Raum im Dämmerlicht, nur die eine Lampe glühte hinter Medinas Kopf.

Ich kann diese letzte Szene kaum beschreiben, denn ich glaube, ich konnte nichts mehr deutlich sehen, und ich weiß, daß mir schwindlig war. Das Kind saß auf Marys Schoß, die Augen starr auf den Lichtschein gerichtet. »Du bist Gerda ... du bist müde ... jetzt schläfst du« – ich hörte nicht auf die Formeln, denn ich versuchte, an einfache Dinge zu denken, die mir den Verstand erhalten sollten. Ich dachte hauptsächlich an Peter John.

Sandy kauerte auf einem Hocker beim Kamin. Ich sah,

daß er die Hände auf den Knien hielt, und aus einer Hand sah etwas Rundes, Dunkles hervor wie eine Pistolenmündung. Er wollte nichts riskieren, aber das war töricht, denn vor unseren Augen wurde mit mächtigeren Waffen gekämpft. Seit Beginn der Welt hat es keinen Schauplatz größerer Erniedrigung gegeben. Der Anblick solcher Schande machte mich schaudern. Medina zelebrierte sein übles Ritual, aber auf uns Zuschauer machte es nicht mehr Eindruck als eine Scharade. Besonders Mary beobachtete es so überlegen, wie man sich Kindergartenspiele ansieht. Unter ihren furchtlosen Augen war der Mann plötzlich zum Scharlatan geworden.

Die Stimmen fuhren eintönig fort, der Mann fragte, das Kind antwortete mit schwacher, unnatürlich klingender Stimme. »Du bist David Warcliff ... du hast dich auf dem Schulweg verlaufen ... du bist krank gewesen und hast vergessen ... du bist müde ... ich glaube, du möchtest wieder schlafen.«

Medina sagte: »Jetzt können Sie ihn wecken. Aber vorsichtig.«

Ich stand auf und drehte alle übrigen Lichter an. Das Kind schlief friedlich in Marys Armen, sie beugte sich über es und küßte es. »Sprich mit ihm, Dick«, sagte sie.

»Davie«, sagte ich laut. »Davie, es wird allmählich Zeit, nach Hause zu gehen.«

Er schlug die Augen auf und richtete sich auf. Als er sich auf Marys Knien fand, begann er herunterzuklettern. Er war es nicht gewohnt, auf dem Schoß einer Frau zu sitzen, und genierte sich etwas.

»Davie«, wiederholte ich. »Dein Vater wird es müde sein, auf uns zu warten. Meinst du nicht, wir sollten heimgehen?«

»Ja, Sir«, sagte er und legte die Hand in meine.

Bis zu meinem letzten Stündlein werde ich den allerletzten Blick auf diese Bibliothek nicht vergessen – das strahlend helle Licht, das die Bücher, die ich bisher nur im Dämmerlicht gesehen hatte, wie eine seidene Tapisserie schimmern ließ, das Holzfeuer, das im Kamin niederbrannte, und den in seinem Stuhl zusammengesunkenen Mann. Nach allem, was geschehen war, mag es unglaubhaft klingen, aber mein stärkstes Gefühl war Mitleid. Ja, Mitleid! Er schien das einsamste Geschöpf auf Gottes Erdboden zu sein. Man bedenke, er hatte nie einen Freund gehabt außer sich selbst, und sein Ehrgeiz hatte eine Schranke zwischen ihm und allen anderen Menschen errichtet. Nun, da alles vorüber war, war er ganz allein, nackt und zitternd vor Kälte, auf dem Trümmerfeld seiner zerbrochenen Träume.

Mary lehnte sich im Wagen zurück.

»Hoffentlich werde ich nicht ohnmächtig«, sagte sie. »Gib mir bitte das grüne Fläschchen.«

»Um Himmels willen!« schrie ich.

»Du Dummer!« sagte sie. »Es ist doch bloß Eau de Cologne.«

Sie lachte, und im Lachen schien sie sich etwas zu erholen, obwohl sie noch totenblaß aussah. Sie kramte in ihrer Handtasche und zog eine ziemlich große Schere heraus.

»Ich will Davie das Haar schneiden. Wegen der Kleider kann ich nichts machen, aber jedenfalls kann ich ihm wieder einen Jungenskopf herrichten, damit sein Vater keinen Schock kriegt.«

»Weiß er, daß wir kommen?«

»Ja, ich hatte ihn nach dem Dinner angerufen. Aber von Davie habe ich natürlich nichts gesagt.«

Sie klapperte emsig mit der Schere, und als wir zum Pimlico Square kamen, wo Sir Arthur Warcliff wohnte, hatte sie die langen Locken abgeschnitten, und es war nun der Kopf eines blassen, mageren, aber wunderbar gefaßten Bürschleins. »Geh ich jetzt wieder zu meinem Vater?« hatte er gefragt und war zufrieden gewesen.

Ich weigerte mich, mit hinein zu gehen – ich konnte keine Schocks mehr brauchen –, also saß ich im Wagen, während Mary und David das kleine Haus betraten. Nach etwa drei Minuten kam Mary zurück. Sie weinte, aber sie lächelte durch ihre Tränen.

»Ich ließ Davie in der Diele warten und ging allein zu Sir Arthur ins Studierzimmer. Er sah krank aus – und ach, so alt und vergrämt. Ich sagte: ›Ich habe Davie mitgebracht. Wundern Sie sich nicht, wie er angezogen ist. Er ist ganz in Ordnung!‹ Dann holte ich ihn herein. O Dick, das war wie ein Wunder. Der liebe alte Herr wurde wieder lebendig ... Die beiden stürzten einander nicht in die Arme ... sie gaben sich die Hand ... und der Kleine neigte den Kopf, und Sir Arthur küßte seinen Scheitel und sagte: ›Lieber Mausekopf, bist du wieder da.‹ ... Und dann schlüpfte ich hinaus.«

20

Machray

Nach einer Woche und nach gründlicher Beratung mit Sandy schrieb ich einen Brief an Medina. In der Zeitung stand, er sei zu kurzer Erholung ins Ausland gegangen, und ich konnte mir das seelische Fegefeuer vorstellen, das er in irgendeiner Bucht am Mittelmeer aushalten mußte. Wir hatten beschlossen, mit dem Erfolg zufrieden zu sein. Den Sieg erringen, das bedeutete einen langen Feldzug beim Gericht und in der Presse, den wir zweifelsohne gewonnen hätten, zu dem aber jedenfalls ich keine Lust hatte. Die ganze Geschichte war ein Alpdruck, den ich mich zu vergessen sehnte; wir hatten Medina die Krallen ausgerissen, und es war mir gleichgültig, ob er mit seinen politischen Plänen weitermachte und die Welt mit seinen großen Gaben blendete, vorausgesetzt, daß er keine Verbrechen mehr beging. Das teilte ich ihm in meinem Brief mit; und auch, daß die drei, die alles wußten, den Mund halten würden, daß sie sich aber das Recht zu sprechen vorbehielten, falls er wieder Anzeichen von Verbrechertum merken ließ. Ich bekam keine Antwort und hatte auch keine erwartet. Mein ganzer Haß auf diesen Mann war vergangen, und so sonderbar ist die Menschennatur, daß ich zumeist Mitleid empfand. Wir sind alle, auch die Besten unter uns, egozentrisch und täuschen uns über uns selbst, und hätten wir nicht das bißchen gemütliche Selbsttäuschung, uns warm damit zu kleiden, so würden wir im eiskalten Außenwind erfrieren. Mich schauderte, wenn ich an den armen Teufel dachte, der mit nackter Seele unter seinem umgestürzten Kartenhaus saß. Jeder weitere Triumph über ihn schien mir ein Verbrechen gegen die Menschlichkeit zu sein.

Er muß meinen Brief bekommen haben, denn im Juli war er wieder bei der Arbeit und hielt anläßlich einer bedeutenden politischen Kundgebung eine Rede, die in der Presse sehr günstig beurteilt wurde. Ob er sich wieder in der Gesellschaft sehen ließ, weiß ich nicht, denn Sandy war in Schottland und ich auf Fosse und hatte keinerlei Absicht, wieder von dort fortzugehen. Inzwischen war Macgillivray tätig, und die Presse berichtete immerfort über sonderbare Einzelfälle, und niemand kam darauf, sie in Zusammenhang miteinander zu bringen. Von Macgillivray erfuhr ich, daß es ihm – obwohl er das Syndikat zerschlagen hatte – nicht gelungen war, alle Übeltäter festzunehmen, wie er gehofft hatte. In England gab es drei Finanzskandale mit langfristigen Gefängnisstrafen; in Paris einen politischen Skandal und eine Reihe von Verurteilungen; ein Arbeiteragitator und ein Kupfermagnat im Middle West mußten auf Lebenszeit ins Gefängnis, und dann kam noch die berühmte Einkreisung der Mörderbande in Turin. Aber Macgillivray und seine Mitarbeiter waren – wie ich – eben nur erfolgreich, jedoch nicht siegreich; ich glaube wirklich, daß man auf dieser Welt nicht beides miteinander erreichen kann, Erfolg und Sieg – man muß wählen.

Ich sah Mercot beim ›House‹-Ball in Oxford, sein Abenteuer hatte ihm nicht geschadet; im Gegenteil, denn jetzt war er ein Mann und kein leichtsinniger Knabe mehr. Anfang Juli reisten Mary und ich nach Paris zur Hochzeit von Adela Victor, es war das großartigste Fest, dem ich je beigewohnt habe, und ich hatte das Vorrecht, die Braut zu küssen und vom Bräutigam geküßt zu werden. Sir Arthur Warcliff kam mit David nach Fosse zu Besuch, und der Junge angelte von früh bis spät und war bald nicht mehr gar so mager. Archie Roylance kam, und David und er verstanden sich so gut, daß sie alle drei nach Norwegen fuhren, um sich die Vögel auf Flacksholm anzusehen.

Ich war während dieser Wochen sehr damit beschäftigt, die liegengebliebene Arbeit auf Fosse aufs laufende zu bringen, denn infolge meiner langen Abwesenheit war das ganze

Sommerprogramm in Rückstand geraten. Eines Tages, als ich unten in der Heimwiese dabei war, für einen der Teiche einen neuen Abfluß anzulegen, erschien Sandy und verkündete, er müsse mich unbedingt sprechen, habe aber nur zwanzig Minuten Zeit.

»Wann fängt deine Jagdpacht in Machray an?« fragte er.

»Sie läuft schon – schon seit April. Die Seeforellen kommen früh dorthin.«

»Und du kannst hin, wann du willst?«

»Ja. Wir wollen etwa am 5. August dort anfangen.«

»Laß dir von mir raten: geh sofort hin.«

Ich fragte: warum – obwohl ich den Grund erriet.

»Weil mir nicht ganz wohl dabei ist, wenn du hier bist. Du hast den eitelsten und einen der gerissensten Menschen der Welt bis aufs Blut beleidigt. Bilde dir nicht ein, daß er das einfach hinnimmt. Du kannst sicher sein, daß er sich in schlaflosen Nächten ausdenkt, wie er's dir heimzahlen kann. *Du* bist es, an den er am meisten denkt. Ich bin für ihn nur Konkurrenz in derselben Linie – er würde mich liebend gern ruinieren, aber da kann er abwarten, bis sich die Gelegenheit gibt. Lavater war sein Sklave und ist ihm entronnen – aber jedenfalls hat er sich einmal seiner Macht unterwerfen müssen. *Du* aber hast ihn von A bis Z zum Narren gehalten, und seine Eitelkeit ist nun eine einzige schwärende Wunde. Er wird sich nicht zufriedengeben, bis er sich an dir gerächt hat – an dir und deiner Frau.«

»Peter John!« schrie ich auf.

Er schüttelte den Kopf. »Nein, ich glaube nicht. In der Richtung wird er nichts mehr unternehmen – jedenfalls einstweilen nicht. Aber es wäre ihm viel wohler, Dick, wenn du tot wärest.«

Seit Wochen hatte ich selber diesen Gedanken gehabt, und mir war dabei ziemlich ungemütlich gewesen. Es ist nicht gerade angenehm, sich andauernd in Lebensgefahr zu wissen und ständig das letzte Stündlein zu erwarten. Ich hatte sehr gründlich darüber nachgedacht und war zu dem Ergebnis gekommen, daß mir nichts übrig blieb, als die Gefahr zu vergessen. Wenn ich mir je erlaubte, daran zu denken, dann wäre meine ganze Existenz vergiftet. Es war alles außerordentlich unangenehm, aber schließlich ist das ganze Leben ein Risiko. Das sagte ich Sandy.

»Ich bin mir der Gefahr bewußt«, sagte ich. »Ich habe immer damit gerechnet, daß dies der Preis sein würde, den ich für meinen Erfolg zahlen müßte. Aber der Deubel soll mich holen, wenn ich zulasse, daß dieser Bursche es so weit treibt, daß mein ganzes Leben durcheinander gerät.«

»Du kannst eine Menge aushalten, mein Lieber«, meinte Sandy, »aber du bist auch deiner Familie und deinen Freunden etwas schuldig. Natürlich kannst du von Macgillivray Polizeischutz bekommen, aber das würde dir verteufelt lästig sein, und außerdem: wie müßte wohl der Polizeischutz beschaffen sein, der gegen einen so listigen Feind wie Medina etwas ausrichten könnte? ... Nein, ich möchte, daß du fortgehst. Ich möchte, daß du jetzt nach Machray gehst und bis Ende Oktober dort bleibst.«

»Und was würde das helfen? Dorthin kann er mir nachkommen, und jedenfalls finge ja alles wieder von vorne an, wenn ich zurückkomme.«

»Ich weiß doch nicht«, sagte er. »In drei Monaten ist vielleicht seine gekränkte Eitelkeit geheilt. Es paßt im Grunde nicht in sein großes Spiel hinein, eine Vendetta mit dir auszufechten, und allein die Wut seines verletzten Stolzes würde ihn nicht so weit treiben. Die muß ja bald nachlassen, und dann wird er einsehen, wo sein eigentliches Interesse liegt. Und Machray – ein Hirschjagdrevier in Schottland ist das beste Asyl auf Erden. Niemand kann diese lange, enge Schlucht heraufkommen, ohne daß du davon erfährst, und niemand kann sich auf den Bergen herumtreiben, ohne daß ein halbes Dutzend Argusaugen von Pirschgängern und Jagdgehilfen ihm folgt. Die sind der richtige Polizeischutz. Deinetwegen und der Deinen wegen möchte ich, daß du jetzt gleich nach Machray gehst.«

»Sieht aus wie kneifen«, erwiderte ich.

»Sei nicht so ein Esel. Gibt es irgendeinen Menschen, der

deinen Mut bezweifelt und nicht total verrückt ist? Du weißt genau, daß es manchmal des Tapferen Pflicht ist zu fliehen.«

Ich dachte ein Weilchen nach. »Ich glaube nicht, daß er irgendwelche Schurken dingen wird, mich umzubringen.«

»Warum nicht?«

»Weil er mich zum Duell gefordert hat. Er schlug einen Ort irgendwo in den Pyrenäen vor und bot an, ich könne beide Sekundanten wählen.«

»Und was hast du geantwortet?«

»Ich habe telegraphiert: ›Seien Sie nicht so blöd.‹ Es sieht so aus, als ob er mich eigenhändig erledigen will.«

»Sehr wahrscheinlich, und das macht die Sache nicht besser. Ich selber nähme es lieber mit einem halben Dutzend von Halsabschneidern auf als mit Medina. Was du mir da sagst, bestärkt noch meine Befürchtungen.«

Ich mußte zugeben, daß Sandys Rat vernünftig war, und als er fort war, dachte ich noch darüber nach und beschloß, diesem Rat zu folgen. Daß er meinen Verdacht in Worte gefaßt hatte, ließ ihn drohender erscheinen, ich hatte wieder das ekelhafte Gefühl, gejagt zu werden. Es war eigentlich nicht Angst, denn ich glaube, wenn es nötig gewesen wäre, wäre ich trotz allem auf Fosse geblieben und hätte meine Arbeit dort getan. Aber der Friede von Fosse war mir verdorben. Wenn mich jeden Augenblick eine Kugel aus dem Hinterhalt treffen konnte – so einfach stellte ich mir das vor –, dann adieu, meine lieblichen Sommerwiesen.

Was bei alledem herauskam: ich bat Tom Greenslade, Sommerferien zu machen, und am 20. Juli waren er und ich und Mary und Peter John in eine kleine, weißgetünchte Jagdhütte eingezogen, die in der Senkung eines mit Birken bestandenen Hanges lag; wir betrachteten abwechselnd den halb vertrockneten Bach und den wolkenlosen Himmel und beteten um Regen.

Machray ist bei ruhigem Wetter der abgeschiedenste Ort auf Erden, sogar noch einsamer und stiller als eine Burenfarm in einer Bodensenke im *veld*. Die Berge erheben sich so schroff und hoch, daß es scheint, nur ein Vogel könne aus ihnen entkommen, und die Landstraße vom Sea-Loch her, zehn Meilen entfernt, ist nur ein von Heidekraut überwachsener Sandweg, der aussieht, als höre er am Fuße jedes steilen Felsens einfach auf. Aber wenn die Stürme kommen und der Regen das Dach peitscht, der Bach um den Garten herum tost und die Birken und Ebereschen sich schütteln, dann werden viele Stimmen laut, und man lebt in einer so lärmenden Welt, daß die Ohren taub werden und die Stimmen scharf aus Protest, weil wir gegen den Sturm anschreien müssen.

Wir hatten nicht viele stürmische Tage, und die letzte Juliwoche war eine gute Imitation von Tropenwetter. Die Berge waren von Hitzedunst verschleiert, und der Aicill war eine Stufenreihe von Felsbecken mit durchsichtigem Wasser; ein paar sich rot verfärbende Lachse standen unter den Felsvorsprüngen; der Bach selbst war ein schmales Rinnsal; die Sonne sog heißen Duft aus dem Heidekraut und den Sumpfmyrten, und jede Bewegung war für Menschen wie Tiere eine Mühsal. So war es tagsüber; aber jeden Nachmittag gegen fünf Uhr kam ein leichter Wind vom Westen auf, der den Hitzedunst vertrieb und das Tal in bernsteinfarbenes Licht tauchte. Dann machten Mary, Tom Greenslade und ich uns auf in die Berge und kamen erst kurz vor Mitternacht zurück zu einem sehr reichhaltigen und gierig verschlungenen Nachtmahl. Manchmal ging ich während der heißen Mittagsstunden allein aus mit Angus, dem Oberjäger, und lange ehe die Schonzeit vorbei war, kannte ich das Jagdrevier schon recht genau.

Der Leser muß Geduld mit mir haben, wenn ich die Gegend so genau beschreibe. Die zwanzigtausend Acker von Machray liegen auf beiden Seiten der Aicill-Schlucht, aber hauptsächlich im Süden. Im Westen ist das Machray Sea-Loch, wo die Berge niedrig und grün sind, Weideland für Schafe. Im Osten, bis zur Quelle des Aicill, erstreckt sich der Forst der Aicill-Schlucht, dessen Jagdhütte über der Wasserscheide drüben am Ufer eines anderen Sea-Loch steht, und auf unserer Seite der Wasserscheide gibt es nur noch eine kleine Schutzhütte. Glenaicill ist ein riesiges Gebiet, viel zu groß für ein Revier. Auf Jahre hinaus war es an Lord Glenfinnan, einen Onkel von Archie Roylance, verpachtet, aber er war ein gebrechlicher alter Herr von über siebzig, der nur dann einen Hirsch erlegen konnte, wenn das Wild im Oktober von den Höhen hinunterzog. Infolgedessen war der Wildbestand lächerlich hoch, und das ganze westliche Gebiet, das an Machray angrenzte, war praktisch ein Schutzgebiet. Das war verflucht ärgerlich, denn es wirkte sich so aus, daß es – außer bei Südwestwind – unmöglich war, in unserem nördlich gelegenen Revier zu pirschen, wollte man nicht das Wild geradezu nach Glenaicill hinübertreiben; und ausgerechnet dieser nördlich gelegene Teil unserer Jagd hatte die besten Wiesen und schien alle unsere stärksten Hirsche anzulocken.

Der Haripol-Forst im Süden war nicht so groß, aber ich möchte meinen, er ist das unwegsamste Revier in ganz Schottland. Machray hatte dort gute Pirschgänge bis zur Wasserscheide hinauf und zwei sehr schöne Schluchten, die Corrie-na-Sidhe und die Easain-Corrie. Hinter der Wasserscheide lag die Schlucht des Reascuill, deren beide Seiten zu Haripol gehörten. Die Berge von Machray sind alle über dreitausend Fuß hoch, jedoch sind sie rund und ziemlich leicht begehbar; aber die Haripol-Gipfel überm Bach drüben sind schiere, schroffe Felsen – Stob Ban, Stob Coire Easain, Sgurr Mor – und mit die schwierigsten Klettergebiete der britischen Inseln. Der höchste und schwierigste von allen erhebt sich über der Quelle des Reascuill – Sgurr Dearg mit den beiden Zinnengraten, den drei Spitzen und dem furchtbaren Abgrund an der Ostseite. Der höchste Pik gehörte teils zu Machray und teils zu Haripol, aber sehr selten nur stieg einer unserer Jäger hinauf. Das ganze Quellgebiet des Reascuill bestand aus steilen Klippen und Klüften, und das Rotwild, das ja nicht klettert, wagte sich selten dorthin. Die übrigen vier südlichen Gebiete unseres Reviers gehörten zu den schönsten Jagdgründen, die ich je gesehen habe, und die Damen konnten uns von der Jagdhütte aus mit dem großen Teleskop am Fenster der Bibliothek auf weiten Strecken unserer Pirschgänge beobachten. Machray war ein Wald für junge Leute, denn die Berge ragten steil fast von Meeresspiegelhöhe auf, und man mußte manchmal mehrmals an einem Tag dreitausend Fuß hinauf und dann wieder hinab. Aber Haripol – wenigstens das nördliche und östliche Gebiet – taugte nur für Athleten, und es schien diesem Revier bestimmt zu sein, Pächtern zugeschlagen zu werden, die völlig unfähig waren, ihm gerecht zu werden. In den jüngst vergangenen Jahren war es nacheinander an einen älteren Schnapsfabrikanten, einen jungen Rennfahrer und Säufer und einen fetten amerikanischen Eisenbahnmagnaten verpachtet gewesen. Jetzt war es in den Händen eines Fabrikanten mittleren Alters aus den Midlands, Lord Claybody, der während des Krieges leicht zu Vermögen und zu Adel gekommen war. »Ach, er wird sich den Hals brechen«, meinte Angus. »Niemals kommt der auch nur hundert Fuß weit in Haripol, ohne daß er sich den Hals bricht.« Und so fand ich mich zu meinem Leidwesen auch hier einem Tierschutzgebiet benachbart.

Angus nahm die Jagd sehr ernst. Er war mager und eifrig, kaum über fünfzig; sein Gesicht erinnerte an einen Hirsch, er war unglaublich schnell in den Bergen, ein vollendeter Bergsteiger und von der exquisiten Höflichkeit der Leute in den Highlands. Kennedy, der andere Pirschgänger, stammte aus einem Lowland-Geschlecht, sein Vater war während des Booms in der Schafzucht von Galloway in den Norden gekommen und war als Jagdhüter dageblieben, als die Preise fielen. Er war ein stämmiger junger Bursche, steile Hänge an heißen Tagen fielen ihm schwer, aber er war so stark wie ein Ochse und verstand sich besser auf Wetter und Wind als Angus. Obwohl er auch gälisches Blut hatte, war er doch ein echter Lowlander, geradezu und nicht aus der Fassung zu bringen. Es war ein Gegensatz zwischen neu und alt, denn Kennedy war im Krieg gewesen und hatte vieles gelernt, wovon der andere keine Ahnung hatte. Zum Beispiel verstand er sich darauf, die Augen des anderen genau dorthin zu lenken, wo er ihm etwas zeigen wollte, und machte so exakte Richtungsangaben wie der Beobachter einer Batterie, während es bei Angus immer hieß: »Sehen Sie den Stein da? Ja, aber sehen Sie den anderen Stein?« – und so weiter. Wenn wir uns hinsetzten, um auszuruhen, rauchte Kennedy wohl eine Zigarette aus einer Spitze, während Angus den Tabakrest in einer stinkenden alten Pfeife anzündete.

In den ersten beiden Augustwochen löste ein Regentag den anderen ab, richtiger, kräftiger Dauerregen, der Aicill schwoll an, so daß die Fische vom Meer heraufkommen konnten. Seeforellen gab es nicht viele in diesem Jahr, aber die Lachse – das war eine Pracht. Greenslade angelte zum erstenmal einen und hatte am Ende der Woche schon zwölf gefangen, während Mary bei dem Dusel, den gelegentliche Lady-Angler haben, ihrer Rute vier an einem Tag verdankte. Es waren angenehme Tage, wenn es auch milde, feuchte Nachmittage gab, an denen uns die Schnaken ärger plagten als tropische Moskitos. Ich hatte es am liebsten, wenn eine Brise aufkam und wir alle Mahlzeiten am Wasser zu uns nehmen konnten. Einmal nahmen wir zum Lunch einen eisernen Topf mit, machten ein Feuer und garten einen frisch gefangenen Lachs im eigenen Saft, ein Rezept, das ich jedem empfehlen kann, der das volle Aroma dieses edlen Fisches kosten will.

Archie Roylance kam am 16. August, er war voller Jagdbegier. Er berichtete, daß sie auf Flacksholm keine interessanten Vögel gesehen hätten, daß aber David Warcliff mit großem Eifer und Vergnügen Seeforellen geangelt habe. »Das ist mal ein Junge«, sagte er. »Ein erstklassiger kleiner Sportsmann, und ihn und seinen Vater zusammen zu sehen, machte mir die größte Lust, sofort zu heiraten. Auf Fosse kam er mir ein bißchen bedrückt vor, aber die Nordsee hat ihm sehr gut getan, und als wir uns trennten, war er so lustig wie eine Grille. Nebenbei, was war eigentlich im Sommer mit ihm los? Ich hörte sowas, er sei kränklich gewesen, und der alte Herr läßt ihn nicht aus den Augen ... Wollen wir Angus rufen und über das Wild sprechen?«

Angus war jederzeit bereit, übers Wild zu reden, stundenlang. Ich hatte den 21. zur Eröffnung der Jagd festgesetzt, obwohl das Wild in so gutem Zustand war, daß wir vier Tage früher hätten anfangen können. Angus berichtete, er habe mehrere Hirsche gesehen, die schon gefegt hatten. Aber er war ziemlich verärgert wegen unserer Nachbarn.

»Bei meinem Onkel Alexander hilft kein Beten mehr«, meinte Archie. »Er lebt ja nur für seinen Wald, und zu Anfang der Saison will er mich nicht haben, weil er sagt, ich verstehe mich nicht auf das Wild und höre nicht auf seine Jäger. Im Oktober, weißt du, da kann er selber auf mich aufpassen. Er gibt keinen Hirsch zum Abschuß frei, der nicht ein ›Eunuch‹ oder krank und uralt ist. Ergibt sich, daß es von schönen Hirschen nur so wimmelt, die schon auf der Kippe sind und nicht daran glauben müssen, ehe sie halb verschimmelt sind. Komische Begriffe vom Hegen hat mein Onkel Alexander ... Was ist mit Haripol? Wer hat es dieses Jahr?«

Als er es erfuhr, war er begeistert. »Den alten Claybody kenne ich. Ganz netter Mann, in seiner Art. Drolliger alter Bursche! Einmal hat er mir seinen Sohn als ›Seine Hochwohlgeboren Johnson Claybody‹ vorgestellt. Er suhlt sich förmlich in seiner Pairswürde. Weißt du, er wollte sich Lord Oxford nennen, weil sein Junge dort im Magdalen-College war, aber da hat selbst das Heraldik-College gestreikt. Nie und nimmer schafft der die Berge im Haripol-Revier! Er ist ein kleiner, dicker alter Mann, leicht außer Atem. Ich bin ja jetzt nicht gut zu Fuß, aber verglichen mit Claybody bin ich eine Gazelle.«

»Vielleicht kann er Besücher haben«, meinte Angus.

»Natürlich hat er. Der hat die ganze Hütte voll von jungen Leuten, denn es gibt einige hochwohlgeborene Claybody-Töchter. Obwohl ich mir nicht vorstellen kann, daß sie für die Berge viel taugen.«

»Sie taugen nicht viel, Sir Archibald«, sagte der melancholische Angus. »Ein paar sind schon in den Bergen gewesen. Sie taugen nicht mehr als Tauristen.«

›Tauristen‹, muß ich erklären, waren für Angus das rote Tuch. Mit diesem Namen bezeichnete er Leute, die sich während oder kurz vor der Jagdzeit in einem Revier herumtrieben und nicht Manieren genug hatten, es ihm vorher zu sagen und um seine Einwilligung zu bitten. Er unterschied sie scharf von den anderen, die er ›Bergkraxler‹ nannte und respektierte, denn das waren bescheidene, höfliche Leute, die gewöhnlich zeitig im Frühjahr mit Kletterseilen und Eispickeln anrückten und gewöhnt waren, sich an Angus' Schinken mit Spiegeleiern zu delektieren und ihre erfrorenen Glieder an seinem Feuer aufzutauen. Wenn sie zu anderen Jahreszeiten kamen, besprachen sie erst ihre Klettertouren mit Angus. Sie gingen dorthin, wohin kein Wild konnte, und verbrachten ihre Zeit damit, so sagte er, daß sie ›in Kaminen steckenblieben‹. Aber der ›Taurist‹ war laut und dumm und furchtbar unhöflich. Er trampelte, meist in Gruppen, durch Wälder und Wiesen, wo das Wild stand, und wenn man diese Leute ermahnte, fingen sie Streit an. Ein einziges Exemplar von dieser Sorte konnte die Pirsch auf mehrere Tage verderben. »Wenn ich wieder einen auf Machray sehe«, sagte Angus, »rolle ich einen großen Stein auf ihn runter.« Einige der Gäste von Haripol waren anscheinend von dieser üblen Sorte, waren gedankenlos durch den Forst gestrolcht und hatten damit ihr eigenes Jagdvergnügen ruiniert – und meines auch.

»Sie brechen Alan Macnicol noch das Herz«, schloß Angus. »Und Alan hat mir erzählt, daß sie miserabel schießen. Die haben nach einem großen Stein geschossen und haben gefehlt. Und die bestehen darauf, mit kleinen Ponys auf die Berge zu reiten – die Kreaturen, die können nicht mal zu Fuß hinauf. Ich hoffe bloß, sie fallen runter und brechen sich den Hals.«

»Sie können doch nicht alle schlechte Schützen sein«, meinte Archie. »Nebenbei gesagt, Dick, ich habe dir noch gar nicht gesagt – du kennst doch Medina, Dominick Medina? Du hast mir mal erzählt, daß du ihn kennst. Also, den hab ich auf dem Dampfer getroffen, und er hat gesagt, daß er auf eine Woche zum alten Claybody geht.«

Die Nachricht raubte meinem Tag das Sonnenlicht. Wenn Medina auf Haripol war, dann hatte er eine bestimmte Absicht. Ich hatte kaum noch an die ganze Sache gedacht, seit ich nach Machray gekommen war, denn hier fühlte ich mich in undurchdringlicher Abgeschiedenheit; ich hatte sozusagen hinter dem Leben der letzten Monate die Tür abgeschlossen. Ich war zufrieden und von ganzem Herzen vertieft in mein Jägerleben. Aber jetzt war meine Ruhe hin. Ich blickte zu den grimmigen Höhen von Haripol hinauf und dachte, welches Unheil wohl hinter ihnen brütete.

Ich wies Angus und Kennedy an, Unbefugte, die unser Gebiet betraten, scharf zu beobachten. Wenn sie einen sahen, sollten sie ihn mit dem Fernglas im Auge behalten und mir sofort berichten, wie er aussah und was er tat. Dann schoß ich ein paar Birkhühner für die Küche und überlegte mir die ganze Sache sehr genau. Ich hatte das Gefühl, daß Medina in diese Gegend gekommen war, um mit mir abzurechnen, und ich war fest entschlossen, ihm nicht auszuweichen. Ich konnte unter einer solchen Bedrohung nicht weiterleben; ich mußte mich ihr stellen und eine Lösung finden. Mary würde ich natürlich nichts davon sagen, und es schien mir keinen Sinn zu haben, mit Archie oder Greenslade darüber zu sprechen. Das war, bildlich und vielleicht sogar wörtlich, die Grube, die ich mir selbst gegraben hatte. Aber am nächsten Morgen ging ich nicht angeln. Statt dessen blieb ich zu Hause und schrieb einen ausführlichen Bericht über die ganze Sache bis zu Medinas Erscheinen auf Haripol und erklärte unverblümt, was er meiner Ansicht nach beabsichtigte – für den Fall, daß ich eines Tages auf die Pirsch ging und nicht wiederkam. Als ich damit fertig war, legte ich das Dokument in meine Briefmappe, und mir war leichter – wie einem Manne, der sein Testament gemacht hat. Ich hoffte nur, die Wartezeit würde sich nicht lange hinziehen.

Der einundzwanzigste war ein herrlicher, blauer Tag mit einem Morgendunst, der Hitze erwarten ließ. Ein schwacher Wind wehte aus Südwesten, darum schickte ich Archie auf die Corrie Easain-Pirsch und ging selber mit nur einem

Jagdgehilfen nach Clach Glas, dem westlichen Gipfel am Nordufer des Aicill. Ich ging gern allein pirschen und kannte jetzt auch das Gelände gut genug dazu. Ich sah zwei jagdbare Hirsche, und es gelang mir, mich einem auf Schußweite zu nähern, aber ich schonte ihn dem Revier zuliebe, denn er war jung und würde bald noch besser aufhaben. Ich verbrachte einen glücklichen, friedlichen Tag und stellte mit Erleichterung fest, daß ich mir über die Zukunft keine Gedanken machte. Die klare Luft und die Weite der Landschaft schienen mir den gelassenen Fatalismus eines Arabers geschenkt zu haben.

Als ich zurückkam, begrüßte mich Mary mit der Nachricht, daß Archie einen Hirsch erlegt habe und daß sie fast seinen ganzen Pirschgang durch das große Teleskop beobachtet habe. Archie selbst erschien kurz vor dem Dinner, sehr angeregt und gesprächig. Sein lahmes Bein, sagte er, habe ihn behindert, aber er behauptete, gar nicht müde zu sein. Beim Dinner mußten wir uns ganz genau anhören, was er den Tag über erlebt hatte; wir wetteten auf das Gewicht des Hirschs, und Mary gewann. Später im Rauchzimmer erzählte er mir noch mehr.

»Diese verfluchten Pfuscher von Haripol waren heute unterwegs. Das müssen schon ganz fahrlässige Schützen sein. Als wir beim Lunch saßen, pfiff uns eine verirrte Kugel über die Köpfe – nicht sehr nah, gewiß, aber sowas ist doch nicht anständig. Du hättest Angus auf Gälisch fluchen hören sollen. Hör mal, Dick, ich möchte eigentlich dem ollen Claybody eine Zeile schreiben und ihn bitten, daß er diese Leute warnt. Natürlich steht es eins zu einer Million, daß sie irgendwelchen Schaden anrichten, aber die millionste Möglichkeit besteht eben doch. Heute habe ich ein Gefühl gehabt, als ob der Krieg wieder angefangen hätte.«

Ich antwortete, daß ich mich bestimmt beschweren werde, wenn so etwas noch einmal geschehe, aber ich tat, als nehme ich das Ganze leicht, als habe es nur bei eben dieser Windrichtung geschehen können. Aber mir waren Medinas Pläne jetzt klar. Er war auf Haripol umhergestiefelt, um das Gelände zu erkunden, und ich wußte, daß er dafür das schnelle Auge des Großwildjägers hatte. Die Mär vom schlechten Schießen der Gäste auf Haripol hatte er gefördert, und wahrscheinlich führte er sich selbst als der schlechteste Schütze auf. Die Kugel, die über Archies Kopf hinwegsang, war ein Beweis dafür, aber er wartete auf die Gelegenheit für eine Kugel, die ihr Ziel nicht verfehlen würde. Wenn es zu einer Tragödie kam, würden alle glauben, es sei ein echter Unfall gewesen, es würde steinerweichende Entschuldigungen geben, und obwohl Sandy und ein oder zwei andere die Wahrheit erraten würden, konnte doch nichts bewiesen werden, und wenn schon, so würde es *mir* nichts nützen ... Natürlich konnte ich mich auf die Pirsch in den nördlichen Revieren von Machray beschränken, aber kaum war mir das eingefallen, da wies ich den Ausweg zurück. Ich mußte dieser grauenhaften Ungewißheit ein Ende machen. Ich mußte Medinas Herausforderung annehmen und auf irgendeine Weise eine Entscheidung herbeiführen.

Als Angus erschien, um sich Instruktionen zu holen, sagte ich ihm, ich wolle am übernächsten Tag im Corrie-na-Sidhe-Revier pirschen, und bat ihn, Alan Macnicol auf Haripol privat davon zu unterrichten.

»Das wird nichts nützen, Sir«, stöhnte er. »Die Besücher hören nicht auf Alan.«

Aber ich sagte, er solle Alan trotzdem schreiben. Ich wollte Medina die Gelegenheit geben, die er suchte. Es war meine Sache, sein Feuer auf mich zu lenken.

Am nächsten Tag waren wir faul und angelten nur. Nachmittags stieg ich ein Stück den Berg Clach Glas hinauf, von dem aus ich das Gelände südlich des Aicill überblicken konnte. Es war ein klarer, stiller Tag, der Wind wehte stetig aus Südwest und würde wohl einstweilen so bleiben. Die große, grüne Senke von Corrie-na-Sidhe war in jeder Einzelheit deutlich zu sehen; großenteils sah sie aus wie ein Tennisplatz, aber ich wußte, was so glatt aussah wie Rasen, war in Wirklichkeit ein verfilztes Gestrüpp von Heidelbeeren über versteckten Felsbrocken, und die dunkleren Stellen waren brusthoher Farn und Heidekraut. Die Corrie Easain konnte ich nicht sehen, sie lag hinter dem langen Ausläufer des Bheinn Fhada, über dem der gespaltene Gipfel von Sgurr Dearg emporragte. Ich suchte die ganze Gegend mit dem Glas ab und sah einige Rudel Hindinnen und ein paar junge Hirsche, aber keinerlei Anzeichen menschlicher Betätigung. Im Glenaicill-Forst schien aber ein Gewehr unterwegs zu sein, denn ich hörte weit entfernt im Nordosten zwei Schüsse. Ich lag lange im Farnkraut, die Bienen summten um mich herum, und die Pieper sangen, und gelegentlich stand ein Bussard oder ein Wanderfalke im Blau, und ich dachte genau dieselben Gedanken wie früher in Frankreich am Vorabend eines Großangriffs. Es war nicht eigentlich Nervosität, was ich empfand, aber ein Gefühl, daß alle Grundfesten wankten und die Welt so unsicher geworden war, daß ich besser die Rolläden herunterlassen und alle Hoffnungen und Pläne und überhaupt alles ausschließen sollte und ein Holzklotz werden. Ich war mir ganz klar darüber, daß der nächste Tag die Krisis bringen würde.

Natürlich wollte ich nicht, daß Mary Verdacht schöpfte, aber ich vergaß, Archie zu warnen, und beim Dinner an diesem Abend erwähnte er unglücklicherweise, daß Medina auf Haripol war. Ich sah die Unruhe in ihren Augen, denn ich glaube, sie hatte in den letzten Wochen dieselben Sorgen gehabt wie ich und war zu stolz gewesen, darüber zu sprechen. Als wir schlafen gingen, fragte sie mich geradeheraus, was seine Anwesenheit dort bedeute. »Überhaupt nichts«, antwortete ich. »Er ist ein leidenschaftlicher Jäger und mit den Claybodys befreundet. Ich glaube, er hat keine Ahnung, daß ich hier bin. Auf alle Fälle, die ganze Geschichte ist ja vorbei. Ich glaube nicht, daß er noch einmal unseren Weg kreuzt, wenn er es vermeiden kann. Er hat nur den einen Wunsch, uns zu meiden.«

Sie schien beruhigt zu sein, aber ich weiß nicht, ob sie diese Nacht viel geschlafen hat. Ich wachte erst um sechs Uhr auf, aber als ich die Augen aufschlug, spürte ich eine so große Last auf dem Herzen, daß ich nicht mehr im Bett bleiben konnte; ich ging hinunter zum Gartenteich und schwamm. Das kräftigte mich, und man konnte auch wirklich an einem so wunderbaren Morgen nicht leicht bedrückt sein: an den hohen Bergen hingen noch Nebelfetzen, und die ganze Schlucht war eine Klangharmonie von singenden Vögeln und rauschendem Wasser. Ich bemerkte, daß der Wind, sofern überhaupt vorhanden, sich mehr östlich gedreht hatte – eine sehr gute Windrichtung für das Corrie-na-Sidhe-Revier.

Angus und Kennedy warteten schon vor dem Rauchzimmer, und selbst Angus' Pessimismus war durch das herrliche Wetter gemildert. »Ich glaube«, sagte er gedehnt, »wir kriegen einen Hi-irsch. Am Bheinn-Fhada stand gestern ein ganz großer – Kennedy hat ihn gesehen – ein gewaltiger war es – vielleicht 240 Pfund, aber Kennedy hat das Geweih nicht richtig gesehen ... Wir gehen besser gleich los, Sir.«

Mary flüsterte mir ins Ohr. »Keine Gefahr, Dick? Bist du sicher?« Nie war so viel Sorge in ihrer Stimme gewesen.

»Kein bißchen«, lachte ich. »Es ist ein bequemer Tagesausflug. Zum Tee bin ich wohl zurück. Du kannst mich die ganze Zeit durchs große Teleskop beobachten.«

Um neun gingen wir los. Im Weggehen sah ich Greenslade auf einer Gartenbank sitzen, mit Angelfliegen beschäftigt, und Archie, der seine Pfeife rauchte und die *Times* von vor drei Tagen las, und Peter John trottete mit seiner Kinderfrau davon, und Mary sah mir mit seltsam angestrengtem Blick nach. Hinten stieg der Rauch senkrecht aus den Kaminen in die stille Luft, und die Finken zwitscherten in den Prince Charlie-Rosen. Der Anblick machte mir das Herz schwer. Vielleicht würde ich nie in mein kleines Königreich zurückkehren. Weder meine Frau noch meine Freunde konnten mir helfen: es war meine eigene Aufgabe, die ich allein bewältigen mußte.

Wir gingen über die Brücke und begannen, durch das Haselholz bergan zu steigen. So fing der merkwürdigste Tag meines Lebens an.

21

Großwildpirsch

I
9 A.M. BIS 2.15 P.M.

Natürlich konnte ich keinen Plan machen, und ich hatte auch keine klare Vorstellung davon, welcher Art Abrechnung mit Medina ich wollte. Ich war sicher, daß ich ihn irgendwo auf dem Berge antreffen würde und daß er, wenn er die Möglichkeit dazu hatte, versuchen würde, mich zu töten. Es war sicher unwahrscheinlich, daß ihm das auf Anhieb gelang, aber ich wollte ihm ja nicht entgehen – ich mußte diese Bedrohung ein- für allemal loswerden. Ich glaube nicht, daß ich ihn töten wollte, aber ich habe mir wirklich gar keine Mühe gegeben, mir über meine Gefühle klar zu werden. Ich gehorchte einem blinden Instinkt und überließ mich wie Treibholz den Gezeiten des Geschicks.

Die Corrie-na-Sidhe ist eine hochgelegene Schlucht und vom Tal des Aicill durch einen Hang aus Felsblöcken und Geröll getrennt, der meiner Meinung nach die Moräne eines Gletschers ist und von dem der Alt-na-Sidhe in einer Reihe schöner Wasserfälle herabstürzt. Dieser Bach kommt so steil herunter, daß kein Fisch dagegen an kann, so daß er – obwohl es unten reichlich recht große Forellen gibt – in der Schlucht selber nach Greenslades Bericht nichts führt als kleine, dunkle, fingerlange Fischchen. Es war sehr heiß, als wir in diesem Chaos aus Felsplatten und -brocken bergan stiegen, wo man einen sehr dürftigen, gewundenen Pfad gebahnt hatte, um das erlegte Wild zu Tal zu bringen. Nur das zäheste Pony konnte diesen Anstieg schaffen. Obwohl es noch früh am Tage war, war die Hitze schon sehr groß, und die Schlucht hinter uns verschwamm in einem glasigen Schimmer. Kennedy wischte sich wie üblich den Schweiß vom Gesicht und grunzte, aber der hagere Angus schritt aus wie auf ebenem Boden.

Am Rande der Schlucht hielten wir an, um auszuschauen. Tiefe Senken haben es an sich, den Wind anzusaugen, und die schwache Luftbewegung, die ich spüren konnte, schien von links hinter uns aus Nordosten zu kommen. Angus war aber sicher, daß der Wind, obzwar er keine Spur von südlicher Herkunft mehr hatte, geradeswegs von Osten komme und keine Spur von Norden, und behauptete, wenn wir weiter die Schlucht hinauf wären, würden wir ihn nur auf der linken Wange spüren. Es dauerte nicht lange, bis wir Wild fanden. Auf dem rechten Ufer des Baches stand ein großes Rudel Hindinnen und ein anderes mit ein paar kleinen Hirschen auf dem linken Ufer ziemlich weit oben am Hang des Bheinn Fhada. Aber Jagdbares war nicht dabei.

»Die großen Hirsche werden alle hoch oben sein«, meinte Angus. »Wir müssen hinauf zur Quelle.«

Das war leichter gesagt als getan, denn wir mußten die Hindinnen umgehen und deshalb einen großen Umweg weit oben über einen Berg namens Clonlet machen, den westlichsten der Machray-Berge südlich des Aicill. Es war recht mühsam, denn wir stiegen bis dreitausend Fuß hinauf und überquerten die Flanke des Berges ganz nah unter dem Überhang des Felsens. Gleich darauf blickten wir in den Kessel hinunter, aus dem die Schlucht bergab verlief, und konnten über dem Paß den Gipfel des Stob Coire Easain und den Grat des Stob Ban sehen, die beide zu Haripol gehörten und hinter dem Reascuill aufragten. Wir hielten noch einmal Ausschau und machten zwei kleine Hirschrudel auf der anderen Seite des Alt-na-Sidhe aus. Sie waren zu weit fort, als daß wir sie genau sehen konnten, aber einer oder zwei davon sahen ganz gut aus, und ich beschloß, mich anzupirschen.

Wir mußten vorsichtig absteigen, im Falle Wild in den Löchern am Hang lag, denn der hatte viele Gräben. Ehe wir halb unten waren, richtete ich das Glas auf eines der Rudel und machte einen starken Hirsch mit kümmerlichem Geweih aus, der deutlich zum Abschuß reif war. Angus stimmte zu, und wir stiegen einen schützenden Hohlweg hinab, um auf die andere Seite des Baches zu kommen. Der Anblick der Beute ließ mich alles andere vergessen, und die nächsten anderthalb Stunden hatte ich keine andere Sorge auf der Welt, als wie ich an diesen Hirsch auf Schußweite herankommen konnte. Ein Pirschgang gleicht dem anderen, und ich will diesen nicht in allen Einzelheiten beschreiben. Die einzige Schwierigkeit war ein kleiner Hirsch hinter uns, der über den Clonlet gekommen war und auf dem Hang Witterung von uns bekommen hatte. Die vergrämte ihn, und er setzte in großen Sprüngen davon in Richtung auf die Quelle des Baches. Zuerst dachte ich, das Vieh werde den Bheinn Fhada hinaufjagen und unser Rudel mitreißen, aber er hielt an, besann sich anders und zog nach der Haripol-Grenze und dem Paß ab.

Von da ab war es ganz einfach. Wir krochen am rechten Ufer des Alt-na-Sidhe hinauf, das sehr gute Deckung gab, und bogen dann ab in eine Seitenrinne, die vom Bheinn Fhada herunterkam. Das Ganze war zu einfach, um für irgend jemand als für einen Mann mit Gewehr interessant zu sein. Als ich meiner Schätzung nach auf derselben Höhe war wie mein Hirsch, kroch ich aus dem Bachbett heraus zu einem kleinen Hügel, von wo ich ihn gut sehen konnte. Das Geweih taugte nicht viel, wie ich vermutet hatte – nur neun Enden, obwohl von der rauhen, starken alten Highlands-Rasse – aber das Tier war schwer und hatte deutlich die besten Jahre hinter sich. Nach etwa zwanzig Minuten stand er auf und gab mir eine Chance auf etwa zweihundert Fuß, und ich erlegte ihn mit einem Schuß ins Genick, das einzige Stück von ihm, das ich deutlich sehen konnte.

Für mich war es dieses Jahr der erste Hirsch, und es ist immer ein schöner Augenblick, wenn die Spannung nachläßt und man sich die Pfeife anzündet und in die Runde blickt. Sobald das Ausweiden erledigt war, schlug ich Lunchpause vor, und wir fanden dafür einen kleinen Winkel an einer Quelle. Wir waren ein paar hundert Meter von der Haripol-Markung entfernt, die dort nicht an der Wasserscheide verläuft, sondern eine halbe Meile unterhalb des Jochs. In den alten Tagen der Schafzucht war dort ein Zaun gewesen, und in einiger Entfernung auf einem niederen Hügel waren noch ein paar verwitterte Pfosten davon zu sehen. Zwischen dem Zaun und dem Joch war sehr unwegsames Gelände, wo der Alt-na-Sidhe entsprang, es war so zerklüftet, daß man von dort aus den Grat der Wasserscheide nicht sehen konnte, wenn man nicht ein gutes Stück den Berg hinaufstieg.

Ich aß Marys gefüllte Teeküchlein auf und Ingwerkekse und trank Whisky mit frischem Quellwasser, während Angus und Kennedy ihren Lunch etwas seitab im Heidekraut verzehrten. Gerade war ich dabei, mir die Pfeife anzuzünden, als ein Geräusch meine Hand mit dem Zündholz anhalten ließ. Eine Gewehrkugel sang über meinen Kopf hin. Nicht sehr nah – etwa fünfzig Fuß über mir und etwas links.

»Die verdammten Tauristen!« hörte ich Angus fluchen.

Ich wußte, daß es Medina war, so genau, als habe ich ihn gesehen. Er war irgendwo in dem rauhen Gelände zwischen der Haripol-Markung und dem Joch – wahrscheinlich näher dort, denn der Knall kam von ziemlich weit her. Er konnte nicht auf mich gezielt haben, denn ich war völlig in Deckung, aber er mußte mich gesehen haben, als ich den Hirsch anpirschte. Er fand wohl, daß seine Chance noch nicht gekommen war, und der Schuß sollte weiterhin das Gerücht nähren, was für fahrlässige Schützen die von Haripol waren.

»Sicher der kleine Hirsch, der über die Markung ging«, grunzte Angus. »Die Tauristen – auf das kleine Viech zu schießen!«

Ich hatte mich plötzlich entschlossen. Ich würde Medina die Gelegenheit geben, die er suchte. Ich würde ihn suchen gehen.

Ich stand auf und vertrat mir die Beine. »Ich gehe jetzt

allein pirschen«, sagte ich zu Angus. »Ich gehe hinüber zur Corrie Easain. Ihr schleppt am besten diesen Hirsch zum Bachufer hinunter und holt dann das Pony. Sie können Hughie und das andere Pony den Glenaicill hinaufschicken zum Mad Burn. Wenn ich einen Hirsch kriege, weide ich ihn aus und bringe ihn irgendwie zum Bach hinunter, sagen Sie also Hughie, er soll sich umschauen, ob ich winke. Ich winke mit einem weißen Taschentuch. Der Wind dreht ab nach Norden, Angus. Das sollte günstig sein für die Corrie Easain, wenn ich sie von Süden her angehe.«

»Wäre noch besser für den Sgurr Dearg«, meinte Angus, »aber das ist zu weit. Haben Sie die Patronen, Sir?«

»Haufenweise«, antwortete ich und klopfte auf meine Seitentasche. »Geben Sie mir das andere Seil, Kennedy. Das brauche ich, um meinen Hirsch herunterzuschleppen, wenn ich einen kriege.«

Ich steckte mein kleines .240 in seine Hülle, nickte den Leuten zu und bog in die Rinne ein zum Bach hinab. Ich wollte mich nicht auf der kahlen Bergflanke sehen lassen, solange Medina dort auf mich schießen konnte. Aber bald deckte mich ein Grat vor dem Blick vom Haripol-Revier, und ich ging schräg den Hang des Bheinn Fhada hinauf.

Mary hatte den größten Teil des Vormittags an dem großen Fernrohr am Bibliothekfenster verbracht. Sie sah uns, als wir den Rand der Schlucht erreichten, und verlor uns aus den Augen, als wir die Flanke des Clonlet hinaufstiegen. Weit oben in der Schlucht kamen wir wieder zum Vorschein, und sie beobachtete den Pirschgang und sah den Hirsch fallen. Dann ging sie zum Lunch, eilte aber mittendrin zurück und sah mich allein auf der Schutthalde des Bheinn Fhada. Zuerst war sie beruhigt, weil sie glaubte, ich komme nach Hause. Aber als sie merkte, daß ich bergan ging und auf die Corrie Easain zu, sank ihr das Herz, und als sie mich aus den Augen verlor, konnte sie nichts tun als voll Sorge und Angst im Garten umherwandern.

II
2.15 P.M. BIS ETWA 5 P.M.

Es war sehr heiß auf dem Bheinn Fhada, denn ich war im Windschatten, aber als ich den Grat erreichte und auf die Corrie Easain hinabsah, wehte eine schöne Brise, die sicherlich eher von Norden als von Osten kam. Keine Wolke war am Himmel, und jeder Gipfel in der Runde stand klar in der Luft, außer den Haripol-Spitzen, die vom höchsten Teil des Grates, auf dem ich stand, verdeckt waren. Die Corrie Easain lag tief unten – nicht ein weiter Kessel wie die Corrie-na-Sidhe, sondern ein tiefer, klaffender Spalt im Berg und so steil abfallend, daß der Bach in der Schlucht nur weißschäumendes Wasser war. Wir nannten sie Mad-Burn – ihr gälischer Name ist, glaube ich, Alt-a-mhuillin –, und in halber Höhe, gerade mir gegenüber, kommt ein Seitenbach, der Red Burn, von den Klippen des Sgurr Dearg herunter. Ich konnte den Nordgipfel dieses Berges sehen, einen schönen Felskegel, der wie das Matterhorn aus seinem Glacis von Geröll aufragt.

Ich rechnete, daß Medina mich den Bheinn Fhada hinaufsteigen gesehen hatte und annehmen würde, daß ich auf die Corrie Easain zuhielt. Er würde das Joch wieder überqueren und auf die Haripol-Seite des Einschnitts zuhalten, der von dieser Schlucht zum Reascuill führt. Ich wollte auf höherem Gelände bleiben, damit ich ihn beobachten konnte, darum legte ich es darauf an, vor ihm auf den Grat der Wasserscheide zu kommen, von wo aus man Haripol überblickt. Der Wind war ärgerlich, denn er blies von mir weg und würde jegliches Wild in Medinas Richtung treiben und ihm verraten, wo ungefähr ich war. Deshalb fand ich, ich sollte – hatte ich ihn einmal entdeckt – versuchen, auf seine Leeseite zu kommen. Dabei hatte ich, glaube ich, vage im Sinn, ihn nach Machray zu lotsen.

So schnell ich konnte, kreuzte ich den Osthang des Bheinn Fhada auf den tief einschneidenden Spalt in dem grauen Felsenhang zu, durch den das Wild hinüberwechseln konnte.

Ich empfand nichts als Aufregung, wie nie zuvor bei einem Pirschgang. Ich glitt aus, schlug der Länge nach hin auf die Felsplatten und rutschte übers Geröll, mußte ein- oder zweimal um überhängende Felsen herumklettern, aber nach etwa zwanzig Minuten war ich an der Stelle, wo das Massiv des Bheinn Fhada auf den Grat der Wasserscheide stößt. Jetzt wäre es leicht gewesen, auf den Grat hinauf zu kommen, aber ich wagte nicht, mich gegen den Horizont zu zeigen, und bewegte mich deshalb mühsam unterhalb des Gratüberhanges, manchmal ganz draußen an der glatten Wand des Abgrunds, öfter aber beschwerlich im Chaos loser Felsbrokken, den Trümmern der Felsspitzen darüber. Ich mußte notgedrungen ziemlich weit hinunter und stieß endlich etwa fünfhundert Fuß unterhalb des Gipfels auf den tiefen Spalt.

Als ich oben ankam, konnte ich das Reascuill-Tal nicht einsehen – nur eine enge Schlucht, von einem Berghang begrenzt, und die kahle Spitze des Stob Coire Easain dahinter. Einen Überblick mußte ich haben, also ging ich am Grat der Wasserscheide entlang nach Osten in Richtung auf den Sgurr Dearg. Es war mir recht heiß, denn ich war sehr schnell gegangen; ich mußte ein Gewehr tragen und das Seil um die Schultern wie ein Schweizer Bergführer; ich hatte einen alten grauen Anzug an und blaßblaue Strümpfe, und das machte mich auf diesem Hang so gut wie unsichtbar. Gleich darauf, als ich zum Grat hinaufstieg, in Deckung natürlich, kam ich an eine Stelle, wo eine Felsstufe es mir möglich machte, zwischen den Zinnen des Grats hindurch etwa eine Meile des Reascuill zu überblicken.

Die Stelle war ganz oben, ohne jede Deckung, und ich kroch an die Kante, von wo aus ich sehen konnte. Unter mir sah ich nach ein paar hundert Metern Felsbrocken und Geröll eine ausgedehnte Fläche Farn und hohes Heidekraut, die sich bis zum Bach hinunter erstreckte. Ich war sicher, daß Medina dort irgendwo war und den Grat beobachtete. Ich berechnete, daß er – da er das Joch oben an der Corriena-Sidhe überqueren und sich um den Südhang des Bheinn Fhada herumarbeiten hatte müssen – nicht Zeit genug ge-

habt haben konnte, vor mir zu dem tiefen Spalt oder auch nur in seine Nähe zu kommen, und noch weiter unten sein mußte. Ich erwartete tatsächlich, ihn zu entdecken, denn während ich sicher war, daß er mich verfolgte, konnte er nicht wissen, daß ich hinter ihm her war, und war vielleicht unachtsam.

Aber ich entdeckte kein Lebenszeichen auf diesem sonnigen Hang aus Grün und Purpur, aus dem graue Felsbrocken ragten. Ich suchte ihn mit dem Glas ab und sah nichts sich regen als die Pieper und einen Brachvogel an einer sumpfigen Stelle. Dann fiel mir ein, daß ich mich zeigen müsse. Es mußte ihm klargemacht werden, daß ich seine Herausforderung angenommen hatte.

Ich stand hoch aufgerichtet auf der Kante des Steilhangs und beschloß, stehen zu bleiben, bis ich auf fünfzig gezählt hatte. Das war schon hirnverbrannt, aber ich wollte unbedingt das Tempo beschleunigen ... Bis einundvierzig war ich gekommen, ohne daß etwas geschah. Dann duckte ich mich plötzlich instinktiv und trat zur Seite. Das rettete mich. Es klang wie eine gezupfte Geigensaite, und eine Kugel sauste über meine linke Schulter. Ich spürte den Luftzug auf der Wange.

Im Handumdrehen lag ich auf dem Rücken und krabbelte unter den Grat. Dort sprang ich auf und rannte links den Grat hinauf, um von weiter oben Ausschau zu halten. Soweit ich es beurteilen konnte, war der Schuß von ziemlich weit unten gekommen und etwas östlich von meinem Standort. Ich suchte mir einen anderen Felsknubbel und kroch zu seiner Kante, so daß ich zwischen zwei Felsen in die Schlucht hinuntersehen konnte.

Es war alles ganz still. Mein Feind lag dort im Hinterhalt, wahrscheinlich keine halbe Meile entfernt, aber nichts verriet seine Anwesenheit. Der leichte Wind bewegte das Wollgras, ein Zwergfalke segelte zum Stob Coire Easain hinüber, ein Rabe krächzte in den Klippen, sonst kein Laut. Nicht einmal irgendein Anzeichen von Wild.

Das Fernglas zeigte mir, daß auf halber Höhe ein altes

Schaf weidete – eines der jammervollen Tiere, die sich vom Weidegrund in den angrenzenden Wald verirren und zwischen den Felsen ein gefährliches Leben führen, abgemagert, verfilzt und halb verwildert, bis irgendein Jagdgehilfe ihnen die Kehle durchschneidet. Sie sehen viel besser und hören schärfer als ein Hirsch und sind ein unabwendbarer Fluch für den Pirschgänger. Das Vieh weidete auf einem Grasstück neben einer großen Farnkrautfläche, und plötzlich sah ich, wie es den Kopf hob und glotzte. Das war das erstemal, daß ich für ein Schaf freundliche Gefühle hatte.

Irgend etwas in einer flachen Rinne, die am Farnkraut entlang verlief, hatte seine Neugier erregt – und meine auch. Ich behielt das Schaf im Glas, sah, wie es den verschlampten Kopf aufwarf und mit dem Fuß aufstampfte, und dann hörte ich es durch die Nase pfeifen. Das war eine Falle, mit der Medina nicht gerechnet haben konnte. Ganz klar: er war in dieser Rinne, arbeitete sich in der Deckung aufwärts und hatte keine Ahnung, daß das Schaf ihn verriet. Ich folgerte, daß er so bald wie möglich höheres Gelände erreichen wollte. Er hatte mich auf dem Grat gesehen und mußte natürlich annehmen, daß ich auf dem Rückzug war. Ich mußte ihn eines Besseren belehren.

Ich zog das Gewehr aus der Hülle, die ich in die Tasche stopfte. Am Rande der Rinne war ein kleiner Fleck Kies, und ich kalkulierte, daß Medina daneben herauskriechen werde im Schatten eines mit Heidelbeeren bewachsenen Felsblocks. Ich hatte richtig geraten ... ich sah erst einen Arm, dann eine Schulter das Riedgras teilen und dann ein Gesicht, das bergauf spähte. Im Fernglas sah ich Medinas Gesicht, es war sehr rot und schmutzig vom Torfboden. Langsam griff er nach dem Fernglas und begann, die Höhen abzusuchen.

Ich weiß nicht, welche Absicht ich damals hatte – falls ich überhaupt eine hatte. Ich glaube nicht, daß ich ihn wirklich töten wollte, obwohl ich ahnte, daß es dazu kommen könnte. Ganz vage wollte ich ihn wohl kampfunfähig machen, ihm einen heiligen Schreck einjagen, ihn zu einem

Kompromiß zwingen. Weiter habe ich nicht gedacht. Aber die eine klare Absicht hatte ich – er sollte wissen, daß ich seine Herausforderung angenommen hatte.

Ich plazierte eine Kugel sauber mitten in den Kiesfleck und sah durchs Glas hin. Er begriff, was los war. Wie ein Wiesel verschwand er blitzschnell in der Rinne.

Jetzt, so dachte ich, war meine Chance gekommen. Ich lief am Grat entlang, schnell steigend und immer in Deckung. Ich wollte auf seine Leeseite kommen, so daß ich ihn gegen den Wind anpirschen konnte, und ich meinte, jetzt die Möglichkeit zu haben, die Quelle des Reascuill durch einen der steilen Gräben zu umgehen, die vom Sgurr Dearg hinunter verlaufen. Wenn ich jetzt zurückdenke, sieht das alles sehr verworren und amateurhaft aus, denn was konnte ich wohl zu erreichen hoffen, selbst wenn ich auf der Leeseite war, außer ihn zu töten oder zu verwunden? Und die Möglichkeit hatte ich sowieso, solange ich höher oben war als er. Aber in der Hitze der Jagd denkt der Verstand nicht weit voraus, und ich war von verrücktem Ehrgeiz besessen. Angst hatte ich überhaupt nicht, denn ich dachte nicht an irgendwelche Folgen.

Bald war ich am höheren Stück des Grats und sah über mir das gewaltige, drohende Felsantlitz des Sgurr Dearg. Ich sah auch etwas, was ich völlig vergessen hatte. Vom Grat aus gab es keinen direkten Weg auf den Berg hinauf, denn sein Turm ragte so senkrecht auf wie die Mauer eines Hauses. Um ihn zu erobern, mußte man im Quergang auf der einen oder anderen Seite um ihn herum – auf der Machray-Seite über eine Geröllhalde, auf der Haripol-Seite in einem tiefen Graben, dem obersten Ende der Schlucht, in die ich jetzt hineinsah. Auf der anderen Seite dieser Schlucht stand der erste der gewaltigen Strebepfeiler, die den Sgurr Dearg nach dem Reascuill zu abstützen. Das ist der berühmte Zinnengrat (so nennen ihn die Bergsteiger): vor drei Wochen war ich oben gewesen und hatte ihn recht schwierig gefunden; aber damals hatte ich mich vom Tal aus oben auf dem Grat entlanggearbeitet, und ich sah keine Möglichkeit, von dieser Seite der Schlucht her hinaufzukommen, die nur aus

Steinplatten und zerfallenden Felsbrocken bestand, und die paar Kamine hatten gefährliche Überhänge.

Ich lag flach da auf Beobachtungsposten. Was würde Medina jetzt wohl tun? Nach meinem Schuß konnte er am Zinnengrat nicht weiterkommen, auf dem oberen Hang gab es zu wenig Deckung. Er würde sich wohl in dem zerklüfteten Gelände an der Schlucht entlang halten, bis er diese andere Schlucht erreichte, und versuchen, einen Weg nach oben entweder in der Schlucht selbst oder an einem der Felsausläufer entlang zu finden. In diesem Fall mußte ich einfach auf ihn warten. Aber zuerst wollte ich mal einen neuen Satz in die Patronenkammer stecken, denn der Schuß, den ich abgefeuert hatte, war der letzte im Satz gewesen.

Und jetzt machte ich eine entsetzliche Entdeckung. Ich hatte meine Tasche von außen befühlt und Angus gesagt, daß ich haufenweise Patronen hätte. Ich hatte sie auch, aber sie paßten nicht ... Mir fiel ein, daß ich vor zwei Tagen Archie mein .240 geliehen hatte und selbst mit dem Mannlicher losgegangen war. Was ich in der Tasche hatte, waren Mannlicher-Sätze noch von jenem Tag ... Ich konnte genausogut das Gewehr wegwerfen, denn es nützte mir nicht mehr als ein Schürhaken.

Zuerst war ich wie betäubt von diesem Verhängnis. Da stand ich, mitten in einem Duell in der Bergwildnis, und mein Gewehr fiel aus! Das Vernünftigste wäre gewesen, nach Hause zu gehen. Dazu hatte ich bequem Zeit, denn längst ehe Medina auf den Grat kam, konnte ich in der Klamm des Mad Burn in Deckung sein. Aber dieser Ausweg fiel mir gar nicht ein. Ich hatte beschlossen, den Kurs zu bestimmen, und die Sache mußte jetzt und hier ausgefochten werden. Ich bekenne jedoch, daß ich ganz schön verzweifelt war und nicht wußte, wie es weitergehen sollte. Ich glaube, ich hatte eine schwache Hoffnung, das Spiel bis in die Dunkelheit hinauszuzögern und dann auf meine Erfahrung als Gebirgler zu vertrauen, um den Kampf mit Medina auszutragen; aber ich hatte das fatale Gefühl, daß er mir nicht den Gefallen tun würde, so lange zu warten.

Ich zwang mich zum Nachdenken und kam zu dem Schluß, daß Medina entweder die Schlucht heraufkommen würde oder sich an den steilen Felsausläufer halten, der die rechte Seite der Schlucht bildet und bis zum Reascuill hinunter verläuft. Auf diesem Wege würde er in Deckung sein, sich aber auch einer Überraschung aus nächster Nähe aussetzen, falls ich seine Absicht erriet, denn ich konnte ihm plötzlich auf einem Felsen in vier Metern Entfernung gegenüberstehen. Deshalb würde er wohl die Schlucht wählen, die prachtvoll aus Felsstufen aufgebaut und von Felsspalten gesäumt war und zugleich einen guten Ausblick auf das ganze höher gelegene Gelände gewährte.

Ich drückte das Gesicht in einen Büschel Läusekraut und suchte mit dem Glas sehr genau die ganze Gegend ab; und zu meiner Freude sah ich Wild etwa halbwegs bergan in einem Winkel rechts äsen. Medina konnte nicht die Schlucht heraufkommen, ohne diese Tiere zu beunruhigen – es war ein Rudel von etwa dreißig Hindinnen mit fünf kleinen und zwei stärkeren Hirschen. Deshalb war ich auf dieser Seite gesichert und brauchte nur den Grat zu beobachten.

Aber während ich so lag, kam mir ein anderer Gedanke. Medina, dessen war ich ziemlich sicher, würde es zuerst mit der Schlucht versuchen und das Wild nicht sehen, ehe er tief drinnen war, denn es stand auf einer Art von Terrasse, wo man es von unten nicht sehen konnte. Mir gegenüber jenseits der schmalen Schlucht ragte die gewaltige schwarze Wand des Zinnengrats, und der Wind wehte von mir dorthin. Mir fiel ein Trick ein, den ich von Angus gelernt hatte – wie ein Pirschgänger seine Witterung gegen den Steilhang eines gegenüberliegenden Berges tragen lassen kann und wie sie dann, sozusagen als Echo, in seiner Richtung zurückkommt, so daß das Wild unten sie wittert und von dort wegzieht *auf ihn zu*. Wenn ich also meine Witterung zum Zinnengrat tragen und sich an ihm brechen ließ, so würde sie das Wild von der Terrasse weg die Schlucht hinauf mir zutreiben. Die Witterung würde schwach sein, darum würde das Wild langsam wegziehen – zweifellos zu einer Lücke unter dem Turm des Sgurr Dearg, die zu der kleinen Schlucht an der Quelle des Red Burn führte. Wir hatten nie in dieser Schlucht gepirscht, denn es war unmöglich, einen erlegten Hirsch herauszuschaffen, ohne ihn zu zerstückeln; darum war sie eine Art Freistatt, zu der vergrämtes Wild ganz selbstverständlich zog.

Ich stand auf dem Grat – ich war sicher, daß Medina noch nicht in Sichtweite sein konnte – und ließ den Wind, der jetzt stärker war und fast genau von Norden kam, in meinem Haar wühlen. Das tat ich etwa fünf Minuten lang, dann legte ich mich hin, um das Ergebnis zu beobachten, das Glas auf das Wild gerichtet. Sehr bald sah ich es unruhig werden, zuerst hoben die Hindinnen und dann die kleinen Hirsche die Köpfe und äugten nach dem Zinnengrat hinüber. Dann trottete ein kleiner Bursche bergauf; ein paar Hindinnen zogen ihm nach, und dann begann wie in plötzlichem, alle gleichzeitig erfassendem Impuls die ganze Gesellschaft sich schluchtaufwärts zu bewegen. Ruhig und stet zogen sie hin; sie waren nicht erschreckt, nur etwas beunruhigt. Befriedigt stellte ich fest, daß ihr Ziel die kleine Lücke war, die zum Red Burn hinüberführte.

Medina mußte das sehen und annehmen, daß ich – wo immer ich war – nicht dort war, wohin das Wild zog. Vielleicht suchte er mich auf der anderen Seite, aber wahrscheinlich würde er dem Wild folgen, um höher hinauf zu kommen. Einmal dort, konnte er mich beobachten, ob ich nun am Hang des Zinnengrats oder unten auf der Machray-Seite war. Er würde sich zweifellos einbilden, so viel treffsicherer zu sein als ich, daß er mich nur irgendwo zu erblicken brauchte, um der Sache ein Ende zu machen.

Was ich eigentlich beabsichtigte, weiß ich nicht. Flüchtig dachte ich daran, im Versteck liegen zu bleiben und ihn zu überraschen, aber dafür standen die Chancen etwa eine Million zu eins, und selbst wenn ich ihn ganz aus der Nähe stellte, so war er doch bewaffnet und ich nicht. Ich verdrückte mich etwas nach rechts, damit mich das Wild nicht witterte, und wartete, innerlich fröstelte ich. Meine Uhr zeigte auf fünf. Mary und Peter John saßen jetzt beim Tee unter den Prince Charlie-Rosen, und Greenslade und Archie kamen wohl vom Fluß herauf. Himmlisch mußte es jetzt auf Machray sein im Grünen in der kühlen Abendluft. Auch hier oben gab es Schönheit genug; von den Sternen der Butterwurz und des Sumpfherzblatts an den Quellen bis zu den erhabenen Spitzen des Sgurr Dearg, die dunkelgraublaugrün vor dem schwach türkisfarbenen Himmel aufragten. Aber ich wußte jetzt, daß die Schönheit dieser Erde im Auge des Beschauers liegt, denn plötzlich war die helle, luftige Welt um mich her bleiern und erstickend schwül geworden.

III

5 P.M. BIS ETWA 7.30 P.M.

Es dauerte noch etwa eine gute Stunde, bis er kam. Ich hatte richtig geraten, und er hatte genau den Schluß gezogen, auf den ich gehofft hatte. Er folgte dem Wild auf die Felslücke zu, da er mich auf der Machray-Seite vermutete. Ich lag in einer riedbewachsenen Mulde, wo der Zinnengrat und der schon erwähnte Felsausläufer zusammenstoßen, und konnte ihn deutlich sehen, wie er mit äußerster Vorsicht und jede Deckungsmöglichkeit ausnützend die Schlucht heraufkam. War er einmal über der Wasserscheide drüben, dann konnte ich ihn von oben her kontrollieren, und der Wind würde mir günstig sein. Ich hatte jetzt etwas Hoffnung, denn es mußte möglich sein, ihn auf dem Hang zu halten, bis es dunkel wurde und meine bessere Kenntnis der Gegend mir zustatten kam. Allmählich mußte er ermüden, überlegte ich, denn er hatte einen viel weiteren Weg gehabt als ich. Ich selber fühlte mich so frisch, daß ich immerzu hätte weitermachen können.

So hätte wohl alles verlaufen können, hätte es nicht ein zweites Schaf gegeben. Der Sgurr Dearg war immer dafür bekannt gewesen, daß er selbst in den hohen Felsen ein paar Schafe beherbergte – Teufelskreaturen, zerlumpte Stromer, einst Einzelgänger aus einer anständigen Herde, aber jetzt eine völlig neue, in der Zoologie unbekannte Schafrasse; wie sie da lebten und sich fortpflanzten, weiß ich nicht, aber es wurde behauptet, daß sie mit ihrer teuflischen Hinterlist manchen guten Hirsch dem Jäger vergrämten. Ich hörte hinter mir etwas zwischen Schnauben und Pfeifen, und als ich den Kopf wandte, sah ich eins dieser verflixten Biester auf einem Felsblock stehen und in meine Richtung glotzen. Obendrein noch konnte es mich sehr gut sehen, denn in dieser Richtung hatte ich keine Deckung.

Ich lag mäuschenstill und beobachtete Medina. Er war etwa eine halbe Meile entfernt, fast ganz oben in der Schlucht, und war stehengeblieben, um zu rasten und Ausschau zu halten. Ich betete heiß, er möge das Schaf nicht sehen.

Er hörte es. Das Biest fing an zu pfeifen und zu husten, und jeder Neuling hätte erkennen können, daß es etwas im Verdacht hatte und wußte, wo dieses Etwas war. Ich sah, wie er das Glas in Richtung meines Versteck hob, obwohl er von seinem Standort aus nichts sehen konnte als Riedgras. Dann schien er einen Entschluß zu fassen und verschwand plötzlich.

Ich wußte, was er vorhatte. Er war in einen Steilhang hinuntergeglitten, an dem entlang er auf den Grat gelangen und mich dann von oben her anfallen konnte, während er selbst sich meiner Beobachtung entzog.

Jetzt konnte ich nichts tun als mich aus dem Staube machen. Der Felsausläufer, der zum Reascuill hinunter verläuft, schien mir die beste Möglichkeit, also machte ich mich auf und kroch tief geduckt, ich wollte unten um den Felsen herum auf seine steile, der Schlucht zugekehrte Seite kommen. Es war scheußlich, bis ich um die Ecke herum war, denn ich war jeden Augenblick darauf gefaßt, eine Kugel in den Rücken zu kriegen. Aber es passierte nichts, und bald rutschte ich gefährliche Steinplatten hinunter in lose Heidebüschel hinein. Ich bin ein ziemlich erfahrener Bergsteiger und liebe die Felskletterei, aber Felsen mit Pflanzenwuchs gemischt mag ich gar nicht, und davon hatte ich nun schon übergenug gehabt. Dieser Felsausläufer war vielleicht tausend Fuß lang, und ich glaube, daß mir keiner den Schnelligkeitsrekord für diesen Abstieg streitig macht. Zerkratzt, zerschunden und atemlos ging ich schließlich in einer Geröllmulde vor Anker, die Quelle des Reascuill plätscherte unter ihr hervor, und drüben, eine Viertelmeile entfernt, ragten die schwarzen Klippen des Zinnengrats.

Aber was sollte ich nun tun? Alles war jetzt umgekehrt. Medina war mit seinem Gewehr über mir, und meine eigene Waffe war unbrauchbar. Er würde herausfinden, wohin ich mich gewandt hatte, und wie Wildfeuer hinter mir her sein ... Es hatte keinen Sinn, die Schlucht hinunterzugehen; im offenen Gelände würde er zwanzigmal auf mich feuern können. Es hatte keinen Sinn, an dem Felsausläufer zu bleiben oder am anschließenden Grat, denn dort gab es kaum Deckung. Lange konnte ich mich in der Schlucht nicht verbergen ... Dann blickte ich zum Zinnengrat hinüber und erwog, daß ich, wenn ich in diese dunklen Couloirs hineinkönnte, wahrscheinlich in Sicherheit war. Der Psalmist wandte sich zu den Bergen, von denen ihm Hilfe kam – ich tat gut, mich zu den Felsen zu halten.

Eine Viertelmeile offenes Gelände mußte ich überqueren – und noch viel mehr, wenn ich einen bequemen Anstieg zum Grat erreichen wollte. Vor mir ragten Kamine, tiefe, schwarze Löcher, aber ich erinnerte mich, daß sie furchtbar schwierig ausgesehen und sehr viele Überhänge hatten. Wenn ich nun in einen einstieg und weder vor noch zurückkonnte! Dann hätte mich Medina auf Nummer Sicher ... Aber ich hatte keine Zeit zum Überlegen. Mit einem ekelhaft kalten Gefühl in der Herzgrube stieg ich in die Klamm des Baches hinunter und trank in langen Zügen eiskaltes Wasser aus einem Felsenbecken. Dann machte ich mich bachabwärts auf und hielt mich dicht am rechten Ufer, das zum Glück hoch war und mit Ebereschenschößlingen bestanden. Im Gehen sah ich mich fortwährend um, ob ich hinter oder über mir das erblickte, was ich fürchtete.

Ich glaube, Medina, der natürlich von meinem Gewehr nichts wußte, vermutete vielleicht eine Falle, denn er kam mir sehr langsam nach, und als ich ihn zuerst sah, war er nicht auf dem Felsausläufer, dem ich hinuntergefolgt war, sondern weiter oben in der Schlucht. Jetzt wurde mir zweierlei klar. Einmal konnte ich das leichtere Ende des Zinnengrats nicht schaffen, ohne mich auf ganz besonders offenem Gelände zu exponieren. Zweitens befand sich links von mir im Grat ein tiefer Graben, der aussah, als könne man darin hinaufklettern. Mehr noch: das Ende dieses Grabens war nicht einmal hundert Meter vom Bach entfernt, und er war so tief, daß man in Sicherheit war, sobald man drinnen war.

Im Augenblick konnte ich Medina nicht sehen, und ich glaube nicht, daß er mich schon gesehen hatte. Wasser tropfte aus dem Graben in den Bach, und das gab mir einen Vorwand, Deckung zu suchen. Ich drückte die Nase ins Blumenmoos und ließ mir das Wasser über den Nacken laufen, während ich mich bergauf schlängelte und von ganzem Herzen betete, mein Feind möge mit Blindheit geschlagen sein.

Ich glaube, ich war halbwegs oben, als eine Windung mir den Blick auf die Schlucht freigab, und da war Medina, er stand und sah nach mir hin. Die Gnade der Vorsehung fügte es, daß meine Stiefel nicht zu sehen waren, und mein Kopf lag etwas tiefer als meine Schultern, so daß ich annehme, ich war in Sand und Kies und Riedgras schwer zu entdecken. Hätte er sein Fernglas benutzt, so müßte er mich eigentlich gesehen haben, aber ich bin dessen nicht sicher. Ich sah ihn in meine Richtung starren. Ich sah, wie er das Gewehr halbwegs zur Schulter hob, und ich hörte mein Herz dumpf schlagen. Dann senkte er die Waffe und ging mir aus dem Blick.

Zwei Minuten danach war ich im Graben.

Der Eingang war wie eine Höhle mit sandigem Boden, dann kamen ein paar steile Felsen, und die Seiten der Höhle verengten sich zu einem Kamin. Das machte mir keine Schwierigkeit. Ich schwang mich ins zweite Stockwerk hinauf, und die Kluft war so tief, daß die schwarze Wand etwa drei Meter von der Öffnung entfernt war, so daß ich in fast völliger Dunkelheit kletterte und völlig außer Sicht war. So ging es etwa fünfzig Meter weiter, und dann – nach einem ziemlich schwierigen Felsvorsprung – kam ich an eine Gabelung. Die Abzweigung links sah unmöglich aus, während die zur Rechten einige Möglichkeiten zu bieten schien. Aber ich hielt an, um zu überlegen, denn es war mir etwas eingefallen.

Es war mir eingefallen, daß dies der Kamin war, den ich vor drei Wochen erkundet hatte, als ich den Zinnengrat hinaufgestiegen war. Ich hatte ihn von oben erkundet und war zu dem Schluß gekommen, daß – während man die *linke* Abzweigung möglicherweise erklettern konnte, die rechte unmöglich oder doch fast unmöglich war, denn so harmlos sie begann, führte sie doch zu einem fürchterlichen Riß im Felsen und wurde nicht wieder zum Kamin, ehe etwa hundert Meter unmöglich zu durchkletternden, verwitternden Granits bewältigt waren.

Deshalb versuchte ich es mit der linken Abzweigung, die schrecklich schwierig aussah. Das erste Hindernis war ein Felsvorsprung, um den ich herumklettern konnte, und dann erweiterte sich das verflixte Ding und stieg senkrecht auf. Ich erinnerte mich, daß mir geschienen hatte, man könne weiterkommen, wenn man sich an die Wand zur Rechten hielt, und vor lauter Kletterbegeisterung vergaß ich jede Vorsicht. Es fiel mir einfach nicht ein, daß diese äußere Route mich den Augen preisgeben könnte, denen ich um alles in der Welt entgehen mußte.

Die Kletterei war nicht leicht, denn es gab da fast nichts, woran man sich wirklich festhalten konnte. Aber ich habe in meinen Klettertagen schwierigere Stellen geschafft, und hätte ich kein Gewehr mitschleppen müssen (ich hatte keinen Tragriemen), dann hätte ich es nicht so schwierig gefunden. Sehr bald war ich übers Schlimmste hinweg und sah genau, wie ich in den Kamin zurück konnte, der von da ab nicht mehr schwierig war. Ich hielt einen Augenblick an, um die Route zu erkunden, mein Fuß stand auf einem festen Felsvorsprung, der rechte Ellbogen war um eine Felszacke gehakt, und die linke Hand, die das Gewehr trug, war ausgestreckt, so daß ich mit den Fingern die Zuverlässigkeit eines Anhaltspunktes am Felsen abtasten konnte.

Plötzlich spürte ich, daß diese Finger keine Kraft mehr hatten. Der Fels schien zu splittern, und die Steinsplitter spritzten mir in die Augen. Vielfaches Echo krachte ringsum und übertönte das Klappern meines Gewehrs, das in den Abgrund fiel. Ich weiß noch, ich betrachtete meine Hand, die gespreizt auf dem Felsen lag, und ich wunderte mich, daß sie so komisch aussah.

Es fing gerade an, dunkel zu werden, also mußte es etwa halb acht sein.

IV
7.30 P.M. UND SPÄTER

Wäre mir so etwas während einer ganz gewöhnlichen Klettertour passiert, so hätte ich zweifellos infolge des Schocks den Halt verloren und wäre abgestürzt. Aber da ich verfolgt wurde, waren wohl meine Nerven zur Höchstleistung fortwährenden Gefaßtseins auf Zwischenfälle angespannt, und ich glitt nicht aus. Die Angst vor einer zweiten Kugel rettete mir das Leben. Im Nu war ich wieder im Kamin, und die zweite Kugel schlug harmlos in den Granit ein.

Zum Glück kam ich nun leichter vorwärts – es war ehrliche Kletterarbeit mit Rücken und Knien, die ich trotz der zerschmetterten Finger bewältigen konnte. Fieberhaft kletterte ich weiter, kalten Schweiß auf der Stirn, aber jeder Muskel gehorchte mir, und ich wußte, ich würde keinen Fehler machen. Der Kamin war tief, und ein Felsvorsprung verbarg mich vor dem Feinde unten ... Sehr bald schon quetschte ich mich durch eine Lücke, schwang mich mit den Knien und der rechten Hand auf eine Art Felsenbrett und stellte fest, daß es weiterhin keine Schwierigkeiten mehr gab. Ein flacher, mit Geröll ausgefüllter Graben führte zur Höhe des Grats hinauf. Das war die Stelle, von der aus ich vor drei Wochen in den Kamin hinuntergeblickt hatte.

Ich untersuchte meine linke Hand, die schrecklich aussah. Das obere Daumenglied war weggeschossen, und die Spitzen des Mittel- und Goldfingers waren zu Brei zerschmettert. Sie taten mir nicht weh, obwohl sie von Blut trieften, aber in der linken Schulter hatte ich ein sonderbares taubes Gefühl. Es gelang mir, ein Taschentuch um die Hand zu wickeln, es war ein blutiges Bündel. Dann versuchte ich, mich zu konzentrieren.

Medina folgte mir den Kamin hinauf. Er wußte, daß ich kein Gewehr hatte. Wie ich gehört hatte, war er ein vorzüglicher Kletterer, und er war mindestens zehn Jahre jünger als ich. Mein erster Gedanke war, auf den höchsten Teil des Zinnengrats hinauf zu gelangen und zu versuchen, mich zu verstecken oder ihm zu entgehen, bis es dunkel war. Aber in der hellen nordischen Nacht konnte er mir folgen, und ich würde infolge des Blutverlusts bald schwächer werden. Ich konnte nicht hoffen, einen sicheren Abstand von ihm zu gewinnen, und er hatte die tödliche Waffe. Irgendwann während der Nacht oder der Morgendämmerung würde er mich erwischen. Nein, ich mußte dableiben und es ausfechten.

Konnte ich den Kamin halten? Ich hatte keine Waffe außer Steinen, aber möglicherweise gelang es mir, einen Mann am Heraufkommen durch diese schwierigen Felsen zu hindern. Innerhalb des Kamins war ich jedenfalls in Dekkung, und er konnte sein Gewehr nicht benützen ... Aber würde er überhaupt den Kamin angehen? Warum sollte er ihn nicht weiter unten am Hang des Zinnengrats umgehen und mich von oben anfallen?

Die Furcht vor seinen Kugeln war ausschlaggebend. Mich verlangte vor allem nach Deckung. Vielleicht konnte ich ihn an einer Stelle kriegen, wo sein Gewehr nutzlos war und ich die Möglichkeit hatte, meine stärkere Muskelkraft einzusetzen. Es war mir gleichgültig, was aus mir wurde, wenn ich ihn nur einmal zu fassen kriegte. Tiefer als alle Angst und Verwirrung und Schmerzen empfand ich jetzt kalten, blindwütigen Zorn.

Also glitt ich in den Kamin zurück und stieg ab zu der Stelle, wo er sich an einer Felsnase vorbei etwas nach links wand. Hier war ich in Deckung und konnte in die dunklen Tiefen des großen Couloirs hinuntersehen.

Purpurfarbener Dunst erfüllte die Schlucht, und die Machray-Spitzen schimmerten wie matte Amethyste. Der Himmel war wolkenblau und mit Sternen gesprenkelt, und in die letzte Röte des Sonnenuntergangs mischte sich die erste Welle des Alpenglühens ... Zuerst war unten alles ruhig. Ich hörte das schwache Rieseln von Steinen, die an solchen Stellen immerfort fallen, und einmal das Krächzen eines hungrigen Raben ... War mein Feind da? Kannte er den bequemeren Aufstieg zum Zinnengrat? Würde er nicht annehmen, daß, wenn ich den Kamin erklettern konnte, er es auch konnte, und würde er einen Mann ohne Gewehr und mit einer zerschossenen Hand fürchten?

Dann kam von weit unten ein Geräusch, das ich erkannte – Nagelschuhe auf Felsgestein. Ich fing an, lose Steine zu sammeln, und errichtete neben mir einen kleinen Haufen dieser Munition ... Es war mir klar, daß Medina begonnen hatte, den untersten Teil des Kamins zu erklettern. Jeder Laut war in dieser Stille überdeutlich zu hören – das stetige Kratzen im Kamin, das Fallen eines abspringenden Steins, als er den unteren Felsvorsprung umkletterte, wieder das Schaben, als er an die innere Kaminwand gedrängt wurde. Es mußte dort ziemlich dunkel sein, aber die Route war nicht zu verfehlen. Natürlich sah ich ihn nicht, denn vorspringende Felsen versperrten mir die Sicht, aber meine Ohren vermittelten mir alles. Dann war es plötzlich still. Ich wußte, er war an der Stelle, wo der Kamin sich gabelte.

Meine Steine lagen bereit, denn ich hoffte, ihn zu erwischen, wenn er bei dem Überhang an die Felswand hinausmußte, an der Stelle, wo ich gewesen war, als er auf mich schoß.

Jetzt kamen die Geräusche wieder und ich wartete in verzweifelt beklemmender Stille. In einer Minute, in zwei Minuten würde die Krisis da sein. Ich weiß noch, daß das Alpenglühen auf den Machray-Gipfeln stand und ein schwaches Licht in die Schlucht hinunterstrahlte. Im Kamin war noch schwaches Zwielicht. Jeden Augenblick erwartete ich zu sehen, wie sich fünfzig Fuß unter mir etwas Dunkles bewegte – das würde Medinas Kopf sein.

Aber das dunkle Etwas kam nicht. Das Gekratze am Fels fuhr fort, aber es schien nicht näher zu kommen. Da wurde mir klar, daß ich falsch geraten hatte. Medina war in die rechte Abzweigung eingebogen. Das mußte er tun, wenn er nicht wie ich zuvor die Gegend erkundet hatte. Die Richtung, die ich eingeschlagen hatte, mußte im Zwielicht sehr wenig versprechend ausgesehen haben.

Jetzt war der Vorteil auf meiner Seite. Kein Mensch konnte hoffen, in der schnell zunehmenden Dunkelheit die Felswand zu durchklettern und nach dieser Unterbrechung des Kamins wieder in ihn einzusteigen. Er würde weiterklettern, bis er steckenblieb – und dann würde er nicht leicht umkehren können. Ich kletterte in meinem eigenen Kamin wieder aufwärts, denn ich dachte, ich könnte vielleicht den Zwischenraum zwischen den beiden Abzweigungen überqueren und eine Stelle erreichen, von der ich einen Überblick hätte.

Sehr langsam und unter Schmerzen – denn mein linker Arm brannte allmählich wie Feuer, und die linke Schulter und der Nacken schienen wie gelähmt – schlängelte ich mich an der Felswand entlang, bis ich eine Art von *Gendarm*-Felsen erreichte, unter dem die Wand glatt abfiel bis zum Ausgang der rechten Kamingabel. Der tiefe Abhang unten war jetzt ein unabsehbares, schwarzes Loch, aber am obersten Rand hing noch ein Widerschein vom Alpenglühen, und ich sah deutlich, wo Medinas Kamingabel verlief, wo sie enger wurde und dann aufhörte. Ich klammerte mich fest, um nicht abzustürzen, denn ich fürchtete, es würde mir infolge des Blutverlusts schwummerig werden. Dann fiel mir Kennedys Seil ein, ich rollte es auf, legte eine Schlinge um meinen Körper und warf das Seil um den *Gendarm* herum.

Ich hörte einen erstickten Ausruf von unten und plötzlich

ein Klirren von Metall auf Stein, und klappernd fiel etwas hinunter. Ich wußte, was das war. Medinas Gewehr war dem meinen gefolgt und lag nun zwischen den Felsbrocken unterhalb des Kamins. Endlich waren wir al pari, und so langsam jetzt auch mein Verstand funktionierte, so war mir doch klar, daß nichts mehr zwischen uns und der Entscheidung stand.

Mir schien, ich sah etwas im Zwielicht sich bewegen. Wenn es Medina war, dann hatte er den Kamin verlassen und versuchte, an der Felswand entlang zu klettern. Ich wußte, daß das unmöglich war. Er würde umkehren müssen, sicherlich sah er bald die Torheit des Unterfangens ein und gab es auf. Jetzt, da sein Gewehr fort war, empfand ich keinen Haß mehr. Es war, als beobachte ich einen Kletterkameraden, der in einer verzwickten Lage war.

Er konnte keine vierzig Fuß von mir entfernt sein, denn ich hörte seinen schnellen Atem. Er suchte verzweifelt nach Stützpunkten, und der Felsen mußte bröcklig sein, denn ich hörte fortwährend Steine fallen, und einmal rollte ein großer Brocken den Couloir hinunter.

»Zurück!« schrie ich ganz instinktiv. »Zurück in den Kamin! Hier können Sie nicht weiterkommen.«

Ich glaube, er hatte mich gehört, denn ich sah, wie er ein Bein nach einem Stützpunkt spreizte, den er verfehlte, und dann hing er nur noch an den Händen. Er schien schwächer zu werden, denn ich hörte ihn müde aufschluchzen. Wenn er es nicht schaffte zurück zum Kamin, würde er dreihundert Fuß tief auf die Felsbrocken abstürzen.

»Medina!« brüllte ich, »ich hab ein Seil! Ich laß es runter. Stecken Sie den Arm in die Schlinge!«

Am Seilende knotete ich mit der rechten Hand und mit Hilfe der Zähne eine Schlinge, ich schuftete wie besessen. »Ich werfe es geradeaus«, rief ich. »Packen Sie's, wenn es zurückschwingt!«

Ich warf gut, aber er ließ das Seil an sich vorbeischwingen, und es baumelte über dem Abgrund.

»Ach verflucht noch mal, Menschenskind«, brüllte ich.

»Sie können mir vertrauen! Wir fechten es aus, wenn ich Sie sicher hier oben habe! Sie brechen sich den Hals, wenn Sie da hängen bleiben!«

Ich warf das Seil noch einmal, und plötzlich straffte es sich. Er traute mir, und ich glaube, das war das größte Kompliment, das ich je im Leben bekommen habe.

»Jetzt sind Sie in Sicherheit«, rief ich. »Das Seil ist hier festgemacht. Versuchen Sie, in den Kamin zurückzuklettern.«

Er begriff und begann den Rückweg. Aber seine Arme und Beine mußten taub sein von der Überanstrengung, denn plötzlich geschah, was ich befürchtet hatte: haltloses Gleiten und Stürzen, und dann schwang er schlapp hinaus über den Abgrund, am Kamin vorbei bis ganz hinüber an die glatte Felswand.

Es blieb nichts übrig, als ihn wieder zurückzuziehen. Ich kannte Angus' Seile zu genau, um ihnen viel zuzutrauen, und ich hatte nur die eine brauchbare Hand. Das Seil lief durch eine Nute im Felsen, die ich mit meiner Jacke bedeckt hatte, und ich hoffte, ihn sogar mit dem einen Arm heraufziehen zu können, indem ich mich langsam nach oben abstemmte.

»Ich ziehe Sie herauf!« schrie ich, »aber um Gottes willen helfen Sie mit! Lassen Sie sich nicht mehr als nötig hängen!«

Die Schlinge war groß, und ich glaube, er hatte beide Arme hindurchgesteckt. Er war ungeheuer schwer und so schlaff und tot wie ein Mehlsack, und obwohl ich spürte, daß er an der Felswand scharrte und trat, war diese doch zu glatt und hatte keine Risse. Ich hielt das Seil, die Füße gegen Felsblöcke gestützt, und kämpfte mich ab, bis mir die Muskeln krachten. Zentimeter für Zentimeter zog ich ihn hoch – bis ich die Gefahr erkannte.

Das Seil scheuerte sich an der scharfen Kante hinter dem Kamin und konnte jeden Augenblick wie mit einem Messer durchschnitten werden.

»Medina« – meine Stimme muß wie das Aufbrüllen eines wilden Tieres geklungen haben – »es ist zu gefährlich! Ich lasse Sie etwas hinunter, damit Sie herüberklettern können.

Da unten ist ein Felsvorsprung. Um Gottes willen, Vorsicht mit dem Seil!«

Ich zog das Seil über den *Gendarm* herab, und das war verdammt schwierig. Dann kraxelte ich etwas hinunter, näher zum Kamin. Dadurch gewann ich etwa sechs Meter.

»Jetzt«, schrie ich, als ich ihn hatte hinuntergleiten lassen, »ein bißchen nach links. Haben Sie das Felsbrett?«

Irgendeinen Stützpunkt hatte er gefunden, einen Augenblick war das Seil nicht ganz so straff gespannt. Es schwang rechts hinüber auf den Kamin zu. Ich sah einen Hoffnungsschimmer.

»Nur Mut!« schrie ich. »Wenn Sie mal im Kamin sind, ist es gut. Rufen Sie, wenn Sie da sind.«

Als Antwort kam aus der Finsternis ein Schluchzen. Ich glaube, Schwindel hatte ihn überkommen oder Muskelversagen, die tödliche Gefahr beim Klettern. Plötzlich sauste das Seil mir sengend durch die Finger und riß mich nach vorn an die äußerste Kante des Abgrunds.

Ich glaube immer noch, ich hätte ihn retten können, hätte ich beide Hände gebrauchen können, denn dann hätte ich das Seil von der tödlichen Messerschneide wegziehen können. Ich wußte, es war hoffnungslos, aber ich setzte alle Kraft und allen Willen daran, das Seil mit seiner Last in den Kamin hinein zu schwingen. Er half mir nicht dabei, denn ich glaube – ich hoffe –, daß er bewußtlos war. In der nächsten Sekunde waren die Strähnen des Seils durchgewetzt, und ich fiel auf den Rücken und hörte etwas, was ich – lieber Gott im Himmel! – nie wieder hören möchte: wie ein Menschenleib dumpf von einer Felsklippe zur anderen fiel und aufschlug, – und danach ein langes, leises Geriesel im Geröll wie das Gleiten einer Schneewächte.

Ich brachte es noch fertig, die paar Meter zum sicheren Halt des *Gendarm* zurückzukriechen, ehe mir die Sinne schwanden. Dort fanden mich am Morgen Mary und Angus.

Klassische und moderne Kriminal-, Grusel- und Abenteuergeschichten in Diogenes Taschenbüchern

● **Joan Aiken**
Die Kristallkrähe. Roman. detebe 20138

● **Margery Allingham**
Die Handschuhe des Franzosen. Kriminalgeschichten. detebe 20929

● **Eric Ambler**
Die Maske des Dimitrios. Roman. detebe 20137
Der Fall Deltschev. Roman. detebe 20178
Eine Art von Zorn. Roman. detebe 20179
Schirmers Erbschaft. Roman. detebe 20180
Die Angst reist mit. Roman. detebe 20181
Der Levantiner. Roman. detebe 20223
Waffenschmuggel. Roman. detebe 20364
Topkapi. Roman. detebe 20536
Schmutzige Geschichte. Roman. detebe 20537
Das Intercom-Komplott. Roman. detebe 20538
Besuch bei Nacht. Roman. detebe 20539
Der dunkle Grenzbezirk. Roman. detebe 20602
Ungewöhnliche Gefahr. Roman. detebe 20603
Anlaß zur Unruhe. Roman. detebe 20604
Nachruf auf einen Spion. Roman. detebe 20605
Doktor Frigo. Roman. detebe 20606
Bitte keine Rosen mehr. Roman. detebe 20887

● **John Bellairs**
Das Haus das tickte. Roman. Mit Zeichnungen von Edward Gorey. detebe 20638

● **Marie Belloc Lowndes**
Jack the Ripper oder Der Untermieter. Roman. detebe 20130

● **Ambrose Bierce**
Die Spottdrossel. Erzählungen. detebe 20234

● **Ray Bradbury**
Die Mars-Chroniken. Roman in Erzählungen. detebe 20863
Der illustrierte Mann. Erzählungen. detebe 20365
Fahrenheit 451. Roman. detebe 20862
Die goldenen Äpfel der Sonne. Erzählungen. detebe 20864
Medizin für Melancholie. Erzählungen. detebe 20865
Das Böse kommt auf leisen Sohlen. Roman. detebe 20866

● **Fredric Brown**
Flitterwochen in der Hölle. Schauer- und Science-fiction-Geschichten. detebe 20600

● **John Buchan**
Die neununddreißig Stufen. Roman. detebe 20210
Grünmantel. Roman. detebe 20771
Mr. Standfast oder Im Westen was Neues. Roman. detebe 20772
Die drei Geiseln. Roman. detebe 20773

● **Raymond Chandler**
Der große Schlaf. Roman. detebe 20132
Die kleine Schwester. Roman. detebe 20206
Das hohe Fenster. Roman. detebe 20208
Der lange Abschied. Roman. detebe 20207
Die simple Kunst des Mordes. Essays, Briefe, Fragmente. detebe 20209
Die Tote im See. Roman. detebe 20311
Lebwohl, mein Liebling. Roman. detebe 20312
Playback. Roman. detebe 20313
Mord im Regen. Frühe Stories. detebe 20314
Erpresser schießen nicht. Detektivstories I. detebe 20751
Der König in Gelb. Detektivstories II. detebe 20752
Gefahr ist mein Geschäft. Detektivstories III. detebe 20753
Englischer Sommer. Geschichten und Essays. detebe 20754

● **Erskine Childers**
Das Rätsel der Sandbank. Roman. detebe 20211

● **Agatha Christie**
Villa Nachtigall. Kriminalgeschichten. detebe 20133
Der Fall der enttäuschten Hausfrau. Kriminalgeschichten. detebe 20826

● **Wilkie Collins**
Ein schauerliches fremdes Bett. Gruselgeschichten. detebe 20589

● **Joseph Conrad**
Lord Jim. Roman. detebe 2 128
Der Geheimagent. Roman. detebe 20212
Herz der Finsternis. Erzählung. detebe 20363

● **Stephen Crane**
Das blaue Hotel. Klassische Geschichten aus dem Wilden Westen. detebe 20789

● **Guy Cullingford**
Post mortem. Roman. detebe 20369

● **Dolly Dolittle's**
Crime Club. detebe 20277–20279, 20664

● **Alexandre Dumas, Père**
Horror in Fontenay. Roman. detebe 20367

● **Lord Dunsany**
Smetters erzählt Mordgeschichten. detebe 20597
Jorkens borgt sich einen Whisky. Club-Geschichten. detebe 20598

● **Friedrich Dürrenmatt**
Der Richter und sein Henker / Der Verdacht. Zwei Romane. detebe 20849

● **David Ely**
Aus! Eine Atomkatastrophengeschichte. detebe 20036

● **Erckmann/Chatrian**
Der Rekrut. Roman. detebe 20012

● **William Faulkner**
Der Springer greift an. Kriminalgeschichten. detebe 20182

● **Celia Fremlin**
Klimax. Roman. detebe 20916

● **Egon Friedell**
Die Rückkehr der Zeitmaschine. Phantastische Novelle. detebe 20177

● **Felix Gasbarra**
Schule der Planeten. Roman. detebe 20549

● **Eric Geen**
Tolstoi lebt in 12N B9. Roman. detebe 20221

● **Rider Haggard**
Sie. Roman. detebe 20236
König Salomons Schatzkammern. Roman. detebe 20920

● **Dashiell Hammett**
Der Malteser Falke. Roman. detebe 20131
Rote Ernte. Roman. detebe 20292
Der Fluch des Hauses Dain. Roman. detebe 20293
Der gläserne Schlüssel. Roman. detebe 20294
Der dünne Mann. Roman. detebe 20295
Fliegenpapier. 5 Stories. detebe 20911
Fracht für China. 3 Stories. detebe 20912
Das große Umlegen. 3 Stories. detebe 20913
Das Haus in der Turk Street. 3 Stories. detebe 20914
Das Dingsbums Küken. 3 Stories. Nachwort von Steven Marcus. detebe 20915

● **Cyril Hare**
Mörderglück. Kriminalgeschichten. detebe 20196

● **W. F. Harvey**
Die Bestie mit den fünf Fingern. Gruselgeschichten. detebe 20599

● **Harry Hearson & J. C. Trewin**
Euer Gnaden haben geschossen? Eine Geschichte. detebe 20240

● **Frank Heller**
Herrn Collins Abenteuer. Roman. detebe 20238

● **O. Henry**
Glück, Geld und Gauner. Ausgewählte Geschichten. detebe 20235
Die klügere Jungfrau. Geschichten. detebe 20871
Das Herz des Westens. Geschichten. detebe 20872
Der edle Gauner. Geschichten. detebe 20873
Wege des Schicksals. detebe 20874
Streng geschäftlich. detebe 20875
Rollende Steine. detebe 20876

● **Patricia Highsmith**
Der Stümper. Roman. detebe 20136
Zwei Fremde im Zug. Roman. detebe 20173
Der Geschichtenerzähler. Roman. detebe 20174
Der süße Wahn. Roman. detebe 20175

Die zwei Gesichter des Januars. Roman. detebe 20176
Der Schrei der Eule. Roman. detebe 20341
Tiefe Wasser. Roman. detebe 20342
Die gläserne Zelle. Roman. detebe 20343
Das Zittern des Fälschers. Roman. detebe 20344
Lösegeld für einen Hund. Roman. detebe 20345
Der talentierte Mr. Ripley. Roman. detebe 20481
Ripley Under Ground. Roman. detebe 20482
Ripley's Game. Roman. detebe 20346
Der Schneckenforscher. Geschichten. detebe 20347
Ein Spiel für die Lebenden. Roman. detebe 20348
Kleine Geschichten für Weiberfeinde. detebe 20349
Kleine Mordgeschichten für Tierfreunde. detebe 20483
Venedig kann sehr kalt sein. Roman. detebe 20484
Ediths Tagebuch. Roman. detebe 20485
Der Junge, der Ripley folgte. Roman. detebe 20649

● E. W. Hornung
Raffles – Der Dieb in der Nacht. Geschichten. detebe 20237

● Mary Hottinger
Mord. Mehr Morde. Noch mehr Morde. Kriminalgeschichten. detebe 20030–20032
Wahre Morde. detebe 20587
Gespenster. Geschichten aus England, Schottland und Irland. Herausgegeben von Mary Hottinger. detebe 20497

● Gerald Kersh
Mann ohne Gesicht. Phantastische Geschichten. detebe 20366

● Maurice Leblanc
Arsène Lupin – Der Gentleman-Gauner. Roman. detebe 20127
Die hohle Nadel oder Die Konkurrenten des Arsène Lupin. Roman. detebe 20239
813 – Das Doppelleben des Arsène Lupin. Roman. detebe 20931
Der Kristallstöpsel oder Die Mißgeschicke des Arsène Lupin. Roman. detebe 20932
Die Gräfin von Cagliostro oder Die Jugend des Arsène Lupin. Roman. detebe 20933

● Sheridan Le Fanu
Carmilla, der weibliche Vampir. detebe 20596
Der ehrenwerte Herr Richter Harbottle. Unheimliche Geschichten. detebe 20619

● Ross Macdonald
Dornröschen war ein schönes Kind. Roman. detebe 20227
Unter Wasser stirbt man nicht. Roman. detebe 20322
Ein Grinsen aus Elfenbein. Roman. detebe 20323
Die Küste der Barbaren. Roman. detebe 20324
Der Fall Galton. Roman. detebe 20325
Gänsehaut. Roman. detebe 20326
Der blaue Hammer. Roman. detebe 20541
Durchgebrannt. Roman. detebe 20868
Geld kostet zuviel. Roman. detebe 20869
Die Kehrseite des Dollars. Roman. detebe 20877
Der Untergrundmann. Roman. detebe 20878

● W. Somerset Maugham
Silbermond und Kupfermünze. Roman. detebe 20087
Auf Messers Schneide. Roman. detebe 20088
Rosie und die Künstler. Roman. detebe 20086

● Margaret Millar
Liebe Mutter, es geht mir gut ... Roman. detebe 20226
Die Feindin. Roman. detebe 20276
Fragt morgen nach mir. Roman. detebe 20542
Ein Fremder liegt in meinem Grab. Roman. detebe 20646
Die Süßholzraspler. Roman. detebe 20926
Von hier an wird's gefährlich. Roman. detebe 20927

● Fanny Morweiser
Lalu lalula, arme kleine Ophelia. Roman. detebe 20608
La vie en rose. Roman. detebe 20609
Indianer-Leo. Geschichten. detebe 20799

● Edgar Allan Poe
Der Untergang des Hauses Usher. Geschichten. detebe 20233

● Patrick Quentin
Bächleins Rauschen tönt so bang. Kriminalgeschichten. detebe 20195
Familienschande. Roman. detebe 20917

● Saki
Die offene Tür. Erzählungen. detebe 20115

● Maurice Sandoz
Am Rande. Unheimliche Erzählungen. Deutsch von Gertrude Droz-Rüegg. detebe 20739

● Hermann Harry Schmitz

Buch der Katastrophen. detebe 20548

● Georges Simenon

Maigrets erste Untersuchung. Roman. detebe 20501
Maigret und Pietr der Lette. Roman. detebe 20502
Maigret und die alte Dame. Roman. detebe 20503
Maigret und der Mann auf der Bank. Roman. detebe 20504
Maigret und der Minister. Roman. detebe 20505
Mein Freund Maigret. Roman. detebe 20506
Maigrets Memoiren. Roman. detebe 20507
Maigret und die junge Tote. Roman. detebe 20508
Maigret amüsiert sich. Roman. detebe 20509
Hier irrt Maigret. Roman. detebe 20690
Maigret und der gelbe Hund. Roman. detebe 20691
Maigret vor dem Schwurgericht. Roman. detebe 20692
Maigret als möblierter Herr. Roman. detebe 20693
Madame Maigrets Freundin. Roman. detebe 20713
Maigret kämpft um den Kopf eines Mannes. Roman. detebe 20714
Maigret und die kopflose Leiche. Roman. detebe 20715
Maigret und die widerspenstigen Zeugen. Roman. detebe 20716
Maigret am Treffen der Neufundlandfahrer. Roman. detebe 20717
Maigret bei den Flamen. Roman. detebe 20718
Maigret und die Bohnenstange. Roman. detebe 20808
Maigret und das Verbrechen in Holland. Roman. detebe 20809
Maigret und sein Toter. Roman. detebe 20810
Maigret beim Coroner. Roman. detebe 20811
Maigret, Lognon und die Gangster. Roman. detebe 20812
Maigret und der Gehängte von Saint-Pholien. Roman. detebe 20816
Maigret und der verstorbene Monsieur Gallet. Roman. detebe 20817
Maigret regt sich auf. Roman. detebe 20820
Maigret und das Schattenspiel. Roman. detebe 20734
Maigret und die Keller des Majestic. Roman. detebe 20735
Maigret contra Picpus. Roman. detebe 20736
Maigret läßt sich Zeit. Roman. detebe 20755
Maigrets Geständnis. Roman. detebe 20756
Maigret zögert. Roman. detebe 20757

● Henry Slesar

Das graue distinguierte Leichentuch. Roman. detebe 20139
Vorhang auf, wir spielen Mord! Roman. detebe 20216
Erlesene Verbrechen und makellose Morde. Kriminalgeschichten. detebe 20225
Ein Bündel Geschichten für lüsterne Leser. Roman. detebe 20275
Hinter der Tür. Roman. detebe 20540
Aktion Löwenbrücke. Roman. detebe 20656
Ruby Martinson. Geschichten. detebe 20657

● Bram Stoker

Draculas Gast. Gruselgeschichten. detebe 20135

● Julian Symons

Auf den Zahn gefühlt. Geschichten. detebe 20601
Ein Pekinese aus Gips. Kriminalgeschichten. detebe 20740

● Jules Verne

Reise um die Erde in achtzig Tagen. Roman. detebe 20126
Fünf Wochen im Ballon. Roman. detebe 20241
Von der Erde zum Mond. Roman. detebe 20242
Reise um den Mond. Roman. detebe 20243
Zwanzigtausend Meilen unter Meer. Roman in zwei Bänden. detebe 20244 + 20245
Reise zum Mittelpunkt der Erde. Roman. detebe 20246
Der Kurier des Zaren. Roman in zwei Bänden. detebe 20401 + 20402
Die fünfhundert Millionen der Begum. Roman. detebe 20403
Die Kinder des Kapitäns Grant. Roman in zwei Bänden. detebe 20404 + 20405
Die Erfindung des Verderbens. Roman. detebe 20406
Die Leiden eines Chinesen in China. Roman. detebe 20407
Das Karpathenschloß. Roman. detebe 20408
Die Gestrandeten. Roman in zwei Bänden. detebe 20409 + 20410
Der ewige Adam. Geschichten. detebe 20411
Robur der Eroberer. Roman. detebe 20412
Zwei Jahre Ferien. Roman. detebe 20440

● Walter Vogt

Husten. Erzählungen. detebe 20621
Wüthrich. Roman. detebe 20622
Melancholie. Erzählungen. detebe 20623
Der Wiesbadener Kongreß. Roman. detebe 20306
Booms Ende. Roman. detebe 20307

● H. G. Wells

Der Krieg der Welten. Roman. detebe 20171
Die Zeitmaschine. Roman. detebe 20172